鬼吹灯 ③

云南虫谷

CANDLE IN THE TOMB

天下霸唱 著

湖南文艺出版社

第一章　车祸 / 1

第二章　彩云客栈 / 8

第三章　蝴蝶行动 / 14

第四章　倒悬 / 19

第五章　水深十三米 / 25

第六章　刀锋 / 31

第七章　穿过高山　越过河流 / 37

第八章　密林 / 43

第九章　鬼信号 / 51

第十章　打字机 / 58

第十一章　指令为搜索 / 64

第十二章　绛血 / 70

第十三章　升官发财 / 76

第十四章　绝对包围 / 83

第十五章　镇陵谱 / 88

第十六章　在蟾之口 / 94

第十七章　禁断之线 / 100

第十八章　九曲回环朝山岸 / 106

第十九章　化石森林 / 115

第二十章　死漂 / 121

第二十一章　异底洞 / 126

第二十二章　山神的秘密 / 132

第二十三章　群尸 / 141

目录
CONTENTS

第二十四章　龙鳞妖甲 / 150

第二十五章　潘多拉之盒 / 158

第二十六章　胎动 / 167

第二十七章　龙虎杖 / 171

第二十八章　一分为三 / 177

第二十九章　暗怀鬼胎 / 182

第三十章　鬼哭神嚎 / 187

第三十一章　破卵而出 / 192

第三十二章　天上宫阙 / 197

第三十三章　碧水之玄 / 203

第三十四章　黑色漩涡 / 207

第三十五章　凌云宫　会仙殿 / 215

第三十六章　后殿 / 220

第三十七章　烈火 / 228

第三十八章　天窗 / 236

第三十九章　舌头 / 244

第四十章　水眼 / 253

第四十一章　叩启天门 / 262

第四十二章　三个国王 / 267

第四十三章　长生烛 / 272

第四十四章　石精 / 282

第四十五章　夺魂 / 290

第四十六章　观湖景 / 300

第四十七章　第十具尸体 / 305

第四十八章　斩首 / 314

第四十九章　感染扩大 / 323

第五十章　狭路相逢 / 333

第五十一章　数字 / 341

第五十二章　康巴阿公 / 347

第五十三章　鬼母击钵图 / 355

第五十四章　月夜寻狼 / 360

第五十五章　格玛的嘎乌 / 366

第五十六章　空行静地 / 372

第一章
车祸

回到北京之后,我们在北京的老字号"美味斋"中胜利召开了"第二届代表大会"。会议在胖子吃掉了三盘老上海油爆虾之后,顺利通过了去云南倒斗的决议。

胖子抹了抹嘴上的油对我说道:"我说老胡,云南可是好地方啊,我当年就被'天上飞来金丝鸟'那段刺激得不轻,早就想过去会会那批燃烧着热烈爱情火焰的少数民族少女了。"

我对他说道:"云南没你想象的那么好,少数民族少女也并非个个都是花孔雀,反正以前我去云南没见过几个像样的。那时候我们部队部署在云南离边境不远的老山,在那儿进行了一个月的实战演练。那地方是哈尼族、彝族、壮族的聚居区,有好多少数民族,我看跟越南人长得也都差不多。五朵金花、阿诗玛什么的,那都是属于影视剧里的艺术加工,当不得真的。你还是别抱太大的幻想,否则会很失望的。"

大金牙说:"怎么呢?胡爷,你去的那地方大概是山沟。当年我去云南插队,正经见过不少漂亮的傣族、景颇族妞儿,个顶个的苗条,那小腰儿,啧啧,简直……这要娶回来一个,这辈子就算知足了。"

瞎子吃得差不多了，听了我们的话，一拍桌子说道："诸位好汉，那云南的夷女有甚稀罕！更兼苗人中隐有蛊婆，她们所驱使的情蛊歹毒阴险，防不胜防，尔等还是少去招惹那些婆娘为好。"

大金牙点头道："老先生这话倒也有理。我当年去云南插队，听说这众多的少数民族之中，就单是苗人最会用蛊，而且这苗人又分为花苗、青苗、黑苗等等。青苗人精通药草虫性，黑苗人则擅长养蛊施毒，这两拨人本身也是势成水火，现在黑苗已经很少了。不过，万一招惹上了苗女中的蛊婆，可真叫人头疼。"

胖子笑道："老金，你也太小瞧咱哥们儿的魅力了，苗女中没有好的就算完了，只要有，我非给你弄回来几个不可。到时候咱们还是这地点，一人发你们一个苗蜜。"

我喝得有点多了，舌头开始发短，勾住胖子的肩膀笑话他："让那七老八十的老蛊婆看中了胖爷您这一身膀子肉，非他娘的把你的臭皮剥下来绷鼓不可。咱们这次去的那地方白族最多，白族姑娘可好啊，长得白。"

Shirley 杨今天的食欲也不错，从她祖上半截算的话，她老家应该在江浙一带，所以这家饭店中的淮扬菜式很合她的口味。她见我和胖子与大金牙等人在一起，再加上个瞎子，说来说去，话题始终离不开云南的少数民族少女，觉得跟这些人在一起也没办法，只好顺其自然，最后实在忍无可忍了，轻咳了一声。

经她一提醒，我这才想起来还有正经事要说，酒意减了三分，便举起酒杯对众人说道："同志们，明天我跟胖子、Shirley 杨就要启程开拔前往云南。这一去山高路远，这一去枪如林弹如雨，这一去革命重担挑肩头，也不知几时才能回来。不过，男子汉大丈夫，理应志在四方，骑马挎枪走天下。高尔基说，愚蠢的海鸭是不配享受战斗的乐趣的；毛主席说，一万年太久，只争朝夕。此刻良宵美酒当前，咱们现在能欢聚在一起，就应该珍惜这每一分每一秒。等我们凯旋之时，咱们再重摆宴席，举杯赞英雄！"

众人也都同时举起酒杯，为了祝我们一路顺利碰杯。大金牙饮尽了杯中酒，一把握住我的手说道："胡爷，老哥真想跟你们去云南，可是这身子骨经不起折腾，去了也给你们添累赘。你刚才那一番话说得我直想掉眼泪，要不我给你们唱段《十送红军》怎么样？"

我心中也很是感动，对他说："金爷说这话可就显得咱们兄弟之间生分了。我们去云南，多亏了你在后方置办装备，这就是我们成功的保障啊！你尽管放心，倒出来的明器有我的一半，也有你的一半。"

大金牙把买到的与没买到的装备跟我说了一下，我跟他还有Shirley杨三人商量着都需要带什么东西。一边的胖子与瞎子也没闲着，不断骚扰着饭店中一个漂亮女服务员，非要给人家算命。出发的前一夜，就在喧闹之中度过了。

第二天，大金牙与瞎子把我们送到火车站，双方各道保重，随着火车的隆隆开动，就此作别。

我和Shirley杨、胖子三人乘火车南下，抵达昆明。先在昆明住了三天，这三天之中有很多事要做。我按照大金牙给的联系地址找到了潭华寺附近的迎溪村，这里住着大金牙插队时的一个革命战友，他与大金牙始终保持着生意上的联系。在他的协助下，我设法搞到了三支精仿手枪。那溪谷深处，杳无人踪，要是有什么伤人的野兽，没有枪械防身，颇为不便。

Shirley杨同胖子买了两个捕虫网和三顶米黄色荷叶遮阳帽。按照事先的计划，我们要装扮成自然博物馆的工作人员，进森林中捉蝴蝶标本——澜沧江畔多产异种蝴蝶，所以借这种捕虫者的身份作为掩护，到虫谷里去倒斗，在这一路上就不至于被人察觉。

其余的装备我们尽量从简，这云南的山区不像沙漠戈壁，水和食物不用太多，把背包中空出来的部分尽可能多地装了各种药品，以便用来应付林中的毒虫。

我把三支六四式手枪分给他们二人，胖子觉得不太满意，说这种破枪有什么用，连老鼠都打不死，一怒之下，自己找东西做了个弹弓。当年我们在内蒙古大兴安岭插队，经常用弹弓打鸟和野兔，材料好的话，确实比六四手枪的威力大。

在一切都准备妥当之后，我们乘车沿320国道从哀牢山、无量山与大

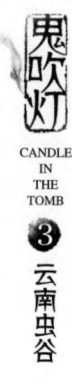

理点苍山和洱海之间穿越,来到了美丽的澜沧江畔。我们的目的地是云南省境内山脉河流最密集的地方,那里距中缅边境尚有一段距离。

最后这一段路坡陡且窄,又在悬崖边上。长途车司机是个老手,开得漫不经心。路面状况很差,高低起伏,又有很多碎石和坑洼,一个急弯接着一个急弯,车身上下起伏,屡屡化险为夷,惊得我和胖子出了一身的冷汗,只恐那司机一不留神,连人带车都翻进崖下的澜沧江中。

车中其余的乘客大概都是平日里坐惯了这种车的,丝毫不以为意,有的说说笑笑,有的呼呼大睡,加之车中不少人带着成筐的家禽,老婆哭孩子叫,各种气味混杂,刺鼻难闻。我不是什么娇生惯养之人,却也受不了这种环境,实在不堪忍受,只好把车窗打开,呼吸外边的新鲜空气。

我探出头去,只见得山崖下就是湍急的澜沧江,两岸石壁耸立,真如天险一般。江面并不算宽,居高临下看去,江水是暗红色的,弯弯曲曲地向南流淌。

胖子恐高症犯了,全身发抖,也不敢向车窗外看上半眼,只是连声咒骂:"这司机也真敢作耍,这是……开车还是他妈耍杂技呢?这回真是想要去了胖爷啊。老胡咱们再不下车,哥们儿就要归位了。"

Shirley 杨也坐不惯这样的过山车,干脆紧闭着眼睛,也不去看外边,这样多少还能放心一些。

我对胖子说:"革命尚未成功,咱们还要努力,你再坚持坚持。现在下了车,还要走上好远。你想想红军爬雪山过草地的时候是怎么坚持的,你眼下这点困难算得了什么。实话告诉你,我他妈的也快让这破车颠散了架了。"

旁边一个当地贩茶叶的人告诉我们:"看你们赫得咯样,搞点晕车药片来甩,多坐咯几趟就觉得板扎喽,你们要克哪点噶?"

云南当地的方言繁杂,并不好懂,我们这次又不想与当地人过多地接触,所以茶叶贩子说的什么我根本没听明白,也不知道该怎么回答。

那卖茶叶的见我不懂他的话,就用生硬的普通话对我说:"我是说看你们难受的样,还坐不习惯这种车,习惯就好喽,你们是要到哪个地方去?"

第一章 车祸

我看这人是当地土生土长的，正好可以找他打听一下路程，便对他说："我们是倒……倒……倒博物馆的，不不，我们是自然博物馆的，想去蛇河捉大蝴蝶。跟您打听一下，这里到遮龙山还有多远？我们在哪里下车比较好？"

茶叶贩子一指远处江畔的一座高山说："不远了，转过了那个山弯就是遮龙山下的蛇爬子河。我也要到那里收茶叶，你们跟着我下车就行。"

我顺着他手指的方向看去，灰蒙蒙的巨钵形山体耸立在道路的尽头，山顶云封雾锁，在车里看过去，真有种高山仰止的感觉。虽然已经在望，但是望山跑死马，公路又曲折蜿蜒，这段路程还着实不近，看来我们还要在这辆破车上多遭一个小时的罪。

我们都是坐在车的最后边，正当我跟茶叶贩子说话的时候，车身突然猛烈地摇晃，好像是轧到了什么东西。司机猛地刹车，车上的乘客前仰后倒，顿时一阵大乱，混乱中就听有人喊轧死人了。胖子边咒骂着说这神经病司机这么开车，不轧死人才怪，边同我和Shirley杨一起从后车窗往来路上张望。

我只往后一张望，便觉得头皮发麻，赶紧把视线移开，再看下去非吐出来不可——被轧死的这究竟是什么鬼东西。

这时，司机也从车上跳下来，去查看车后的状况。后边路上有两道醒目的绿色痕迹，痕迹的尽头却不是什么人，而是一个被车撞断的石人俑——跟真人一般的大小，石俑并不结实，只有外边一层是石壳，中间全是空的，被撞得碎成了若干残片，里面爬出来的都是密密麻麻的白色蜇虫①。无数的蜇虫被车轮碾得稀烂，地上有很多死虫身体里流出的绿汁，那种恶心的情景让人看得想要呕吐。

司机在下边看了一遍，抬脚踩死几只，大骂晦气，从哪里冒出来这么个里面生满蛆的烂石头，把车都撞瘪了一大块。

Shirley杨从车窗中指着地上的一块石片对我说道："老胡，你看这石

---

① 蜇，音qiè。古书上记载的一种成虫似蝉的小虫子。

俑是仿汉制的造型，会不会是献王时期的产物？"

我点头道："确实有些像，不过石俑怎么只有层壳？里面装了这么多虫子，又被车碾碎了，单从外形上来看已经不太容易辨认出来，所以也不能就此断定是汉代的东西。"

我抬头从车窗中向外看了看，万丈高崖，云雾环绕，也瞧不出这石俑是从哪处山崖掉落下来的。也许这附近的山上有什么古迹，看来我们已经进入当年献王的势力范围了。不过这俑人里怎么长了这么多的蛆虫？

我心中越想越觉得不安稳，就问茶叶贩子以前有没有遇见过这种情况。他说："这样的石俑在遮龙山附近更多，都埋在山里，有时候赶上山体滑坡，偶尔会显露出来，里面都长满了肥蛆。有人说这是种古代人形棺材，但都是风传，也不知道确切是做什么用的。当地人都很厌恶这种东西，认为是不吉的征兆，预示着疾病和死亡。今天乘车遇到了，算咱们倒霉，过些天要去玉皇阁请个保平安的银符才行。"

我担心太过热切地关注这些事会被人看出破绽，便不再多问，只同茶叶贩子谈些当地的风土人情。遮龙山已经是白族自治州的边缘，有白族、汉族，也有极少一些景颇族同傣族。最热闹的节日在三月份，届时，所有的男女老少都聚集到点苍山下，有各种山歌对唱、庙会节目，十分热闹。

我对这些半点不感兴趣，跟他聊了几句，把话锋一转，又说到遮龙山，借着抓蝴蝶的名义问茶叶贩子那里的地形。

茶叶贩子说他虽然是当地人，但是遮龙山就像是这里的一个界碑，很少有人翻过山去。那边毒虫毒雾很多，蚊虫滋生，山谷中潮湿闷热，瘴气常年不散，已经在那里失踪过很多人了，当地人没有愿意去那里的。另外一个原因就是遮龙山太高，上面又有雪山，天气变化多端，冰雹、大雨、狂风等等说来就来，刚刚还是晴天白日，转瞬间就会出现恶劣的天气。如果没有大队人马，想爬遮龙山是十分冒险的。

司机自从撞碎了里面全是蛆虫的石俑之后，车速就慢了下来，想必他也是担心撞到那种东西不吉，所以尽量把车开得平稳一些。加之已经渐渐离开了那段山崖上的险路，我们总算松了口气，胖子也活了过来，正好听见茶叶贩子那几句话，忍不住问道："哎，这什么山？听上去有几分像是当年红军爬的雪山。不知是不是同一座？"

我对他说："红军爬的是夹金山，跟这遮龙山不是一回事，还要往北很远。不过你刚才看见的澜沧江的悬崖激流与不远处的金沙江差不多，你要是想加强传统思想学习，可以跳下去游一圈，体会一下主席诗词中'金沙水拍云崖暖'的意境，然后再攀越遮龙山，就只当是重走一回长征路，爬雪山过草地了。"

胖子说道："战士的双脚走天下，四渡赤水出奇兵，乌江天堑重飞渡，兵临贵阳抵昆明，这都是在册的。要走长征路，就得实心实意地从头开始走，从半截走哪儿成？你这明显是投机主义倾向。"

第二章
彩云客栈

　　我们闲谈之间，汽车停了下来，茶叶贩子赶紧招呼我们下车，要去遮龙山从这里下车最近。除了我们三人与茶叶贩子，同时在这里下车的还有另外两个当地的妇女，一个三十多岁，背着个小孩，另一个十六七岁，都是头戴包巾、身穿绣花围裙。她们身上的服饰都是白底，当地人以白为贵，应该都是白族。不过这些少数民族并不是我们想象中整天穿得花枝招展的样子，不是节日的话，并不着盛装。加之这里各种少数民族都有，有时也不易分辨。

　　我本不想和这些人同行，但是热心的茶叶贩子告诉我们，在人烟稀少的地区要结伴而行，互相帮扶照顾，这是当地的习俗。

　　Shirley 杨以前工作的时候经常和美洲土著打交道，知道这些当地的习惯外来的最好遵守，否则容易发生不必要的冲突。于是我们便与这三人同行。

　　这里全是高山深谷，人烟稀少，山林重重，走遍了崎岖山径和盘旋曲折的山路，原来下车的地方距离遮龙山还有好远的路程。我这才暗中庆幸，亏得没跟这些当地人分道扬镳，否则还真不容易找对路径。

在山里走了有两个多钟头，终于到了遮龙山下。这里并没有什么民居村寨，即便有些采石头的工人也都住在稍微远一些的地方。山下只有一处为来此地做茶叶生意的商人提供食宿的客栈，与我们同行的两名白族女人便是这间彩云客栈的主人，这天刚好是外出买东西回来。这里出山一趟十分不容易，所以要一次性买很多东西。看两个女人大包小包又带着个孩子，我和胖子学了回雷锋，不仅背着自己的几十斤装备，还帮着她们拎米和辣椒，到地方的时候，已经累得腰酸背痛。

　　客栈里除了我们六人，再没有其余的人。当地人很淳朴，外出从不锁门。有过路的客人经过，可以自己住在里面，缸中有水，锅中有饵饼和米，吃饱喝足睡到天亮，临走的时候把钱放在米缸里，这已经成为约定俗成的一种行为，从没有人吃住之后不给钱。

　　带小孩的白族女人是彩云客栈的主人，是个年轻寡妇。十六七岁的女孩是她丈夫的妹妹，汉族人，小名叫孔雀，一双大眼睛，十分活泼可爱，穿上民族服饰比当地的女子好看得多。遮龙山下只有她们这里可以歇脚住宿。从这里向南走一天的路程，那里产一种雾顶金线香茶，经常有客商去那边收购茶叶，每次路过都免不了要在彩云客栈落脚。

　　老板娘对我们帮她搬东西极是感激，一进门就带着孔雀为我们生火煮茶做饭。没多久，孔雀就把茶端了出来。胖子接过来一闻，赞道："真香啊！小阿妹，这是什么茶？是不是就是云南特产的普洱？"

　　孔雀对胖子说道："不是的，这是我们本地山上产的雾顶金线香茶，用雪山上流淌下来的水冲泡的，每一片茶叶都像是黄金做的，你尝尝看，是不是很好？"

　　胖子说："不喝就知道好，也不看是谁泡的茶。"说着话掏出烟来分给我和茶叶贩子，一边喝茶一边抽烟，等着老板娘给我们开饭。

　　胖子有意要在孔雀面前卖弄自己的学识，又摸出另一包红塔山来，对茶叶贩子说道："兄弟你知不知道，抽烟也讲究搭配，咱们刚才抽的是云烟，现在再换红塔山，这可别有一番味道。如此在京城中有个名目，唤作'塔山不倒云常在'。"

孔雀对胖子的香烟理论不感兴趣，却对我们带的捕虫网很好奇，问Shirley杨："是不是要到遮龙山那边去捉蝴蝶？"

Shirley杨不愿意骗小姑娘，只好让胖子出面解释。我担心胖子说话没谱露了马脚，这种"煽动革命群众"的工作还是由我这个有做政委潜质的人来做比较合适。

于是我告诉孔雀说，我们三个人都是从首都来的，在自然博物馆工作，专门收集世界上的珍稀蝴蝶。这次就是专门来这里捉蝴蝶的，然后要制作成标本，带回北京展览，让那些来咱们伟大祖国的外国人开开眼，见识见识云南的蝴蝶是什么样的。这样不仅可以填补我国在蝴蝶标本等研究领域的空白，还可以为国争光，给国家创收，争取早日实现四个现代化，在改革开放的新长征路上创造一个又一个的辉煌……从所有角度来讲，这件工作于国于民都是千秋伟业，是一项具有战略性高度的尖端科研工作，其现实意义不亚于人类的登月计划。

想不到我这一番话，不仅让孔雀听得很激动，连胖子和茶叶贩子都听傻了。茶叶贩子问道："买买撒撒，这样事硬是整得噶……我是说胡师啊，这蝴蝶还有这么大的价值了？那我也别贩茶叶了，和你们一并去捉好不好？"

一旁的Shirley杨戴着太阳镜，听了我对孔雀胡侃，强行忍住不让自己笑出来。看她的样子真有几分像是国民党的女特务，好像正在嘲笑我，看我怎么收场。

我暗道不妙，这回把话说过头了，急忙对茶叶贩子说："这个嘛，革命工作没有高低贵贱之分，只有革命分工不同。倒腾茶叶也好，捉蝴蝶也罢，都是为了四化建设添砖加瓦，少了谁都不行。咱们都是社会主义的螺丝钉，要是老兄你放下本职工作去捉蝴蝶，那咱们全国人民也不能光看蝴蝶不喝茶了是不是？其实外国人也喜欢饮茶，茶文化源远流长，在全世界都有广泛的茶文化爱好者。中国人民的老朋友西哈努克亲王就很喜欢品茗，所以说倒腾茶叶同样是很重要很有意义的工作。"

这时候孔雀的嫂子招呼孔雀去帮着开饭，我也就趁机打住不再说了。

我胡乱吃了一些，便独自到客栈外用望远镜观看遮龙山的地势。只见那最高的山峰直入云霄，两边全是陡峭的山崖，绵延起伏，没有尽头，也分辨不出山顶聚集的是白云还是积雪。这里的云雾果然很多，而且是层次分明，山腰处就开始有丝丝缕缕的青烟薄雾，越往高处云团越厚，都被高山拦住，凝聚在一起。整个遮龙山的主峰像是位白冠绿甲的武士，矗立在林海之中。

山下林海茫茫，瀑布、森林千姿百态，一派美丽的原生态自然风光。这附近的山川河流与人皮地图上所绘大抵相同，在这大山林海后面的山谷深处，就有我们要找的献王墓。至于墓里面究竟有没有雮尘珠，实在没有任何把握。

我想起那种邪恶的"痋①术"，还有路上所见石俑中密密麻麻的蛆虫，心中对"献王墓"不免产生了一点畏惧的心理。不过既来之则安之，已经到达遮龙山前了，那便有进无退，后面的事就只有祈求摸金祖师爷的保佑了。

茶叶贩子明天一早要出发去收购茶叶，饭后就直接进里间去抓紧时间睡觉歇息。胖子与Shirley杨吃完饭也出来散步，同我一起抬头望着前方的大山。在倒献王墓之前，如何翻越这座高耸入云的遮龙山就是一大难题。见了这险峻巍峨的山势，三人都是愁眉紧锁。

当初瞎子等人是找了位当地的向导，经过艰险跋涉才越过雪山，如果没有向导带路是十分危险的。但是我们刚才问了彩云客栈的老板娘，上过这座遮龙山的当地人都早已经死光了，这些年传说山上闹鬼，根本没人再敢上去过。

正在我们苦无对策之时，却听孔雀说："想去遮龙山那边的山谷捉蝴蝶，遮龙山下有条隧道，可以放排顺流从山中穿过，用不着翻山。不过那边有好多死人，经常闹鬼。"

要进入虫谷，在人皮地图上标注的路线共有两条：其一是从遮龙山上的风口翻越，其二是沿着蛇河绕过遮龙山。第二条路线要穿越一片存在

---

① 痋，音 téng。

于澜沧江与怒江之间危机四伏的原始森林——虽然在地图上直线距离不算远，但是进过原始森林的人都应该知道，实际上走起来要比预先的行程长十倍或二十倍，而且其中有些地方存在着沼泽，那简直就是绿色地狱。

这两条路线都不好走，相比之下只有翻越海拔三千米以上的遮龙山比较可行，但是在没有向导的情况下冒险翻越雪山也不是闹着玩的，搞不好就出师未捷身先死，全部折在山上。

这时听孔雀说还有条近路，我们便忙追问详情。孔雀只知道个大概，我们只好又去找老板娘打听。老板娘告诉我们，遮龙山（当地人称为"哀腾"，是无尾龙的意思）的底部有很多密如蛛网的山洞，传说都是古时先民开凿的，以前有叛乱的土匪占据其内对抗官兵，官兵对山内复杂的地形束手无策，只好把所有的洞口都用石头砌死，把里面的人都活活困死在洞里。以后每当耍海会的时候，把耳朵贴在遮龙山的岩石上，就会听见山体中传来阵阵绝望的哭号声。

当然这只是当地民间流传的一个传说，至于山洞修建于哪朝哪代，是谁建造的，有什么用途，里面的匪徒是什么人，是否是当地少数民族反抗压迫剥削揭竿而起，还是其他原因，到今天已经没人能说得清楚了。

但是近几年，有人采石头发现了一个山洞，里面有溶岩，还有条地下河。这条河一直穿山而过，流入遮龙山另一端的蛇河，水深足以行驶竹排，而且有这条水路就不用担心在纵横交错的山洞中迷失了路径。由于地形平缓，水流并不急，去的时候可以放排顺流而下，十分省力；回来的时候，需要费些力气，撑着竿子回来，总之比从山上翻过去要方便很多。

最后，老板娘嘱咐我们："从那里过去虽然是条捷径，但是那条山洞的两侧有很多奇形怪状的尸骸，没人晓得那些人是什么时候死在里面的，胆小的人见了是会被吓出毛病的，但倒是也有人放排从山洞中穿过。最近已经有一段时间没人去过了，一来那边的虫谷有很多瘴气，二来那边没有人烟，去到那边也没什么意义。你们如果想抄近路，还需要多加小心才是。"

我对老板娘说："这倒不用担心，我们去那边的山谷捉蝴蝶做标本是为人民服务，我们都是唯物主义者，怎么会怕死人。既然有近路，放着不走是傻子，更何况曾经有人成功地穿过去了，说明里面没鬼，有可能只是古时候先民墓葬之类的遗迹。"

我想起刚才在门口见到门上有军烈属的标志，就再向老板娘打听，原来孔雀的哥哥是牺牲在前线的烈士。我这才想到，南疆战火至今依然未熄，这次来云南，有机会的话应该去看看战友们的陵园，可不能总想着发财就忘本了啊。

另外我还跟老板娘打听，附近有没有什么人有猎枪，我们想租几把防身。老板娘让孔雀从里屋翻出来一把"剑威"气步枪，是一支打钢珠的气步枪，当年孔雀她哥哥活着的时候就经常背着这支气步枪进山打鸟。老板娘心肠很好，由于我们帮过她的忙，愿意免费把枪借给我们，也不用押金，回来的时候还给她就可以。

我略有些失望，本来觉得最起码也得弄把双筒猎枪，这种打鸟的枪跟玩具差不多。但是接过来一看，发觉真是把好枪，保养得非常好，而且不是普通的小口径，可以打中号钢珠，射程远，枪身也够沉够稳——别说打鸟了，打狼都没问题。唯一的缺点是单发，在每次击发之后，都需要重新装填。

现在是有胜于无，一时在附近也弄不到更好的枪械。于是我把枪扔给胖子，让他熟悉一下这把枪，"剑威"暂时就归他使用了。

我谢过老板娘，当天晚上三人就在彩云客栈中过夜。这一晚我和胖子睡得很实，什么都没想，把一路上的奔波劳苦彻底丢开。真是一觉放开天地宽，直到转天日上三竿，Shirley 杨揪着我和胖子的耳朵催我们起来，我们才极不情愿地起床。

第三章
蝴蝶行动

那位茶叶贩子一早就赶路做生意去了。我们洗漱之后，发现老板娘已经给我们准备了不少干粮，还有防虫的草药，又让孔雀给我们带路，引领我们前往遮龙山下的洞口。那里有片不小的竹林，可以伐几根大竹扎个竹排。

我们再三感谢老板娘，带着家伙进了彩云客栈后边的林子。这附近树林的主要树种以毛叶坡垒居多，其次是香果树和大杜鹃，也有少量银叶桂，只有一个比平地低洼的凹坑里生长着一片青翠欲滴的大竹，进入遮龙山的水路也离这里不远。

我看明了地点就把孔雀打发回家，免得她嫂子在家等得着急。胖子问我："老胡，不如让这小阿妹给咱们做向导如何，她又能歌善舞，咱们这一路上也不寂寞。"

我对胖子说："还是算了吧，咱们这又不是去观光旅游的。我有种预感，这次不会太顺利，总觉得那虫谷中的献王墓里隐藏着什么巨大的危险，咱们免不了要有些大的动作。别说这小女孩，就是换作别的向导，咱们也一概不需要，有人皮地图参考就足够了，人去多了反而麻烦。"

胖子点头道："言之有理，别让献王那只老粽子吓到了小阿妹。而且有外人在场，这拿起明器来也不方便，只有咱们三人那就敞开了折腾吧。趁早了却了这件大事，然后咱们再好好重新来云南玩上一回。"

Shirley 杨对我和胖子说道："天上的云越来越厚，怕是要变天了，咱们快动手扎排吧，争取赶在下雨前进山。"

当下我们不再多耽搁，我和胖子拎着砍刀各去找肥大的竹子砍伐，Shirley 杨则负责用刀把竹子的枝干削掉。三人分工合作，进展得极快。

以前在内蒙古大兴安岭插队的时候，我和胖子都在林场帮过工，在那里没有公路和汽车可以运输原木，都是把木头一根根放进河里顺流送到下游的；在福建有些水路纵横、交通不便的地方，也有放排的，所以这些活对我们来讲并不陌生。

如果竹排要经得起长年累月的使用，做起来会相当麻烦，需要把竹子用热油先烫过才可以作为原料，另外还有一些别的附加工艺。而我们只需要临时使用一两次，所以完全免去了那些不必要的麻烦。

Shirley 杨到山洞中探了一下水路的深浅和流量，估计运载我们三人加上所有装备，只需要六根人腿粗细的大竹便够。

经过这一番忙碌，终于扎成了一个不大的竹排，用绳索拖进山洞。我们前脚进去，后脚外边就雷声隆隆下起了阵雨。

这是个石灰岩山洞，一进洞往斜下方走上十几步就可以看到脚下是条河流。不过与其说是河，不如说是深溪更合适——比地面低了将近一米，水深约有三米多，水流很缓，可能是澜沧江的一条支流，前一半隐于地下，直到山洞中地形偏低处才显露出来。

这里洞穴很宽，我用狼眼手电筒向黑暗的山洞深处照了一下，里面的高低落差很大，宽阔处可以开坦克，低矮处仅有一米多高。有很多形成千年以上的溶解岩，都是千奇百怪的。这还只是山洞入口处，里面的环境还会更加复杂。看来如果想放排从洞中穿过，在有些地段需要趴着才能通过。除了水流潺潺的声响，整个山洞异常安静，外边的雨声雷声在这里一点也听不到，像是个完全与世隔绝的地下世界。

把竹排推入水中后，我立刻跳了上去，用竹竿从竹排前插进水里固定住竹排，防止它被水流冲远。Shirley杨随后也一跃而上，我看她上来便向前走了几步，她同时退到竹排末端，保持住平衡。

然后胖子把三个装满装备的大登山包和两个捕虫网一个接一个地扔了上来，自己也随后跳到中间——他这一上来，整个竹排都跟着往下一沉——Shirley杨赶紧把三个登山包中的两个拽到她所在的竹筏末端，我把另一个包拽到了自己脚下，这样一来，暂时平衡了重量，不至于翻船。

在竹排上，我们做了最后的准备工作。由于山洞里有很多倒悬的钟乳石和石笋，为了避免撞破头，我们都把登山头盔戴上，头盔上有战术射灯，可以开六到八个小时。

最后，我把强光探照灯在竹排前端支了起来，这种强光探照灯消耗能源很多，不能长时间使用，只好每隔一两分钟打开一次，以便确认前边山洞的状况。

胖子横端一根竹竿坐在中间保持平衡，见我在前边安装探照灯装了半天也没装完，忍不住问道："怎么着老胡，咱们今天还走不走了？我都等不及要去掏那献王老儿的明器了。"

我还差两个固定栓没装完，回头对他说道："催什么催，那献王墓就在虫谷里面，晚去个几分钟，它还能长腿跑了不成？"

在后端的Shirley杨对我们说道："我说你们两个人别吵了。我有个提议，美国人习惯给每次军事行动都安上一个行动代号，咱们这次去倒献王的斗，不如也取个行动代号。当然这样做并非没什么意义，可以显得咱们更加有计划性和目的性。"

胖子对她说道："这可是在我们中国人的地盘，你们老美那套就不灵了。不过，既然美国顾问团的长官提出来了，那我看不如就叫摸明器行动，这显得直截了当，一点也不虚伪，就奔着明器去的。"

我已经把强光探照灯的最后一个固定栓安装完毕，转头对胖子说道："你这也太直接了点吧，显得庸俗。不过这个提议很好，当年盟军的霸王行动打破了第三帝国的大西洋壁垒，从而缩短了二战的进程。咱们也可以想个好听一点的行动代号，图个好彩头，争取能够旗开得胜、马到成功。这次咱们是打着进虫谷捉蝴蝶的幌子来伪装行动的，我看就叫蝴蝶行动。我宣布，现在蝴蝶行动开始！"

说罢也不管Shirley杨与胖子是否同意，我便当先打开强光探照灯，看明了前边的地形，伸手拔出插在水里的竹竿。在水流的缓缓推动下，竹排顺势前行，慢慢驶进了遮龙山的深处。

遇到狭窄的地方，胖子就立起横竿，与我一同用竹竿撑住水底平衡竹筏。一叶小小竹排曲曲折折地漂流在洞中，只可惜四周都是漆黑一团，不开探照灯就看不到远处，没有什么秀丽景致，否则真可以吼上两句山歌了。

与山外湿热的天气不同，在山洞里顺流而行，越往深处越觉得凉风袭人。不时会见到有成群磷火在远处忽明忽暗地闪烁，这说明有动物的尸骸，看来这里并不是没有生命的世界。

坐在竹筏上还能感觉到有一些水蛇和小型鱼类在游动，我把手伸进水中试了试，这里的水冷得甚至有点刺骨。在这四季如春的云南，这么低的水温可真够罕见的，也许这座遮龙山的顶端有雪水直接流淌下来，所以才导致这里的温度很低。

Shirley杨说不是雪水冰水的原因，而是因为山洞和外边温差比较大，人体会产生错觉，适应之后就不会觉得这么冷了。另外，这里的洞穴看不出人工修建开凿的痕迹，似乎完全是天然形成的。

说话间水流的速度产生了变化，忽然比刚才明显加快了不少。这么一来我们都开始紧张起来，一个大意这小竹排就随时可能会翻掉。Shirley杨也抄起短竿，与我们一起勉强维持着平衡。河道也比刚才更加曲折，不时出现大的转弯。

我已经腾不出手来关探照灯了，只好任由它一直开着，想不到这样一来，远处都看得清清楚楚。那洞穴深处的景色之奇难以想象，加之强光探照灯的光柱一扫即过，那些嶙峋怪异的钟乳石只一闪现便又隐入黑暗之中，这更加让我们觉得进入了一个光怪陆离的梦幻迷宫。

有些奇石虽然只是匆匆一瞥，却给人留下了极深刻的印象。有的像是

观音菩萨，有的像是酣睡的孩童，有的像是悠闲的仙鹤，又有的像是牛头马面、面目狰狞凶猛的野兽。大自然的鬼斧神工之作在这洞中数不胜数。这些独特的景象如果不用照射距离超远的强光探照灯照射，恐怕永远都不会被世人见到。无数魔幻般的场景走马灯似的从眼前掠过，令人目不暇接，这一段奇境美得触目惊心。

这时，河道忽然变宽，有几条更细的支流汇入其中，水流的速度慢了下来，前边的探照灯也不像刚才那样晃得那么厉害了。

只见灯光照射下，前面两侧洞壁上全是一排排天然形成的光滑的溶解岩梯形田，层层叠叠的如同大海扬波，真像是一片凝固了的银色海洋。一个巨大的朱红色天然石珠倒悬在河道正中，在石珠后边，河水流进了一个巨大兽头的口中。那巨大的石兽似虎似狮，好像正在张开血盆大口疯狂地咆哮，露出满口的锋利獠牙，想要吞咬那颗石珠，而时间就凝固在了这一瞬间，它的姿势被定了格，恐怕已经在这里保持了几千几万年。

河道就刚好从它的大口中通过，我们面对的就像是一道通往地狱的大门，不禁心跳都有些加速，呼吸变得粗重，把手中掌握平衡的竹竿握得更紧了些。

特征这么明显的地方怎么没听彩云客栈的老板娘提起过？难道是河流改道走岔了路不成？而通过强光探照灯的光柱，可以看到兽门后悬吊着无数的古代石人俑，就是坐长途汽车时看见被汽车碾碎、石壳里面装满蛆虫的那种。每次回想起来，胃里都不免觉得有些恶心，想不到又在这里遇到。

竹排上的三人相顾无言，不知道 Shirley 杨与胖子看见这般景象是怎么想的，反正我突然产生了一种很不安的预感，仿佛只要穿过这里，在这漆黑幽深的山洞中，我们的手就将会触碰到一层远古时代的厚厚迷雾。

第四章
倒悬

　　容不得我们多想，水流已经把竹筏冲向了山洞中的兽门。悬在半空的天然石珠位置极低，距离河面仅有半米多高，刚好拦住了去路，我们赶紧俯下身，紧紧贴在竹筏上躲过中间的石珠。

　　就在竹筏即将漂入里面的时候，设置在竹筏前端的强光探照灯闪了两闪，就再也亮不起来了，大概是由于水流加速后就一直没关，连续使用的时间过长，电池中的电力用光了。

　　我心道："糟糕，偏赶在这时候耗尽了电池。那前边的山洞显得十分诡异，在这里大意不得，必须先换了电池再说，免得进去之后撞到石头上翻船。"

　　我对后面的胖子与Shirley 杨举起拳头，做了个停止的手势，让他们二人协助我把竹筏停在洞口，然后将手中的竹竿当作刹车插进水里，将竹筏停了下来。好在这里水流缓慢，否则只凭一根竹竿还真撑不住这整只竹筏的重量。

　　由于我们在之后的行动中不可能再获得任何额外的补给，所以电池这种消耗性能源必须尽最大的可能保留。不过这个山洞中的石人俑似乎和献

王墓之间存在着某种联系，有必要仔细调查一下，看能否获得一些有关于献王墓主墓的线索，毕竟我们对主墓情报的掌握还是太少了。

我给强光探照灯更换了电池，使它重新亮了起来。在探照灯橘黄色强光的光柱照射下，只见那溶解岩形成的天然兽头，宛如一只奇形怪状的龙头，但是经过几千年来的溶解，其形状已经模糊，完全无法看出是否有人为加工过的痕迹。

胖子在后边拍了拍我的肩膀，示意他们已经取掉了平衡竿，于是我也把前端的竹竿从水中抽出。竹筏随着水流，从这模样古怪丑恶的龙口中驶进了山洞。

这段河道极窄，却很深，笔直向前，距离也十分长。我们用竹竿戳打洞壁的石头，使竹筏速度减慢，仔细观察头下脚上倒吊在洞中的石人俑。

这些石人俑全部倒背着双手，摆出一个被捆绑的姿态。由于地下环境潮湿阴冷，石人俑表面已经呈现灰褐色，五官轮廓完全模糊，似乎在表面上长满了一层"煝"①。

从外形看，基本上辨认不出石人俑的性别和相貌；仅从身材上看，有高有矮，胖瘦不等。似乎除了壮年人之外，其中还有一些尚未成年的少年，而且并非按制式统一标准，完全不同于秦汉时期陪葬的人俑，都是军士和百戏俑。

洞穴顶上，有绿迹斑斓的铜链把这些石人俑悬吊在两边。有些链条一端已经脱落，还有些是空的，可能年深日久，石人俑已经掉进了水里。一具具石人俑就如同吊死鬼一样，悬挂在距离水面不到一尺的地方。在这漆黑幽暗的山洞里，突然见到这些家伙，如何不让人心惊？

Shirley 杨在后边让我们先把竹筏停下。在水道边，有一具从铜链上脱落掉在地上的石人俑。Shirley 杨指着石人俑说："这些石人俑虽然外形模糊，但是从发服轮廓上看，有点像是汉代的。我觉得有些不对劲，我下去看看。"说着把自己登山盔的头灯光圈调节了一下，让光线更加聚集，便跳下竹筏，

---

① 煝，音 měi，指岩石在特殊环境中产生的一种霉变物质，无毒。

蹲下身去观看地下那具石人俑。

我提醒Shirley杨道："戴上手套，小心这上面有细菌，被细菌感染了，即便是做上一万次人工呼吸也没救了。"

Shirley杨摆了摆手，让我和胖子不要分散她的注意力。她好像在石人俑上找到了什么东西，当下戴上了胶皮手套，用伞兵刀在石人俑身上刮了两刮，然后倒转伞兵刀举到眼前看了一眼，用鼻子轻轻一嗅，转头对我们说道："这人形俑好像并不是石头造的。"

胖子奇道："不是石头的？那难道还是泥捏的不成？"

我想到在澜沧江边公路上的一幕，坐在竹筏上对Shirley杨说："这莫非是活人做的？你用刀切开一部分，看看人俑里面是什么。那张人皮地图中记载得很明确，献王墓附近有若干殉葬坑，但是没有标注具体位置是在哪里，说不定这个龙口洞，正是其中的一处殉葬坑。"

Shirley杨用伞兵刀从人俑腿上割下来一小块。果然和在公路上看到的一样，人俑外皮虽然坚韧，但是只有一层薄薄的壳，里面全是腐烂了的死蛆。Shirley杨见了那些干蛆，不禁皱起眉头，又用伞兵刀在人俑胸前扎了两个窟窿，里面也是一样，满满的尽是死蛆和虫卵。

Shirley杨对我和胖子说道："看来也不是殉葬坑，但是可以肯定这些人俑都是用活人做的，而且一定和献王有关。这应该就是献王时期，在滇南古老邪恶而又臭名昭著的痋术。"

这里除了百余具人俑与铜链之外，就全是嶙峋突兀的异形山岩，没有再发现多余的东西。于是Shirley杨回到了竹筏上，我们继续顺着河道慢慢前进。

我边控制竹筏行驶，边问Shirley杨从什么地方可以看出来这些人俑是用活人做的，又怎么能确定和献王的痋术有关。

在来云南的路上，为了多掌握一些情报，Shirley杨没少下功夫。从北京出发前，她把凡是能找到的历史资料都找了个遍，一路上不停地看，希望能增加几分找到献王墓的把握。欧洲有位学者曾经说过，每一个墓碑下都是一部长篇小说。而在历史上一些重要的人物墓中，更是包含了大量当时的历史信息。王墓可以说是当时社会经济、文化、宗教等方面的结晶综合体。对这些历史资料了解得越多，倒起斗来便越是得心应手，所以历史上最出类拔萃的盗墓贼，无一例外都是博古通今的人。

"献王"在中国历史上有很多位，不过并不是同一时代的，除了滇国的献王之外，其余的几位献王都不在云南。甚至连太平天国的农民起义军在天京建国后，也曾封过一个献王。在战国以及五代等时期，都有过献王的称号。这就像历史上的"中山"称号，也曾在历史上作为国号和王号分别出现过。而那些献王都只不过取"献"字的义，相互之间并非有什么联系。

我们准备下手的目标——这位献王，是古滇时期一代巫王，他的痋术是用死者的亡灵为媒介，而且冤魂的数量越多，痋术的威力也就相应越大。用死者制痋的过程和手段非常繁多，山洞中的这些活人俑，其诡异的死亡方式和燜变的程度，都与献王的手段相吻合，说明这里应该是古代一处行使痋术的秘密场所。

Shirley 杨判断这条穿山而过的河道应该是献王修陵时所筑，利用原本天然形成的溶洞，再加以人力整修疏通河道，以便为王陵的修建运送材料，从这里利用水路运输，应该是最适当的捷径。

洞中这些被制造成人俑模样的死者，很有可能都是修造王陵的奴隶和工匠。为了保守献王墓的秘密，这些人在工程完毕或者是献王的尸体入殓后，献王忠心的手下便按照痋术把他们全身捆绑结实，强迫吞服一种痋引，并封死人体七窍，再用大铜链悬吊在洞中，活活憋死。一来可以保守王墓内的秘密，二来也可以利用他们吓退误入这秘密水路中的外来者。

所谓痋引，是施行某种痋术必用的药丸，被活人吞下后，痋虫就会寄生于人体内产卵，只需要三到五天的时间，卵就会大量产出，人体中的血肉内脏全成了虫卵的养分，虫卵便取而代之填充了进去。由于是在短时间内快速失去水分，人皮会迅速干枯，硬如树皮石壳。在人尸形成的外壳中，当虫卵吸尽人体中所有的汁液和骨髓后，就会形成一个真空的环境，虫卵不见空气就不会变成幼虫，始终保持着冬眠状态。在阴凉的环境中，人皮外壳可以维持千年以上，所以直到今日，切破人皮，里面仍然会有可能立刻出现无数像肥蛆一样的活蛊引幼虫，但是根据保存程度的不同，也有可能里面都是早已干枯的虫卵。

蛊术由于在各种典籍包括野史中的记载都比较少，所以 Shirley 杨这些天也只查到了这些信息。至于将活人当作虫蛹是为了什么，这些虫子有什么用途，这一切都无从得知。

不仅在遮龙山里有大量的人俑，附近的山区也应该还有几处。我们在江畔的崖路上遇到的那具人俑，可能就是由于雨水冲刷，山岩塌落，才掉落到公路上的。虽说献王所统辖的不过是南疆一隅，却可从这大批被制成人俑的奴隶身上，窥见献王在统治古时滇西地区时的残忍无情。

听了 Shirley 杨的分析，我和胖子都觉得身上起了一层鸡皮疙瘩。初时还道这是兵马俑一样的泥陶造像，却原来是用真人做的，忍不住回头望了两眼，那些吊死鬼一样的人俑却早已消失在身后漆黑的山洞中，再也看不到了。

我越想越觉得太过残暴，不禁骂道："他娘的这些古代王爷，真是不拿人当人，在贵族眼中，那些奴隶甚至连牛马般的畜生都不如。胖子，像你这身子板儿的，要是当了奴隶，在古代肯定能混个祭头，一个顶仨。"

在竹筏中间的胖子正在摆弄头盔上灭了的射灯，拍了两下，总算又恢复正常了，听我说到他，就对我说："老胡你这话就充分暴露了你不学无术的真面目。据我所知，在古代，人们都以能被选为殉葬者或祭品为荣，那是一种至高无上的荣幸。对殉葬者的选拔极为严格，得查祖宗三代，政治面目有一丁点问题都不成，好多人写血书申请都排不上队，最适合你这种假装积极的家伙。你在那时候肯定起劲的，蹦着脚喊'拿我祭天吧，我最适合点天灯！让大家等着我的好消息吧！为了胜利，拿我点灯……'"

我听得大怒，胖子这孙子嘴也太缺德了，忙说："我又没你那么多膘儿，怎么会适合点天灯？你……"

Shirley 杨打断了我和胖子的话："你们俩有完没完？怎么说着说着又拌上嘴了。你们有没有发现有什么不对的地方？这条水路完全不像彩云客栈老板娘所描述的……"

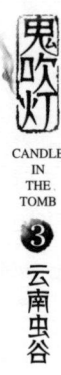

胖子说道:"那老板娘也没亲自进来过,她不也是听采石头的工人们讲的嘛,难免有点误差,咱们用不着疑神疑鬼的。"

我对Shirley杨和胖子说:"不见得是老板娘说错了。咱们先前经过的一段河道,水流很急,可能是和这几天连降大雨有关。水流急的那段河道很宽,也许把两条河道连在了一起。咱们只顾掌握竹筏的平衡,强光探照灯的照射光柱角度很小,视野上也有局限性,有可能行入了岔路。"

胖子急道:"那可麻烦了,不如掉头回去找路,别跟上回咱们在蜘蛛窝似的,钻进了迷宫,到最后走不出去了。咱们带的干粮可不太多。"

我对胖子说:"如果真的只是河道的岔口倒不用担心,这些水流都是朝着一个方向流淌,最后都会穿过遮龙山,汇入蛇河的溪谷,所以绝对不会存在迷路的问题。而且这条河道很直,显然是人工加工过的,就像Shirley杨所说,有可能是修造王陵时运送资材的运输水路,从这儿下去肯定没错。"

Shirley杨说道:"老胡说得对,古时修建大型陵墓都会利用河流来运送石料,当年修秦陵,工匠们在工作时就会唱'取石甘泉口,渭水为不流'。从这简短的两句中,便可想象当年始皇陵工程的庞大,由于运送石料,把渭水都堵住了。"

胖子说:"渭河我们上次去陕西是见过的,比起那条大河,这里顶多是条下水道,那献王比起秦始皇,大概就算个小门小户的穷人。咱去倒他的斗,也算给他脸了……哎哟……怎么着?"

缓缓顺流而下的竹筏忽然像是刮到了河中的什么东西,猛烈地颠簸了一下,随后就恢复了正常。却听到河中有一阵"哗啦哗啦"沉重而又发锈的厚重金属搅动声传了上来,我和胖子、Shirley杨三人心中同时生出一阵不祥的感觉:不好,怕是竹筏撞上埋伏在河道中的机关陷阱了……

第五章
水深十三米

河道下面传来的声音尚未止歇,忽听身后"扑通扑通扑通……"传来一个接一个的落水声。声音越来越密集,到最后几乎听不到落水声之间的空隙,好像是先前看到的悬吊在河道上空的人俑全部掉进了水中。

胖子自言自语地骂道:"大事不好,怕是那些家伙要变成水鬼来翻咱们的船了。"说完把"剑威"从背上摘了下来,推开弹仓装填钢珠。

我也觉得后边肯定是有异常状况,便转回头去看,然而竹筏早已经驶离了悬挂人俑的那段河道,后面又一片漆黑。登山头盔上的战术射灯在这种地方,根本发挥不出太大的作用,理论上十五米的照射距离,在把光圈聚到极限之后,顶多能照到六米之内。

在绝对黑暗的场所,单人用战术电筒的光线是很难有所作为的。坐在竹筏最后的 Shirley 杨回头望了两眼,也看不清究竟,急声对我和胖子说:"别管后边是什么了,使出全力尽快划动竹筏,争取在被追上之前冲出这段河道。"

我答应一声:"好,全速前进。"打开了前端的探照灯,抄起竹竿,准备用竹竿撑着岩壁,给竹筏增加前进的辅力。

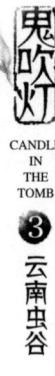

不料想强光探照灯凝固般的光柱一射出去,把前方笔直的河道照个通明。前边百余米远的地方,也有一段用铜链悬挂着百余具人俑的河道。探照灯的光线太强太亮,照在那灰褐色的人皮上有种非常恐怖的效果,更兼那些人俑像无数吊死鬼一样,在河道狭窄的半空中晃晃悠悠,越发使人觉得毛骨悚然。

河道中的声音再次响起,在空旷的山洞中激起一串回声,只见前边悬吊人俑的锁链纷纷脱落,一具具人俑像是从轰炸机中投出的炸弹,"扑通扑通"接二连三地落进河水之中。顷刻之间,强光探照灯光柱的前方,就只剩下数百条空荡荡的锁链。

这回几乎可以肯定了,这条修建献王墓时运输资材的河道,在安葬完献王后,一定在河中设置了机关,只是暂时还不能确定把那些被作为"痋壳"的人俑放进水中有什么名堂。

这回来云南遮龙山,真是出师不利,还没进蛇河的溪谷,就先误入了歧途。这条河道恐怕从汉代之后就没人走过,偏赶上这些天降水量大,把我们的竹筏冲了进来,反而与那条相对来说比较安全的路线失之交臂。

我心中不停咒骂,然而竹筏还在继续前进。前方的河水静悄悄的,甚至没有半点波澜,就好像那些人俑掉入水中就沉到了底,再没有任何动静,就连物体坠入水中产生的涟漪似乎也都不存在。

曾经参加战争的经验告诉我,越是这样平静,其中越是酝酿着巨大的危险与风波。我下意识地把工兵铲抽了出来。这把工兵铲是大金牙在北京淘换来的宝贝,是当年志愿军在抗美援朝时期缴获的美国海军陆战队一师的装备,被完好地收藏至今,绝对是顶级工具中的极品,上面还有纪念瓜岛战役的标志。它的价格极高,以至于我都有点舍不得用它,但是这时候也顾不得许多了,心中打定主意,不管一会儿从水中冒出来什么,先拍它一铲子再说。

Shirley 杨也取出了手枪,打开保险,把子弹顶上了膛。我们做好了准备,便任由竹筏缓慢地向前漂流。现在落入了被前后夹击的态势之中,只好沉着应付,待摸清了情况之后,争取能后发制人,没有必要再盲目地向前冲过去。

然而我们拉开架势准备了半天,前方的河水依然平静如初,这时竹筏已经漂流到半空都是锁链的一段河道中,头上绿迹斑驳的粗大链条冷冷地垂在半空。我咬了咬牙,太平静了,这种平静的背后肯定有问题,究竟是什么呢?看来革命斗争的形势越来越复杂了呀。

这时河水突然跟开了锅一样,冒出一串串的气泡。我急忙把强光探照灯的角度压低,往河水中照去,光柱透过了水面,刚好照射到一具半沉在水底的人俑。

人俑干枯的表皮被河水一泡,灰褐色的人皮上出现了一条条裂纹,原本模糊的人脸也清晰了起来。原来这些人俑的脸上,在生前都被糊满了泥,吃下了"蛊引"之后,是用泥来堵住眼、耳、鼻、口等七窍活活憋死的,所以显得面部轮廓模糊不清,死者还保持着临死前痛苦挣扎的惨烈表情。这时用灯光照射,加上河水的流动和阻隔,使光线产生了变化,好像那无数具人俑又在河水中重新复活了,当真是恐怖至极。我控制强光探照灯的手甚至都有些发抖了,从没见过如此恐怖的情形。

那些出现在人俑身体上的裂纹正逐渐扩大肿胀,变成了裂缝,从人俑的眼、耳、鼻、口,还有身体开裂的地方不断冒出气泡,很多干枯的虫卵从中冒了出来。

那些虫卵见水就活,就像是干海绵吸收了水分一样,迅速膨胀,身体变成白色的手指肚大小的水巇蜂,两侧长出小指盖一样的鳍状物,游动的速度极快,全部飞速地向着竹筏游了过来。

我们大惊失色,这是在云南令人谈之色变的水巇蜂!这种浅水生虫类,十分喜欢附着在漂浮的物体上产卵。有时候在云南、广西、越南等地的水田中,正在耕作的水牛忽然疯了似的跳起来狂奔,那就是被水巇蜂给咬了。

胖子没见过这种水巇蜂,见这些奇形怪状的白色小东西飞也似的冲向竹排,便用手中的竹竿去拍打,激起大片大片的水花。

我怕胖子惊慌过度把竹筏搞翻,忙对他说道:"没事,不用太紧张,这些水巇蜂咬起人来虽然厉害,但是飞不出水。只要咱们在竹筏上,不落

入水中,就不用担心。"

眼瞅着那些白花花的水虿蜂越聚越多,层层叠叠地贴在竹筏底下,数量多得根本数不清楚,远处还不停地有更多水虿蜂加入进来,虽然数量多,却暂时对竹筏上的人构不成什么威胁。

胖子骂道:"我×,怎么这么多!这都是从那些人皮里钻出来的吗?这是虫子还是鱼啊?"

我告诉胖子这是种水生虫子,胖子稍觉安心。"那还好,我寻常只听人说水中的食人鱼厉害得紧,要只是虫子倒不算什么,虫子再厉害,也吃不了人。"

Shirley 杨对胖子说:"其实昆虫是世界上最厉害的物种,只不过是体形限制了它们的威力。昆虫的力量和生命力都是地球上最强的,虫子多了一样可以咬死人,甚至有些带剧毒的虫子一只就可以解决掉一头大象。"

我们不断用工兵铲打落附在竹排前端的水虿蜂,怎奈水虿蜂实在太多,而且只能打掉竹筏侧面的,对底部的那些就束手无策了。我安慰胖子和 Shirley 杨说:"咱们只要保持住竹筏的平衡就行,这种水虿蜂没什么大不了的,当年我在越南还吃过一锅呢,蛋白质含量很高,比蚕蛹好吃得多,跟皮皮虾一个味道。等竹筏驶出了这片河道,咱们就把这些水虿蜂煮来吃了,也好祭祭五脏庙。"

胖子说道:"要吃你自己吃,这都是从死人皮里爬出来的,就是跟龙虾一个味我也一口不吃。"

Shirley 杨对我说:"还是先别太乐观了,如此众多的水虿蜂,既然是用蛊术大费周折寄生在死尸中的,恐怕没这么简单。经过最近一段时间接触各种蛊术的资料,我发现蛊术有一个最大的共同点。"

我手中不停,一边拍打靠近竹筏的水虿蜂,一边把竹筏向前划动,想尽快驶出遮龙山。这时听了 Shirley 杨的话,我忽然心中一动,回想起石碑店棺材铺中的地形,忍不住问道:"你所说的特点,难道是……转换?"

Shirley 杨说道:"正是,蛊术好像就是以死者的灵魂作为媒介,把怨魂转嫁到其余的生物身上,使无毒无害的生物,变成致人死命的武器或毒药，当然这只是咱们接触过的冰山一角。这些用古蛊术养在人尸中的水彘蜂，绝不会是普通的水彘蜂那么简单，只是咱们掌握的信息有限，还搞不清楚献王蛊术的真正奥秘，不知道这葫芦里卖的究竟是什么药。"

胖子听我们如此说，免不了焦躁起来。"看来献王这老粽子就喜欢玩阴的，做事喜欢绕弯子，害起人来也不肯爽爽快快，放着刀子不用，却用什么蛊术，他妈的还真难缠。"

说话间，竹筏已经载着我们穿过了这段笔直的河道，进入了一片更大的山洞，这里已经储满了水。我用强光探照灯四下一扫，这空旷的大山洞竟有两个足球场那么大，对面仅有一个出口，水流从那里继续流淌。我看了看指南针，那边是西南方，也就是说方向没有问题，让竹筏往那边漂过去，最后一定可以从遮龙山下巨大的洞窟穿过，漂流入虫谷的蛇河。

竹筏下边此时已经不知附着上了多少水彘蜂，竹筏被坠得往水中沉了一截，再增加重量的话，有可能河水就会没过脚面，那就惨了。我们之所以不怕水彘蜂，全仰仗有竹筏可以漂浮在水面上。不过倘若说这里这么多用蛊术养的水彘蜂，就是想通过重量把船筏之类的水上交通工具坠沉，那未免有些太笨，就算再增加一倍的水彘蜂，都贴到竹筏下面，也不会使竹筏完全沉没。献王的蛊术厉害之处，就是让人永远预想不到其中隐藏的后招究竟是什么。

从我们进入河道乘坐竹筏开始漂流的时间开始估算，在遮龙山下的路程已经过了三分之二，只要再坚持坚持，出了山，一上岸，就不用担心这水中的东西了。刚才我们拼尽全力用竹竿划了半天，手酸腿麻，再也施展不动，只好慢了下来。Shirley 杨把一个带气压计的浮标扔进水中，测了一下水的深度，水很深，大约十三米，一个不太吉祥的深度。

眼见这巨大的山洞是处于远古白云岩地层，属于冰河期第四纪形成的，四周尽是一簇簇巨大蘑菇形的垩石，也有些地方像是从水中翻起的一团一团大珊瑚，其景色之奇绝，难以言状。我们三人都被这些罕见的太古灵武伞潋状岩层景观所震慑，贪婪地观看着每一片梦幻般的蘑菇伞形岩，任由竹筏向着出口漂流，一时也忘了继续动手驱赶水中蜂拥而来的水彘蜂。

前方的出口又是和先前一样，是条经人力加工过的直行水道，从那里顺流而下，不用太长时间，应该就可以顺利地从遮龙山内部出去。

然而，就在竹筏载着我们三人，刚刚在这巨大的蘑菇岩山洞中行进了一半的时候，就听见山洞角落中一阵阵碎石声响起，黑暗中好像有某个庞然大物，在山洞边缘的蘑菇岩中快速移动。

Shirley 杨提醒我道："老胡，快把探照灯转过去。"

我这才想起来还有强光探照灯，忙把强光探照灯掉转角度，照了过去，强烈的光柱一扫到那里，稀里哗啦的碎石滚动声戛然而止。只见在一片蘑菇状的岩石中，有一条青鳞巨蟒，昂首盘身地对着我们。这条蟒也太大了，简直就是一条没有爪子的青色巨龙，身上的鳞片在探照灯下闪烁着不祥的光芒。想必它是生长于虫谷的森林之中，由于贪恋阴凉的环境，才把这个大山洞当作了老窝，平时除了外出捕食，就躲在这里睡觉，却不知怎的被我们惊动了。

那青鳞巨蟒稍稍做了一个停顿，蓦地刮起一股膻腥的旋风，蛇行游下了蘑菇岩，巨大而又充满野性力量的躯体，把经过处的白色蘑菇岩撞出无数细碎的粉末，更加像是白色尘雾中裹着的一条巨龙，携迅风而驰，以极快的速度游进水中。青鳞巨蟒入水后，被它卷起的蘑菇岩粉尘兀自未曾完全落下，然而它早已经从水深处如疾风般游向我们的竹筏。

第六章
刀锋

由于事出突然,胖子也没顾得上开枪,不过以"剑威"的口径,就算是变成机关枪,恐怕也不会给躯体这么大的蟒蛇造成致命伤害。

事到如今,自然不能在这儿束手待毙。我和胖子、Shirley 杨三人同时发出一声呼喊,抡起了胳膊,用手中的竹竿和枪托拼命划动竹筏。不料这只竹筏下面挂了无数水虿蜂,怕不下百十斤重,竹筏吃水太深,根本快不起来。

如果那条全身青鳞密布的怪蟒用身体卷碎竹筏,我们落入河中,就没有任何逃生的可能了。三人疯了似的用竹竿划水,然而由于太过慌乱,使用的力量既不平衡均匀,也不协调,那只竹筏原本还是缓缓向前漂流,这时候却被加上的这三道力量抵消了动力,竟然在水面上原地打起了转。

我忽然想起对越自卫反击战的时候,听人说一个人如果连吃十头大蒜,老虎巨蟒都不会再来咬他,就忙动手在旅行袋里乱摸,明明记得带着两头防蚊虫的大蒜,这时候却怎么也找不到了。

说时迟,那时快,还不等我们有所动作,忽然间脚下一震,整个竹筏从水面上凌空飞了起来,原来那条青鳞巨蟒用它米斗般大小的三角脑袋把竹筏顶了起来。

竹筏被蟒头顶得向前蹿出十余米，又重重地落在水面上，要不是胖子死死把住中间，这竹筏早已翻了过去。饶是如此，竹筏也在水中剧烈地来回摆动。我全身都湿透了，也不知是水淋的，还是出了一身冷汗，这时候也忘了害怕，心中只想："云南的竹子，真他妈结实。"

那青鳞闪动的巨蟒顶了一下竹筏后，弓起躯体又一次扎入深水处。一看那姿态便知道，它是要发动第二次进攻。

我记得以前部队在岭深林密处行军，没少遇到过大蟒蛇，却从没见过蟒蛇使出这种古怪的攻击方式，为什么单是用蟒头顶我们的竹筏底部？它只需用蟒身卷住竹筏，我们又哪里还有命在？

这时候 Shirley 杨醒悟过来，叫道："这条蟒是想吞吃船下的水蜂子，是奔它们来的。"那些像肥蛆一样的水螶蜂营养价值极高，是水蛇水蟒最喜欢的零食。不过它吃了零食后，肯定也会拿我们三人当作正餐。这只怪蟒如此硕大，恐怕我、Shirley 杨再加上胖子也就刚好够它吃一顿。

水下幽暗无比，根本看不清楚有些什么状况。只见水花分处，竹筏第二次被顶得飞了起来。我们这次吸取了经验，使出吃奶的力气，牢牢地把持住竹筏的平衡。纵然如此，等再次落到水面上的时候，竹筏仍然险些翻了过去。

我脑中突然闪过一个念头：也许河道中的那些人俑本不是什么机关埋伏，而是被献王用来喂养这种巨蟒的，否则只吃普通的动物，这蟒蛇又怎么会长得如此巨大？不过已经隔了近两千年了，蟒蛇不可能有那么长的寿命，也许现在这条只是献王当年所饲养的怪蟒的后代而已，它的祖先还不知要大上多少倍，这回真是进了龙潭虎穴了。

这竹筏就如同风摆荷叶一般，随时都可能散架。我们只能紧紧抓住筏子，连腾出手来划船逃命的余地都没有。竹筏下的水螶蜂被那青鳞巨蟒连吞了两口，已经所剩无几了。而青鳞巨蟒显然意犹未尽，怪躯一翻，张开血盆大口，径直朝在竹筏后端的 Shirley 杨咬了过来。

我和胖子想去救她却根本来不及了。只见 Shirley 杨应变奇快，不知何时，早把背后的金刚伞拿在手中，见那青鳞巨蟒的大口正以流星闪电般的速度从左侧欺近，便撑开金刚伞，尽力一挡。

青鳞巨蟒的大口被圆弧形的金刚伞顶一挡，巨大的咬合力完全施展不出，只把Shirley杨像断线风筝一样，从竹筏上撞进了远处的水中。

我回头一看，Shirley杨登山头盔上的战术射灯在水中一闪，就此消失，好像她已经沉了下去。那边太过黑暗，完全看不到究竟是什么样的情况了。

竹筏上除了固定着我们的装备器材，就完全靠三人重量保持着平衡，Shirley杨一掉进水里，整个竹筏急向前倾斜，缓缓地翘了起来。

胖子平时虽然毛毛躁躁，但毕竟也是大风大浪历练过的，危急关头急忙向后一倒，平躺在竹筏中部。后面的登山包，加上他向后一倒的重量，使原本向前倾斜翘起的竹筏又向后落了回去。

胖子躺在竹筏上，百忙当中不但没忘破口大骂，竟然还对准水中的青鳞大蟒开了一枪。"剑威"气枪的穿透力很强，打的又是中号钢珠，这一枪正中巨蟒左眼，直打得鲜血迸流。

青鳞巨蟒的鲜血流进水中，远远地都可以闻到一股腥乎乎的膻臭。那蟒几时吃过这种大亏，不由得暴跳如雷，一阵狂抖，卷起无数水花，整个蟒身打横，大力甩向我们的竹筏。

Shirley杨落进了水中的黑暗处。在这巨大的洞穴之中，用于照明的除了竹筏前端的强光探照灯，就只有我们头盔上的战术射灯，根本看不到她究竟落在哪里。四周黑沉沉的一片，我甚至连她是死是活都已经无法确认了。

安装在竹筏前的强光探照灯已经被撞灭，四周更加黑暗了。我见那巨蟒咬牙切齿地朝我们席卷而来，只好作困兽斗。这时划水用的竹竿早已不知去向，便用工兵铲拨水转向，让竹筏尽可能远离巨蟒的这次攻击范围。胖子手忙脚乱地给"剑威"重新装填钢珠。

然而那条青鳞巨蟒的躯体何等庞大，便是给竹筏装个马达，我们也逃不出去了。它这次是打算一举得手，用蟒身卷碎这微不足道的竹筏。

我对胖子大喊道："小胖你他妈的磨磨蹭蹭再不开枪，咱俩就要在这壮烈牺牲了！"

胖子咬着牙瞪着眼，这才刚把钢珠装进"剑威"的弹仓。这种枪的理论射速其实不低，在受过严格训练的人手中，每分钟可以射出二十二颗钢珠。不过在这种千钧一发、狂风扫败叶的混乱场面中，能第二次重新装填，就已经非常人所能做到的了。

胖子不管三七二十一，举枪便打，然而竹筏晃动得太剧烈，这一枪失了准头。这时候他顾不得再次装弹，顺手掏出插在腰间的六四式手枪，推保险、撸枪栓、瞄准击发的一串动作，几乎在不到一秒钟之内同时完成，"啪啪啪啪啪"，把子弹全对准蟒头射了出去。

黑暗中也分辨不出有没有击中目标，子弹打光了，胖子抡起胳膊就想把空枪扔出去，但是转念一想，又有点舍不得花钱买来的手枪。正待我们要找别的家伙继续死斗，却见那条青鳞大蟒，蟒身一翻，掉头游向远处。

这一来，真是大出我和胖子所料，我们俩已经走投无路，都准备跳进水里肉搏了，怎么这时候占有压倒性优势的巨蟒反倒转身要溜？难道是怕了我二人这满身的英雄气概不成？

忽听东边水面上有无数铁叶子的摩擦声传来，这种锈铁摩擦的声音听得人后脖子冒凉气，就像用两块泡沫塑料摩擦一样，是一种最刺激人脑神经的响动。

忽然竹筏边的水花一分，一个战术射灯的亮光冒了出来，原来是Shirley杨游了回来。只见她抹了一抹脸上的水，嘴唇已被阴冷的河水冻得发青。Shirley杨没等上竹筏就说："你们俩是不是想把我扔在水里不管了？"

我跟胖子见她死里逃生，也是长出了一口气，刚才太过紧张，根本顾不上多想。我连忙对Shirley杨说道："怎么会呢？组织上刚要派同志去营救你，想不到你就自己游回来了，根本没来得及给同志们表现的机会。"说完伸手把Shirley杨拽上了竹筏。刚才一番混战，Shirley杨的外公传下来的那把金刚伞竟然没失落在水中，现在仍然在她手里拿着。

只听见远处铁片摩擦的声音越来越大，越来越密集，青鳞巨蟒游开的方向上，水就如同煮沸了一般，似乎是什么动物在那里拼命地搏斗。

由于探照灯被撞灭了，远处什么也看不见，但是用登山头盔上的战术射灯一照，可以看见附近的河水变成了暗红色，完全被大量的鲜血染红了。

我们不敢再多耽搁一秒，急忙用工兵铲划水，把竹筏掉转，向蘑菇岩山洞的出口冲去，身后的铁叶子摩擦声越发激烈。

倘若不看明白了，终究是不能放心。Shirley杨用信号枪对准方向，打出一枚照明弹，远处的水面被白灯笼般的照明弹照得雪地般通明。只见无数手掌大小的金鳞鱼正把那条青鳞巨蟒团团裹住，那些鱼都长着两排刀锯般参差的锋利牙齿，一口便从巨蟒身上连皮带肉地撕下来一条。

鱼的数量非常庞大，足以数千计，翻翻滚滚地卷住青鳞大蟒撕咬。血流得越多，那些鱼就显得越兴奋，像疯了一样乱咬。好虎难抵群狼，可怜这条青鳞巨蟒被那些鱼围得水泄不通，还不到半分钟，就被恶鬼一样的鱼群啃了个精光，连骨头渣都没剩下。

那些铁叶子摩擦的声音，就是鱼群牙齿所发出的。Shirley杨脸上骤然变色，不住口地让我和胖子快划："快划啊，这是刀齿蛏鱼，刀齿蛏鱼！它们见了血就发疯！"

就是不用Shirley杨说，我们也不敢稍歇，那青龙般的巨大蟒蛇在这群刀齿蛏鱼眼中不过是一盘火鸡大餐，连点反抗的余地都没有，而且这群鱼数量如此庞大，万万难以抵挡，我们只有玩了命把竹筏划到出口才有生机，毕竟这些刀齿蛏鱼没有脚，不能上岸。

这些见了血液就眼红的刀齿蛏鱼恐怕就聚集在附近的某条地下河道中，由于我们对巨蟒开枪，使得它流出鲜血，这才引来大批的刀齿蛏鱼。自然界一物降一物、相生相克的道理在这蘑菇岩洞中生动地上演了，也不知道什么生物是刀齿蛏鱼的天敌，反正不是我们这样的人类，我们在水中只有逃命的份儿。

被那血肉模糊的场景所慑，胖子的脸都吓绿了，抡圆了膀子用工兵铲划水。"快跑，快跑，我最怕的就是食人鱼！今天出门没看皇历，怎么怕什么来什么！"

我和Shirley杨也使出浑身解数，尽一切可能给竹筏增加速度。我边用

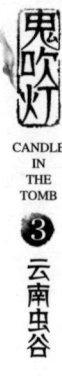

工兵铲划水,边对胖子说道:"我和你一样,也最怕这种鱼,要是今天能逃出去,咱们就对佛祖发个大愿,这辈子从今往后再也不吃一口鱼了。"

胖子说:"没错,没错,我第一怕吃鱼,第二怕见血,尤其是不能看见我自己的血。"

话音还未落地,只听铁叶子摩擦声由远而近,已经赶到了我们竹筏的周围。竹筏下传来一片"咔嚓咔嚓"的牙齿啃咬声,这无比刺耳的牙齿摩擦声,使我的每一根头发都竖了起来。

看来竹筏下被青鳞巨蟒吃剩下的几只水虣蜂,现下都便宜了这群刀齿蜂鱼。然而那些捆绑竹筏的绳索,也在刀齿蜂鱼像刀锯般锋利的牙齿下被咬烂了。

第七章
穿过高山　越过河流

　　大群刀齿蝰鱼来得很快，铁叶子的摩擦声像一波接一波的潮水，不断从远处传来，当先的几尾已经到了我们脚下的竹筏边。那竹筏虽然绑得结实，却也架不住这群饿鬼托生的刀齿蝰鱼来啃。

　　我们情急之下只好抡起工兵铲去剁游近的鱼群。我一铲挥进水中，工兵铲就被疯狗一样的刀齿蝰鱼咬住，我急忙抬手把它们甩脱，低头一看，不由得冷汗直流——在登山头盔射灯的照射下，工兵铲精钢的铲刃上竟然被咬出了几排交错的牙印。

　　然而这只是当先游过来的数尾刀齿蝰鱼，更多的鱼正从后边汹涌而来，如果不采取有效措施，我们的竹排在几十秒钟之内就会被大批刀齿蝰鱼咬成碎片。但是竹筏的位置距离蘑菇岩大山洞的出口尚有十几米的距离，我们现在已经被刀齿蝰鱼完全包围，根本没法划水，这最后的十几米真如同地狱般漫长遥远，恐怕我们永远也不可能抵达洞口了。

　　胖子焦急地喊道："这回咱们真要玩完了，我他妈的可不想当鱼食！老胡，你手枪里还有子弹吗？快给我心窝子来上一枪，我宁可被枪打死，也好过被这食人鱼活活啃死！"

我这时也有点麻爪了，咬着牙对胖子说道："好，就这么办了。我先一枪打死你，然后再开枪自杀，咱们绝不能活着落在敌人手里。"

就在这生死系于一线的关头，Shirley杨忽然镇定自若地对我们说："看你们两个家伙没出息的样子！平日里口若悬河，千般的凶恶，万种的强横，普天之下都没有能被你们放在眼里的事物。如今还没过遮龙山，遇到这么点困难就想自杀，看你们回去之后还有何面目同天下人说长道短。现在你们全部听我指挥。"

说罢，Shirley杨举起手枪对准水中刀齿蜂鱼密集处连开数枪，河水瞬间被鱼血染红。四周的刀齿蜂鱼见到鲜血，根本不管是同类还是什么，狂扑过去撕咬受伤的刀齿蜂鱼。竹筏即将被咬碎的危机稍稍得以缓解。

Shirley杨顾不得再把手枪放回去，直接松手，任由那支六四式手枪落入水中，早把那飞虎爪远远地对准山洞出口的白云蘑菇岩掷了出去，飞虎爪的钢索在蘑菇岩的岩柱上缠了三圈，爪头紧紧扣住岩石。

Shirley杨让我和胖子拽着飞虎爪的钢索，把竹筏快速扯向洞口处的岸边。在三人的拉扯下，竹筏的速度比刚才用工兵铲乱划快了数倍。在距离洞口尚有五六米的地方，胖子就开始把放满装备的地质登山包，连那两个捕虫网一个接一个地先扔到岸边——每个包都有四五十斤的分量，减少一个，竹筏就轻一大块，速度也随之越来越快。

这时铁叶子的摩擦声大作，大群刀齿蜂鱼已经如附骨之疽般蜂拥赶来，我们再也不敢继续留在竹筏上，立刻跃上岸边的蘑菇岩，甫一落脚，身后绑缚竹筏的绳索即告断裂，整个竹筏散了架，一根根地漂在水中，损坏了的强光探照灯也随之沉没。

刀齿蜂鱼啃净了附着在竹子上的水螔蜂，仍旧在附近游荡，徘徊不肯离去。我看着在水中翻翻滚滚的鱼群，不禁长出一口气，总算没变成鱼食，否则还没见到献王墓就先屈死在这全是水的山洞里了。

身边的胖子忽然大叫一声："哎哟，不好！背包掉进河里去了！"

我闻声一看，也是一惊——刚才把三个大背包都扔在岸边，还没来得及拿上来，第一个扔过去的背包由于距离远了些而落在水边，背包里的东西沉重，岸边的碎石支撑不住，掉进了河水中。那里无处立足，想把背包捞回来就必须下水。眼看着那大背包就要被水流冲走，而河中的大群刀齿蝰鱼就伺候在左右。

我们出发时曾把所有的装备器械归类，这个背包里面装的是丙烷喷射瓶，可以配合打火机发射两到三次火焰，由于不太容易买到，所以只搞来这一瓶，本来是准备倒斗的时候才装备上，以防不测。而且包中还有六瓶水壶大小的可充填式氧气瓶，还有标尺、潜水镜和呼吸器，这些都是倒那座建在湖中的献王墓所不可缺少的水下装备，除此之外还有不少其他重要的物品——就是由于背包里有不少充满各种气体的设备，所以背包一时还未沉入水底。

这个背包如果失落了，我们就只能趁早夹着尾巴鸣金收兵、打道回府了。Shirley 杨见此情景也是心急如焚，想用飞虎爪把背包钩回来，而那飞虎爪还死死缠在蘑菇岩上，急切间无法解开。

我知道若再延迟，这些装备就会被水冲得不知去向。我手中只有工兵铲，见岸边岩石的斜面上有条裂缝，也不多想，就把工兵铲当作木楔，将整个铲刃竖起来插进岩缝，再横向一用力，工兵铲就卡在了岩石的裂缝中。伸手一试，觉得甚为牢固，我便把整个身体悬挂在河面上，一手抓住工兵铲的三角把手，另一只手伸进水中去抓住刚好从上面漂过来的背包。

背包被实实在在地抓到手中，这颗心才放下，没想到突然从水中蹿出一条刀齿蝰鱼，张开它那锯齿尖刀般的大口，在半空中给我的手背狠狠地来了一口。

我手背上的肉立刻被撕掉一块，疼得我全身一抖，险些掉落河中，但手上的伤口即便钻心般疼痛，我也没把那背包撒手。又有数尾刀齿蝰鱼使出它们那鲤鱼跃龙门的手段，纷纷从水中跳出来想要咬我，我身体悬空，又因那背包太沉，根本无法躲闪。

多亏胖子与 Shirley 杨从后边把我扯了回来，我才侥幸未被群鱼乱牙分尸。我抹了抹额头上的冷汗，看左手的伤势，还好并不严重，只被咬掉一块皮肉，虽然血流不止，终归是没伤到筋骨。

Shirley杨急忙取出药品给我包扎。"你也太冒失了，人命要紧还是装备要紧？装备没了，大不了就让毫尘珠在献王墓中多存几日，性命丢了可不是儿戏。"

我对Shirley杨和胖子说道："这点小伤算什么，我今天要是再不表现表现我胡某人的手段，那美国顾问团可又要说我们无能了。对不对,小胖？"

胖子笑道："老胡你这两下子算得了什么本事，偷鸡不成反蚀把米，自己让鱼给啃了一口。咱们大将压后阵，等会儿到了献王墓里，你就全看胖爷的本领，让你们开开眼，知道什么是山外有山。"

Shirley杨先用云南白药给我的手背止住了血，又用止血胶在外边糊了一层，然后再用防水胶带包住伤口，以免进水感染发炎，最后还要给我打一针青霉素。

我连忙摆手说："不行不行，我轻伤不下火线，而且还有点晕针，这种抗生素咱们本来就没带多少，还是先留着吧。"

Shirley杨不由分说，让胖子把我按倒在地，强行打了一针才算罢休。由于这山洞中环境复杂，不知还有些什么危险，就没进行休整，我们测定了一下方位，见河道边上勉强可以通行，便背上装备准备开"11号"，沿着这条地下河道走出去。

我们沿河道边缘而行，眼见这条为修建王墓开凿的水路规模不凡。原以为献王是从古滇国中分离出来的一代草头天子，他的陵墓规模也不会太大，但是仅从穿山而过的运河来看，这位擅长巫毒蛊术的献王，当真是权势熏天，势力绝对小不了。那座修建在"水龙晕"中的王墓规模，也应该远远超乎我们的想象。

在漆黑的山洞中越走越深，又步行了将近一个小时的路程，河道边突然出现了一段坍塌处，碎石一踩便纷纷滑进水中，根本不能立足，看来这条路无法再继续前进了，只得找另一个天然的山洞从中穿过。走不多时，便听山壁对面水声隆隆，但是明明听见水流声响，却是无路可绕。我们便举了狼眼手电筒四下里寻路，见这地方是山体中的天然溶岩地貌，大块的山岩上有很多大大小小的窟窿。

好不容易找到一个能容一人钻过去的石孔，便用登山绳把背包拖在身后，依次钻了过去。终于见到了山中的一个巨大瀑布，我们从石孔中钻出来的位置正好在瀑布下方。另有一条水流从对面汇进瀑布下的河道，顺着水流方向看去，远远的有些光亮，好像出口就在那边。

Shirley 杨对我说："这条汇进瀑布的水系大概才是当地人采石过程中发现的水路。看这附近的河床地貌不会超过几十年。否则有这条水路，修献王墓时也不用在遮龙山中开凿运河了。"

我对 Shirley 杨说道："此类地貌就是长年被水冲刷形成的，我以前做工程兵的时候多少了解一些，像这样的地方，整个山底下早都被澜沧江的无数条支流冲成筛子了，有些地方积水深度甚至超过数百米。河水在山洞中改道是常有的事，反正是越流越低，把岩石冲倒了一块就多出来一条支流，照这么下去，这座遮龙山早晚得塌。"

三人边说边行，循着那片有光亮的地方走过去，半路看到高处山壁上有些岩洞的排列颇为有序，很像是人工开凿的。山壁下方有明显的石阶，地面上不时可以见到一具具朽烂的人类枯骨，还有些兵器铠甲，都已经烂得不成样子。

这里的场景非常符合先前在彩云客栈中老板娘的描述，应该是当年的一些乱民以此为据点对抗官军。由于物品在潮湿的环境中难以保存，几乎都已经腐朽不堪，也不太容易辨认出究竟是哪朝哪代的。看那些尸骨腐烂的程度，还有兵器盔甲的造型，只能判断有可能是清初时期。

我们进山倒斗向来是步行，不嫌跋涉，更兼可以行止自如。虽然在遮龙山下弃船步行，每人背负着许多沉重的装备，却并未觉得艰苦。但是这一路多历险恶，都想早些钻出这山洞，于是便不再去理会那些遗迹，匆匆赶路。

顺着水流走到尽头处，那河水仍然向前流淌，但是流入了地下。这山洞里要比山外的地平面低洼一块，所以在外边见不到这条山中的大河。我们又往上爬了一段山岩堆积的斜坡，这里都有被水浸泡过的痕迹，看来前一段时间全国范围内的大规模降水对遮龙山里的大小山洞影响很大。在碎石坡的中间，眼前一亮，有一个明显是曾经被水冲塌的洞口显露了出来。现在水已经退了，在白天，借着外边的阳光很容易就可以找到这个出口。这里的石头很明显是被人为封堵的，如果不是山中出现洪水，凭人力很难打开。

我们戴上太阳镜，从山洞中钻出来，终于算是成功地穿过了遮龙山。来到外边，回首观看，正身处遮龙山的峻壁危峰之下，头顶最高处，云层厚重，遮龙山的外壳则尽是绿迹斑斑的暗绿色花岗岩，崖身上又生长了无数藤蔓类阔叶植物，放眼皆绿。如果从外边找这个小小的缺口，倒是十分不容易寻到。

再看前面，四周全是群山，中间的地势则越来越低，全是大片的原始森林。林木莽莽苍苍，各种植物茂密异常，老树的树冠遮天蔽日，有很多根本叫不出名目的奇花异木，其中更散布着无数沟壑深谷、溪流险滩。有些深谷在阳光下清晰得能看见里面的一草一花，然而越看越觉得深不可测，幽深欲绝，使人目为之眩；而有些地方则是云封雾锁，一派朦胧而又神秘的景色。

这是一片处于怒江与澜沧江之间，被雪山大河阻断，完全与世隔绝的原始之地。我取出人皮地图，确认进入虫谷的路径。

胖子举起望远镜看下面的丛林，看着看着突然一把拉住我的胳膊，把望远镜塞到我手中说："甭翻地图了，你瞅那边有许多金色大蝴蝶，那个山谷肯定就在那里。"

第八章
密林

听到胖子说发现了虫谷的入口，我和 Shirley 杨也举起望远镜顺着他所说的方向看过去。只见远处山坡下有一大片黄白相间的野生花树，花丛中有成群的金色凤尾蝶穿梭其中。这些蝴蝶个头都不小，成群结队地飞来转去，始终不离开那片花树。

Shirley 杨赞叹道："那些花应该是蝴蝶兰，想不到吸引了这么多金色凤尾蝶……还有金带凤蝶……竟然还有罕见的金线大彩蝶，简直像是古希腊神话传说中在爱琴海众神花园里那些被海风吹起的黄金树树叶！"

我对蝴蝶一窍不通，用望远镜看了半天，除了蝴蝶和野花树之外，却并没见到什么山谷、溪谷之类的地形。这里的植物层实在是太厚了，所有的地形地貌都被遮蔽得严严实实，根本无法辨认哪里是山谷，哪里是溪流。从上面看去，只见起起伏伏，皆是北回归线附近特有的浓密植物，高出来的也未必就是地形高，那是因为植物生长不均衡，那处植物特别高大。这里的原始森林，与我们熟悉的大兴安岭原始森林有很大的不同。

常言道：木秀于林，风必摧之。大兴安岭中树木的树冠高度都差不多，树与树互相之间可以协力抵御大风。而这里地处两江三山环绕交接之地，中间的盆地山谷地势低洼，另外还由于云南四季如春，没有季风时节，地势越低的地方越是潮气滋生严重，全年气温维持在 25℃~30℃，一年到头都不见得刮上一次风，所以各种植物都尽情地生长。地下的水资源又丰富，空气湿度极大，植物们可以毫无顾忌地想怎么长就怎么长，这导致了森林中厚茎藤本、木质和草质附生植物根据本身特性的不同长得高低有别，参差错落。最高的是云南有名的望天树，原本这种大树是北回归线以南才有，但是这山坳里环境独特，竟然也长了不少顶天立地的望天树。

只有少数几处面积比较大的水潭上面才没有植物遮盖，深幽处更有不少地方都是云雾缭绕，在远处难以窥其究竟，总不能凭几群金色大蝴蝶就贸然从那里进入森林。这里环境之复杂，难以用常理揣摩。

人皮地图绘制于汉代，传到今日时隔两千年，地图中标注的地形地貌特征如今已经产生了极大的改变。除了一些特定的标识物和地点之外，无法再用人皮地图与遮龙山下的森林进行更加精确的比照。

据瞎子所说，几十年前他们那一批卸岭力士带着土制炸药进入虫谷，在虫谷也就是蛇河形成的溪谷前边一段见到了大群的蝴蝶。

但是谁能保证虫谷外的其余地方不会出现蝴蝶？所以，暂时还不能断定那里就是虫谷的入口，必须找到瞎子所说的特征——虫谷中有一段残墙。那是一处以人力在蛇河上修筑的古墙遗迹，好像是个堤坝，用来在湖中修造献王墓时截断水流，献王入殓后就被拆掉，重新恢复了献王墓前的水龙晕。

只有找到那道残墙，才可以作为确认虫谷位置的依据。最稳妥的办法就是同当年那伙卸岭力士一样，出了遮龙山先不进森林，而是沿着山脉的走向，向北寻找澜沧江的支流蛇河，然后顺着蛇河摸进山谷，就可以确保不会误入歧途，在方位上万无一失了。

胖子提出还有一个方法，就是要重新找到遮龙山中的那条人工运河，沿着古河道寻找蛇河。不过由于澜沧江上游大雨，各条大小水路相互连通，已经变得错综复杂，甚至有可能改道流入地下，旧河道早已被植物泥土彻底遮盖，所以胖子所说的方法并不可行。

三人稍做商议后看了看时间，此时下午三点半。我们从上午九点左右乘坐竹筏进入遮龙山，到现在为止一直没有休息，所以决定就地作为中继点，先休息二十分钟，然后向北，争取在日落前找到虫谷的入口，在那里扎营，明天一早进谷。

　　我们找了块稍微平整的山坡坐下，取出些饵饼牛肉稍稍充饥。胖子说起那些食人鱼，使我想起那山中水潭满是鲜红的血液，跟传说地狱中的血池差不多，搞得我也没了胃口。我突然心中一凛，万一那些牙齿比刀锯还快的鱼也顺路游进了蛇河可如何是好？有那些家伙在水里，我们不可能从水中钻进献王墓。

　　Shirley 杨说："关于这方面完全不用担心。我以前在地理杂志做摄影记者，曾看过许多关于动物、植物的相关资料，刀齿蝰鱼在亚洲的印度、密支那、老挝，以及美洲靠近北回归线附近二十度地区内的水域都有存在。其中古印度最多，佛经中记载印度阿育王时期，曾有一年刀齿蝰鱼酿成大灾。当时正值百年不遇的恒河大洪水，东高止山脉中的一条地下河倒灌进了附近的一座城市，城中无数人畜葬身鱼腹。

　　"这刀齿蝰鱼的祖先可以追溯到后冰河时期的水中虎齿獱鱼。那种鱼生活在海洋中，身体上有个发光器，大群的虎齿獱鱼可以在瞬间咬死海洋中的霸主龙王鲸。后来由于次冰河时期的巨大洪荒，这些生物就逐渐被大自然残酷地淘汰，其后代刀齿蝰鱼也演变成了淡水鱼类。

　　"刀齿蝰鱼虽然十分厉害，但是它们有一个巨大的弱点。这些鱼只能生活在温度比较低的水中，北回归线附近只有岩洞中阴冷的水域适合它们生存。那些水中产有一种没有眼睛的硬壳虾，数量很多，但是仍然不够刀齿蝰鱼们食用，所以经常会发生自相残杀的状况。数量庞大的刀齿蝰鱼在每年的九月之后，仅仅有百分之一幸存下来，活到最后的产卵期。

　　"每年中秋月圆的时候是刀齿蝰鱼的产卵期。它们本身无法在太热的地区生存，之所以生活在偏热的北回归线附近，就是为了最后到水温高的地区大量产卵，产卵之后刀齿蝰鱼就会立刻死亡。鱼卵在温度较高的水流中生长一段时间后变为鱼苗，便又会洄游到阴冷的水域继续生存。现在是六月底，是刀齿蜂鱼最活跃的时期，平时很难见到数量如此多的刀齿蜂鱼。

"另外，由于刀齿蜂鱼对生存环境要求比较高，还有对食物的需求量也非常大，最近几十年，已经出现将会逐渐灭绝的征兆了。

"最重要的是这个季节不是它们的产卵期，所以完全不用担心它们会游出山洞。不过回去的时候需要小心谨慎了，遮龙山中的水路最近已经由于大量降雨全部变成相互贯通的水网，如果按原路返回，指不定在山洞的某段河道中还会碰上它们。"

听了 Shirley 杨对刀齿蜂鱼的详尽解释，我和胖子才略微放心。胖子觉得自己刚才有点露怯，希望把面子找回来，于是对我和 Shirley 杨说："这些臭鱼烂虾能搞出多大动静？我之所以觉得它们有点……那个什么，是因为主席他老人家曾经教导过我们说，在战术上要重视敌人。"

Shirley 杨说："这些鱼倒不足为虑，我只是反复在想河道中倒悬着的人俑，它们的作用好像不会是用来喂蟒那么简单……但是蛊术十分诡异，实在是猜想不透，好在有群误打误撞冒出来的刀齿蜂鱼，否则会发生什么事，还真不好说。未进虫谷就已经遇到这么多麻烦，咱们一定要步步为营，小心谨慎。"

我点点头，说道："这个斗是出了名的不容易倒，咱们既然来了，就要使出平生所学跟它较量较量。"我拍了拍自己脖子的后边说道，"就算是为了这个，也不得不押上性命玩上这一把大的。"

Shirley 杨与胖子也都面色凝重，这回倒是一次关系到生死存亡的举动，悬崖卜跑马没有退路可言，只能成功，不能失败。

我们休息了一段时间，其间取出有遮龙山等高线的地图查看。这地图极其简单，误差非常大，我们将指北针清零，重新确定了海拔和方位，对地图进行了修正，标记好出口的方位，便动身出发继续寻找蛇河。

澜沧江流域极广，从北至南，贯穿云南全境，直流入越南，不过在越南流域被称为湄公河。这些内容自是无须考虑，单说在云南境内，澜沧江最小的一条分支就是我们所要寻找的蛇河。这条河绕经遮龙山的一段，奔流湍急，落差非常大，有些流段穿过地下或者丛林中的泥沼，又有些河段

第八章 密林

顺着山势急转直下，一个瀑布接一个瀑布，河中全是巨大的漩涡，各种舟船均无法通过，又由于其极曲折蜿蜒，故名蛇河。而当地白族称其为"结拉罗溇"，意为"被大雪山镇压住的恶龙"。

按常理找到这条蛇河并不算难，但是计划赶不上变化，这山下植被太厚，根本找不到河道，只好顺着遮龙山的边缘摸索着慢慢前进。

我这才发现，在这种鬼地方，《十六字阴阳风水秘术》完全用不上了。要辨形势理气，需要看清楚山川河流的构成，而在这一地区，山顶全是云雾，山下都是各种树木藤蔓，就如同在山川河流的表面糊满了一层厚厚的绿泥，上面又用棉花套子罩住，根本无处着手。

绝壁下的丛林更是难以行走，走进去之后一只蝴蝶也没见到，尽是大小蚊虫毒蚁，而且没有路。在高处看着一片绿，进去一走才发现藤蔓条长得太过茂密，几乎找不到立足的地方，只好用工兵铲和砍刀生生开出一条道路，同时还要小心回避那些蚊虫毒蚁，其中艰苦真是不堪忍受。

眼看太阳已经落到山后，大地逐渐被黑暗吞没，原始森林蒙上了一层漆黑的面纱，而我们从休息点出发到现在，并没有走出去多远。

看来想在天黑前找到蛇河已经不可能了，只好先暂时找个相对安全的地方过夜。森林中的夜晚是充满危险的，而且这里由于处于大山大川之间，气压变化很大，森林边缘昼热夜冷，到了晚上，虽然这里也不会太冷，但是身上潮湿，容易生病。进入密林深处，反而不必担心这一节了，所以我们必须找到一块没有太多蚊虫而又稍微干燥的地方点燃营火，才可以过夜。

最后，在两棵大树下找到一块十分平整的大青石，用手电照了照，发现附近没有什么蛇蝎之类。三人累得很，便匆匆取出燃料生了个火堆，四周用小石头围住。由于空气过于潮湿，必须取一点火放在青石上，把石头缝隙里的苔藓和湿气烤干，然后再把睡袋铺上，免得睡觉时湿气入骨落下病根。

Shirley 杨去附近打了些泉水回来，经过过滤就可以饮用。我支起小型野营锅烧了些开水，把从彩云客栈买的挂面用野营锅煮了，什么调料也没放，免得让食物的香气招来什么动物，在煮熟的挂面中胡乱泡上几块云南

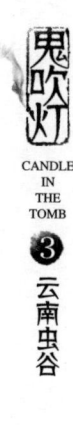

的饵饼就当晚饭了。因为还不知道要在山谷里走多久，所以没舍得把罐头拿出来吃。

胖子不住地抱怨伙食质量太差，嘴里都快淡出鸟了。说起鸟，就顺手抓起那柄"剑威"准备打点野味，可是天色已经全黑，只好作罢，重又坐了下来就餐，一边怪我煮的东西不好吃，没滋味，一边吃了三大盆。

吃完饭后，我们决定轮流睡觉，留下人来放哨，毕竟这原始森林危机四伏，谁知道晚上跑出什么毒虫猛兽来。

头一班岗由我来值，我抱着"剑威"，把六四式手枪的子弹压满，把火堆压成暗火，然后坐在离火堆不远的地方，一边哼着时下流行的小曲减轻困意，一边警惕着四周黑暗的丛林。

我对面这两株大榕树生得颇为壮观，是典型的混合生植物。树身如同石柱般粗大，树冠低垂，沉沉如盖，两杆粗大的树身长得如同麻花一般，互相拧在一起，绕了有四五道，形成了罕见的夫妻树。树身上还生长了许多叫不出名的巨大花朵和其他植物。这些附着在"夫妻老榕树"树身上的植物，都是被森林中的动物无意中把种子附着在树皮上，或者是树身的裂缝中，因而发芽生长、开花结果的。这种混合了多种花木的老榕树，就像是林中色彩绚烂缤纷的大型花篮。

我正看得入神，却听躺在睡袋中的Shirley杨忽然开口对我说道："这两棵树活不久了，寄生在它们身体上的植物太多，老榕树吸收的养分入不敷出。现在这树的最中间部分多半已经空了，最多再过三五年，便要枯死了。有些事物到了最美丽的阶段，反而就距离毁灭不远了。"

我听她话里有话，表面上说树，实际上好像是在说我们背上从鬼洞中得到的诅咒。我不想提这些扫兴的事，便对Shirley杨说道："夜已经深了，你怎么还不睡觉？是不是一闭眼就想到我伟岸的身影，所以辗转反侧，睡不着了？"

Shirley杨说道："要是我闭上眼睛想到你就好了，现在我一合眼，脑子里就是遮龙山山洞中的人俑，越想越觉得恶心，连饭都不想吃了，到现在也睡不着。"

我打了个哈欠，对 Shirley 杨说："既然你睡不着，就发扬发扬国际主义精神，把我的岗替换了，等你困了再把我叫起来。"

Shirley 杨笑道："想得挺美，你跟胖子一睡起觉来，打雷都叫不醒，我睡不着也不和你轮换，免得后半夜你装死不肯起来放哨。"

我摇头叹息道："你可太让我失望了，我以为你不远万里地从美国赶来支援我们国家的四个现代化建设，本来都拿你当作白求恩一样来崇拜了。我从内心深处，也就是说发自内心地认为你是一个有道德的人，是一个高尚的人，是一个有益于人民的人，是一个脱离了低级趣味的人。没想到你竟然这么自私自利，一点都不关心战友的感受，平时那种平易近人的表现都是伪装出来的。"

Shirley 杨对我说："你口才不错，只不过太喜欢说些大话，总吹牛可不好。反正也睡不着，不如你陪我说说话，但是你可不许再跟我说什么语录上的内容。"

森林里静悄悄的，一丝风都没有，所有动物、植物仿佛都睡着了，只偶尔从远处传来几声怪异的鸟叫。我困得两个眼皮直打架，看了看睡在一旁的胖子，这家伙把脑袋全钻进睡袋里，呼呼酣睡，睡得就别提多香了。但是 Shirley 杨又偏偏不肯替我值勤，我只好有一句没一句地强打着精神跟她瞎聊。

也不知怎么，聊着聊着就说起这森林中的大蟒蛇。我说起以前在北京，遇到之前一个连队的战友，听他说一些在前线蹲猫耳洞的传闻。那时候战争暂时进入了相持阶段，在双方的战线上都密布着猫耳洞，其实就是步兵反冲击掩体，挖猫耳洞的时候经常就挖出来那山里的大蟒，他们告诉我最大的蟒跟传说中的龙一样粗。我那时候还不相信，如今在遮龙山里遇到才知道不是乱说的。

不过，大多数蟒蛇并不主动攻击人，它们很懒，成天睡觉。有些士兵在猫耳洞里热得受不了，光着膀还觉得热，只好找条在树上睡觉的大蟒，把它拖进洞里，几个人趴在凉爽的大蟒身上睡觉，还别说，比装个冷气机都管用。

后来那条蟒干脆就住在猫耳洞里，在那儿安家了。天天有人喂它红烧肉罐头，它吃饱了就睡。后来有一天战事突然转为激烈，不停的炮击封锁了我军运送给养的通道。那炮打得特猛，有时候掩体修的位置不好，一个炮群盖上，里面整个班就没了。打了整整一个星期的炮，阵地周围连蚂蚁都没有了。猫耳洞中的红烧肉罐头没了，短时间内，人还能坚持，但是大蟒饿起来就忍不住了，它在猫耳洞里住习惯了，天天闻着士兵们抽烟的味道，也染上了烟瘾，怎么赶也不走，饿得红了眼，就想吞人。最后只好开枪把它打死了，把蟒皮剥下来放在猫耳洞里，蚊虫、老鼠都不敢进洞。结果有一天敌人趁天黑来掏洞子，放哨的战士当时打瞌睡，没发现敌人，那敌人打算往洞里扔炸药包，结果忽然觉得身上被蟒缠住了一样，动弹不得，骨头都快被巨大的力量勒碎了，但是身上明明空空如也，什么都没有。第二天猫耳洞里的士兵发现那张蟒皮……

我跟 Shirley 杨侃到后来，连自己也不知道说的是什么了，倦意上涌，再也无法支撑，不知不觉抱着"剑威"睡了过去。

第九章
鬼信号

也不知过了多久，忽然被人轻轻推醒。自从离开部队之后，我经常做噩梦，整晚整晚地失眠。在北京做起古玩生意之后精神上有了寄托，这才慢慢好转，一倒下就睡着，不睡够了雷打不动。

但是，这个在森林中寂静的夜晚，我虽然困乏，心中却隐隐觉得有一丝不安，所以此刻被人一推，立刻醒了过来。这时天空上厚重的云层已经移开，清冷的月光洒将下来，借着月光见到推着我的胳膊把我唤醒的人正是Shirley杨。Shirley杨见我睁开眼，立刻把手指放在自己唇边，做了个噤声的手势，示意我不要大声说话。

我看了看四周，胖子依然在睡袋里睡得跟死猪一样，我身上不知什么时候多了一张薄毯，可能是Shirley杨见我说着半截话就睡着了，所以给我盖上的。这时我的大脑才刚刚从深度睡眠中醒过来，还有点不大好使，但是随即明白了——有情况。

只见Shirley杨已经把六四式手枪握在了手中，用另一只手指了指那两株缠在一起的"夫妻树"，又指了指自己的耳朵，让我仔细听那树中的声音。

我立刻翻身坐起，侧耳去听。虽然我没有鹧鸪哨那种犬守夜的顺风耳功夫，但是在这寂静无比的森林中，离那大树又近，清楚地听到树内传来紧一阵慢一阵的轻轻敲击声。

那声音不大，完全不成节奏，却在黑夜中显得甚是诡异，是什么东西发出来的？绝对不是啄木鸟，像这种森林里没有那种鸟类，而且那声音是从上边的树干中传来的，难道树里有什么东西？

想到这我不免有些许紧张，传说献王墓周边设有陪陵以及殉葬坑，还有那些倒悬着做"蛊引"的人俑，都给这片森林增加了许多恐怖色彩，天知道这片老林子里还有什么邪性的东西。

我没敢出声，慢慢把"剑威"步枪的枪栓向后拉开，又把携行袋挂在身上。携行袋中有辟邪镇尸的黑驴蹄子，还有捆尸索、糯米等物，不论是什么情况，有这些东西，都可以同它斗上一斗。

这时，那沉闷的敲击声又一次响起，像是水滴声，又像是用手指点击铁板发出的，时快时慢。我向那声音的来源处看去，视线都被树上的花朵枝叶遮挡住了，看不清楚上面的情况。月光透过枝杈叶子的缝隙照下来，光线随着风吹叶动而闪烁不定，更显得上面鬼气逼人。

Shirley 杨在我耳边低声说道："刚才你睡着了，我静下心来才听到这声音，好像树中有什么人……"

我也低声问道："人？你怎么肯定就不是动物？"

Shirley 杨说："这声音微小而又怪异，并且没有规则，我开始也以为是动物发出的，但是刚刚仔细一听，从中听出了一小段摩尔斯通信码的信号。然而这个信号只出现了一遍，后边就开始变得不太规律了，也许是因为信号声比较小，我极有可能漏听了一部分。"

我听得一头雾水，但是心中不安的预感更加强烈了。我小声对 Shirley 杨说："摩尔斯码？就是那个只有长短两个信号的国际电码？你听到的是什么内容？"

Shirley 杨说："三短三长三短，也就是'嘀嘀嘀''嗒嗒嗒''嘀嘀嘀'，翻译出来便是国际通用的求救信号——SOS。"

我对 Shirley 杨说："你是自己吓自己吧，这摩尔斯码虽然在世界上普及得最广，但是毕竟是用英文压码的密电码。这片林子除了民国那阵子瞎子等人来过，再就是有几个采石头的工人来过，他们也只是出于好奇心穿过山洞，在森林边转了转就回去了。当地人非常迷信，是不敢来这遮龙山后的森林的，因为他们怕撞到鬼……呸！"

我说到最后一个字，自己也觉得不太吉利，急忙啐了一口唾沫，心中默念道："百无禁忌。"

Shirley 杨对我一摆手，让我不要说话。再仔细听，那声音又从树中传了出来。这回听得真切，有短有长，果真是三短三长再加三短，短的急促，长的沉重。

那两棵榕树由于枝叶茂盛，加之天黑，月光是在正上方，所以上面的情况完全看不到半点。但是这令人头皮发麻的求救信号明明就是从上面传来的。最奇怪的是声音来源于上端的树干内部，而不是树顶，好像是有什么人被困在树里无法脱身，又不能开口呼喊，便用手指敲打发出信号向我们求救。Shirley 杨已经把狼眼手电筒从包中取了出来："我到树上去看看。"

我一把拉住她说："去不得，你看空中的月色泛红，林中妖雾渐浓，树里必定是有死人，这声音就是传说中的鬼信号。"

Shirley 杨问道："什么是鬼信号？我怎么从来没听说过。"

我对 Shirley 杨说道："你有所不知，部队里一直都有这种传说，有些在边远山区驻防的部队，经常在电台里收到莫名其妙的信号。这些信号断断续续，有求救的，还有警告的，总之内容千奇百怪。部队接到这样的电波会以为是有人在求援，多半都会派人去电波信号来源的地方进行搜索。但是，去了的人就再也回不来了，如同人间蒸发了一样，那些鬼魅般的信号也就随即消失不见，所以这就是传说中的勾魂鬼信号。"

Shirley 杨已经把登山头盔戴到了头上，对我说道："这种捕风捉影的谣传，又怎作得准？这里已经进入了献王墓的范围，所以每一件不寻常的状况都可能会与献王墓有关，我们必须查个水落石出。再说，万一要是有被困住的人在求救，总不能见死不救。"

Shirley 杨说完就用登山镐挂住树干上的粗大藤蔓，攀缘而上，动作非常轻快，几下就爬到了一半的地方。那两棵纠缠在一起的夫妻老树高有二十来米，直径十余米的树冠遮住了月光，再加上树上枝叶花蕾太过茂密，在树下用狼眼手电筒最多只能看到树干十米之内的高度。

我们的探照灯已经毁了，现在剩余的最强力照明设备就是用信号枪发射的照明弹。此地尚未进入虫谷，途中又不会再有补给，所以不能在这里尽情使用。我见Shirley杨在树上越爬越高，非常担心她的安全，急忙把睡袋里的胖子弄醒，让胖子在树下接应，然后也戴上登山头盔，打开头顶的战术射灯，抓住藤蔓，跟着爬上了树。

胖子刚刚被我叫醒，还没搞清楚状况，举着"剑威"在树下不停地问我是怎么回事。我刚爬到三分之一的高度，见胖子在树下跟没头苍蝇似的举着枪乱转，便用登山镐挂住树缝，停下来低头对胖子说道："你别把枪口朝上，当心走了火把我崩了。这树里好像有东西，我们爬上去瞧瞧究竟是怎么回事，你在下边警戒，不要大意。"

这时，已经爬至老榕树高处的Shirley杨突然叫道："树顶上插着半截飞机残骸，好像是美国空军的飞机。"

我听到她的话，急忙手足并用，循着Shirley杨登山盔上的灯光爬了上去。穿过一层层厚大的各种植物花草，见Shirley杨正用手在树冠中间的部分抚摸着一块深色的东西。我离得远，也瞧不清那是植物还是什么飞机的残骸。

我攀到Shirley杨身边，这才看得清楚。幽静如霜的月光下，有一段巨大飞机的机舱倒插在两树之间，机翼与尾翼都不知去向，机体损坏的程度非常高，机身上破了数个大洞，破洞里面被零乱的物品挡住，无法看见里面有些什么。舱门已经与机身脱离，撞得完全变了形，到处锈迹斑斑，长满了厚厚的苔藓和藤蔓，几乎已经同树干长为了一体，起落架卡在了树缝之中。

我转头看了看另一端高大苍茫的遮龙山，心想这飞机八成是撞到山上，碎成了数段，这一截机舱刚好落到树冠上。这么大的冲击力，附近的树木也就这两棵罕见的巨大夫妻树可以承受。

Shirley 杨用伞兵刀刮开一大片覆盖住机身的绿色植物泥，指给我看，那里赫然露出一串编号 C5X-R1XXX-XX2（"X"表示模糊无法辨认的字母）。我不太懂美国空军的规矩，便问 Shirley 杨："美国空军的轰炸机？抗战时期援华的飞虎队？"

Shirley 杨道："我还没发现机身上有飞虎队的标记，应该是一架美国空军 C 型运输机残骸。可能是二战期间从印度加尔各答基地起飞，给在缅甸作战的中国远征军输送物资的。如果是支援中国战区的飞虎队，机身上应该还有青天白日的标记。"

我点头道："这里距离缅甸不远，看新闻上说怒江大峡谷一带，还有离这儿很近的高黎贡山，已经先后发现了几十架美军运输机的残骸。一九四二年至一九四五年这三年中，美军在中缅边境和后期的驼峰航线上，坠毁在中国西南境内的飞机不下六七百架，想不到也有一架坠毁在这里了。"

胖子在树下等得心焦，大声叫道："老胡，你们俩在树上干什么投机倒把的勾当呢？还让我在底下给你们俩站岗，树上面到底有什么东西？"

我顺手折了树枝，从上边投向树下的胖子。"你瞎嚷嚷什么，我们在树上找到一架美军运输机，等我探查明白了就下去。"

这时，我突然想起刚才从树中发出的求救信号敲击声。这运输机的残骸都撞成这样了，怎么可能还有人幸存下来？那信号究竟是怎么回事？难道是机组飞行员的亡灵阴魂不散，还在不停地求救？

这时，云层忽然把月亮遮住，树林中立刻暗了下来。我屏住气息，对 Shirley 杨打了个手势，与她一起把耳朵贴在机舱上，探听里面是否还有那个诡异的摩尔斯码求救信号。

这一听不要紧，我刚把耳朵贴在机舱上，就听里面"当当当"三声急促的敲击声。这声音来得十分突然，我吃了一惊，若不是左手执登山镐牢牢挂在树身上，就险些从树冠上翻滚着掉下去。

我们自始至终没敢发出太大的动静，除了我对树下的胖子喊了两句之外，都是低声说话，从上树开始就没再听到那个"鬼信号"，这时那声响

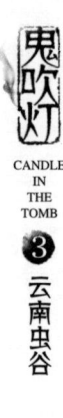

突然从机舱里传了出来,因为离得太近,显得声音异常清晰,怎么能不叫人心惊。

我和Shirley杨对望了一眼,她也满脸尽是疑惑的神情,接着道:"真见鬼,莫非里面真有什么东西?我刚才看到机舱最上面有块破铁板,咱们把它弄开,看看里面的情况。"

Shirley杨不怕,我自然也不能表现出恐惧的一面,便点头同意:"好。里面如果还有美军飞行员的尸骨,咱们就设法把它们暂时埋葬了,再把身份牌带回去,剩下的事就是通知美国领事馆了,让他们来取回遗骨。美国人不讲究青山处处埋忠骨那一套,肯定要把它们盖上国旗带回老家去的。"

Shirley杨说:"我也是这样打算的,咱们动手吧。机舱里万一要是……有些什么东西,便用摸金校尉的黑驴蹄子对付它。"

我故作镇定地笑道:"有什么咱们也不用怵它,这是一架军用运输机,说不定里面有军用物资,最好有炸药之类的,倒献王的斗也许会派上用场。"

我看准了一片可以落脚的树杈,踩到那里支撑住身体,又在树缝中装了个利用张力固定的岩钉,再用登山绳把自己和岩钉固定住,以登山镐去撬机舱顶上那块变了形的烂铁板。

Shirley杨在旁边用伞兵刀割断缠在铁板上的植物藤蔓,协助我把那块铁板打开。由于隔了四十多年,飞机毁坏得比较严重,又被不断生长的老榕树挤压,这铁板被我一撬之下就掉了半块,但另一半死死卡住,在树上人难以使出全力,无法再撬动了。

我趴在机舱的破洞口,想瞧瞧究竟是什么东西在不停地发送信号。Shirley杨则拿着六四式手枪和黑驴蹄子在我身旁掩护。登山头盔的战术射灯在夜晚的丛林中远远比在伸手不见五指的地洞里好用,二十三米的有效照射距离,用来看清楚机舱中的情况那是足够用了。

我的心也是悬到嗓子眼儿了,慢慢地把头靠过去。这时森林中异常安静,机舱里面"当当当"的敲击声一下一下地传来,每响一声,我的心都跟着提起来一截。

头灯的光柱射入漆黑一团的机舱内部,首先看到的就是一个驾驶员头盔，好像这具飞行员的尸骨就刚好挂在被我撬开的铁板下，不过它低着头，可能是飞机坠毁的时候颈椎折了，脑袋悬挂在胸前。机体变形比较严重，那缺口又狭窄，我一时看不清那头盔下尸体的保留程度，但是可以肯定，以脑袋和身体呈现的角度，根本不可能是活人能做出来的姿势。

待要伸手去把那头盔抬起来，谁想到那原来低垂着的飞行员头盔突然轻轻动了两下，似乎想用力把头抬起来。它每动一下，就传来"当"的一声撞击铁皮的响声。

我此刻已经出了一身白毛汗，暗叫一声："苦也！"这回绝对是碰上僵尸了。我小时候最怕听的就是僵尸在棺材里敲棺材板的那个故事，今天真碰到了，却不知摸金校尉自古用以克制僵尸的黑驴蹄子是否管用。

我硬着头皮用登山镐揭掉那个残破的飞行员头盔，另一只手举起黑驴蹄子就塞了过去，然而那头盔下忽然射出一道金色的强光。

第十章
打字机

　　头盔下出现的是一双金色巨眼，这双眼睛发出两道冷冰冰的金光，似乎比我登山头盔上的战术射灯还要刺眼。

　　那如电一般的目光和我对视了一下，我心中正自骇异，这双眼真是让人三魂满天飞，七魄着地滚，不过这绝不是美国飞行员变的僵尸。

　　就在这一瞬间，时间仿佛突然变慢了。黑暗中灯光闪烁不定，我虽然并未看清那究竟是什么生物的眼睛，却瞧出来这是一只罕见的巨大猛禽。它弯钩似的嘴中叼着半只绿色的树蜥，脚下还有血淋淋的另外半只，可能是它从机舱另一端的破洞飞进来，正躲在里面享用它的大餐时，却被我惊扰了。那奇怪的敲击信号，应该就是它啄食树蜥时发出的。

　　还未等我回过神来细看，那双金色巨眼的主人就从机舱里腾空冲出，直扑我的面门。Shirley 杨在旁边虽然没看清楚究竟是怎么回事，但突见一团黑色的物体从机舱中冲出，察觉到我根本来不及躲避，就急忙顺势用力推了我一把。

　　我此刻也反应过来，借这一推之力向后跃开，想不到没看清脚下，踩了个空，便从树上笔直地掉落下去，被先前预设的保险绳悬挂在树腰。

一大团褐色布片一样的生物裹夹着两道金光，像一阵风似的从我头顶掠过。那巨大的猛禽扑了空，展开双翅无声无息地飞入夜色之中。

我见那大鸟飞走了，一颗心才又重新落地，用登山镐挂住老榕树上的藤蔓，重新爬回树冠。Shirley 杨伸手把我拉了上去，对我说："上帝保佑，还好你没出什么意外。你有看清那是什么凶禽吗？这么巨大，也当真罕见。"

我爬回树冠喘了口气，对 Shirley 杨说："没看清楚，只看那眼睛倒像是雕鸮。林子里到了晚上还活动的，也就属这种雕鸮厉害了。它嘴尖爪利，我在东北见过，一爪子下去能把黑瞎子皮抓掉一大块，我要是被它扑上，就该光荣牺牲了。"

Shirley 杨道："原来是那种大型的猫头鹰，它们喜欢把窝设在悬崖绝壁上，怎么跑到这机舱里来了。你确定你没受伤吗？"

我对 Shirley 杨说："真没受伤，汗毛都没碰到一根，我可不想再打针了。那机舱后面可能还有个大洞，咱们没看到，雕鸮可能是从那里进去抓小树蜥来吃的。野鼠、野兔、刺猬、蛇，没有它不吃的，这一晚上要吃好几十只才够。咱们听到的那些敲击信号，是雕鸮啄食树蜥发出的响动。偏你自作聪明把简单的问题复杂化，却说是什么摩尔斯通信码，害得咱们多受了一番惊吓。"

Shirley 杨对我说："当时真的像是密电码的信号声……OK，就算是我的失误，你也别得理不饶人了，等我再到机舱里看看还有什么东西。"

我知道以 Shirley 杨的性格，既然在这里见到美国空军飞机的残骸，必定要把里面翻个干净，把遇难飞行员的遗体妥善掩埋了，再拿着她那本《圣经》念上一通，才肯罢休，拦也拦不住她。我对此倒是持肯定的态度，毕竟这些老美是二战时来帮着我们打日本的，虽然在战略上肯定有为了他们美国自身利益的目的，但不管怎么说也算是牺牲在中国境内了，把他们的遗体埋葬好，回去再通知他们的政府，这样做是理所当然的。

胖子在树下听到上边乱糟糟的，忍不住又扯开嗓门大声问道："你们找到什么值钱的东西了吗？要不要我上去帮忙？"说着话，也不等我答应，就卷起袖子背着步枪爬了上来。

我满脸惊奇地问胖子："你不是有恐高症吗？怎么又突然敢爬树了？莫不是有哪根筋搭错了？"

胖子说："狗屁症！大晚上黑灯瞎火的根本看不出高低，再说捡洋落的勾当怎么能少了我。那飞机在哪儿呢？"

我对胖子说："你还是小心点吧，你笨手笨脚跟狗熊似的，在这么高的树上可不是闹着玩的，还是事先用保险绳固定住了再说。还有你离我远点，你这么重会把树枝压断的，刚才我就差一点摔下去了。"

我嘱咐完胖子，回头看 Shirley 杨已经爬到机舱破洞的上方，正准备下去。我急忙过去，打算替她下去找飞行员的尸体，却发现那个破口空间有限，也只有她才勉强进得去。

Shirley 杨为了能钻进机舱，把身上的便携袋和多余的东西都取了下来，包括和她形影不离的那柄金刚伞，都交到我手里，然后用狼眼电筒仔细照了照机舱深处，确定再没有什么动物，便用双手撑住缺口，下到了机舱残骸里面。

我和胖子在外边看着，我问她："里面有美国人的尸骨吗？有的话你就用绳子拴住，我们把它扯上来。"

只听 Shirley 杨在里面答道："没有，机头都被撞扁了，驾驶室里面没有尸体，只有两个飞行头盔，也许机组成员都在飞机坠毁前跳伞逃生了。"

我对 Shirley 杨说："要是没有，你就赶紧上来吧，我感觉这两棵老树直颤悠，怕是受不住这么多重量，随时都可能会断的。"

Shirley 杨却没立刻回答，只见她在机舱里翻一团东西，隔了好一会儿才说道："这有几个箱子，我想装的是武器弹药，我看看还有没有能用的……咱们很走运，想不到隔了四十多年，有一小部分还很完整。"

我和胖子听说里面有军火都很兴奋，还没进虫谷就碰见了这么多猛兽，只恨进山前没搞到更犀利的武器，那种打钢珠的气枪在林子里真是没什么大用处，无法形成持续火力的枪械用起来能把人活活急死。运输机机舱里的美式装备虽然都是旧式的，总比拿鸟枪进山要强上百倍了。

我刚想问都有什么枪支，却忽然觉得身后不大对劲，这片林子从上到下从来没感觉到风,这时候却有一丝阴风袭来。那风虽然无声无息,却还是被我发觉了。我出于本能立刻按动金刚伞伞柄的绷簧,把那金刚伞向后撑了开来,遮挡住身后的空当。只听"噌嚓噌嚓"数声,像是有几把钢刀在伞上划了一下。看来金刚伞为我挡了这致命的一击。

这柄金刚伞是数百年前的古物,用百炼精钢混以稀有金属打造而成,就算拿把电锯来切,也不过留下微微一个白印。它在历代摸金校尉的手中不知抵挡了多少古墓中的机关暗器,可以说是摸金校尉们传下来的传统器械中最具有实用价值的家伙。

旁边的胖子指着我背后大叫:"这么大一只夜猫子!"举起气枪就要瞄准射击。

我这才知道,刚才那只雕鸮的爪子抓到金刚伞了——它又回来偷袭了。想不到这畜生如此记仇,倘若不是我反应得快,又有金刚伞护身,被它抓上一下,免不了要皮开肉绽。

胖子的枪声与此同时也响了。想不到那雕鸮身体虽然大,在空中却像是森林中的幽灵一样飘忽不定,加上天黑,胖子这一枪竟然没打到它。

胖子很少开枪失手,不由得焦躁起来,用手在身上乱划拉,大叫"糟糕",忘了带钢珠,六四式手枪也没带在身上,只好倒转了"剑威",把它当作烧火棍举了起来,以防那只暂时飞入夜幕中的雕鸮又杀个回马枪。

我们俩用登山头盔上的战术射灯乱照,乌云遮月,只有我们这两道光柱四下扫动,怎奈雕鸮可以在漆黑的丛林中任意飞翔,它的攻击范围十分之广,可能会从任何角度冒出来。

这时,只见胖子身后忽然现出两道金光,一双巨大的金眼睁开了。我急忙对胖子大叫:"快趴下,它在你身后!"

胖子慌乱中向前一扑,却忘了身在树上,"嗷"的一声惨叫,从老榕树上掉了下去。多亏我先前让他挂了保险绳,才没摔到树下的石头上,也和我刚才一样,悬在半空,不过以他的分量,很难说树干和绳子能挂住他多久。胖子惊得两脚乱蹬,他越是乱动,这树身晃得越是厉害,树叶和一些根茎浅的植物纷纷被他晃得落在地上,整个老榕树都跟着作响,随时可能会断裂。

　　还没等我来得及想办法把胖子扯上来，免得他把树枝坠断，忽然间眼前一黑，头盔上的灯光被东西遮住，那鬼魅一样的雕鸮像幽灵一样从我头顶上扑击下来。

　　这次我来不及再撑开金刚伞去挡，由于一只手还要抓着树上的藤条保持平衡，也腾不出手来开枪射击，只好用合在一起的金刚伞去挡雕鸮从半空下来的利爪。想不到那雕鸮猛恶无边，竟然用爪子抓牢了我手中的金刚伞，想要将它夺去。它力量奇大，我一只手根本拿不住，整个人竟然都快被雕鸮从树上拽将起来。

　　正当这局面相持不下的时候，忽然一阵冲锋枪射击声传来，黑暗中出现了一串子弹曳光。那雕鸮被子弹打成了一团破布，从空中直线掉到了树下，再也不能动弹。黑夜中在森林里横行的凶恶猎手，这时候反成了别人的猎物。

　　原来是Shirley杨端着支枪从机舱残骸里钻了出来，开枪射杀了那只雕鸮。黑暗中看不见她拿的是什么武器，我和悬在半空的胖子都忍不住齐声赞叹："好猛的火力！这是什么枪？"

　　Shirley杨拍了拍手中的冲锋枪，答道："是汤普森冲锋枪，美国的黑手党更喜欢叫它'芝加哥打字机'，就是这枪太沉了。"

　　由于这架运输机是给部队输送军火的，里面的物资都经过严格的封存，加上这种枪怕水，所以和子弹袋一起成套地都用塑胶袋包住，新枪上面还有润滑油。飞机坠毁后竟然还有极少一小部分在森林中如此恶劣的条件下保存了下来，这全要仰仗遮龙山后的森林中虽然地下河道纵横，却很少降雨，否则这几十年中，下几场大雨，冲锋枪在树顶上封装得再严密，那些子弹也别想使用了。

　　我这时候也顾不上看那些美式装备，赶紧让Shirley杨帮忙，把挂在树腰的胖子从树上放下去。这一通折腾，足足一个通宵过去了，再过差不多半个小时，天就应该亮了。不过黎明前的黑暗是最黑暗的，这话用在这里十分适合，此时的森林已经黑得伸手不见五指了。

就在这无边的黑暗中,忽然从我们所在的老榕树中传来一串清晰的"嘀嗒"声。这一次我与Shirley杨毫无心理准备,刚才以为是那只扁毛畜生在机舱里搞的鬼,现在已经把它解决掉了,怎么突然这信号声又响了起来?

不对,这才是我们最初在树下听到的那个声音,现在一对照,显然与雕鸮啄食所发出的声音不同。只不过刚才没有察觉到,误以为是同一种声音,现在在树上,才清楚地听到这串声音来自机舱残骸下面的那段树干里面。

我不禁骂道:"他奶奶的,却又是什么在作怪,这声音当真邪了门了。"

Shirley杨让我安静下来仔细倾听,边听边在心中解码,镇定的神色不经意间流露出一抹恐惧的阴影。"这回你也听得清楚了,反反复复,只有一段重复的摩尔斯码的信号,不过这次信号的内容已经变了……"

我支起耳朵听了良久,这回却不是什么三短三长了,比先前那段信号复杂了一些,但是可以听出来是重复的。我不懂摩尔斯码,此时见Shirley杨如此郑重,知道这回情况非同小可,但是不知这信号是什么内容,以致让她如此恐慌。

Shirley杨凝视着那声音来源的方向缓缓复述了一遍:"嗒嘀嘀……嘀……嘀嗒……嗒嘀嘀……这确实是鬼信号,亡魂发出的死亡信号。"

第十一章
指令为搜索

黎明前的原始森林，像是笼罩在死神翅膀的黑暗阴影中，没有一丝的风声和树叶摩擦声，静得连一根针落在地上都可以听到。我坐在树梢上听了数遍，绝对不会有错，反反复复，一遍又一遍。

连树下的胖子也听到了这组"嘀嘀嗒嗒"的奇怪信号，仰着脖子不停地向树上张望。由于我身在树冠中间，所以听出那声音不是来自树冠最上方的机舱，而是那两株夫妻老树树身与运输机铝壳残片相接的地方。

我们一时未敢轻举妄动，只是打开了狼眼手电筒，去照发出声响的地方。但是狼眼手电筒的光柱被茂密的植物遮挡得影影绰绰，越看越觉得瘆人，甚至有些形状奇怪的老树皮在黑暗中看上去像是面目狰狞的尸怪。

我悄声问身边的Shirley杨："莫不是有美国飞行员掉进了树洞里，临死时所发的求救电波仍然阴魂不散地回荡在这大树周围？"

Shirley杨摇头道："不会，刚才我进机舱残骸里搜寻的时候，把每一处都仔细看过了，不仅没有机组成员的尸骨，也没有伞包，所以我才判断他们在坠机前都跳伞逃生了。而且机头撞在山上，已经彻底毁坏了，然后这一节机舱才掉落到树冠上的，那信号声又怎么可能从树干里传出来？"

我对 Shirley 杨说道："你射杀那只大雕鸮之前,那串信号的意思是'SOS',刚才听了一段,突然变成了'DEAD',这其中是否有什么联系?除了驾驶这架 C 型运输机的美国空军,这深山野岭间又有谁懂得摩尔斯通信码?"

Shirley 杨曾不止一次地同我说起过,人死之后会上天堂,那里才是人生旅程的终点,所以从这个角度来说,Shirley 杨是相信人有灵魂存在的。Shirley 杨对我说:"初时听到的那段'SOS'求救代码,可能是我听岔了,也许就是那只雕鸮在机舱里啄咬树蜥发出的,所以显得杂乱而不连贯。而现在这段信号声你也听到了,与那个完全不同,长短很有规律,而且重复了这么多次都没有误差。"

亲耳所闻的声音就来自不远的树干中间,听得又如此真切,我也不得不相信"鬼信号"传说的真实性了。我对 Shirley 杨说:"这信号声虽然很有规律,但不像是那种能发射信号的机械声,有点像是水滴的声音,但是比之要沉闷许多。也许真被咱们猜中了,树干里面有死人。"

Shirley 杨说:"有科学家曾经做过实验,人体灵魂有微弱电波,即使是这么微弱的能量,也有可能在特定的环境或者磁场中长久保存。但是现在最重要的是,这段死亡代码究竟是在传递何种意图?是给咱们警告,还是恐吓?"

以我的经验判断,遇到这样的情况,如果只想选择逃避,绝不是一个好的选择,始终疑神疑鬼的,会造成草木皆兵的情形,以致把自己的心态都扰乱了,那样反倒最容易出事。这时候只有壮着胆子找出它的根源,弄它个水落石出,才可以让自己安心。另外这天色马上就要亮了,黑夜即将过去,天一亮就没什么好怕的了。

于是我扶着树枝站起身来,对 Shirley 杨说:"咱们乱猜也没用,不妨过去一探,究竟是不是什么亡魂作祟,看明白了再做理会。"

Shirley 杨点了点头,表示同意,把手中的"芝加哥打字机"换了个新弹夹递过来给我。这种冲锋枪过于沉重,她用着并不顺手。我们俩调整了一下登山头盔上的射灯焦距,把起保险作用的登山绳检查了一遍,看是否牢固。

我把冲锋枪的弹匣拔下来，看到里面子弹压得满满的，便把弹匣在头盔上"当当"磕了两下。这种枪故障率是出了名的高，务必要把弹匣中的子弹压实，以免关键时刻子弹卡壳。我复又插进枪身，拉动枪栓，把子弹上了膛，对Shirley杨一挥手，两人分左、右两个方向，攀住老树上的枝杈，循着那"鬼信号"声响的来源，来到了运输机残骸与树冠相接的地方。

由于四周过于安静，距离越近，那"嘀嗒"声就越清晰，越听越觉得不像是电子声。在机舱残骸旁边，经过一番仔细的搜索，最后登山头盔上的射灯光柱聚集在了一处树干上。

为了防止发生意外，Shirley杨在稍微靠前的地方，我在她身后半米远负责掩护。Shirley杨借着射灯的光线，仔细打量了一番那段发出信号声的树干，回过头来对我打了个手势，可以确定了，声音就是来自这里，嘀嘀嗒嗒的不同寻常。

我把汤普森冲锋枪的枪口对准了目标，以免里面再钻出雕鹗之类的东西伤到人，如果稍有不对，我会毫不犹豫地扣动扳机。"芝加哥打字机"十一点四毫米的大口径不是吃素的，暴雨般的射速将会把任何丛林中的猛兽打成碎片。

Shirley杨见我准备就绪，于是取出伞兵刀拿在手中，对准那段被植物覆盖得满满当当的树干，缓缓切了下去。将那些厚厚的绿苔藤蔓逐层用伞兵刀削掉，没削几下，竟发现那里是个天然的树洞。这个树洞仅有两个拳头加起来那么大，经年累月之下，以至于洞口已经彻底被寄生在树上的植物封死。如果不戳破这层天然的伪装，这里看上去就与其余部分的树干没有任何不同，满是疙里疙瘩凹凸不平的绿苔。

那些寄生植物非常浓密厚实，而且层层叠压，有些已经腐烂得十分严重了，用刀一搅就成了绿色稀泥一般。植物一时间也难以彻底清除干净，Shirley杨就小心翼翼地直接将伞兵刀刀尖插进绿苔的最深处，从刀尖处传来的触感，像是碰到了一块坚硬的物体。

我和Shirley杨对望了一眼，都充满了疑问，事先都没有想到这里会是个这样小的树洞，就算有树洞，能让人或者动物之类的在里面发出声响，也不应该只有这么小。在这株老夫妻榕树上不知有多少这样的小树洞，树洞大小也就够小松鼠进出，但是这种林子里是不可能有松鼠的，所以可以完全排除掉是松鼠在里面折腾，比松鼠再稍微小一点的树蜥是一种很安静的动物，也绝不可能是树蜥。

而且，仅从这树上绿苔等寄生植物的厚度以及腐烂程度来判断，都不是短时间之内可以形成的。欲待再细看时，身后的树干一阵摇晃，原来胖子第二次爬了上来，这次他不用我再提醒，直接先把保险绳挂在了身上。

我刚要问他怎么不在树下替我们警戒，又爬上来做什么，却见他一脸惊慌，这世上能让胖子害怕的事不多。只听胖子战战兢兢地对我说："老胡，他妈的这林子里八成是闹鬼啊，我必须得跟你们在一起，刚才吓死我了。"

我看他的样子不像是在开玩笑，在不涉及钱的情况下，除非是直接威胁到性命的事物才会让他紧张，我忙问胖子究竟是怎么了，是不是看到什么东西了。

胖子定了定神，说道："刚才我在树底下，抬起头看你们俩在树上爬来爬去，只是这天太黑，看了半天，只见你们头盔上的射灯，朦朦胧胧也瞧不清楚。我看得烦了，便打算抽支烟解解乏，忽然听周围有女人在哭，哭得那个惨，可他妈吓死本老爷了，烟头都拿反了，差点把自己的舌头烫了。绝对是有女鬼啊，你听你听，又来了。"

Shirley杨正用伞兵刀一块块挑去树洞里的腐烂植物，刚弄得差不多了，还没来得及看那坚硬的物体究竟是什么，此刻听到胖子说附近有女鬼在哭，也把手里的活停了下来，与我一同支起耳朵去听四周的动静。

我们一直都只留意听那个"鬼信号"，这时静下来一听，四周果然有阵阵呜咽之声。遮龙山后面没有任何风，所以绝不可能是风声，那声音凄惨异常，而且忽东忽西地飘忽不定，在漆黑的环境中更令人发毛。

我与胖子、Shirley杨立刻在树冠上排成丁字形，我端着汤普森冲锋枪，胖子用"剑威"气步枪，Shirley杨则举着六四式手枪。这样一来，每个人防御的角度缩短成一百二十度，互相形成防御依托。

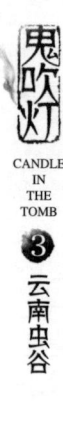

那凄楚的哭泣声围着我们转了两圈，忽然分为三道，从半空中朝我们快速掩至。我这回听得分明，不是女鬼，是夜猫子在啼哭，原来是那该死的雕鸮同类，不过这回不是一两只，听这叫声个体都小不了，想必是来找我们报仇的。虽然我们手中有枪有弹，但是黑暗中对付这些出没于夜空中的幽灵，实在是有点吃亏。

此刻 Shirley 杨也顾不上节省照明弹了，从便携袋中摸出信号枪，"嗵"的一声响，照明弹从这大树顶上升了起来，惨白的光芒悬挂在森林上，久久不散，四周照得如同雪地一般。

我们也被那照明弹强烈的白光晃得头疼，正忍着炫目的白光准备搜寻目标射击，却听森林中忽然变得死一般沉寂，除了我们的心跳和呼吸声，一切声音都消失了。

突然袭来的几只雕鸮被照明弹的光芒所震慑，遁入远处的黑暗，消失得无影无踪。而那组令人头皮发麻的"鬼信号"也跟着消失了，再也听不到半点动静，连早晨应该有的各种鸟雀叫声都没有，所有的动物像是都死绝了。

我还未来得及诧异，几乎在这些声音消失的同时，天边云峰峥嵘，一线朝霞划破了云隙，把第一缕晨光洒进了这片诡异的丛林。

好像在天亮的一瞬间，山谷丛林间的魑魅魍魉为了躲避阳光，通通逃回老巢躲了起来。

我们想起那树身上的窟窿，都回头去看。只见那 C 型运输机下的树干上有个绿色的窟窿，深处有一片深红色的光滑石头，正在晨曦中发出微弱的光芒。

还没等我看明白是怎么回事，忽然脚下的树梢"咔嚓嚓嚓"断了下来。原来这条横生的粗大榕树枝，承受了 C 型运输机机舱的大部分重量，加上刚才我们为了准备迎击来袭的雕鸮，紧急中聚在一起。这本就是在树上活动的大忌，尤其有个胖子，这老榕树树身吃不住劲，再也支撑不住，树顶的多半截树干劈成了两半，老迈的树身完全断裂开来。

万幸的是我们的保险绳都固定在老榕树的主干上，虽然吃了在树身上的一撞，所幸并没直接摔到地上。今天这道保险绳已经救了我们不下三回了。头顶那架 C 型运输机，由于失去了承重的主要树枝，则直接滑落到了二十多米高的大树下边，发出巨大而又悲惨的声响。

我们抬起头就可以看到老树裂开之后树身的内部，这一看都不由得目瞪口呆。隔了半晌胖子才说道："这是什么东西？好像挺值钱，我想这回咱们可真发了。"

这时，那个熟悉而又陌生的信号声，突然再一次从劈开的树身中传了出来。

第十二章
绛血

我们此刻就像是那山洞中的人俑一般，被保险绳倒悬在树干上。丛林中的晨光照得人眼睛发花，只见那裂开的树身中露出一块暗红色的物体，呈长方形，顶上两个边被磨成了圆角。

阳光透过树隙照在上面，发出淡淡的紫色光晕，这是什么东西？我挣扎着用登山镐挂住树身，重新爬回树冠，然后把Shirley杨也扯了上来。胖子本就有恐高症，悬挂在距离地面十米的树身上，也不敢有大的动作，吓得全身发僵。我想把他用保险绳放到地面，胖子却说什么也不同意："老胡，你还是把我拉到树上去，这东西我得好好瞧瞧，我看八成能值大笔银子。"

我只好与Shirley杨用尽吃奶的力气拉动安全绳，协助胖子爬回树冠。此时天色已明，站在二十多米高的树冠向下看去，真有点如临深渊、如履薄冰的感觉。

这回我们学乖了，各自散开，不再聚集到同一根树杈上，围着从树身中显露出来的物体观看。胖子问我："这是口棺材？玉的还是水晶的？怎么是这么种古怪颜色？我看这倒有些像是咱们在潘家园倒腾的那几块鸡血石。"

我没回答胖子的话，这件事出乎意料，只是凝神查看。只见老榕树中间，露出多半截似玉似水晶的透明棺材，光润无比，呈半透明状，外边薄如蝉翼的一层是乳白色，里面就开始逐渐变红，越往里面颜色越是深，如同内部储满了绛红色的鲜血。但大部分外壳被树内散落的树皮以及各种寄生植物的藤蔓裹缠，难以窥其全貌。

我们从来没见过这样的材质，再一细看，发现这是块半透明的玉石制品，里面还有一层水晶，再里面有大量绛红色液体，那些液体就如同鲜血一样。单从外形看来，这就是口罕见的玉棺。

Shirley 杨见了这奇怪的玉棺，也不禁奇道："这分明是盛殓死者的棺椁，看材料是藏地天玉，而不是云南附近产的缅甸玉。不过树里怎么会有这么一个玉石的大棺材？对了，遮龙山后就已经是献王墓的范围了，这棺椁很可能是主墓的陪陵，只是为什么棺材长到了树里？"

胖子说道："这你得问老胡了，他不总吹牛说中国所有的墓地棺材没有他不知道的吗，让他解释解释。"

我摇头道："这你们可难为我了，自古修坟造墓，都讲究有封有树，树是作为坟墓的标志，建在封土堆前，使得陵墓格局有荫福子孙之象，却从来没见过有人把棺材放到树身里的，这也不成体统啊！"

中国自商周时代起，便有了风水理论，安葬死者，历来讲究"负阳抱阴、依山凭水"，岂有悬在树上的道理？而且这棵老树地处遮龙山后的丛林之中，那遮龙山虽然山顶云封雾绕，看不清楚山脉走势，但是从地图上可以看出来，这座大山只有单岭孤峰，是条独龙。《十六字阴阳风水秘术》中寻龙诀里说得明白："龙怕孤独穴怕寒，四顾不应真堪危。独山孤龙不可安，安之定见艰与难。"

虽然这里地势东高西低，然而其太过孤绝，是个深不见底的谷地，所以这一带绝不是什么适合安置陵寝的场所。

更何况，老树为阴宅五害之首，葬室左近有老树、独山、断流、秃岭、乱石，皆势恶形坏，绝不可葬人。有老树则抢风夺气；有独山则少缠护，主无融无结，阴阳势必相冲；有断流则主脉苦土枯，水脉一断，生气也即隔绝；有乱石突兀，巉岩峥嵘，则主凶气横生，多有地之恶气所祸；有秃岭则谓之为无生气之地。

不过，这些场所也并非就是凶恶之地，也许建立寺庙祠堂比较合适，会起到调和形势的作用，但是作为阴宅埋葬死人，就不合适了。所以就更别说以树为坟了，这完全违反了风水形势的理论，什么气脉、明堂、水口，什么龙、穴、砂、水、向等等一概论不上了，就没见过有这样的。不过这透明的玉棺实在是罕见，里面的液体究竟是什么东西呢？难道当真是血液不成？那又会是谁的血？

我到近处，用手指摸了摸玉棺，触手处冰凉润滑，当真是一块难得的美玉，更为难得的是通体无瑕，而又如此之大，即便是皇宫大内也不容易找出这么好的美玉。玉棺是横置在老榕树中间的树身里，由于树身纠缠生长的挤压，加上支撑它的一部分树身断裂，使得原本平置在树中的玉棺稍微有一点倾斜。

向下倾斜的棺盖与棺身处，有几道细小的裂纹，不知是被坠毁的 C 型运输机残骸撞的，还是被扭曲生长的老树长期挤压而产生的，大概是天长日久各种力量综合作用产生的。棺中那鲜血一样的液体顺着裂缝慢慢渗到外边，滴滴答答地落在玉棺下的玉石墓床上。

我们直到此时方才恍然大悟。胖子第一次上树时，他身体太重，使得树中的玉棺稍微倾斜，那棺里暗红色的液体从裂缝中渗出来，落在下边的墓床上。由于玉棺的裂缝有三四条，位置也远近不同，再加上树身原本是封闭的，所以滴水声有长有短，而且声音显得沉闷，竟然被听成了一串信号代码。

在棺中的红色液体水平面低于裂缝之后，那信号声自然就停止了。第二次树干断裂，树冠上的 C 型运输机残骸掉落到地面上，这么用力一带，那玉棺又倾斜了一点角度，所以棺中的暗红色液体继续渗了出来。我们先入为主，一直把这个声音当作信号，正所谓是杯弓蛇影，太多疑了。

不过我随即心中一凛，真的就会那么凑巧吗？偏偏组成一串死亡代码？如果仅仅是巧合，那也不是什么好兆头。但愿我们此行，别出什么大事才好。

正当我胡思乱想之时，Shirley 杨用伞兵刀剥掉玉棺盖子上的植物根茎，戴上手套，在棺盖上扫了几扫，那玉棺的顶上立刻露出不少精雕细刻的花纹，整整一层都刻着鸳鸯、鸿雁、狐、兔、獐、鹿、象等等象征吉祥与灵性的珍禽异兽，四个边角还有形态各异、呈对称排列的各种花草纹饰。玉棺四周则是雕刻满莲瓣的底纹，装点以菱形忍冬浮雕。每一边中间都各有一只神态逼真的小鹦鹉，鹦鹉口中衔着一朵灵芝。

Shirley 杨看罢，抬起头来对我说："这些玉棺上的浮雕，造型祥和温顺，虽然神态稍显呆滞，但是刀法工艺朴实明快，华美而不失深沉。这种具有高度艺术涵盖力的表现形式，非常接近秦汉时期古朴的风格，这应该就是献王墓的陪陵，不会有错。"

胖子在旁急不可耐，搓着手掌说道："管他是什么王的，这玉石棺材既然叫咱们碰上了，便是咱们的造化，先打开看看里面有什么明器没有。现在天也亮了，也不怕里面发生什么尸变。"

我拦住胖子说道："别心急，这口玉棺绝非寻常，不可能无缘无故地长到树身里，而且你们看这里边这么多绛红色的液体，跟鲜血并无两样，谁敢保证打开了就不会出事？"

Shirley 杨用伞兵刀的刀尖沾了一点从玉棺中渗出来的暗红色液体，在自己鼻端一嗅，对我和胖子说道："没有血腥味，倒是有股很浓的气味，像中药。我看玉棺本身并无太过特别之处，里面红色的积液可能是防腐的，怪就怪在棺生树中。"

胖子说："这有什么值得大惊小怪的，可能是树种子长在墓室下边，树越长越大，最后就把坟墓的夯土顶破，把里面的棺材顶了出来，所以这棺材就在树里了。不是我说你们，什么脑子啊，屁大点事都想不明白，还好意思大老远跑来倒斗。"

我摇头道："小胖说的这种可能性不大。我忽然想到，这口玉棺不像是俗品，也许里面装殓的是位在道门的人。那些方外的术人，自认为不在五行之中，不必依照世人选阴宅的路子，自棺中有迎有送，若得重重关锁，则气尽聚于垣中。也许他是有意而为，这两株夫妻老树，就是这口玉棺的椁，而里面装的是个巫师，或者修仙求道之人。咱们先前在树身上发现的那个树洞，我看极有可能就是这树椁的明堂穴眼，是取天地精气的金井。传说献王墓是一处世间独一无二的'水龙晕'，与神仙洞府一般，那里咱们还没亲眼见到，如果真如传说中的一样，这陪陵应该是主穴四周的几个星位之一，所以也不可单以这老树周边的形势论之。"

Shirley 杨觉得我的话比较有理："献王崇尚巫邪之道，一心只想修仙，所以他身边重臣多是术士一类。依此看来这陪陵中的是一口仙棺，但不知里面的主人是否已经成仙得道了，倘若世间真有仙人，这口玉棺现在应该是空的，里面的尸体已经仙解了才对。"

胖子说道："老胡快下树把家伙取上来，我把挡住另一边的树干砍了，咱们瞧瞧这棺材里有什么东西，是仙是妖都不要紧，最重要的是要有值钱的明器，咱们先来它个开门红。我早看献王那老粽子也不是什么好鸟，拿那瞎子的话说，此乃不义之财，没有不拿之理。"

Shirley 杨也点头道："里面也许会发现一些与献王墓有关的秘密，那些信息和线索，对咱们会有不小的帮助。"

我见他们都想开棺，就下树把摸金校尉开棺用的探阴爪与阴阳镜，还有一些别的工具，都拿了上来。摸金的行规是天黑动手，鸡鸣停手，此时天已大亮，按规矩明器是不能动了，不过开棺调查调查还是使得的，所以这时候便要用到阴阳镜。

阴阳镜是唐代中期传下来的古物，是一块磨损得比较严重的铜镜，不是正圆形，而是铸成三角形，象征天、地、人三才，正为阳，反为阴，背后铸有四个篆字"升官（棺）发财"。使用的时候，用红线绳悬吊在半空，正面对着阳光，背面的篆字对准棺口。

相传此阴阳镜专门用来开启暴露在坟丘封土之外的棺椁。唐代盗墓之风最盛，有诗云："骷髅半出地，白骨下纵横。"描述的就是唐代盗墓贼席卷过后，荒坟野地中的凄惨情景。在那一时期，职业盗墓贼最多，行事手段也是各有各法。最流行的倒斗方式不是打盗洞进入地宫，而是光天化日之下，直接大铲破坟，挖开封土，用绳索把棺椁从地宫之中拖拽出来，在外边开棺，尽取墓中主人的全部服饰，随后便弃尸骨于荒郊野外。阴阳镜就是那个时代的盗墓贼使用的一件必备工具，并不是摸金校尉的独门传统用具。

这面阴阳镜是了尘长老的遗物，其在摸金校尉手中的具体用途和作用，至今已经大体失传。我们只知道在万不得已的情况下，需要在白天开棺，可以拿阴阳镜照住棺口，以免有不干净的阴晦之气冲了活人身上的三昧真火，回去走背字。

今天我们要在白天做事，所以拿来使用，管不管用姑且一试。然而把阴阳镜挂好，准备用探阴爪启棺材钉的时候，我们才发现这口玉棺没有棺材钉，而是抽匣式，作为棺盖的那层玉板，两侧有极严密的插槽。

于是我们找到棺口，准备把玉盖从棺材里抽出来。我和胖子刚要动手，却发现此刻从天空射下来的阳光照在晶莹的玉棺上，里面映出一个高大的人体阴影。这阴影极重极黑，有头和两肩，肩膀以下的阴影显得非常宽大，好像棺中还有很多其他的东西，但是从形状上不好判断究竟是些什么，有可能是陪葬玉棺中的器物之类。

我心想这里面既然有尸首，看来这死者没能成仙，反正光天化日之下，也不怕他变成僵尸。不料此时不知从哪里突然飘来一大块厚重的黑云，遮住了日光，四周的光线立刻暗了下来，天空中不时有强烈的雷声传来。我们被那突如其来的雷声所吸引，都抬头望了望天空。我咒骂道："鬼地方，干打雷，不下雨。"我心中暗想可别让雷把这老树给劈了，那样我们就跟着一起焦了，不行就找个地方先躲躲，等雷停了再做事。

忽听 Shirley 杨在玉棺对面说："你们来看看这里，这棺下压着只死人的手，我想那信号可能是从这儿发出来的，而不是玉棺中渗出的液体发出的。"

我刚想转过去观看，却发现此时天色已经黑得看不清人了。我们谁也没想到，这天色说变就变，而且变得这么快，瞬时之间，天黑得就像是锅底，炸雷一个赛一个响。

第十三章
升官发财

世界上没有平白无故的爱，也没有平白无故的恨，天空也不会无缘无故地突然在白天如此打雷。不吉祥的空气中，仿佛正在酝酿着一场巨大的变化。

除了阴云缝隙间的闪电，四周已经暗不辨物，我只好又把登山头盔上的战术射灯重新打亮。正待到树冠的另一端去看个究竟，却发现准备和我一起开棺的胖子不见了踪影。我忙问Shirley杨："你见到小胖了吗？"

Shirley杨耸了耸肩，我们急忙四下里寻找，这么个大活人，怎么一眨眼工夫说没就没了，连点动静都没有了？我四下里一看，却发现玉棺旁有只鞋，不是别人的，正是胖子穿的。

这时，那完全封闭的玉棺内部，忽然传来了几声砰砰砰的敲击，在我与Shirley杨听来，这声响简直比天上的炸雷还要惊心动魄。

我这时候顾不上害怕，招呼Shirley杨赶快帮忙动手开棺救人，胖子这家伙怎么跑到玉棺里面去了，莫非是摸金的反被玉棺里的粽子给摸了进去？可这玉棺的缝隙都用石蜡封得死死的，除了那几处小小的裂纹，再没有别的开口，胖子那么大个，是怎么进到里面去的？这简直就是反物质现象。

Shirley 杨却比较慎重。"别急，先搞清楚是怎么回事，咱们现在还不能确定玉棺里面的动静就一定是胖子发出的。"

我对 Shirley 杨说："能不急吗？再不动手黄花菜都凉了，你要是害怕我就自己单干，说什么也得把胖子掏出来。我还真他妈就不信了，一口棺材就能把咱们吓成这个样子！"

我说完也不管 Shirley 杨是否同意，把防毒面具扣到脸上，挽起袖子就去抽动玉棺的盖子。那玉棺合得甚严，急切间难以开启，只好又让 Shirley 杨用伞兵刀将棺盖缝隙中黏合的石蜡清除。只听玉棺中发出的敲击声时有时无，慢慢地就没了动静。

我手忙脚乱出了一身冷汗，见忽然没了动静，心想胖子多半是玩完了，已经"嗝屁朝凉卖拔糖"[①]去了。正自焦急之时，忽然脚脖子一紧，被人用手抓住，我出于本能举起登山镐，回手就想击下，却听有人在后边说道："胡司令，你赶紧拉兄弟一把，这树上有个大窟窿，可摔死老子了。"

我回头一看，说话的正是胖子，他正挣扎着从我身后的一个树洞中往外钻，我赶紧伸出手把胖子扯了上来。这树洞口长满了各种茂密的寄生植物，就像是天然的陷阱，如果不踩到上面，根本就无法发现。像这种大大小小的窟窿，这老榕树上也不知究竟有多少，都爬满了植物的藤萝绿苔，踩到小的就容易崴了脚踝，碰上大的，整个人都可能掉进去。而且，洞口的植物很暄软，人掉进去之后，洞口立刻合拢，很不容易发现。

原来在我们刚准备动手"升官发财"之时，胖子被天上忽然传来的雷声吓了一跳，不自觉地往后退了一步，没想到一脚踏空，掉了下去。这声音又被当时的雷声所掩盖，所以我们一时间没有察觉到。

我看了看胖子，又看了看那口玉棺，如果不是胖子在棺里敲打发出响动，那会是谁？难道这世上还真有在白天也能活动的僵尸不成？

Shirley 杨见胖子爬了回来，便问胖子树洞里有些什么。胖子说那里边黑咕隆咚，好像有好多骨头和藤条，不过也没敢细看，那树洞里边别提有

[①] 俚语，意为人死了。

多臭了，呛得脑门子疼。

Shirley杨对我和胖子说："你们俩过来这边看看，这件事远远超出了我们所料。C型运输机的机组成员，也许并没有全部跳伞逃生，至少有一个人是死在了这里，他的尸骨就在这口玉棺下压着，这玉棺下边有可能和胖子掉落下的树洞相连。"

我听她说的话大有蹊跷，便踩着玉棺盖子来到另一端。正如Shirley杨说的，玉棺的墓床前角压着一只人手，这只手的手心朝下，并没有腐烂成为白骨，而是完全干枯，黑褐色的干皮包着骨头，肌肉和水分都没有了，四个手指紧紧插进了玉棺下的树身，想是死前经过了一番漫长而又痛苦的挣扎，手骨的拇指按着一只小小的双头夹。

我一头雾水，彻底糊涂了，这是只死人的手，看这样子有具尸体被压在棺下，他究竟是谁？又是怎么被压在下边的？玉棺里刚刚的响声又是怎么回事？

Shirley杨说这种双头夹，在盟军反攻诺曼底的时候，开始作为相互间联络的简易道具使用，可以发出轻重两种声响，最早是在第八十二与一〇一伞兵师中使用，倒的确可以发出摩尔斯码信号。

我和胖子听了这话，多少摸着点头绪，难道说，这是有一个死在棺下的亡魂想要和我们取得联络？

只听Shirley杨对我们说："这只手臂上露出一截衣袖的臂章，是二战时美国空军的制服，还有这种双头夹，中国是没有的。我推测这玉棺里有某种具有危害性的东西，而且棺下是个树洞，相互连通，吞噬经过附近的生命。昨天晚上，这被玉棺害死的飞行员亡灵向咱们发出警告信号，不想让咱们重蹈他的覆辙。"

我对Shirley杨说："昨天夜里乱成一锅粥，也不知警告咱们什么。难道是说这棺里有鬼，想害咱们三人不成？那为什么咱们什么也没察觉到？"

我话刚出口，随即想到，大概是我们都戴了正宗的"摸金符"，还有大金牙搞来的观音挂件，这些东西都是辟邪古物，不过这些东西真有那么管用吗？我心里是半点把握也没有。这两株老树里面一定有鬼，那些隐藏在树身内部的窟窿里面，不知究竟有什么邪门歪道的东西。

为了弄个水落石出，我们当时就一齐动手，把那口玉棺的盖子抽了出来。玉棺中满满的全是黑中带红的绛紫色液体，除了气味不同，都与血浆一般无二。

我们不知那液体是否有毒，虽然戴了手套，仍然不敢用手直接去接触。胖子用探阴爪，我用登山镐，伸进玉棺中捞了两下，在鲜血般的溶液里，登山镐挂出一具肥胖老者的尸体，身上只有一层非常薄的蠠①晶，薄如蝉翼一般。蠠晶十分珍贵，传说汉高祖大行的时候，在金缕玉衣里面，就包了这么一层蠠晶，和现代的保鲜膜作用差不多，但是那时候的东西可没有任何化学添加剂。

胖子用伞兵刀割破了那层蠠晶，让裹在其中的尸首彻底暴露出来，只见那老头的尸体在里面保存得相当完好，他脸型较常人更为长大，按相书上说，他这就是生了一张马脸。只见这尸首须眉皆白，头上绾着个髻，周身上下一丝不挂，似乎是被那鲜血般的液体浸泡得太久了，身体微微泛红。

胖子骂道："这死老头一身的肥膘，也不知死了多久了，怎么到现在还不腐烂，恐怕迟早要闹尸变，不如趁早一把火烧了，免得留下隐患。"说着就用探阴爪在尸体脸上试着戳了两下，这尸体还十分有弹性，一点都不僵硬，甚至不像是死人，而像是在熟睡。

Shirley 杨对我说："玉棺中的溶液里好像还有不少东西，你先捞出来看看，再做理会。"

我觉得这个已经死了两千余年的老者，至今仍然保存得栩栩如生，甚至可以用"鲜活"二字来形容，真是够离奇，这事不能细想，越琢磨越觉得瘆人。于是我依 Shirley 杨所说，准备用登山镐把那白胡子老头的尸首扯出来，以便腾出地方看看他尸身下还有什么东西。

没想到，着手处沉重异常，凭我双手用登山镐扯动的力气，便有百十斤也不在话下，而这白胡子老头尸体一扯之下，纹丝不动，怕有不下数百

---

① 蠠，音 mǐn。

斤的分量。

我心中不禁奇怪,难道是这赤身裸体的尸首下边还连着别的重物?

我把登山镐从尸体的腋下抽了出来,在玉棺中段一钩,竟从红中带黑的积液中扯出一条血淋淋的无皮大蟒。三人见此情景,都吃了一惊,原来那老者尸身肩部以下,缠着一条被剥了皮的巨蟒。蟒尸和人尸相接的部分,由于时间太久,已经融合到了一起,再也难以分割,难怪刚才一扯之下会觉得如此沉重。而且无皮的蟒尸上长满了无数红色肉线,那蟒肉隔一会儿就跳动几下,似乎是刚被剥了皮,还没死透一般。我们听到玉棺内的敲击声,很可能就是它发出来的。

这蟒身上肌肉筋脉都清晰可见,也不知是用什么手段剥的蟒皮,看这蟒的粗细大小,虽然比我们在遮龙山山洞中见到的那条小了不少,仍然比寻常的蟒蛇大上许多。想起那条青鳞怪蟒,随即就联想到了献王邪恶巫毒的"痋术"。

胖子指着这无皮巨蟒,让我们看那蟒尸上生长的许多红色肉线,说道:"这蟒肉上面还长着东西,怎么跟鱼虫子似的,好像还跟棺材底下连着。老胡你拽住了,我捞捞下边有什么东西。"说着挽起袖子,就想下手来个海底捞月。

Shirley 杨见状急忙将胖子拦住,毕竟不知这暗红色积液的底细,不可随便接触,还是用登山镐或者探阴爪一点点地打捞比较稳妥。

我用力将那胖老头的尸身抬起来一块,Shirley 杨用登山镐,胖子拿工兵铲,在玉棺的积液中进行筑篱式搜索,不断地从里边钩出几件物品。首先发现的是一个黄金面具,这面具可能是巫师或者祭司在仪式中戴的,造型怪异无比,全部用真金铸造,眼、耳、鼻、口处镶嵌着纯正的青白玉。玉饰都是活动的,使用的时候,佩戴面具者可以把这些青白玉从黄金面具上取下来。面具头上有龙角,嘴的造型则是虎口,两耳成鱼尾,显得非常丑恶狰狞。但是最让我们心惊不已的是这黄金面具的纹饰,一圈圈的全是旋涡形状,这些旋涡构图简单,看起来又有几分像是眼球的样子,一个圈中间套着两三层小圆圈,最外一层似乎是代表眼球,里面的几层分别代表眼球的瞳孔。

看到这些熟悉的雕纹，我和Shirley杨、胖子三人都不免有些激动，看来献王有毫尘珠的传说非虚，这一次有了切实的接触，心中稍稍有了底，就算是九死一生，这趟云南毕竟是没有白来一遭，不枉了风餐露宿的许多劳苦。

其次是一支龙虎短杖，是用绿色䃹①石磨成，与老百姓家里用的寻常擀面杖长短相似。绿䃹石短杖微微带有一点弧度，一端是龙头，一端是虎头，二兽身体相接的地方就是中间的握柄。龙、虎形态古朴，缺少汉代艺术风格上的灵动，也不具备现实感和生命力，却散发着一种雄浑厚重的气息，看样子至少是先秦之前的古物。

胖子看了这些器物，抹了抹嘴角的口水，将这两件从玉棺中捞出来的明器擦净，装进防潮防空气侵蚀的鹿皮囊里，就准备当作战利品带回去。

Shirley杨一看急了："这大白天的就强取豪夺，这不等于盗墓吗？拍了照片看完之后，就应该赶紧放回去。"

胖子一听也不干了："大老远从北京折到云南，干什么来了？不就是为了倒斗摸明器吗？好不容易开了斋，想再放回去，门儿都没有！"

我也劝Shirley杨道："什么盗墓不盗墓，说得多难听，有道是'窃国者侯，窃钩者诛'。至少摸金校尉还有'穷死三不挖，富死三不倒'的行规，岂不比那些窃国窃民的大盗要好过万倍。自古有志之士都是替天行道伐不义，这些东西放在深山老林中与岁月同朽，那就是对人民最大的不负责。不过我看那什么只能拿一件明器，还有什么天亮不能摸金的古板规矩，应该随着改革开放的进一步深入，也有所改变。"

我趁着胖子忙着装明器之际，在Shirley杨耳边低声说道："这东西倒回去也不敢出手，就先让小胖拿回去玩个几天，等他玩够了，我再要过来给你，你愿意捐给哪个博物馆随你的便，这叫望梅止渴。要不让胖子见点甜头，容易影响士气，最沉最重的那些装备，还得指着他去背呢！"

---

① 䃹，音lán，磨玉之石。

Shirley 杨摇头苦笑。"真拿你没办法，咱们可有言在先，除了雮尘珠用来救命之外，绝不能再做什么摸金的勾当，你应该知道，我这是为了你好。"

我赶紧装作领了情的样子，诚恳地表示一定不辜负她殷切的期望和谆谆的教诲，心中却想："回去之后的事，留到回去之后再说。青铜器我不敢碰，这玉石黄金的明器嘛我可没向毛主席保证过。跟别人说的话，反正我睡一觉就忘了，就算退一万步说，这些东西很明显是祭器，极有可能与那雮尘珠有直接的联系，无论如何不能再放回去了，这回什么规矩也顾不上了，免得将来用的时候后悔。"

我正打着我的如意算盘，却见 Shirley 杨又在棺中发现了一些东西。蟒尸身上生出的无数红色肉线，好像有生命一样，不时微微抖动，这些肉线，都连着玉棺的底部。

没想到这口精美绝伦的玉棺四壁和顶盖都是西藏密天玉，而下面竟然是以一块桐木为底。棺中的红色肉线穿过桐木棺底连接着老树的内部，人尸、痋蟒、玉棺，已经全部连接在了一起，再也无法分开。

顺着往下观察，会发现玉棺基座下的树木已经由于缺少养分完全朽烂了，只是被寄生植物所覆盖，勉强支撑着上面的玉棺，下边是个深不见底的树洞，应该与胖子掉下去的那个洞相连。这些树洞都被寄生植物的藤蔓巧妙地伪装了起来，这些天然的伪装，在被弄破之后，不出三天，又会迅速滋生，掩盖树洞的痕迹。用狼眼手电筒向内一照，全是各种被树藤缠绕的动物干尸，其中也有几具人类的遗体。

Shirley 杨好像恍然大悟："不好，这玉棺中被剥了皮的蟒尸，可能是一条以人俑喂养的痋蟒，而这两株夫妻老榕树，已经被蟒尸中人俑的怨魂所寄生，这棵树就是条巨蟒。"

第十四章
绝对包围

我们面前呈现出的诸般事物，好像是一条不断延伸向下的阶梯，一级接一级，引诱着我们走向无底深渊。夜晚老树中传来的"鬼信号"，树冠上面的美国空军C型运输机残骸，然后是飞机下的玉棺，棺中的老者尸体，还有那条被剥了皮的痋蟒，它尸体上生出的红色肉线生长到了棺底，而那种特殊桐木制成的棺底，就像是一层厚厚的柔软树胶，任由红色肉线从中穿过，也不会泄漏一滴玉棺中的积液。

老榕树树身中的大洞也不知填了多少禽兽、人体的干尸。这些干尸无一例外，全被从玉棺中生长出来的红色肉状细线缠绕。这些红色肉线最后都扎进动物和人类尸体的口中，好像是通过这些触角一样的肉线，把它们的鲜血活生生地吸干，再传导至玉棺中，所以玉棺中才会有那么多积液。那是一种通过转换形成的防腐液，用鲜活的血液为给养，维持着棺中尸体新鲜不腐。

树窟中最上边的尸骨是一个身穿翻毛领空军夹克的飞行员，虽然早已成了枯骨，却仍旧保持着临死一瞬间的姿态，一只手从玉棺下探了出去——就是我们先前看到握着双头夹的那只手骨。他似乎是被那些红色肉线扯进了树洞，在生命的最后时刻，他还在继续挣扎，一只手刚好抓住了玉棺下边的树干。但是他只能到此为止了，在他把手从腐烂的树木中探出的时候，那些吸血的红色肉线便已经钻进了他的口鼻和耳中。

这一切已经很明显了，这里正是献王墓的陪陵，安葬着一位献王手下的大祭司。他利用蛊术将一条蚀蟒剥了皮同自己的尸身一起殓在玉棺中，附近的很多动物都成了这口玉棺的"肥料"。

这次无意中的发现非常重要，不仅使我们进一步确认了献王墓中存在雮尘珠的可能性，而且可以通过这处陪陵，直接确认建造在"水龙晕"中主墓的位置。

遮龙山下的夫妻老树，虽然不是风水穴位，但是可以推断，是安葬献王那条水龙身上的一个"烂骨穴"。所谓"烂骨穴"，即是阴不交阳，阳不及阴，界合不明，形式模糊，气脉散漫不聚。行于穴位地下的气息为阴，溢于其表的气脉为阳。丛林中潮气湿热极大，地上与地下差别并不明显，是谓之"阴阳不明"。此处地脉气息无止无聚，又无生水拦截，安葬在这里，难以荫福子孙后代，仅仅能够尸解骨烂，故此才称作"烂骨葬"或"腐尸埋"。

然而这以树为坟的方式却改了这里的格局，又有蚀蟒在棺中掠取周边生物的血髓，完全维持了尸体不腐不烂。由此可见，这位大祭司生前也是个通晓阴阳之术的高人，这种诡异得完全超乎常规的办法，不是常人所能想到的。

若不是美国空军的C型运输机把树身撞裂，让这口玉棺从中露了出来，又有谁会想到，这树身就是个天然的套椁，里面竟然还装着一具棺材。这只能归结为天数使然，该着被我等撞上。

不过最后只剩下一件事难以明白：如果说这玉棺会残杀附近的生物，这两株老榕树中已经聚集了不知多少冤魂，那为什么我们始终没有受到袭击？

胖子抱着装了四五件祭器的鹿皮囊，志得意满。"老胡我看你是被敌人吓破胆了，管他那么多做什么，若依了我，一把火将这鬼树烧个干净！"

Shirley杨看得比较仔细，想在玉棺中找些文字图形之类的线索，最后看到被摆在一旁的玉棺盖子内侧上面也有许多日月星辰、人兽动物，以及各种奇特的标记。Shirley 杨只看了片刻就立时反应过来，问我们："今天是阴历多少？这痋蟒不管是不是冤魂所化，它至少是借着茛木和肉蛆寄生出来的潜伏性菌类植物，类似食人草，并不是每时每刻都活动。它和森林中大多数动物一样，夜晚睡眠，白昼活动猎食，每月阴历十五前后是最活跃的一段时间。"

胖子掐指算道："初一……十五……十五……二十，今天是十几还真想不起来了……不过记得昨天晚上的月亮大得瘆人，又圆又红。"

这时天空铅云浓重，但是雷声已经止歇，树林中一片寂静，仿佛只剩下我们三人的呼吸和心跳声。胖子话音一落，我们同时想到，昨夜月明如画，今天即便不是阴历十五，也是十六。

Shirley 杨忽然抽出伞兵刀，指着我身后叫道："小心你后边！"

我没等回头，先把手中的登山镐向后砍了出去，顿时有三条已经伸到我身体上的红线被斩到树身上断为六截，截断的地方立时流出黑红色的液体。三截短的落在树冠上，随即枯萎收缩。另外从树洞里钻出来的那三截断面随即愈合，分头卷了过来。

我顺势向下一望，见到整株大树的树身上有无数红色肉线正在缓缓移动，已经把我们的退路切断了。想不到从玉棺中寄生到老树中的红色肉线竟然有这么多，像是一条条红色的细细水脉。Shirley 杨和胖子正各用手中的器械，斩断无数蠕动着的红色肉线。

然而不管怎么去打，那些蚯蚓状的肉线好像越来越多，斩断一个出来仨，都比先前的粗了许多，好像带血的蛔虫一样，不停地在扭曲蠕动着逼近，恶心得让人想要呕吐。

树冠上的空间有限，难有与之周旋的余地。要是一脚踩空，虽然有保险绳不用担心摔死，但是一旦被悬吊在树身上，立刻就会被这些红色的痋蟒肉线乘虚而入，钻进人体七窍，那种痛苦无比的死法，大概与被活着做成人俑的滋味不相上下了。

Shirley 杨此刻已经被逼到了一段树梢尽头，随时都有可能跌落，只有用伞兵刀勉强支撑。我见她落了单要出危险，想赶过去与她会合，却难以脱身。另一边的胖子也自顾不暇，我心急如焚，想用"芝加哥打字机"扫射过去帮她解围，却又怕把树枝打断，使她跟着跌落下去，束手无策，只好大声招呼胖子快去救人。

Shirley 杨听我们在另一边大喊大叫，百忙中往我们这边看了一眼，也喊道："我跳下去取丙烷喷射瓶，烧了这棵树！我点火的时候，你们俩就想办法从树上爬下来。"

我心中一惊，二十多米高的大树，怎么能说跳就跳？保险绳只有树冠高度的一半，从十多米高的地方跳下去不摔死也得断胳膊瘸腿，急忙对 Shirley 杨说道："你吓糊涂了啊？这么高跳下去那不是找死吗？别做傻事，不要光顾着表现你们美国人的个人英雄主义，集体的力量才是最伟大的。你坚持住，我们这就过去接应你。"

胖子却在旁煽风点火，对 Shirley 杨大叫道："跳下去吧！跳下去你就会融化在蓝天里。"

Shirley 杨也不再多言，纵身一跃从树上跳了下去，等保险绳快拉直时，用伞兵刀割断了腰上的保险绳。我看得眼都直了，一颗心仿佛也跟着一起从二十多米的高度掉了下去。

胖子也张大了嘴："啊？还他妈真敢跳，美国人真能闹。"只见 Shirley 杨身在空中，已经将那把金刚伞撑在手中，当作降落伞一样，从半空缓缓落下。

若不是那金刚伞坚固，换作普通的伞，此刻早已经被从下边冲击的气流卷成了"喇叭花"。想不到 Shirley 杨兵行险招，竟然成功了。

然而我们有点高兴得太早了，就在 Shirley 杨刚降落了七八米的高度时，老榕树的树身中突然伸出一条粗大的藤蔓直接卷住了 Shirley 杨，将她缠在半空。面对这突如其来的袭击，Shirley 杨也没有办法，只好用金刚伞顶端的透甲锥去戳那藤蔓。

我在树顶看得清楚，有几条红色肉线附着在藤蔓上。这些红色肉线的厉害之处就在于实在太多，而且像大蚯蚓一样生命力顽强，砍成几段也能继续生存，让人根本没有着手的地方。我身上已经被斑斑点点溅到了不少汁液，闻上去又苦又臭，但是好像并没有毒，否则沾了一身，早已毒发身亡了。

我鼻中所闻，尽是苦臭的气息，心中忽一闪念：这些暗红色的汁液，可能就是死在老榕树中那些人和动物的血，那些红色肉线像是玉棺的血管一样。"打蛇打七寸，擒贼先擒王"，何不试试直接把那口玉棺打碎？在树上继续缠斗下去终究不是办法，否则时间一久，手上稍有懈怠，被缠倒了就得玩完。今天就赌上性命，搏上一回。

我让胖子先替我遮挡一阵，随即举起手中的汤普森冲锋枪，对准树中的玉棺一通扫射，火力强大的美式冲锋枪立刻就把玉棺打成了筛子，棺中的血液全漏了个干干净净。

随着玉棺中最后的液体流尽，那些蠕动着的痋蟒红线也像是被突然间抽去了灵魂，纷纷掉落，转即变得干枯萎缩。

Shirley 杨也从半空中落到了地面，因为她拽住了那条老藤，所以并没有受伤，只是受了一番惊吓，脸色略显苍白。我和胖子急忙从树上下来，过了好久，三人才惊魂稍定。这场说来就来的遭遇战，前后不过几分钟，而在我们看来，却显得激烈而又漫长。

我刚要对 Shirley 杨和胖子说话，突然整个地面强烈地抖动了一下，两株老榕树渐渐支持不住，根茎的断裂声响不绝于耳，好像树下有什么巨大的动物正要破土而出，把那整株两千余年的老树，连根带树都顶了起来。天上的雷声更加猛烈，地面裂开的口子冒出一缕缕的黑烟。雷暴、黑烟、地裂，组成了一个以老树为中心的旋涡，把我们团团包围。

第十五章
镇陵谱

　　纠缠在一起的老榕树，由于树中全是大小窟窿，平时全指着从玉棺中生长出来的红色肉线支撑，此时失去依凭，再加上树冠被C型运输机砸掉了小半部分，造成了头重脚轻的局面，被地下的庞然大物一拱，便从侧面轰然而倒。

　　树中那口被我用汤普森冲锋枪打烂了的玉棺，也随着掉落到地面上。玉棺中的血液已经全部流尽，只剩下里面那赤身裸体的白胡子老头尸体，还有那被剥了皮寄生在棺主身体上的蚰蟒。这一人一蟒的尸体完全纠结在一起，从毁坏的玉棺中滚了出来，瞬间就产生了变化，还不到三秒钟的时间，就化为一堆焦黑干枯的木炭。

　　丛林中一丝风也没有，否则随便刮一阵微风，可能就把这人和蟒严重氧化了的尸骸吹成一片黑色的粉末。

　　我们不知下面究竟会出来什么东西，都向后退了几步。我拉开枪栓把枪口对准了树根的方向，准备不管是什么，先给他来一梭子再说。胖子则早已从背包中拿了丙烷喷射器，想要演一场火烧连营。

　　旁边的Shirley杨却用手压住我的枪口："别急着动手，好像是个石头雕像，看清楚了再说。"

只见老榕树的根茎缓缓从泥土中脱离，这两株老树的树冠之大，在这片森林中已经极为罕有，而延伸在地下的根茎，更大过树冠三倍有余。这些根蔓树茎全部从土中脱离，那是多大的动静，丛林中的地面就好像是裂开了一张黑洞洞的大嘴，忽然间天地抖动，阴云更加厚重低垂，黑云滚滚直压在丛林上方，轰隆隆的雷声已经没有了界限，响成了一片。

随着老树的倒塌，从泥中升起来一只巨大的石头赑屃，身上负着一截短碑。这只赑屃之大，我们三人平生从所未见，粗一估量，恐怕不下数千斤，老榕树的根茎都裹在赑屃身上，看来它是被人为地压在树下的。

这只赑屃举首昂扬，龟尾屈伸，四足着地，做出匍匐的姿势，隆起的龟甲上是云座，短碑就立在这云座之上。一股黑气从赑屃身下冒出，直冲上青天，过了半天方才散尽，天上的乌云也随之散去，此时四周的空气中，充满了雷暴过后的臭氧味道。

我们在远处望着，直到地面彻底恢复了平静，确认不会再有危险了，这才走到近处察看。胖子奇道："老胡，这么一只大赑屃，当初咱俩串联到泰安逛岱庙的时候，也未曾见过如此大的。这几千年前的古物，要拉回去虽然费些力气，却也算件宝贝。"

我笑道："小胖，我发现你的审美观有点接近德国纳粹，只要个儿大就全是好的，这么大的东西就算你弄回去，也不会有人愿意买，谁家有这么大地方盛得下它。"

胖子不以为然地说："你真是不了解现在的经济形势，亏你还自称祖上是大户人家，我看你爷爷那辈儿，也就是个没见过世面的地主老财。现在这世界上，虽然还有三分之二的劳苦大众没翻身得解放，可毕竟还有三分之一的人属于有钱人，人家那有钱人家里宅子大了去了，千百亩良田算个鸟毛，还腾不出放赑屃这么点地方吗？不信你问问那美国妮子，她在加利福尼亚的宅子有多大，说出来吓死你，咱们国家所有兵团级的高干住房加起来，都没她家后院大。"

我大吃一惊，忙问Shirley杨："真的假的？我听着可真够玄的，要按胖子这么说，你们家后院都打得开第三次世界大战了。"

胖子不等Shirley杨答话，就抢着说："那还能有假，他们家祖上多少代就开始玩明器了，倒过多少大斗，顺手摸上几样，也够第三世界国家的人民奋斗小半年的。老胡，也就你是土老帽儿，听大金牙那孙子说，这赑屃专门有人收藏。不是有那么句老话嘛，摸摸赑屃头，黄金着地捡，摸摸赑屃尾，活到八十九。这是最吉祥的东西，宅子里摆上这么一只，那真是二他妈妈骑摩托——没挡了。"

我忍不住笑道："你听大金牙跟你扯淡，他那套词还是去年我帮他抄来的。别说摸赑屃了，摸鸡毛都是这两句，这是专门打洋庄唬老外使的。你要不信，就去摸摸这赑屃头，以后也不用跟我钻山沟倒斗了，天天出门遛个弯，转转腰子，一弯腰就能拾一块狗头金。"

胖子被我说得一怔，随即骂道："我说这几句老词儿怎么土得掉渣，闹了半天是你编的。"

Shirley杨不管我和胖子在一旁拌嘴，只是仔仔细细观看那只巨大的石头赑屃，想看看它究竟是怎么从树底下突然冒出来的，反复看了数遍，对我和胖子道："你们别争了，这根本就不是赑屃，而是长相和赑屃酷似的椒图。"

胖子不明所以，问道："只知道椒盐鸡块，这椒图什么的却不知是哪个馆子的？"

我却知道一些椒图的事，但这不是负碑的赑屃吗？便对Shirley杨说："我这人有个习惯，在胖子这种无知的人面前，怎么也谦虚不起来。对于这些东西我实在太熟了，据我所知，龙生九子，各不相同，赑屃、椒图，各为其一，另外还有狻猊、蚣蝮、狴犴、螭吻、睚眦、饕餮、蒲牢，椒图是用来镇门户的。我觉得这只石兽，应该是长得好像老龟一样的赑屃。"

Shirley杨点头道："没错，这石兽外形确实像负碑的奇兽赑屃，但是你看它整体都是圆雕手法制造，龟甲纹路清晰，唯独四只爪子形状尖锐，像是锋利的武器，口中全是利齿，这些都和椒图的特征吻合。只不过可能由于古滇国地域文化不同，使得这只椒图与中原地区的有些区别。"

第十五章 镇陵谱

Shirley 杨说罢，又取出孙教授所拍的照片让我们看，照片中是献王祭天礼地的六兽，其中有一只与这石头椒图十分相似。我仔细对照，果然这只椒图头顶也有个眼形圆球，不过先前被散落的树根遮挡，没有发现。

Shirley 杨接着说道："古书中记载，椒图性好闭，有镇宅辟邪之意。这椒图的作用，主要是用以镇压王墓附近的邪气，在王墓完工后埋在外围，就像是现代建筑仪式中的奠基典礼。我之所以推断它是椒图，最重要的原因是它背上的短碑，这根本不是普通的石碑，有可能是献王墓的陵谱。"

三人都登上石兽后背的龟甲，用伞兵刀轻轻剥落陵谱上的泥土，上面雕刻的文字和图案逐渐显露出来，果然不出 Shirley 杨所料。此刻我和胖子也不得不服，今天露了怯，只好将来有机会再找回这个面子。

Shirley 杨用照相机把刻在石碑上的陵谱全部一一拍摄下来，又做了拓片。这陵谱上的信息多得出乎意料，详尽地叙说了献王墓建造的经过，甚至包括陪陵的部分也都有记述。不过文句古奥，有些字它认识我，我不认识它，只好再由 Shirley 杨加以说明，三人一起逐字逐句地看了下去。

陵谱上首先说的是古滇国是秦始皇下设的三个郡，秦末楚汉并起，天下动荡，这三个郡的首领就采取了闭关镇国的政策，封闭了与北方的交通往来，自立一国。后来汉朝定了天下基业，但是从汉代立国之始，便受到北方匈奴的威胁，自顾不暇，一直没工夫理会滇王。

到了古滇国的末期，来自北方汉帝国的压力越来越大，国事日非，人心已去。汉武帝向滇王索要上古的神物雮尘珠，滇国内为此产生了激烈的分歧，献王带了真正的雮尘珠从滇国中脱离出来，远涉至滇西的崇山峻岭之中，剩下的滇王只得以一枚"影珠"进献给汉武帝。

Shirley 杨看到这里，有些按捺不住心中的激动。"我最担心的一个问题终于澄清了。因为在历史上，埋葬汉武帝的茂陵被农民军挖了个底朝天，据说墓中陪葬的雮尘珠就此流落世间。这段历史同献王墓的时间难以对应，原来茂陵中只是一枚冒充的影珠。"

陵谱接下来记述道：雮尘珠是地母所化的凤凰，自商周时代起，就被认为可以通过这件神器修炼成仙，有脱胎换骨之效，但是需要在特殊的地

91

点才能发挥它的作用，周文王曾经把这些内容详细地记录在了天书之中。

不过这些机密始终掌握在统治阶级手中，几乎所有的君主都梦想能够成仙得道，长生不死，永保万年江山，所以都竭尽全力去破解毫尘珠的秘密。秦末之时，这件神物流落到了滇南，献王就是因为舍不得这件毫尘珠，所以才离国而去，准备到山里找个地方修炼成仙，而献王墓的位置，就选在了一处风水术士眼中的神仙洞府。

献王墓前后总共修建了二十七年，修建的人力始终维持在十万左右，除了奴隶还有许多当地的夷人，几乎是倾国之力。

我们看到这里，都不禁咋舌，原来这献王这辈子没干别的，把全部的精力都花在修造他的陵墓上了，想要死后在"水龙晕"中尸解成仙，这事多少有些让人难以相信。那毫尘珠的相关传说，我们已经掌握了不少，但是至今也没有确切的内容。至于献王死后有没有成仙，陵谱上没有任何记载，这件事恐怕要等我们摸进了献王墓才能知道谜底。

然而陵谱上只有对献王墓修建经过的记录，至于古墓地宫，以及王墓规模式样、墓道入口之类的情况一个字也没有。

其次记录的是陪陵的状况，除了殉葬坑、陪葬坑等外围设施之外，真正的陪陵只有一位主祭司。在献王入殓之后，从深谷中找来两株能改风水格局的老榕树，先将镇陵谱埋入地下，老榕树植到其上，然后捉来以人俑饲养的巨蟒。这种蟒在陵谱中被描绘成了青龙，极其凶猛残暴，是遮龙山一带才有的猛兽。当巨蟒吃够了人俑之后，就会昏睡过去，这时候再动手活剥了蟒皮，和大祭司一起装进棺中，蟒肉人体，加上桐木棺底，与这株老树就会逐渐长为一体，得以长久地维持肉体不腐不烂。

由于那口玉棺破损了，这里被改的风水格局一破，压制在地下几千年的地气得以宣泄，加上雷暴黑云，都使地脉产生了变化，这才把埋在树下的镇陵谱拱了出来。

最后，镇陵谱上还有些弘德颂功的描写，都没什么大用。胖子见并没记载献王墓中都有何种珍奇的陪葬品，不免有些许失落，而在我看来，这些信息已经足够让我们顺利找到目标了。既然知道了这里的风水格局，只

第十五章 镇陵谱

需要用罗盘定位，就算找不到蛇河，也尽可以找到目标倒斗。

我见再也没有什么内容值得看了，就收拾东西。连续一天一夜没睡，人困马乏，今天争取尽早找到溪谷的入口，然后好好地休息一下。

Shirley 杨见我和胖子准备要收拾东西出发，便说道："别急，镇陵谱背面还有一些内容，咱们再看看，别落下了什么才好。"

我只好又转到另一边，看那镇陵谱后边还有什么内容，Shirley 杨已经把上面的泥土刮净，我们凑过去一看，都作声不得。原来镇陵谱背面是整面的浮雕，一座穷天下之庄严的壮丽宫殿，悬浮在天空的霓虹云霞之上，难道那献王墓竟是造在天上不成？

第十六章
在蟾之口

镇陵谱的浮雕中，最高处是一座金碧辉煌的宫殿，月城、角楼、内城、瘗碑、阙台、神墙、碑亭、祭殿、灵台等建筑一应俱全。后边的山川都是远景，宫殿下没有山丘基石，而是数道霞光虹影，凌空步烟，四周有飞龙缠护，显出一派超凡脱俗的神仙楼阁风采。再下面的内容表现的是玄宫下的神道。神道两边山岭绵延，高耸的山峰传达出一种森森然巍巍然之势，衬托得空中楼阁更加威严，这条神道应该就是那条名为虫谷的溪谷了。

胖子看罢笑道："献王老儿想做神仙想疯了，连墓都造得如同玉皇大帝的天宫，还他妈在天上盖楼，不如直接埋到月球上去。"

Shirley 杨说："献王墓内部的详情，现在已经没有任何人知道了，所有的线索都说王墓在水龙晕中，即便那水龙晕再神奇，我也不相信这世界上存在违背物理原理的场所。这镇陵谱背面的雕刻，一定是经过了艺术加工，或是另有所指。"

我对 Shirley 杨和胖子说："所谓的水龙，不过就是指流量大的瀑布；那种晕，就是水汽升腾所产生的霓虹，有形无质，所以被古人视作仙人桥，不可能在上面建造建筑物。咱们看到的这座宫殿雕刻，应该不是王墓，而是王墓的地面祭祀设施，叫作明楼。按秦汉制，王墓的地宫应该在这座明楼地下十丈以下的地方，这种传统一直被保留到清末。"

Shirley 杨问我："如果是祭祀设施明楼，也就是说，献王死后，每隔一段特定的时间，便会有人进到明楼中举行祭拜的仪式。可是据人皮地图上的记载，王墓四周设有长久不散的有毒瘴气，外人无法进入，那祭拜献王的人又是从哪进去的？难道说还有一条秘道，可以穿过毒雾？"

山谷中瘴气产生的原因不外乎两种，一种是地形地势的缘故。深山幽谷，空气不流通，植物滋生的潮气浓度过大，加上死在里面的各种动物产生的腐烂的尸气混杂在其中，就会产生有毒的瘴气。

还有另一种，可能是在王墓完工，献王入殓之后，人为设置瘴气。利用虫谷中低凹的地形，在深处不通风的地方，种植特殊的植物，这些植物本身就带毒，这样一来就形成了一道拱卫王墓的屏障。不过也不一定是种植有毒植物，据说虫谷深处不通风，秦汉时期，从硫化汞中提炼水银的技术已经非常成熟，也有可能是在附近放置了大量的汞，时间一久，汞挥发在空气中形成毒气。只是这种可能性不大，即使山谷中空气再不流通，毕竟也是暴露的空间，总有散去的一日，除非建造献王墓的工匠们另有办法。

三人商议了一番，又取出瞎子那张人皮地图进行对照，发现人皮地图比镇陵谱少了一点东西。镇陵谱背面的石刻上，在溪谷中的一处地方刻着一只奇形怪状的蟾蜍，蟾蜍嘴大张着；靠近献王墓的地方，也有只对称的蟾蜍，同样张着大嘴。而在人皮地图中，只有溪谷中的这一只蟾蜍，而且这只蟾蜍的嘴是闭着的。绘制人皮地图给滇王的人，对瘴雾之后的情形一无所知，只大致标注了外围的一些特征，很显然献王墓内部的情况属于绝对机密，并不是每个人都能知道。

这个小小的区别，如果不留意看的话，很难察觉到，因为镇陵谱与人皮地图上都有很多各种珍禽异兽，这些动物并不见得真实存在于献王墓附近，有些只是象征性地绘制在上面。这和古时人们的世界观有关系，就如同有些古代地图用龙代表河流，用灵龟表示雄伟的山峰一样。

不过这只蟾蜍很不起眼，说是蟾蜍似乎都不太准确，形状虽然像，但是姿势绝对不像，面目十分可憎，腹部圆鼓，下肢着地，前肢做推门状举在胸前，高举着头，双眼圆瞪，好像是死不瞑目一样，鼻孔上翻朝天，一张怪嘴大得和身体简直不成比例。

我指着镇陵谱上的蟾蜍说："这一里一外两只蟾蜍完全对称，整个图中，谷内谷外对称的地方，只有这一处，很可能就是祭祀时，从地下穿过毒瘴的通道。蟾蜍的怪嘴，应该就是大门。人皮地图上只标注有一只，那是绘图的人不知道内部的情况，咱们只要在虫谷中找到这个地方，就可以进入深处的献王墓了。"

Shirley 杨对我的判断表示赞同，而胖子根本就没听明白，只好跟着听喝儿就是了。我们又反复在图中确认了数遍，认为只要能找到那条溪谷，便有把握找到那只可能藏有秘道的蟾蜍，至于它只是石像，还是什么别的，等找到那个地方就知道了。

我们从椒图背上下来，回首四顾，周围一片狼藉——倒掉的两株大树，破碎的玉棺，C 型运输机的残骸，还有那只被"芝加哥打字机"射成一团破布般的大雕鸮，最多的则是树身中无数的尸骨。

胖子用脚踢了踢地上的雕鸮尸体说："打烂了，要不然拔了毛烤烤，今天的午饭就算是有了。"

我对胖子说："先别管那只死鸟了，你再去机舱残骸里看看，还有没有什么能用的枪支弹药，都收集起来，咱们出发的时候带上一些，这片林子各种野兽太多，子弹少了怕是应付不了。"

C 型运输机的残骸已经摔得彻底散了架，胖子扒开破损的铝壳，在里面乱翻，寻找还能使用的东西。我和 Shirley 杨则去把那具美国空军飞行员的骸骨从各种动物的尸骨中清理出来。我把他手中的双头夹取下来，捏了几下，嘀嗒作响，心想那玉棺中渗出来的鲜血滴在玉石上，也是滴滴答答的声音，雕鸮在机舱里啄食树蜥，也发出那种像是信号般的声音，还有烛蟒撞击玉棺发出的声音也像是信号声，那段鬼信号的代码究竟是哪里传出来的，恐怕已经无法确认了。一个在丛林中漆黑的夜晚里发生的事情，各种因素对人的判断力都产生了极大的影响，黑暗中的事情，谁又能讲得清楚。我更愿意相信,是这位美国飞行员的亡灵在给我们发出警告。

不过有一件特殊的事引起了我们的注意,就是这个飞行员身上穿的服装标记是属于轰炸机编队的,而不是运输机。另外他背后还有一块已经糟烂的白布,上面写着:美国空军,来华助战,军民人等,一体协助。这说明他并不是这架 C 型运输机的成员。

这一带气候复杂,由于高山、盆地落差太大,气流气压极不稳定,倒确实可以说是一块飞机的墓场。也许在这附近还有其他的坠毁飞机,而这位幸存者在走出丛林的时候,成了那口玉棺的牺牲品。

我用工兵铲在地上挖了个坑,想把飞行员的尸体掩埋了,但是发现这里地下太湿,挖了没几下就全是植物根茎,还有论公斤算的蜡虫卵,白花花的极是恶心。这里环境实在是太特殊了,虽然处于亚热带,但是更接近于北回归线以南、南回归线以北的热带雨林。澜沧江和怒江水系不断冲刷这块低洼的湿地,充沛的地下水资源和湿热无风的环境,导致大量植物繁衍滋生,地下全是各种植物粗大的根系,根本就不适合埋人,怪不得那位祭司葬到树上。

我和 Shirley 杨商量一下,决定先用那架 C 型运输机的机舱残骸当作棺材,把他的尸骨暂时寄存在里面,回去后再通知他的家人来取回国。

这时胖子已经捡了三四支完好的汤普森冲锋枪,还有十余个弹匣弹鼓,当下一齐帮手,把那美国人的尸骨用一张薄毯卷了,塞进机舱里面,然后尽量用石头堵住舱身的缺口。

Shirley 杨用树枝绑了个十字架,竖在 C 型运输机的残骸前边。我们肃立在十字架前,Shirley 杨取出《圣经》默诵了几句,希望这位为人类自由而牺牲的美国空军飞行员能够安息。这情形让我想起了在前线面对牺牲战友遗体时的情景,忽然觉得鼻子有点发酸,急忙使劲眨了眨眼,抬头望向天空。

胖子忽然向前走上两步说道:"安息吧,亲爱的朋友,我明白你未完成的心愿。辉煌的战后建设重任,有我们承担。安息吧,亲爱的朋友,白云蓝天为你谱赞歌,青峰顶顶为你传花环。满山的鲜花青草告诉我们,这里有一位烈士长眠。"

我对胖子的言行一向是无可奈何，哭笑不得，眼见天色已经近午，再耽搁下去，今天又到不了溪谷的入口了，便招呼他们动身启程。

虽然汤普森冲锋枪的自重很重，但是经过这个漫长的夜晚，我们充分地体会到冲锋枪在丛林中的重要性，除了 Shirley 杨用不惯这"打字机"外，我跟胖子每人扛了一支，"剑威"和剩余的一支六四式手枪，就暂时由 Shirley 杨使用。弹匣弹鼓能多带就多带，把那些用来封装枪械的黑色防水胶袋也带在身上。

我们继续沿着遮龙山向前进发，边走边吃些干粮充饥。今天的这一段行程，相对来说比较轻松。吸取了昨天的教训，尽量选靠近山脉的坡地行走。山脉和森林相接的部分，植物比丛林深处稀疏不少，由于密度适中，简直像是一个天然的空气过滤净化器，既没有丛林中的潮湿闷热，也没有山上海拔太高产生的憋闷寒冷，一阵阵植物的清香沁人心脾，令人顿觉神清气爽，头脑为之清醒，一天一夜中的困乏似乎也不怎么明显了。

如此向西北走了四五个小时的路程，见到一大片花树，红、白、黄三色的花朵，都是碗口大小，无数大蝴蝶翩翩起舞，有一条不小的溪流自花树丛中经过。深处是一片"林上林"，因大树集中在一起，比附近的植物明显高出一半，所以称其为"林上林"。这条蜿蜒曲折的溪流可能就是当地人说的"蛇爬子河"了，蛇河水系在这一带几乎都集中在地下，地表只有这条溪流。

溪水流过花树丛，经过一片"林上林"，流入远处幽深的山谷。由于植物密集，地形起伏，用望远镜也看不到山谷里面的情形。我取出人皮地图，找了找附近的参照物，确认无误，这里就是虫谷的入口。经过这一段，随着地势越来越低，水流量会逐渐增大。那里有一部分修造献王墓时留下的堤坝，地面上虽然杂草丛生，大部分都被低矮的植物完全覆盖，但是仍可以看到一些砖瓦的残片，应该就是王墓神道的遗迹。

我们见终于到了虫谷，都不由得精神为之一振，加快脚步前进，准备到了堤墙遗迹附近就安营休息。我们信步走入那片花树，初时这些低矮的花树，各色花朵争相开放，五颜六色，说不尽的姹紫嫣红；而在树丛深处，则一色的皆为红花红叶，放眼望去，如一团团巨大的火云，成群的金丝凤尾蝶穿梭在红花丛中。

这里真是神仙般的去处，比起不远处我们过夜的那片阴森丛林，简直是两个世界。胖子说道："可惜那两把捕虫网都不知道丢到哪里去了，否则咱们捉上几百只蝴蝶，拿回北京做标本卖了，也能赚大钱。看来这世上来钱的道不少，只是不出来见识了，在城里待着又怎么能想到。"

Shirley 杨说："这些红花红叶的花树，叫作羽裂圣蕨，其形成时间在第三纪以前，距今已有几千万年。同代的生物在沧桑巨变中基本灭绝了，如恐龙早已作古成为化石，羽裂圣蕨则成了孑遗植物。它主要生长在幽暗、清凉的密林之中，这些异种大蝴蝶恐怕也只在这附近才有。你一次捉了几百只，岂不是要让这种稀有的金钱蝴蝶和羽裂圣蕨一起灭绝了吗？"

胖子怒道："真是的，你这人就是喜欢给别人上课，我只是顺口说说而已，真让胖爷来捉蝴蝶，我还耐不住那性子呢！小蝴蝶随便捉捉就没了，哪有倒斗来得实惠，一件明器便足够小半辈子吃喝享用。"

三人边说边在花树间穿行，循着古神道的遗迹，来到了花树丛与林木相接的地带，这里就是虫谷的入口。随着逐渐接近献王墓，古时的遗迹也越来越多。谷口显得与周围环境很不协调，光秃秃的两座石山，在近处看十分刺眼。只是这里位于那片"林上林"的后边，从外边看的话，视线被高大的林木遮挡，完全看不到里面的光秃石山，只有走到虫谷的入口，才会见到。谁也没想到这么茂密的丛林中，有这么两块寸草不生的巨大石山，所以给人一种很突兀的感觉。

我们举目观望，都觉得这两块石头像什么东西，再仔细一看，石上各用黑色颜料画着一只眼睛，不过不是雮尘珠那种眼球造型，而是带有睫毛的眼睛，目光深邃威严，虽然构图粗糙，却极为传神。难道这是在预示着，已经死去的献王正在用他的双眼注视着每一个胆敢进入这条山谷的人？

Shirley 杨走到近处看了看那岩石，转头对我们说道："这是块一分为二的陨石，附近的坠机事故，多半都与它有关。"

第十七章
禁断之线

我对 Shirley 杨说："我看这两块石头戳在这里,虽然显得突兀,但岩石本身却没什么特别的地方。倘若是陨石,而且暴露在外边,那应该在这里有陨石坑才对,你看这附近哪里有什么被陨石冲击过的痕迹。"

Shirley 杨看了看自己的手表,对我说道:"你看看你手腕上戴的潜水电子腕表,现在已经没有时间显示了。这石头上有很多结晶体,我估计里面含有某种稀有元素,电子电路晶体管和无线电设备,都会受到它的影响。附近坠机事故比较多,可能与这两块陨石有关。偏离航道的飞机,一旦接近这一地区的上空,所有的电子设备都会失灵,这里简直就像是百慕大三角。"

我和胖子都抬起手看自己的手表,果然所有数据全部消失,就像是电池耗尽了一样。我又到那山石近处观看,果然上面有许多微小的结晶体。我当了好几年工兵,成年累月地在昆仑山挖洞,昆仑山属于叠压形地质结构,几乎各种岩层都有,所以大部分岩石我都认得,但是这种灰色的结晶矿物岩,我从来都没见过,看上去倒真有几分像是陨石。

胖子还有些不信,便从背包里掏出一部收音机,那是我带在路上听新闻广播用的，由于进了山之后便没有了信号，所以一直压在包底。此时拿出来，刚一打开开关，立刻"刺啦刺啦"传出几声噪音，随后任凭怎么折腾，再也没有动静了。

再看手电筒等设备，由于是使用干电池发电，所以没受任何影响。胖子奇道："真他妈奇怪，还有这种石头。不知道国际上成交价格多少钱一两，咱们先收点回去研究研究。"说罢拿起登山镐，就想动手去岩石上敲几块样本下来。

我急忙拦阻，对胖子说："别动，万一有辐射怎么办？我记得好像在哪儿看过，陨石里都有放射性物质，被放射了就先掉头发，最后全身腐烂而死。"

Shirley 杨在旁说道："并不是所有的陨石都有放射性物质，这块里面可能有某种电磁能量，所以才对电子设备有严重的干扰。这块陨石可能不是掉落在这里，而是后来搬到谷口的，作为王墓入口的标志。其实能掉落到地面上的大块陨石极为少见，美国有一个大陨石坑的遗迹，落下的陨石，必须与大气层水平切线呈六点五度的夹角，否则就会由于摩擦而过度燃烧，消失成灰。这两块石头，只是经过燃烧剩余的一点残渣而已，表面的结晶物就是强烈燃烧形成的。这里虽然寸草不生，但周围有活动的虫蚁，所以它们可能对人体无害。不过在不明究竟的情况下，我劝你最好还是别去动它。"

胖子仍然不太甘心，但是毕竟在老榕树那里已经拿到了几件货真价实的古物，便就此作罢，扬言日后混不下去的时候，再来这虫谷采石头。

我们站在谷口，又对着那两块画着人眼的石头端详了一番。本来想今晚在这里扎营休息，明天一早动身进入溪谷深处，去找那有蟾蜍标记的入口，但是怎么看怎么觉得这地方不对劲，老觉得被那双眼盯着看，不免浑身不自在。不过虫谷中情况不明，如果再向里走，鬼知道会碰上什么东西，所以我们只好又顺原路返回，到那片长满红花的树丛附近扎营做饭。

自从划竹筏进了遮龙山直到现在为止，我们三人除了胖子睡了大半宿之外，都已经两天一夜没有好好休息了，这时已经疲惫不堪，选了个比较僻静空旷的地方，就地宿营。

　　这附近虫蚁不多，又有花树清香袭人，确实是个野营露宿的上佳之地。我们都知道明天开始免不了又有许多玩命的勾当，今夜是最后一次休息好的机会，必须通过足够的睡眠，把体力和精神恢复到最佳状态。于是随便吃了些从彩云客栈买来的牛肉和干粮，留下胖子值第一班岗，轮流钻进睡袋睡觉。由于昨夜在林中射杀了一只大雕鸮，雕鸮是种复仇心极强的动物，接近黎明的时候，已经有几只来袭击过我们。由于天色已亮，它们不习惯在白天活动，所以暂时退下，不过说不准什么时候瞅个冷子，便又会卷土重来，所以这守夜的人是必须要有的。

　　晚上我忽然觉得手上一阵麻痒钻心，痒处正是山中被那食人鱼咬中的手背，我一下子从睡袋中坐了起来，伸手一摸，原本手背上所包扎的胶带已经破了个口子，一只只黑色的虫从伤口中爬了出来。我急忙用手捏死两只，而那虫子越爬越多，我大惊之下，想找人帮忙，抬头望时，只见四周静悄悄的，月亮挂在半空，身边不见了胖子和Shirley杨的去向，睡袋全是空的。

　　忽然附近的花丛一片响动，一个身罩青袍的老者，头戴黄金面具，骑在一头大象之上，穿过红色的花树丛向我冲来。他来势汹汹，我急忙滚开闪躲，忽然觉得有人在推我的肩膀，我一下子睁开眼睛，原来是个噩梦。

　　Shirley杨正在旁边注视着我，问："你一惊一乍的，又做梦了？"

　　我全身上下的衣服都被冷汗打透了，这梦做得也太真实了，对Shirley杨点点头，看来该轮到我守夜了。奇怪，我刚刚梦到戴面具的人是献王吗？梦中不会有感觉的，但是那伤口中又痒又疼的感觉，醒来后还隐隐存在。想到这里，忽然觉得手背上的伤口发紧，一跳一跳地疼痛。

　　如果是伤处愈合，渐渐长出新肉，应该微微发痒，看来这伤又严重了。我揭开胶布，只见手背上已略微发紫。已经打过抗生素了，应该不会是感染，但是伤口似乎比刚开始有点扩大。我只好自己换了药，将手背重新包扎上。心下琢磨，莫非是那些刀齿蟾鱼吃了人俑中的水蠡蜂，把那痋毒沾染到我身上了？想到那痋术的恶心之处，心里不由得七上八下，我只好尽量让自己往好的一面去想，振作精神守夜。

但是后来越想越担心，恐怕自己这只手是保不住了，万一真从里面爬出几只虫子，我真宁可先提前把这只手砍掉。做了半天思想斗争，只好去把刚睡下的Shirley杨叫醒，让她帮忙看看我是不是中蛊毒了。

Shirley杨看后，给我找了些药片吃下，安慰我说："这只是被鱼咬噬后伤口愈合的正常现象，不用多虑，包括晚上做噩梦也是伤口长出新肉造成的，只要保护好别再感染，就没关系。"

我这才把悬着的心放下。好不容易挨到天亮，三人按照预定计划朝目的地出发，准备在山谷中找到那个有蟾蜍标记的地方，看看能否找到穿过山瘴的秘道。不过这献王墓经营多年，布置得十分周详，即使有秘道穿过地面的屏障，恐怕这条秘道也不是那么好走的。

虫谷中的植物远比丛林中的密集，所以狭窄难行。穿过溪谷前的两块巨大陨石，沿着蛇溪向山谷的深处前进，随着地势的逐渐下降，藤茎类植物也越来越多，一丛丛的藤萝将溪水上边全部遮盖，两侧的山壁悬挂了无数形形色色的小型植物，犹如一个个五彩缤纷的空中花园。

由于地形狭窄，这里的生存空间竞争格外激烈，各种植物为了获得足够的光线，都拼命向谷外扩展，所以从高处完全无法看到山谷内的地形。

谷中异常潮湿闷热，我们目力所及，全是浓郁的绿色，时间久了，眼睛都觉得发花。为了在高密度的植物丛中前进，只好由胖子用工兵铲在前边开路，我与Shirley杨紧随其后，在蚁虫肆虐、老藤丛生的幽谷中艰难前进。

比起藤萝类植物的阻碍，最大的困扰来自溪谷阴暗处的蚊虫。这些丛林中的吸血鬼，少说有十几个种类，成群结队、不顾死活地往人身上扑。我们只好把随身带的大蒜和飞机草捣成汁擦在身体暴露的部位，还好彩云客栈老板娘给了我们一些当地人特制的防蚊水，还能起到一定的作用。纵然是有这些驱蚊的东西，仍然被叮了几口，叮到的地方立刻红肿，变得硬邦邦的，触手生疼，像是长了粉瘤。

Shirley杨却说感谢上帝，这些蚊子还不算大，毒性也不厉害，毕竟这里不是热带雨林，亚马孙雨林中的毒蚊才是丛林中真正的吸血鬼，而且又有剧毒。不过那种毒性猛恶的蚊虫都怕大蒜,这个弱点倒是与欧洲传说中的吸血鬼的弱点不谋而合。

谷中有如此茂密的植物,倒是没有出乎我们的意料。虽然在献王墓建造的时候,这里原本应该是条通往明楼的神道,所有的资材都要经过这里运输到里面,但是已经时隔了两千年,这么漫长的岁月中,谷中可能会发生翻天覆地的变化,修建王墓时被砍伐干净的植被层,重新生长,把神道的遗迹全部覆盖侵蚀。

但是随着不断深入仍然可以看出,人工建筑的痕迹越来越多,地面上不时露出一些倒塌的石像、石人,这些都是王墓神道两侧的石雕。看得出来献王墓与其他王陵一样,都特意建立墓前的神道,供后人前去明楼祭祀参拜。可是献王大概没有想到,他死后不到七八年光景,他的领地臣民,包括他的老家古滇国,就都纳入了汉室的版图;花费巨大人力物力,挖空心思经营建造的王陵,只能留在这幽暗的溪谷深处,永远地被尘封在历史角落中。只有我们这些倒斗的摸金校尉,才会不顾艰难险阻,前来拜访他。

穿过一层层植物带,走了三四个钟头,终于在前边发现了一堵残墙的遗迹,这就是传说中的第一道堤墙。现在只剩下三米多厚、两米来高的夯土石台,上面也同样覆盖了一层杂草,只有一些青条石上才没有生长植物。由于只剩下一小段,看上去倒更像是一座绿色的土堆,跟个坟丘的封土堆一样,混杂在深谷的丛林之间,若非 Shirley 杨眼尖,我们就和这里擦肩而过了。

为了进一步确认这处被植物覆盖住的残墙是否便是人皮地图上标记的堤墙,胖子用登山镐在那断垣上凿了几下,想把表面的杂草和青苔刮掉。没想到这一敲不要紧,从这堵残墙的缝隙中"嗖嗖嗖"钻出数百条小树蜥。这些绿色的小家伙身体颜色与丛林中的植物一模一样,只有眼睛和舌头是血红的,都是手指大小。树蜥平时就躲藏在残墙的缝隙里,此时受到惊动,纷纷从夯土堆里逃了出来,四处乱窜。

胖子也被它们吓了一跳,抡起登山镐和工兵铲乱拍乱打,把不少小树蜥拍成了肉饼。

Shirley杨按住胖子的手,让他停下。"这些小树蜥又不伤人,平日里只吃蚊虫,你何苦跟它们过不去。"

我忽然发现,这些小树蜥在惊慌逃窜的时候几乎都是朝溪谷外跑,或者是爬上两侧的植物,虽然被胖子一通乱打,却没有一只往溪谷深处逃跑。不仅是树蜥,包括四周飞舞的蚊虫,植物上的树蟒、甲虫、大蜻蜓也都是这样。过了这堵残破的断墙,溪谷那边几乎没有任何昆虫和动物,似乎这里是一条死亡分界线,就连生活在谷中的昆虫都不敢跨越雷池半步。

第十八章
九曲回环朝山岸

谷中昆虫的举动颇为异常，它们为什么不敢向深处活动？我急忙跳上夯土和石条垒成的残墙，站在高处，向溪谷深处望去。只见前面的地形逐渐变低，但是由于各种植物竞相往上生长，半公里之外就看不清楚了，我估计再向前一段距离，就进入那毒瘴气之境。

我对胖子和Shirley杨说："再向深处走，连昆虫都没有了，说明里面可能存在有毒物质，为了安全起见，咱们还是把防毒面具都准备好，以便随时戴上。"

虽然在这潮湿闷热的山谷中佩戴上防毒面具是一件很不舒服的事，但是为了避免中毒，也只好取了出来，一旦发现瘴气，便随时罩在脸上。在继续前进之前，三人还分别吃了些能减低心率和呼吸频率的"红奁妙心丸"，这是按摸金校尉的秘方，由大金牙找专家配制的，管不管用目前还不清楚。

我取出人皮地图，在图中寻到献王墓残墙的标记，相互对照了一番，确认无误。照此看来，那镇陵谱上的蟾口标记，其位置就应该在距离这道残墙不远的山谷左侧。

向前走了七八米，Shirley杨见地面有一块光秃秃的地方陷在这藤萝密布的溪谷中，显得不同寻常，于是用工兵铲在地面上挖了一个浅坑，蹲下身看那泥土中的物质。原来这里像建茂陵一样，为了避免虫蚁对陵寝的破坏，在主墓附近埋设了经久不散的驱虫秘药。这个方法在汉代帝王墓葬中非常普遍，最简单的是埋硫黄和水银，加上一些"毒麻散""旬黄芝""懒菩提"等植物相调和，由于有属性对冲，可以埋在土中，千百年不会挥发干净。

Shirley 杨问我道："这里距离王墓的主墓尚远，为什么在此就埋设断虫道？"

我想了想说："从咱们在外围接触的一些迹象看来，献王深通奇术，最厉害的就是会改风水格局。这么大规模的王墓，不仅主墓的形势理气要有仙穴气象，在附近也会改设某种辅助穴眼。"

这些辅佐主陵的"穴眼"和"星位"，如果改得好，对主墓的穴位来说是如猛虎添翼、蛟龙入水一般。自古风水秘术中，最艰难的部分便是改格局，这需要对世间的天地乾坤、山川河流、斗转星移都有一个宏观的认识。许多欺世盗名的普通风水先生，也自称能改格局，其实他们只不过略懂一些枝节而已，要改地脉谈何容易。

另外，改风水格局的工作量也不是寻常人可以做到的，除非是那些割据一方、大权在握的王侯，才有实力如此大兴土木。

《十六字阴阳风水秘术》的"化"字卷，便是尽述改风换水的手段。其中《易龙经》有记载，龙脉改形换势，转风变水，至少需要动地脉周围九个相关的主要穴眼。第一个穴眼：化转生气为缠护；第二个穴眼：两耳插天透云霄；第三个穴眼：鱼为龙须聚金水；第四个穴眼：高耸殃宫为护持；第五个穴眼：装点天梁明堂开；第六个穴眼：水口关拦设朝迎；第七个穴眼：砂脚宜做左右盘；第八个穴眼：幕帐重重穿龙过；第九个穴眼：九曲回环朝山岸。

改动了主脉附近的这九处"穴眼星位"，可以保持风水关锁缠护绵密，穴位形势气脉万年不破。这口诀看似古奥难懂，其实只要研究过《地经

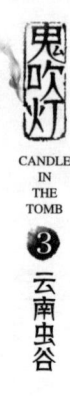

罝①》就会知道，只不过就是在特定的位置上埋金鱼缸、种植高大树木、挖深井等等，难就难在位置选择上。

这里植被太厚，别的暂时看不出来，但是其中最后一个"九曲回环朝山岸"却十分明了。

虫谷绵延曲折，其幽深之处，两侧山岗缭乱，同溪谷中穿行的"水龙脉"显得主客不分、真假莫辨，有喧宾夺主之嫌。想必在水龙的"龙晕"中，地形将会更低，坐下低小者如坐井观天，气象无尊严之意而多卑微之态，所以就要在这条龙脉的关锁处，改建一个"九曲回环朝山岸"的局。

在山谷中每九个转弯的地方，各建一座神社、祠堂或庙宇之类的建筑物，来给这条"水龙脉"平添个势态，让脉络彰显。如果是山神庙一类的建筑，必多土木结构，而木头则是最怕虫啃蚁噬，肯定要采取一些驱虫的措施。所以我猜测这条断虫道是用来保护那座山神庙的，而且最少有三道这样的屏障，山神庙中还会另有防虫的结构。

Shirley 杨喜道："这么说，那陵谱和人皮地图中的蟾蜍标记应该是某处神社了，看来你的风学理论还真有大用。"

我对 Shirley 杨说："鱼儿离不开水，瓜儿离不开秧，倒斗寻龙离不开《十六字阴阳风水秘术》。"

胖子不屑一顾地说："瞧瞧，说他胖他还就喘上了，你要真有本事，不妨说说献王老儿的地宫里都有些什么布置？更有哪些陪葬的明器？"

我们不想耽搁时间，便循着断虫道，偏离开穿过虫谷中间的溪流，斜刺里向深处搜索显露"水龙脉"的庙址。

我边走边对胖子和 Shirley 杨说："我说这山谷侧面有个山神庙之类的建筑物，这是肯定不会错的，因为这些东西，虽然看似稀奇古怪，但是一法通则万法通，只要掌握风水秘术，便不难看出个所以然来。至于献王墓的地宫是什么格局，不到了近处，我可说不出来，随便乱猜也没个准谱。不过古滇国自从秦末开始就闭关锁国，断绝了与中原文明的往来，虽然后

---

① 罝，音 hū。

来也多少受了一些汉文化的影响，但是我估计王墓的构造，一定继承先秦的遗风比较多。"

胖子问道："咱们上次去陕西，听大金牙那孙子说过一些秦始皇陵的事迹，说什么人油做蜡烛，万年不灭，可当真有此事？"

Shirley 杨说："不是人油，是东海人鱼的油膏作为燃料，万年不灭，四门射伏弓弩，机相灌输，有近者辄射之。"

我听了 Shirley 杨的话，笑道："这是《史记》唬人的，长明灯这种装置，在很多贵族帝室的墓中都有。不过这些事在倒斗摸金的人看来，是个笑话，且不论海鱼油脂作为燃料，得需要多少才能烧一万年，古墓的地宫一旦封闭，空气便停止流通，没了空气，长明灯再节能，它还燃个蛋去。如果让空气流通，这古墓地宫不出百余年，便早已烂成一堆废墟了。"

到了现代，秦汉时期的古墓即使保留下来，如果不是环境特殊，已经很难维持旧观了。现在还不知道献王墓在这密林幽谷的深处，究竟能保存到什么程度。

我们已经找到了参照物，虽然在丛林里植物繁多，能见度低，但对我们来讲已经没有什么障碍了，不久便发现了第二至第三道用防虫药铺设的断虫道。由于在这深谷之中无风无雨，那虫药中又含有大量硫黄，所以地表寸草不生，至今也没被苔藤覆盖，只是在表面略添了些泥土，知道内情的人相对找起来并不艰难。

山谷到了这里，地势已经越来越开阔，呈现出喇叭状。前边已经有若隐若现的轻烟薄雾，越往深处走，那白蒙蒙的雾气越显浓厚，放眼望去，前边谷中尽被云雾笼罩，里面一片死寂，没有任何的虫鸣蛙叫和风吹草动。

这就是那片传说中至今还未消散的"雾"，也就是山谷深处滋生的有毒瘴气。在山瘴的笼罩下，这条山谷更显得神秘莫测，而更为神秘的献王墓就在这片云雾的尽头。

我们虽然距离山瘴还有一段距离，但是为了以防万一，不得不将防毒面具戴上。胖子望了望前边白蒙蒙一片的瘴雾，对我和 Shirley 杨说道："既然咱们装备有防毒设备，不如不管三七二十一，直接冲过这片白雾，岂不

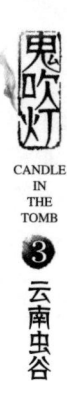

比在这乱树杂草丛中，费劲拔力地找寻什么庙址来得容易些。"

我对胖子说："你这人除了脑子里缺根弦之外，也没什么大的缺点。你知道这片山瘴范围有多广？那白雾如此浓重，一旦走进去，即使不迷失方向，在能见度降低到极限的情况下，也要比平时的行进速度慢上数倍。要是用半天走出去还好，万一走到天黑还走不出去，也不能取下防毒面具来吃饭喝水，那便进退两难了。"

说着话，我们已经来到山谷左侧的山脚下，这里已经偏离了蛇溪很远一段距离，却几乎是三道断虫墙的正中地带。走着走着，突然身边的一片花科类灌木一片抖动。我们都吃了一惊，谁也没去碰那片葱郁的花草，又无风吹，怎么植物自己动了起来？莫不是又碰到被蟒附着的怪树怪草？我和胖子都举起"芝加哥打字机"，拉动枪栓，就要对那片奇怪的植物扫射。

Shirley 杨举起右手说："且慢，这是跳舞草，平时无精打采，一旦被附近经过的人或动物惊动，便会弄姿作态地好像在跳舞，有闻声而动、伴舞而歌的异能，对人没有伤害。"

那一大丛跳舞草像是草鬼般地阵阵抖动，渐渐分成两丛，其后显露出半只火红的大葫芦。

那火红的葫芦是用石头雕刻而成的，有一米多高，通体光滑，鲜红似火。如果它是两千年前便立在此，那么这两千年岁月流逝，沧海都可能变为桑田，然而这石头葫芦却如同刚刚完工一般。

我们初见这只葫芦，心中俱是一凛，它的颜色竟然鲜艳如斯，这可当真有些奇怪。待到拨开那丛跳舞草走到近前一看，方知葫芦原来是用红色赭石作为原料。赭石天然生就火红颜色，最早时的红色染料便是加入赭石粉末制成的。

这只石头雕成的葫芦表层上也被涂抹了一层驱虫的配料，以至于杂草藤萝生长到这附近也各自避开了它。它这么多年来就始终孤零零的，摆放在这山谷毫不起眼的角落中。

我看了看那红色的石头葫芦，不禁奇道："为什么不是蟾蜍的雕像而是个葫芦？若要把这条水龙脉风水宝穴的形与势完全地释放出来，这里应该建座祭坛或者盖一座宗祠之类的建筑才对。"

由于地处山谷的边缘，嶙峋陡峭的山壁上垂下来无数藤萝，三步以外便全部被藤萝遮蔽。胖子性急，向前走了几步，用工兵铲拨开拦路的藤萝，在山壁下发现些东西，回头对我们叫道："快过来这边瞧瞧，这还真有癞蛤蟆！"

我和Shirley杨闻声上前，只见在无数条藤萝植物的遮盖下，正对着红石头葫芦的地方有座供奉山神的神邸依山而建。虽然这里的地形我看不清楚，但是应该是建在背后这道山峰的中轴线上，采用"楔山式大木架结构"分为前后两进，正前神殿的门面被藤萝缠绕了无数遭，有些瓦木已经塌落。顶上的绿瓦和雕画的梁栋虽然俱已破败，但是由于这里是水龙脉的穴眼，颇能藏风聚气，还算保留住了大体的框架。山壁上的那几层断虫道都由于水土的变化失去了作用，所以虽然神殿的木料朽烂不堪，但在大量植物的压迫下仍然未倒也算得上奇迹了。

这座供奉山神的古朴建筑就静静地在这人烟稀寂的幽谷角落中安然度过了长久的岁月，这都要仰仗于特殊的木料和构架工艺，以及谷中极少降雨的特殊环境。

只是不知神殿门前摆放的那只红石葫芦是做什么用的，可能和这山神的形态有关。古人认为金、木、水、火、土五行皆有司掌的神灵，每座山每条河流也都是如此。但是根据风俗习惯和地理环境、文化背景不同，神祇的面目也不尽相同。

我们举目一望，见那神殿虽然被层层藤萝遮盖，却暂时没有倒塌的隐患。这附近有不少鸟雀都在殿楼上安了窝，说明这里的空气质量也没问题，不用担心那些有毒的山瘴。于是我们摘掉防毒面具，拨开门前的藤萝，破损的大门一推即倒。

我们举步而入，只见正殿里面也已经长满了各种植物，这神殿的规模不大，神坛上的泥像已经倒了，是尊黑面神，面无表情，双目微闭，身体上也是泥塑的黑色袍服，虽然被藤萝拱得从神座上倒在墙角，却仍旧给人一种阴冷威严的感觉。

山神泥像的旁边分列着两个泥塑山鬼，都是青面獠牙，像是夜叉一般，左边的捧个火红葫芦，右边的双手捧只蟾蜍。

我看到这些方才醒悟，是了，原来那蟾蜍与葫芦都是山神爷的东西，只是不知这山神老爷要这两样事物做什么勾当。

胖子说道："大概是用葫芦装酒，喝酒时将癞蛤蟆做下酒菜。大金牙那孙子不就喜欢这口儿吗？不过他吃的是田鸡腿。"

我见这山神庙中荒凉凄楚，杂草丛生，真是易动人怀，不免想起了当初我和胖子穷得卖手表的日子，心里觉得有些不是滋味，便对胖子和Shirley 杨说道："山神本是庇佑一方的神祇，建了神殿应该受用香火供奉，现在却似这般荒废景象，真是兴衰有数。就连山神老爷也有个艰难时候，更别说平民百姓了，果然是阴阳一理，成败皆然。"

Shirley 杨对我说："你说这许多说辞，莫非是又想打什么鬼主意？难不成你还想祭拜一番？"

我摇头道："祭拜倒也免了，咱们不妨动手把这倒掉的泥像推回原位，给山神老爷敬上支美国香烟，让他保佑咱们此行顺利，别出了什么闪失。日后能有寸进，再来重塑金身，添加香火。"

胖子在旁说道："我看信什么求什么根本就没半点用，老子就是不信天不信地只信自己的胳膊腿儿。这山神要是真有灵验，怎么连自己都保不住？依我看就让他躺着最好，俗话说好吃不过饺子，站着不如躺着嘛。走走，到后边瞧瞧去。"

我见没人肯帮手，只好罢休，跟着他们进到后殿。这间后殿已经修建在了虫谷左侧的山峰内部，比前殿更加窄小。中间是道翠石屏，上面有山神爷的绘像，身形跟正殿中的泥塑相仿，只不过相对来讲比较模糊，看不太清楚相貌，两边没有山鬼陪衬。这块石屏好像并非人工刻绘，而是天然生成的纹理。

转过翠石屏，在神殿最尽头，是横向排开的九只巨大蟾蜍的石像。我一看便觉得眼前一亮，果然应了九曲回环之数。这种机关在懂《易龙经》的人眼中十分明显，如果不懂风水秘术中的精髓，只知晓《易经》八卦，多半会当作九宫之数来做应对，那样一辈子也找不到暗道。

我再仔细一看，发现九只石蟾蜍的大口有张有合，蟾头朝向也各不相同。这些石蟾蜍的嘴都可以活动，也有石槽可以向四方转动身体，加上蟾口的开合，如果算出有多少种不同排列也要着实费一番脑筋。而且这些石头机关应该从左至右按顺序一一推动，如果随便乱动，连续三次对不准正确的位置，机关将会彻底卡死。

于是我让胖子帮忙，按九曲回环之数从左至右先将蟾口分别开合，再以《十六字阴阳风水秘术》中"盾"字卷配合《易龙经》中的换算口诀，把石头蟾蜍一只只地按相应方位排列。

做完这一系列的事情之后，内殿中什么反应也没有。按说这"九曲回环朝山岸"应该是错不了的，为何没见有暗门开启？

Shirley杨头脑转得较快，让我们到神殿外去看看，我们急忙又掉头来到外边寻找，最终找到山神殿外。只见殿前的葫芦不知什么时候裂为两半，下面露出一道石门。

这石门被修成了蟾蜍大嘴的形状，又扁又矮，也是以火红的赭石制成，上面刻着一些简朴的纹饰，在左右分别有两个大铜环，可以向上提拉。

原来这道机关设计精奇，纵然有人知道那九只蟾蜍是开启石门的机关，只要不懂破解之法，就算乱敲乱炸也找不到设在外边的入口。

Shirley杨问道："这道石门修得好生古怪，怎么像是蟾嘴？不知里面有什么名堂，其中当真就有通往主墓的地道吗？"

我对她说："镇陵谱上的标记没错，这应该是条地下通道，而且一定可以通到离水龙晕最近的那个穴眼星位，去明楼祭祀似乎只有从这里经过才能抵达。至于为什么用蟾蜍作为标记，我也猜想不透。"

蟾蜍在中国古代有很多象征意义的形态，有种年画画的就是一个胖小孩拿着鱼竿，吊个金线，和一只三脚蟾蜍戏耍，叫作刘海儿戏金蟾。俗话说三条腿儿的蛤蟆难寻，就是从这个典故引申出来的。但是也有些地方的传统风俗中，特意突出蟾蜍身上的毒性。不过现在对面的这两只蟾蜍石像既不是三条腿的，身上也没有疣状癞疙瘩，可能只是这山神爷的玩物。

胖子拍了拍手中的"芝加哥打字机"说道："大不了在下边碰上只大癞蛤蟆，有这种枪，还怕它不成？就是癞蛤蟆祖宗来了，也能给它打成蜂窝。"

自从有了美式冲锋枪强大的火力，我们确实就像是多了座大靠山，不过我还是提醒胖子："献王墓布置得十分严密，这石门就已隐蔽至极，难保里面还有什么厉害的机关。咱们下去之后，兵来将挡，水来土掩，倒也不用惧怕。"

说罢三人一起动手，用绳索穿过石门一侧的铜环用力提升，随着"砰"的一声，石门开启，显露出一个狭窄的通道。我用信号枪对准深处打了一发照明弹，划破了地下的黑暗。惨白的光芒照在洞穴深处，我们看见那里有无数巨大的白骨和象牙，是条规模庞大的殉葬沟。

第十九章
化石森林

隧道被照明弹照亮，可以看见左右两端在不对称的位置上各有一个洞口，最深处的看不太清楚。主道两侧堆满了森森白骨，由于距离比较远，只能分辨出有大量锥弧形状的巨大象牙，好像还有些其他动物的骨骼。照明弹射到尽头，还可以见到那边有水波的闪光，从位置上判断，应该是蛇河的地下水系。

虽然没有想到脚下的坑道入口处竟是个有这么多白骨的殉葬坑，但是从下面的规模来看，既然有与深谷相平行向下流淌的水系，那么这条隧道绝对是可以通向献王墓主陵区的。

我们商议了一下，虽然这条隧道十有八九有厉害的机关，但是与那无边无际的山瘴毒雾相比，冒险从地底隧道中进入献王墓还是可行的。反正我们三人身手都还不错，也不像上次去新疆的沙漠带了一群知识分子，做起事来束手束脚十分累赘。倒斗的勾当是两三个人组队最为合适，凭借着"芝加哥打字机"、丙烷喷射器的强大火力支持，再加上摸金校尉的传统工具，不管遇到什么都足以应付了。

于是我们在洞口处稍做休整，打点装备。由于这次没有了竹筏，如果

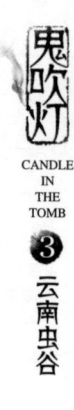

有地下水的话，那就需要进行武装泅渡，所以一切不必要的东西都要暂时清理出来，留在供奉山神的神殿之内。

三人先换上了鲨鱼皮潜水服，戴上护肘和护膝，将登山头盔上的射灯调整到侧面，替换上新的电池，头盔上再装备潜水镜，简易的小型可充填式氧气瓶挂在后背，每人只带一个防水携行袋，分别装有应急药品、备用电池、冷烟火、防毒面具、荧光管、蜡烛、辟邪之物、狼眼手电筒等诸如此类需要用到的物品。

胖子的那套潜水紧身衣穿着不太合适，就不打算穿了，我对他说："你不穿也没事，反正你是傻小子睡凉炕，全凭火力壮。"

Shirley 杨说："不穿不行！你不记得遮龙山下的水有多冷了？在水中游的时间一长就容易患上低体温症，就算衣服紧了点也得凑合穿上，不然你就留下等我们，不准你进去。"

胖子想起 Shirley 杨在遮龙山掉下竹筏的那一幕，她游回来的时候嘴唇都冻紫了，看来这附近虽然潮湿闷热，但是地下水系阴冷异常，不是闹着玩的。更何况那献王墓的大批明器已经距离不远，他如何肯留在这里等候，只好吸气收腹，强行把那套潜水服穿了上去，穿上之后连连抱怨："他妈的鞋小、裤裆短，谁难受谁自己清楚。"

工兵铲和登山镐、各种绳索以及水壶和食品这些比较沉重的物品，还有武器弹药、雷管加十六锭炸药、可以喷射火焰的丙烷瓶，都集中在一个大的防水袋里，四周绑上充气的气囊，这样可以随时把这些装备借助水的浮力浮在水面上，而我们在水中游泳的时候也可以拉着它省些力气。

剩余的东西都打包放在山神庙的大殿里。等到一切都准备就绪，已经是金乌西坠、宿鸟归巢。借着暮色，我们三人进入了隧道。

Shirley 杨带着金刚伞、举着狼眼手电筒在前边开路，我和胖子合力抬着那一大堆装进防水胶袋中的装备走在后边，顺着这条略陡的斜坡缓缓下行。

入口处这段坑道明显是人工修建的，两侧都是整齐的大块青条石垒砌，石缝上都封着丹漆，地面的大方砖非常平整，倒像是古墓中的甬道。

第十九章 化石森林

在坑道的两边整整齐齐地码放着全象骨，就是整具大象的骨架，很明显是在外边宰杀后运来的。在殉葬坑中安放全象骨或者象牙，是为了取"象"的谐音"祥"。大象这种体形庞大而且非常温顺的动物本身也代表了吉祥昌盛，在中国古代，早在商汤时期，便已将象骨象牙作为陪葬品了，在殷墟就曾出土过大量象牙。那个时代，中国的黄河流域还存在着数量不小的象群，现在却早已灭绝了。

这些殉葬的白骨都特意半埋，而不是像殉葬沟中那样全土掩埋。这说明墓主是为得道成仙，已经不太在乎世俗的东西，殉葬品半埋表示有随驾升腾之意。

我数了数，单这一个殉葬坑便一共有六十四副全象骨，象牙更是不计其数。还有一些散落的小型动物骨骸，由于时代久了都腐朽得如同泥土，无法再分辨那究竟是什么动物了。据Shirley杨推断，有可能是犬骨和马骨，还有奴隶的人骨。

我们再一次领略到了献王墓规模的庞大、陪葬品的奢华，我对他们说："似古滇这种南疆小国的王墓都这么排场——为了一个人，数十万百姓受倒悬之苦，用老百姓的血汗建这么大规模的墓葬，到头来那死后升天成仙、保得江山万年也不过是黄粱一梦，这些东西也留在深山之中与日月同在，现在看来有多荒唐！像这种用民脂民膏建造的古墓，就应该有多少便倒它多少。"

Shirley杨说："我也没想到献王墓单是殉葬坑便有这么大。"说话间，她已经先行至"⊣"形坑道的交口处，只听她奇道："这些是做什么用的？"

我和胖子随后走到，用狼眼手电筒往那拐弯的地方一照，只见里面并不是坑道，而只是在主坑道石墙上凹进去的一部分，只有几米深，散落着几截长竿，看来是可以连接到一起的。我也觉得奇怪，便想伸手拿起来瞧瞧，谁知这些长竿看着虽然完好，一碰之下就烂成稀泥一样。由于有地下水，内部没有采取密封措施，两千年前的东西一触即烂。

这个在坑道石壁上的凹坑似乎是专门用来放这些长竿的，难道是用来测量水深的？三人不得其解。这献王墓陵区之内有太多奇怪诡异的事物，相比之下，这些物品也算不得什么，只好置之不理，继续前行。

走到坑道的尽头，已经距离地面约有数十米落差了。从这里开始，就不再是人工开挖修建的坑道，而是地下天然的山洞，但已经完全被水淹没，想从这里继续向前，就必须下水游泳了。

水边排列着几条木制古船，可能去明楼祭拜王墓的人就是要乘这些船过去。但是年代久远，这些木船也都烂得差不多只剩下船架子了，再也难以使用。

我们把大背包上捆绑的气囊拉开，让它填满空气漂浮在水面上，冲锋枪等武器就放在最上面，以便随时取出来使用。把狼眼手电筒收起，打开头盔上的战术射灯照明，然后跟着下水，扶着背包上的大气囊，涉水而行。

在水中走出十几米，双脚就够不到地面了，冰冷刺骨的地下水越来越深。我看了看指南针，水流的方向正好是和虫谷的走向平行。

水中有许多巨大的天然石柱，好像海底的珊瑚一样千枝百杈。由于洞中漆黑，看不大清楚这些奇怪的石柱是怎么形成的。

洞顶距离水面的位置很低，显得格外压抑。我抬头向上一看，有很多山谷中植物的巨大根茎都从上面生长了下来，有些比较长的甚至直接伸进了水里，形成一个罕见的植物洞顶。

随着我们越游越远，地势也逐渐变低，水面和洞顶的距离也逐渐拉高，呼吸较刚才顺畅了不少，而洞顶垂下来的植物根茎与那些古怪的石头珊瑚却越来越密集。另外，水中还有一些鱼，不时在水下碰到我们的身体，随后远远游开，我暗中庆幸，还好不是食人鱼。

为了进一步确认前进的方向，Shirley 杨让胖子把信号枪取出来，想再向前方发射一枚照明弹。胖子数了数剩余的照明弹数量："还有八发，这次带的太少了，得悠着点用。"说完在信号枪中装了一发，调了一下射程，向前发射出去。

照明弹划出一道闪亮的弧线，最后挂在不远处交缠在一起的植物藤萝上，这一瞬间，白光把四周的山洞照得雪亮，一幅罕见而又可怕的自然景观呈现在我们面前。

原来那些珊瑚状的石柱都是远古时代森林树木的化石，而这里所谓的"远古"不是现代人能追溯得到的。

化石是埋藏在地层里的古代遗物，由千万年泥沙掩埋所形成。最多见的是动物化石，由于动物的骨骼和牙齿有机物较少，无机物较多，被泥沙掩埋后腐烂的速度就会放慢，被泥沙空隙中缓慢流动的地下水冲刷，将过剩的矿物质沉淀下来形成晶体。在骨骼彻底腐烂前，这些矿物的晶体如果能彻底取代有机物，就会形成真正的化石。

但是植物的化石是很罕见的，因为植物腐烂的速度远远快于动物的骨骼。Shirley 杨兴奋地说："遮龙山在亿万年前可能是一座巨大的活火山，在最后一次末日般的火山喷发过程中，附近同时还发生了泥石流，岩浆吞没了山下的森林，被高温瞬间炭化了的树木还没来得及毁灭，便立刻被随之而来的泥石流吞没，在瞬间冷却下来。"

过了以千万年为单位的漫长岁月，随着大自然的变化，又经过地下水系的反复冲刷，在泥沙中封存了无数年的森林，又在地下显露了出来。

我却没觉得这些石头树有什么可稀奇的，当年我在昆仑山也挖出来过。不过最近 Shirley 杨一直都显得忧心忡忡，神色间始终带着忧郁的气息，也难得见她高兴，我便对她说："咱们来云南这一路虽然没少担惊受怕，却也见了些真山真水，看到些平常人一辈子都看不到的东西，也算得上不虚此行，得到了不小的收获。"

胖子插口道："只看些破石头未免显得美中不足，再摸上几件惊天动地的明器回去，在潘家园震大金牙那帮人一道，然后杀出潘家园，进军琉璃厂，才差不多算是圆满。"

我刚想说话，那枚悬挂在前方的照明弹却耗尽能量，慢慢暗了下来，洞中又逐渐变成一片漆黑，只剩下我们头盔上战术射灯的微弱光亮。我感觉我们仿佛正漂流在一片黑色的海洋中，全世界只剩下了我们这三个人。随着照明弹最后的一丝光亮慢慢被黑暗夺去，一种突如其来的孤独和压抑感传遍了我的大脑神经。

我对自己会产生这种感觉感到非常奇怪，从光明到黑暗的那个过程中，

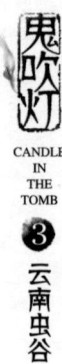

我仿佛被一阵微弱的电流击中，随后便有了这种莫名其妙的失落感，心情顿时变得沮丧。我看了看 Shirley 杨和胖子，他们两个人似乎也感觉到了有些不对劲的地方，但是这种微妙的变化是如何产生的？它究竟预示着什么？为什么会令人突然感到一阵恐慌？

　　这时那枚被发射到了正前方的照明弹终于完全熄灭，然而我们发现在照明弹最后的一线光芒彻底消失的同时，在那黑暗的地下水深处慢慢出现了一个微弱的白色人影。虽然洞穴中非常黑暗，但是那个人影身体上的白光却越来越清晰，我敢肯定，那是具女尸，似乎是从水中漂过来的。随着那具女尸离我们越来越近，女尸那如冰霜般的容颜也渐渐清晰。我的心跳开始加快，那种梦魇般的恐慌感也越发强烈了。

第二十章
死漂

女尸的身体裹着一层微弱的蓝光,那是一种没有温度,象征着死亡与冰冷的光芒,一看之下便觉得幽寒透骨,如同坟地中的鬼火一样。不知这具女尸抑或女鬼为什么会突然从水底浮了出来。

我尽量让自己狂跳的心率降低下来,但是身体中这股莫名的恐慌却始终消除不掉。我心想:"来者不善,善者不来,她似乎身着古装,不是近代的装扮,在这献王墓地下的深水水底突然冒出来,绝非善类,我们必须先下手为强。"于是伸手去取黑驴蹄子,打算等那女尸从水底接近的时候,就突然动手把黑驴蹄子塞到她口中再说,如果不是僵尸而是幽灵,那就用染有朱砂的糯米招呼对方。

Shirley 杨与胖子也是相同的想法,都各自拿了器械,静静地注视着从水底浮上来的女尸,就等着动手了。

谁料那具四仰八叉,从我们斜下方水底慢慢漂浮上来的女尸,忽然消失在了黑暗的水中,也就是一眨眼的工夫。再看水底,已经漆黑一团,那团裹挟着女尸的幽暗蓝光也好像照明弹的光芒一样,消失于无形的黑暗之中。

三人面面相觑，这到底是怎么回事？不管她是妖是鬼，倘若直接放马过来，双方你死我活见个真章，也胜于这般无声无息地出现又无声无息地消失，这样一来更加让人难以揣摩这女尸的意图。

水深不可测，我们好像是游在黑暗无底的深渊之中。胖子不由得担心起来："我说老胡，你说那女尸是不是咱们平时说的那种河里的死漂（水中漂流的浮尸）？"

我摇头道："谁知道是死漂还是水鬼，不过是水鬼的可能性更大一点，否则尸体怎么会发出蓝幽幽的冷光，没听说过水里也有磷光鬼火。"

我和胖子历来胆大包天，但是平生只怕一样，因为以前有件事给我们留下的印象太深了。十六七岁是一个人世界观和价值观形成的重要阶段，那个时期发生的事，往往会影响到人的一生。

以前每到夏季，孩子们都喜欢到河里或者池塘中游泳，大人们为了安全，经常吓唬小孩，说河里有抓替身的水鬼，专门用鬼爪子抓游泳人的脚脖子。一旦被抓住，凭自己的力量绝对无法挣脱，就会活活憋死在水底，成为幽冷深水中的冤魂。我和胖子小时候对这件事根本不信，因为我们上小学一年级时便知道，水中挂住人脚的东西是水草而不是鬼手。

后来我们十六七岁当了红卫兵，天天起哄到处揪斗"牛鬼蛇神"。有一次正赶上三伏天晚上，天热得好像下了火似的，我们这些人闹得累了，刚好路过一个废弃的小型蓄水池，旧蓄水池底下有不少泥，但是上面的水有循环系统，还算干净，不过这个蓄水池很深，不容易摸到底。有些人当时热得受不了，就想下去游个痛快，但是另外有几个比较犹豫，对是否要下去游泳，持保留意见。

正在此时来了个穿白褂的老太太，招呼我们道："来水里游泳吧，这水中是凉爽世界，水下别有洞天，我孙子就天天在里边游泳玩。"

一听说有人天天在里边玩，那就没危险了，于是大伙都跳下去游泳，等上来的时候，那穿白褂的老太太早已不见。

有个跟我们一起下水的小孩说他哥哥不见了，但是他哥到底是谁我们都不太清楚。因为我们那批人除了少数几个互相认识以外，都是在革命斗争中，也就是打群架的时候自发走到一起的革命战友，人又比较多，所以说谁是谁也搞不清楚。于是就问那小孩他哥长什么样，什么穿着打扮，但是那孩子太小，说了半天也说不清楚。我们就没当真，以为根本就没有这么个人，或者有可能是革命意志不够坚定，游了一半就临阵脱逃，回家吃饭去了，于是便作鸟兽散，各自回家去了。

没想到过了两天，我们又路过那个小蓄水池，见到那里有很多人正在动手放水。原来那小孩把他哥游泳之后失踪的事告诉了家长，那当爹的带着人来找他儿子。我和胖子当时喜欢看热闹，哪儿出了点事都不辞劳苦地去看，这次既然撞上了，自然没有不看的道理。

结果把蓄水池的水放光了之后，果真有个和我们年纪相仿的少年尸体，已经被水泡得肿胀发白了。他的尸体被大团的水草缠在水底，当时人们都非常奇怪，哪来那么多的水草呢？蓄水池中是不会有水草的啊。把水草都捞上来清理掉，那里面竟然有一具白骨。就是这具在水底都烂没了的人骨钩住了那个红卫兵的脚腕，才把他活活淹死在了蓄水池底下。

当时没人敢信世界上有鬼，即使信，也没人敢说，只能归结到巧合上。这个半大孩子肯定是在水里游泳的时候，不小心把脚插进水草里了，刚好赶上水草里还有个很早以前被淹死的人，挣扎的时候纠缠在了一起。

而那个引诱我们下水的白衣老太太，则被说成了潜伏的特务分子。这件事当时在我们那一带流传甚广，版本也很多，但是我和胖子是为数不多的亲眼见证者，我们虽然当时也不相信这世界上有鬼，但是那被水浸泡腐烂的死尸把我恶心得三个月没好好吃饭。

那实在是无法抹平的记忆，这次忽然看见水底浮起一具女尸，又如鬼魅似的突然消失，自然恐怖难言。虽然我们知道那女尸忽然在水下失踪，只是因为我们目力不及而已，但那诡异的女尸仍然存在于黑暗幽冷的深水中，而且迟早还会再次出现，届时将会发生什么，鬼才知道。

我的脑中闪过这些念头，越想越觉得不妥，必须尽快通过这片阴森幽暗的水域，便奋力向前划水。

顺着缓缓前流的水脉，穿过大片的化石森林，终于在前边发现了一个

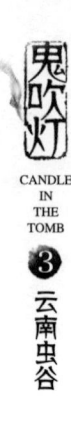

半圆形地洞口，直径不大，仅容一人通过，洞口在水面上露出一半，地下水从中流过，那边是另一个山洞。

我和Shirley杨说："这地下洞穴一个接一个，也不知离献王墓究竟还有多远，咱们既然已经进来了，索性就一口气走到尽头，等出去之后再做休整。"

Shirley杨点头道："从澜沧江与怒江这一段地域的山脉走势判断，虫谷的纵深应该不会超过三四十英里，我估计咱们走过了三分之二路程，不会太远了。"

洞口内部的山壁光滑如冰，用射灯一照，石壁上散发出闪烁的红色反光。整个洞穴呈喇叭形，越往里面越大，其中也有许多的植物根茎从洞顶垂下，坠在半空。那些上古森林形成的化石更加密集，外形也极其怪异。这些事物混杂在一起，使得洞穴中的地形极其复杂。

我和胖子把气囊和登山包重新扎紧了一些，准备快速通过这片区域。这里的空气似乎远不如外边的另一个洞穴流畅，潮湿闷热，蚊虫开始增多，水流也没了那种阴凉的感觉，使人的呼吸都变得格外粗重。

地下的岩洞中竟然也有一条如此蓊郁的植物带，溪谷中渗下来的水，顺着那些植物的藤萝根茎不停地滴落下来，掉进水中。整座化石森林似乎都在下雨，到处都是水滴落进河中的声响。由于洞穴弧形的结构，使得水滴声听上去十分空灵，颇像是寺庙中和尚敲木鱼的声音，给原本寂静无声的岩洞增添了一些神秘的气氛。

我们只好忍耐着湿闷，又继续前进了数百米的距离。由于这个洞穴中的化石树越来越粗，必须绕着游过去才行，大家的速度不得不慢了下来。在漆黑漆黑的洞中，水流被那些巨大的化石树分割得支离破碎，形成了不少漩涡和乱流，已经不能再完全依赖水流的流向来判断方位，一旦偏离了方向，就要用指南针重新定位，格外麻烦。

前方的水面上漂浮着许多水草，阻挡了我们的前进，我们只好取出工兵铲，不停地把这些漂浮着的水草拨开。浮萍和水草上生长了很多蚊虫，它们不断地往人脸上扑来。

正当我们不胜其烦的当口，忽听前边有阵阵"嗡嗡嗡"的昆虫翅膀振动声传来。我下意识地把冲锋枪从防水袋中抽了出来，为了看清是些什么东西，胖子只好又打出一枪照明弹。光亮中只见前边被垂悬下来的植物根须和藤萝遮挡得严严实实，无数巨大的黑色飞虫长得好像蜻蜓一样，只是没有眼睛，数量成千上万，如黑云过境一般，在那片植物根须四周来回盘旋。

谁也没有见过这种昆虫，可能是地下潮湿的特殊环境里才存在的。昆虫是世界上最庞大的群体，还有大约三分之一的品种尚未被人类所认识。

这种好像黑色蜻蜓一样的飞虫看上去并不会攻击人，但是这么庞大的群体也不免让人头皮发麻。

我看情形不太对劲，闷热潮湿的空气中似乎埋藏着一股躁动不安的危险，便问Shirley杨："那些飞虫是哪类昆虫？"

Shirley杨说："好像在什么地方见过，是一种潮热的湿地才有的黑色虻蚊，但是那种昆虫，最大的只有指甲盖那般大小，而对面的这些飞虫，大得好像山谷中的大蜻蜓……"

Shirley杨的话还没有说完就停住不说了，因为我们三人见到一只拳头大小的水蜘蛛从前面爬过。我们所见过的普通水蜘蛛体积都是极小，可以用脚撑在水面上行走而不落入水中，而这只怎么这么大？

见到这么大的水蜘蛛，三人都觉得心中骇异，尚未顾得上细想，又有两只如拳头大小的水蜘蛛从前边游过，爬上了附近一棵倒塌断裂后横在水面上的古树化石。

胖子惊奇地说："这里的虫子怎么越来越大？外边可没有这么大的水蜘蛛。"

我好像忽然想到了什么，对Shirley杨和胖子说道："你们有没有发现，这个山洞的石壁光滑异常，而且还带有很大的弧度，又是红色的，颇像我们在山神庙中所见的那只葫芦，咱们莫不是掉进葫芦中了？"

Shirley杨环顾四周，看了看附近的植物和昆虫，对我和胖子说："有个问题必须要搞清楚：是这洞穴中的虫子和化石树越来越大，还是咱们三个人越变越小？"

第二十一章
异底洞

我一惊,反问 Shirley 杨道:"咱们三个人越变越小?这话从何说起?"

Shirley 杨对我说:"附近可以参照的物体,包括植物和昆虫,还有大量的古树化石,都大得异乎寻常,所以我才想会不会这葫芦形的山洞里有什么奥妙所在,把进来的人身体逐渐变小。"

这件事听上去实在是匪夷所思,现在我们正在漫无边际的地下水中漂荡起伏,一时也难以断定。我对 Shirley 杨说:"就算是身体可能被变小了,难道连衣服鞋子也一同可以变小吗?我看这里是由于环境特殊,所以形成的生态系统都比外界要庞大。"

不过我这话说得是半点把握也没有,这山洞倒真是极像山神殿中的红葫芦,洞口小肚子大,而且呈喇叭圆弧形,往深处走洞壁会逐渐扩大,而且没有人为加工修造的痕迹,完全是天然形成的。说不定这是个比献王墓更古老的遗迹,当地人可能是把葫芦形的山洞当作圣地,才在山神殿中供奉个葫芦造像。至于这个山洞是否真有什么特异之处,实难断言,毕竟我们现在两眼一抹黑,所见的范围只不过维持在大约二十米以内,对稍远环境的变化很难察觉。

附近的一切都比正常的大了许多，特别是太古时代树木的化石更是大得吓人，一株株张牙舞爪地探出水面，与上面垂下来的藤萝纠结在一起，像是一只只老龙的怪爪。

我想应该找些植物一类的目标，当作参照物看一看，以便确认我们的身体有没有因为进了这葫芦形山洞而逐渐变小，否则就不能继续前进，只好先按原路退回去，再做打算。

然而那些老藤的粗细几乎和人体相差无几，在外边的丛林里也有这么粗的藤萝，所以无法以藤萝和植物根茎做参照物。目前最直接的办法，便是潜入水中，看看附近水草的大小，藻类有其自身独特的属性，不会因为环境的变化而生长得大小有异。

但是我一想起水下那具突然出现又突然消失、好像鬼魅般的女性尸体，心里多少有几分发怵。但别无他法，当下只好把安全锁挂在充气囊上，对胖子和 Shirley 杨打个招呼，让他们两人暂时先不要向前移动，等我下水探明情况再说。

我把登山头盔上的潜水镜放下来，硬着头皮钻入幽暗的水底。登山头盔上的战术射灯即使在水中也应该有十五米的照明范围，但是这里的地下水杂质很多，有大量的浮游生物和微生物，以及藻类，可视范围降低到了极限，只有不到五米。

水很深，摸不到底，我觉得现在还没有到使用氧气的时候，只凭着自身的水性，闭住一口气不断地向水下游去。透过潜水镜，水下的世界更加模糊。黑暗中，隐约见有一大团黑乎乎的物体在水底慢慢漂荡，有车轮大小，看不清楚是动物还是什么水草类植物。

这时水底那团黑乎乎的物体又和我接近了一些，我认为鱼类没有这样的体形，应该是某种水生植物。难道是水草纠缠在一起，长成了这样一大团？倘若水草也是这般大，那我们可真就遇到大麻烦了。

我想到这里，把手伸向那团漆黑的物体，准备抓一把到眼前看看究竟是不是大团的水草。谁知刚一伸出手，那东西忽然猛地向前一蹿，斜刺里朝头上的水面弹了出去，在距离水面一两米的位置停住，静静地潜伏在那里。

那团车轮状的物体在水底蹿动的时候,我已经瞧得清清楚楚,不是大团的水草。那东西缩在一起时显得圆滚滚的,划水的时候则伸出两条弓起来的后腿和前肢,身上缠绕了不少水草,原来竟然是一只硕大的红背蟾蜍。而且四周好像不只这一只,另有不少都聚集到距离水面一米左右的地方。漆黑一团的水底之中,很难分辨究竟有多少这么大型的蟾蜍,也不知是否还有更大的什么东西。

怎么会有这么大的癞蛤蟆?我一惊之下,险些喝了口地下水,感觉这口气有些憋不住了,也无心再潜到水底寻找藻类植物,急忙向上浮起,拨水而出。我头一出水,赶紧深吸一口气,对胖子和Shirley杨说:"水底下有东西,咱们得赶快离开这里,先爬到那棵横倒下来的化石大树上去。"

在这个地下洞穴的水面上,有整座古老森林的化石,其中一些大树的化石,出于自然的原因倒塌断裂。那些倒下的化石树横架在周围的化石上而没有沉入水底,在密密麻麻的化石森林中,形成了一条条天然石桥。

我们前边不远就刚好有这么一棵化石树横倒在水面,被其余化石卡住,树干上有很多枝丫。

三人急忙把刚才取出来的武器重新装回防水袋中,迅速向那棵横倒的化石树游去。等到我们游到近前,Shirley杨伸手抓住化石树的树枝,我和胖子托着她的脚,先协助Shirley杨爬上了横倒的化石树身。然后我也跟着爬了上去,垂下登山索给胖子,留在水中的胖子把充气囊的空气迅速放净,用登山索把背包挂在自己身上。我连拉带拽,把胖子也弄上了树干,最后把装备背包吊了上来。

脚下踩到了石头,心中方觉稍微安稳,但我们三个人仍然不敢懈怠,以最快的速度把武器重新从防水袋中取出。胖子问我道:"一个李向阳就把你吓成这个样子,水底下究竟有什么东西?"

Shirley杨也问我道:"是看见那具沉在水底的女尸了?"

我指着那片水面说:"没有李向阳,也没有女尸,水下有很多只大蟾蜍,大的跟车轱辘似的,小的也有斗大。他妈的,这些家伙背后疙疙瘩瘩地方有很多毒腺，千万不能和它们接触，否则一旦中了癫毒，便有一百二十分的危险。"

Shirley杨举起狼眼手电筒，将光柱扫向我们刚才停留的水面。那里静悄悄的，只有我们刚才迅速游动时造成的水纹，黑沉沉的水面下，看不到有什么特别的迹象。Shirley杨看了两眼，便转头对我说道："以前做实验的时候，经常会用到蟾蜍。我记得这种动物应该是白天隐藏在阴湿的泥土中、石块下或草丛间，黄昏和夜间才出来活动，怎么会出现在水这么深的地方，你有没有看错？"

我摇头道："说实话，这么大只的蟾蜍，我也是今天第一次见到，但是我绝对不会看错，我想你的本本主义用在这里恐怕不太合适。我在水底和那大癫蛤蟆相距不过三米，看得十分清楚，它们都浮在离水面不远的地方，不知要做什么，我担心对咱们不利，所以才让你们赶快爬到这里。不管怎么样，咱们先看清楚了再说，我总觉得这片被地下水淹没的化石森林，有些地方不太对劲。"

胖子忽然做了个噤声的手势，让我们看前边不远处那片虻蚊聚集的地方，无数大蜻蜓一样的虻蚊正发出"嗡嗡嗡"的刺耳噪音，那里离我们落脚的地方极近，借助狼眼手电筒的光线，也可以看得十分清楚。由于那些聚成虫墙一样的虻蚊都没有眼睛，所以对狼眼手电的光线并不敏感，仍然像无头苍蝇似的围着植物根茎最密集的地方打转。

Shirley杨低声对我们说："地面上的植物过于密集，造成养料和水分的缺乏，所以延伸下来的植物为了掠取水分都拼命地向下生长，以便直接接触到这里的地下水，那些飞虫……它们像是正聚集在那里产卵。"

刚才我潜入水中，发现有不少大鱼，这些鱼不同于始终生长在地下环境中的盲眼鱼类，都有眼睛。这说明这片地下水虽然从地下洞穴中流过，却是条明水，和外界相通。只要是能够通到外界的明水，我们就应该可以沿着水流，进入到献王墓的主陵附近。

当务之急是要弄清楚，这酷似葫芦形状的大山洞，是不是越往深处走，人体就会逐渐变小；还是说由于葫芦形洞穴那独特的喇叭状地形，越往里面空间越大，再加上生长在这特殊环境中的大型植物和昆虫，使得我们产生了错觉，误以为自己的身体在变小。

忽然水面上传来一阵骚动，一条条数尺长的大舌头从水下伸出，以迅雷不及掩耳的速度，袭向那些水面上的大虻蚊，长舌一卷，就裹住上百只虻虫，水面上紧接着浮出无数大嘴，把那些被血红长舌卷住的虻蚊吞入口中。原来是那些浮在水面下的大蟾蜍等到时机成熟，都纷纷从水下跃出，捕食那些正聚集在一起的大群虻蚊。

这一刻，化石树前方的水面乱成了一锅粥，就在蟾蜍的大口一张一合之际，已有无数虻蚊丢掉了性命。那些怪蟾蜍每一只都大得惊人，双眼犹如两盏红灯，浮在水面上密密麻麻的，数不清楚究竟有多少。

我们三人伏在横倒的化石树上，瞧见那些大蟾蜍背上疙里疙瘩的癞腺，顿觉恶心无比，只好把趴在树身上的身躯尽量压低，暂时把头低下去不去看那水面的情形，只盼着那些蟾蜍尽快吃饱了就此散去，我们好再下水前进，速速离开这个古怪的洞穴，在天亮前抵达最后的目的地。

我低下头的时候，发现化石树的树身上有很多细小的沙孔。这化石树经历了千万年的水中浸泡，被水流冲出了无数的沙孔，恐怕禁不住我们三人的重量，会从中断裂。

于是我关掉了手中的狼眼手电筒，打开了登山头盔上更加节省能源的射灯，随后招呼Shirley杨和胖子，打个手势，带着他们二人转移到左侧比较平整的一个石台上。

左侧的这片石台十分坚固平稳，面积也不小，容下三人绰绰有余。在这片枝丫纵横的化石森林中，这块四方形石台显得有些与众不同，四四方方的颇为整齐，很明显是人为修凿过的，不过表面和四周都爬满了藤萝，还生了不少湿苔。

我对Shirley杨和胖子说道："不知道这地方是不是造献王墓时留下的遗迹，如果是的话，这里又是用来做什么的？会不会和咱们看到的在水底下出现的女尸有关？"

胖子说道："眼再拙也瞧得出来，这是块人工修造的石台。咱们先前不是见到有个都是象牙的殉葬沟吗？八成这地方也是什么摆放贵重明器的所在。"说着话就拔出工兵铲，动手把石台上的湿苔和植物层铲掉，想看看下边是不是有什么装明器的暗阁。

我和Shirley杨见胖子已经不管不顾地动上手了，只好帮他照明。不远处那些大蟾蜍还在大肆吞食虹蚊，搅动得水声大响，看来一时半会儿也完不了事。

胖子出手如风，转眼间已经清理出小半块石台，只见下面没有什么机关石匣，而是一幅接一幅的浮雕，而且构图复杂，包含的信息很多。但是只看一眼便会知道，这些浮雕记录的是古代某种秘密的祭祀仪式，这是个我们从未见到过，十分离奇，并且充满了神秘色彩的古老仪式。仪式就是在这个葫芦里进行的，而这块石台，是一处特殊的祭台。

第二十二章
山神的秘密

　　这个情况并不意外。这葫芦形的山洞整体上浑然天成,极有可能是在远古时代地质环境发生强烈变化而形成的,但是在洞内的化石森林里,有古人留下的许多遗迹。凭着化石祭台上显露出来的古老雕刻,我们几乎可以断定,早在献王墓修造前,这个神秘的洞穴就被当地原住民视为一个极其重要的场所。

　　人类的祖先在鸿蒙初开的石器时代,便有了结绳记事的传统。随着文明的发展,石刻与岩画、浮雕等直观的表现形式,成为传承文明最有效的途径。在一些举行重要祭礼的场所,都会遗留下大量的图形信息,给后人以最直接的启示。

　　古代先民们在漫长的岁月里运用写实或抽象的艺术手法,在岩石上绘制和雕刻图形或者符号,它记录了古代人类社会生活的各个方面。而我们在这虫谷下的葫芦洞中所发现的化石祭台,就记载着古人在这里祭拜山神的秘密活动。

　　首先映入眼帘的是这片祭台上保存最好的一幅图案,说它好,只是相对而言,几千年的岁月侵蚀,很大一部分浮雕都已经模糊不清。石刻图案采用的是打磨工艺，就是先凿后磨，线条较粗深，凹槽光洁，有些地方甚至还保留着原始的色彩。

大致还可以看出，这幅石刻的图案中有一个身材高大的黑面神灵，大耳高鼻，脸上生有粗毛，口中衔着一枚骷髅头，面相简单奇异，令人过目不忘。

胖子指着化石祭台上的黑面神灵说道："哎，这黑脸，像不像在入口处山神庙里供奉的神像？只是少了两个跟班的夜叉恶鬼。原来这葫芦洞是他的地盘，不知道这孙子是什么来路。"

Shirley 杨说道："形象上略有不同，但骨子里却如出一辙，多半就是同一个人。不过山神殿中的造像具有秦汉时期的风格，形象上显得飘逸出尘，颇受内地大汉文明圈的影响；而这祭台上的石刻，却处处透露出原始蛮荒的写意色彩，应该至少是三四千年前的原始古迹，大约是战国时代之前南疆先民留下的遗迹。可能入口处的山神庙，是建造献王墓之时，根据这附近的传说另行塑造的神祇形象。另外，暂时还不能确定是山神还是巫师，再看看其余的部分。"

胖子用工兵铲继续清理其余的石刻，他清理出一部分，Shirley 杨便看一部分。但是大部分都已经无法辨认，而且顺序上颠三倒四，令人不明所以，看了一阵竟没有再发现任何有价值的信息。

我心中也暗自焦虑，一边举着手电筒为胖子和 Shirley 杨照明，一边警惕着四周的动静。现在不当不正地停在山洞中间，这里岂是等闲之所在，潜伏的危险实在太多，那神出鬼没的水底女尸，体形大得超乎寻常的蟾蜍，还有那些硕大的飞虫。虽然我们暂时还没有受到什么致命的攻击，但是我们现在还没有搞清楚自己的身体有没有在变小，是否是因为深入这葫芦状的洞穴而产生了某种变化。

装备和能源的不断消耗，使得我们不得不竭尽全力尽快地穿越这处山洞。但是这古怪的洞穴中危机四伏，越往深处走，洞穴变得越宽广，而且里面的植物和昆虫也比外界大了许多。正如 Shirley 杨所说，昆虫是世界上拥有最强生命力和杀伤力的物种，它们之所以还没有称霸这个地球，完全是由于受到了体形过小的限制。如果我们在山洞里照这么走下去，那些飞虫只消再大上三圈，倘若不走运被它们叮上一口，就必然会一命呜呼，任你是大罗金仙也难活命。

可以说就在这进退之间徘徊不决的时候，发现了一处化石祭台，就显得意义十分重大了，我们现在只能寄希望于此。如果能从祭台上找出一些线索，对我们现在的处境进行评估，那就可以决定是要继续冒险前进，还是必须原路返回，另外再想想其他的办法，寻找进入献王墓的通道。

我实在等不下去了，便对 Shirley 杨说："我记得唐代风水宗师袁天罡的《充天论》中，曾经描述过古人向山神献祭的情形，与此间颇有相似之处。这山洞里的石头祭台，很可能不止一座。咱们不妨在附近找找，也许还会有所收获。"

Shirley 杨让我看她和胖子刚清理出的一幅石刻，对我说："这是最后的部分，是连在一起的两块，感谢上帝，还算能看清楚个大概，你也来看看。"

我见 Shirley 杨的脸色有些古怪，看不出是喜是忧，似乎更多的是疑问，于是把狼眼手电筒和"剑威"气步枪交给胖子，俯下身子，去看那祭台上的磨绘石刻。

我定下心来仔细观看，画面艺术造型粗犷浑厚，构图朴实，姿态自然，但是写意性较强。那是一幕诡异无比的场面：在化石森林的水面中，一群头插羽毛的土人，乘坐在小舟之上，手中都拿着长长的杆子。那些杆子和木舟，我们在通过殉葬沟之后都曾经见到过，当时不知道是做什么用的。

只见那些木舟中绑着很多大蟾蜍，可能大蟾蜍都是被这些土人在附近捕获的，用绳索捆扎得甚是结实，那些大蟾蜍张着大嘴，表情显得十分惊恐，似乎是在为自己即将面临的命运担心，都在尽力挣扎。刻画得虽然简单，却极其生动，让人一看之下就能体会到一种古时候大规模牺牲杀戮的悲惨氛围。

数名头插羽毛的土人，在一位头戴牛角盔的首领指挥下，同时用长杆吊起一只大蟾蜍，把它举到半空中，伸进化石森林石壁上的一个洞中，洞中冒出滚滚黑气。

第二十二章 山神的秘密

后面另有一艘木船，摆放着几只变小了的蟾蜍，显出一副死不瞑目的表情，圆滚滚的身体也变得干瘪。而且那死蟾蜍石刻在颜色上与那些活蟾蜍也有所区别，显得毫无生气，悲凉而又可怖，充分体现了生与死之间的落差。

我只看了这些，便联想到在山神庙内目睹的种种事物。那黑面山神左右，各有一名山鬼服侍，一个捧着个火红色的石头葫芦，另一个抓着一只活蹦乱跳的蟾蜍。原来是表明这位镇守大山的神灵居住在一个葫芦形的山洞之中，而且当地的人们在巫师的指引下，捕捉大量的蟾蜍来供奉他。

我问Shirley杨："那么说咱们不是身体变小了，而是这山洞确实是个葫芦形状，呈喇叭形，咱们从葫芦嘴一样窄小的山洞钻进来，现在是走到了前半截葫芦肚的地方？"

Shirley杨点头道："你只说对了一半，前边的石刻虽然模糊不清，我却发现里面有些关于这里地形的描绘。咱们进来的入口是葫芦底，那是个人工凿出来的入口，也被修成倒葫芦形状，与这个天然的大葫芦洞相互连接，而且大葫芦洞的历史比献王墓要早得多。咱们倘若想从这山洞中穿过抵达葫芦嘴处的献王墓，就要钻进土人用长杆把大蟾蜍挑进去的那个洞口，有可能那位山神爷还在里面等着咱们呢。"

我一时没反应过来，完全怔住了。"山神老爷等着咱们做什么？难不成想拿咱们当癞蛤蟆吃了？"

胖子对Shirley杨说："你用不着吓唬我们，除了毛主席，咱们服过谁？老子拎着冲锋枪进去遛遛，他若是乖乖腾出条路来让咱们过去还罢了，否则惹得爷恼怒起来，二话不说先拿枪突突了他，这葫芦洞以后就姓王不姓黑了。"

我回过味来，对胖子说道："你胡说八道什么，古代人的封建迷信思想也能当真？我就不信有什么山神。我在昆仑山挖了好几年大地洞，也没挖出过什么山神。我想那不过是当年洞里生存的某种野兽，当地那些愚昧无知，受到统治阶级蒙蔽，以及被'三座大山'所压迫的勤劳勇敢的劳动人民，就拿那家伙当作神灵了。这样的先例在中国历史上比比皆是，数不胜数。"

胖子若有所思地说："倒也是这么个道理，要不怎么说知识就是力量呢。假如真是什么动物被当作山神，可能是蟒蛇一类的，这深山老林里就属那玩意儿厉害，蛇吃青蛙的事咱们见得多了，八成就是条老蟒或者大蛇之类的。"

我对胖子说："有老美的 M1A1 在手，便是条真龙下凡，咱们也能把它射成筛子。不过，恐怕咱们这次没有为民除害的机会了。这祭台是几千年前的遗迹，王八乌龟才能活一千年，那蟒蛇一类的动物又怎能活到今时今日，那边的山洞我估计已经空了多年。"

我与胖子二人顿时踌躇满志，颇觉英雄无用武之地，却听 Shirley 杨说道："先别太早做出定论，你们看看这最后的磨绘，水底的女尸可是咱们刚刚亲眼见过的，那边的山洞未必就什么都已经没有了。"

我才想起来，最后还有一块磨绘的石刻：一位黑面冷酷的神灵——说是神灵，脸上却看不出一丝一毫的生气，反而显露出一些不易察觉的阴森之气——在他身边围绕着无数女子。那些女子显然都是死尸，都是平躺在地，仰面朝天，双手张开，垂在左右，双腿弓起呈弧形，似乎是用反关节在地上爬行。女尸的特征与我们刚才见到的，从水底浮上来又忽然隐去的女尸完全一样。说是尸，不如说是亡魂，否则见到她的一瞬间，我们又怎么会感到那么强烈的怨念。我惊问："难道那里是个尸洞？有几千年的老粽子成了精，盘踞其内？"

胖子奇道："怎么这些女尸仰面朝天，但是四肢却折成一个不可思议的角度？"但是我随即想到刚才在水中所见的那个死漂，难道前边的洞中还有更多的这种死漂不成？

这些女尸实在太古怪了，她们生前是什么人？尸体泡在水中几千年，为什么至今还不腐烂？而且我始终感觉，这种死漂不像是我们寻常所说的浮尸，那种强烈的怨念是要传达什么？我又反复看了数遍那座化石祭台，但是祭台的磨绘中，现在保存下来还能辨认的部分太少，再也找不出任何的线索。

此时，附近那些大蟾蜍又纷纷潜入水中，水面上顿时平静了下来。我朝四周看了一下，这块化石祭台附近还算是安全。由于在水中游得太久了，三人都感到有些疲惫，于是我们便决定暂时在这里稍微休息片刻，吃些补充热量的食物，也有必要根据当前所处的状况，重新调整一下行动的方案。

我心中稍微有点犹豫了，过往的经验给了我一种不祥的预感，一时难以决断，只好征求一下Shirley杨和胖子的意见。这个葫芦形的远古山洞，葫芦嘴的位置便是献王墓的玄宫，但是最后的路程吉凶难料，谁也搞不清楚山神爷的真面目。还有我们所面临的最直接的威胁，就是那具在水底时隐时现的女尸死漂。如果原路返回当然可以，但未必能再找到另一条可以进入献王墓的入口了。关键是现在需要评估一下，是否值得冒这个险。

Shirley杨对我说道："其实磨绘中还传达了更多的信息，只不过你没有发现。你看这画中的土人皆是头插羽翎，只有为首的首领是头戴角盔，磨绘的构图过于简单，所以很容易忽视这个细节。咱们先前在献王大祭司的玉棺中曾经发现了一个在巫师仪式中所佩戴的面具，我想那个黄金面具便与此有关。"

磨绘中的土人首领头上所戴的究竟是头盔，还是面具？这很难区分。只有那两根长长的弯角十分明显，表示着此人的地位与众不同，即便不是所有人的大首领，也是一位司掌重要祭礼活动的大祭司。

我让胖子把那副黄金面具取出来再看一看，那几件祭器胖子始终没舍得离身，一直装在他自己的携行袋中。此刻拿出来一看，黄金面具头顶是两只开叉的龙角，抑或是鹿角，狮目虎口，耳部是鱼耳的形状，综合了各种动物的特点，造型非常怪异。而且在面具的纹饰上，铸造了许多凹凸起伏的眼球，一看便和沙漠古城中精绝人崇拜的图腾相同。这么对照着一看，磨绘中那夷人首领的角盔，确实有几分像这黄金面具的造型。

Shirley杨说："化石祭台的磨绘在先，至少有三千年以上的历史，而献王墓在后，只两千载有余。我想也许这条在地下的秘密洞穴是外界唯一可以通向献王墓的路径，而盘踞洞中的所谓山神，自古便是当地夷人膜拜祭祀的对象。所以献王的手下套用了此地夷人古老的传统祭祀仪式，在王墓封闭后，如果想进入明楼祭祀献王，就依法施为，只需向洞中的神灵供奉数量足够多的大蟾蜍，就可以顺利通过这里。在殉葬沟尽头，那些秦汉时期造型的木船，还有那些腐朽的长杆，就可以证明在王墓封闭之后，至少进行过一次以上这样的祭祀仪式。"

Shirley杨顿了顿，继续说道："另外根据我对动物的了解，附近水域中的大蟾蜍，应该不是生活在这里，而是聚集在溪谷中的某处湿原，只是由于最近地下的昆虫正值产卵期，才引来了这么多大型蟾蜍。"

我听罢了Shirley杨的分析，觉得真是说得头头是道，赞叹道："杨参谋长高瞻远瞩，仅从一个丝毫没有引起我们重视的面具着手，就分析出这么多情报！想那献王也是外来户，有道是强龙不压地头蛇……"

胖子颇觉不服，不等我把话说完，便对Shirley杨说："这葫芦洞通往献王墓，早在咱们没进来之前，我就最先瞧出来了。你倒说说那山神和女尸究竟是些什么东西，这葫芦里卖的究竟是什么药？"

Shirley杨摇摇头说："我又不是先知，怎么会知道那些。我只是根据眼下的线索做出推断，究竟是怎样一回事，不亲眼所见，怎么说得准？但是我想这祭台上的信息，应该是真实的，山神和那些女尸都是存在的，即便它们的原形与古人的认识存在很大差别，但是那山洞里肯定是有些古怪东西的。"

Shirley杨又问我道："老胡，你是见多识广的人，依你所见，这山神的本来面目会是什么？咱们是否有把握穿过这葫芦洞？"

我对Shirley杨和胖子说："依我所见，那黑面山神脸上长有硬毛，面部毫无生气，必定就是住在山洞里的千年老僵尸精，而且身上有大量尸毒。那祭台上的磨绘含义十分清楚，夷人捉了大蟾蜍，用长杆吊进洞去，大蟾蜍并不是被什么东西吃掉，而是由于蟾蜍体内本身便有毒腺，一旦遇到更猛恶的毒气攻击，便会通过背后的毒腺放毒对抗，最后被尸毒耗尽了精血，所以拿出来的时候，才成了癞蛤蟆肉干。只有这样诱使那老僵尸把尸毒暂时放净，再用黄金面具镇住它，才有可能从葫芦洞里通过。平日里若没有这套手段，不知底细的外人一进洞，就不免中了尸毒而死。从前在云南就有过这样的民间传说，我这推论有理有据，可不是我胡编乱造的。不过那种死漂的浮尸，我可真说不出来了，闻所未闻，见所未见，不知道那些女尸与那千年老粽子精能扯上什么关系。"

胖子虽然并非外强中干的货色，但是此刻听我说有三千年前的古老僵尸成精，也有些发虚。毕竟那些东西谁也没见过，仅凭黑驴蹄子和糯米，谁有把握能搞得定它？于是胖子便说道："胡政委，你刚才说什么强龙不压地头蛇，这话说得太好了，说得在理呀。甭管怎么说，那老僵尸也在这住了这么多年了，也没违法乱纪，也没在社会上捣乱，这说明什么呀？说明人家是大大的良民，没招过谁，也没惹过谁。如果咱们非跟人家过不去，硬要从这里强行通过，凭咱们的身手，也不是不可行，可那就显得咱们不明白事理了。我看咱们不如绕路过去，互相给个面子，各自相安无事也就完了。"

Shirley 杨说道："用蟾蜍消耗掉洞中的毒气这件事，十分有可能。但我看未必有什么老僵尸成精，古人又怎么会把僵尸当作山神，这绝不可能。只是水底出现的那具裸尸，隐隐笼罩在一层幽冥的光晕之中，一出现，就会使人感觉到一阵莫名的忧伤，像是有某种强烈的怨念。看样子前边的洞里会有更多这种女尸，不知其中有什么名堂，这不得不防。"

我和胖子听得 Shirley 杨说"裸尸"二字，同声惊呼："光屁股女尸！"我自知失言，急忙用手捂嘴，却已晚了，心中甚是奇怪："怎么胖子这家伙跟我说一样的话？而且连个字都不差，这厮真够流氓。"

适才由于事出突然，我并未注意看女尸是否赤身裸体，只注意到浮尸是个女子，看那身形甚是年轻，身上笼着一层冷凄凄的白光。现在回想起来，好像确实是具裸尸。可她为什么不穿衣服呢？难道被水泡烂了？就算真是僵尸，光光溜溜的倒也香艳。我好奇心起，突然产生了一种想再仔细看看的念头。

我觉得刚才说出那句光屁股女尸的话有些尴尬，于是假装咳了两声，开口对 Shirley 杨和胖子道："已经来到此地，岂有不进反退之理？咱们现在该动身了。你们要是够胆色，就跟我戴上防毒面具，钻进这葫芦洞的最

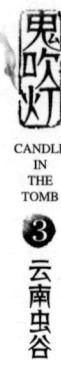

后一段，管他什么鬼魅僵尸，都用黑驴蹄子连窝端掉。咱们来个单刀直入，直捣献王的老巢。不管那洞中有什么，只要咱们不怕牺牲，排除万难，就一定能争取到最后的胜利。"

　　胖子是个心里装不住事的人，这时候显得有些激动，一拍大腿说道："就是这么着！陈教授那老爷子的性命就在旦夕之间，容不得再有耽搁。咱们救人救到底，送佛送到西，重任在肩，不能停步不前，打铁要趁热才能成功，这就是最后的斗争，英特纳雄耐尔就一定会实现。山凶水恶，挡不住雄心壮志，天高云淡，架不住鹰击长空。明天早上朝霞升起的时候，咱们就要带着胜利的喜悦，返回阔别已久的家园。回想那战斗的日日夜夜，胸怀中激情未消，我们要向祖国母亲庄严地汇报，为了人类的幸福……"

　　我和胖子对是否要继续走完葫芦洞最后一段的态度，突然变得积极起来，使得Shirley杨有些莫名其妙，用好奇的目光看着我们。我见胖子唠叨个没完，急忙暗中扯了他一把，低声说："厕所里摔罐子，就属你臭词儿乱飞。装他妈什么孙子，你不就是想看看裸尸吗？甭废话，赶紧抄上家伙开路。"

第二十三章
群尸

Shirley 杨向来十分重视团队精神，始终认为三人一组，所有成员之间都应该开诚布公，见我又和胖子低声嘀咕，便问我道："你们两个刚才在说什么？"

我最怕被 Shirley 杨追问，只好故伎重施，从背包里取出"芝加哥打字机"，递给 Shirley 杨道："前方去路有凶险，我这把冲锋枪先给你使，如果遇到什么不测，你别犹豫，扣住了扳机只管扫射就是。"

Shirley 杨不接，取出那支六四式手枪对我说："有这支手枪防身就够了，我投民主党的票，所以是不太相信枪的。我认为武器有时候并不能解决一切问题，M1A1 还是在你和胖子的手中才能发挥出比较大的作用。"

胖子急不可待，连声催促我和 Shirley 杨动作快点。于是我们匆匆把防毒面具取了出来，包括一些用来对付僵尸的东西，还有从玉棺中所发现的黄金面具等祭器，都装进携行袋中，由胖子把剩余的装备都背负了，按照化石祭台上的地形，寻到葫芦洞出口的方向。出于地形的原因，这次不再进行武装泅渡。倒塌的古树木化石很多，有些连成一片，中间虽然偶尔有些空隙，却都可以纵身越过，这样也不必担心受到水底女尸的暗中袭击了。

以指南针作为引导，径直向西走出百余米，四周的红色石壁陡然收拢。如果我们所处的洞穴真是一个横倒的大葫芦形状，那么现在我们已经来到了葫芦中间接口的位置。这一切都与化石祭台那些古代夷人的磨绘记载完全相同。

　　这里由上面延伸下来的各种粗大植物根茎逐渐稀少，空气也不再像之前那么湿热。沿着翘起的红色岩壁搜索，天然形成的两个红色大岩洞中间部分的接口已在眼前。只是这里的石壁像镜子面一样滑溜，最后这十几米的距离，已经没有任何古树的化石可以给我们落脚，我们只好涉水而行，用登山镐用力凿进滑溜的岩壁，三人互相拉扯着，爬上了葫芦洞中间的接合部。

　　地下水的水平面刚好切到这个窄洞的最底部。好像这葫芦洞是呈二十五度角向下横倒倾斜，地下水流经之后，产生了一个水平面的落差，形成了一个水流量并不是很大的瀑布。我扒住洞口，用狼眼手电筒向下望了一望，坡度很陡，而且是弧形的，下面的深度比我预想中的要深许多，根本看不到底，想要下去的话，也不是那么容易，最稳妥的办法只有用岩楔固定在这洞口处，然后放下绳索，用安全栓降下去，有了这道提前预设的绳索，回程的时候也能省去一些麻烦。

　　我让胖子安装岩楔和登山绳，胖子问道："老胡，这洞里当真有千年僵尸的尸毒吗？黑驴蹄子能管用吗？咱们可从来没试验过，万一不灵怎么办？"

　　我对胖子说："摸金倒斗的人，有几个没遇到过古墓中的僵尸？可能咱们就算是那为数不多的、从没遇到过僵尸的三个人。至于黑驴蹄子能否克制僵尸，咱们也都是道听途说，不过既然是历代前辈们传下来的手段，想必也应该比较靠谱。实在不行，咱们不是还有老美的M1A1嘛，所以大可不必担心。"

　　僵尸我确实从未亲眼见过，但是耳闻不少。记得我祖父就说起过他年轻时险些被僵尸掏了心肝的事，亏得遇到他的师父，才没变成行尸走肉。还有那陕西老乡李春来，说起他们村里的旱魃，那些都应该是僵尸，可见这种东西是当真有的。想当年我和胖子在野人沟初次倒斗，对付那尸煞的时候，黑驴蹄子和糯米等物好像没起任何作用。虽说尸煞与僵尸不是一回事，但毕竟都是古尸所化，所以我对黑驴蹄子能制住僵尸的传说，始终持保留意见。

借着固定岩楔和安装登山绳的间歇，我问Shirley杨，她家祖上出了很多倒斗的高手，倒过许多大墓，一定没少遇到过僵尸，这黑驴蹄子究竟管不管用？如果管用，它又是利用什么原理来克制僵尸的？

Shirley杨对我说："我可以和你打个赌，洞里的山神不会是僵尸，理由我刚才已经讲过了，即便是夷人，也不会把尸体作为山川河流的神灵来供奉，这种习俗中国的少数民族没有，别的国家也没有。至于黑驴蹄子能制服僵尸，这是确有其事，其中的原理，流传下来的说法很多，都有强烈的神秘色彩。我想应该是黑驴蹄子中有某种绝缘的物质，与僵尸体内的生物电相冲，将黑驴蹄子塞进僵尸口中，如同在僵尸口中加了一个屏蔽器，也许别的物品代替也可以，不过这只是我个人的见解。古老相传，水能载舟，亦能覆舟，黑驴蹄子有时也会产生相反的作用，如果没有发生尸变的尸体接触到黑驴蹄子，反而会激发它加速变化，这就不知是真是假了。"

我听了之后，稍觉安心。现在这个洞口就是当年夷人们用长杆将大蟾蜍吊进去的地方，里面静悄悄黑沉沉的，像是个静止的黑暗世界，似乎完全没有任何生命的迹象，与我们刚才经过的区域完全不同。先前一段洞穴里面有大量的植物、昆虫和鱼类，蛙鸣虫叫，飞虫振动翅膀，渗下来的水滴入河中，到处都充满了自然界的声音。两端的葫芦洞只不过隔着五六米长的接口，却判若阴阳两界生死两极。如果真有老僵尸成了精，几千年淤积不散的尸毒，可能就是造成这里毫无生机的原因。

这时胖子已经把登山绳准备妥当，伸手一扯，足够坚固，可以开始行动了。我先向下扔出一枚冷烟火，看清了高低，便戴上防毒面具，背上M1A1，顺着放下去的登山绳从光滑的红色石壁上溜了下去。

洞口下这片凹弧形的岩壁，经过地下水反复冲刷，溜滑异常，我根本无法立足，只能控制登山绳的收放，延缓下落的速度。下落了有十来米才到底，脚下所立是大片湿漉漉的叠生岩，两边都是地下水。

我抬头向上看去，黑暗中只能见到高处胖子与Shirley杨两人头盔的战术射灯，其余的一概看不到。我打个信号，告诉他们下边安全，可以下来。

Shirley杨和胖子收到信号，先后用登山绳滑了下来，胖子一下来就问我："有没有见到什么僵尸？"

我对胖子说："你怎么还盼着遇到粽子？以后别说这种犯忌的话，万一那老僵尸禁不住人念叨，突然跑出来怎么办？"

Shirley杨对我和胖子做了个不要声张的手势，然后给六四式手枪子弹上了膛，看一看四周的环境，低声说："现在看来，还算一切正常，咱们不要耽搁，直奔葫芦嘴。这里的气氛不太对，山神虽然未必真有，那水底浮尸可是千真万确，还不知它们是以什么方式袭击人类，咱们走动的时候，务必要小心水中的动静。"

当下我们三个人各持武器，离开中间水深的地方，在黑暗中摸索着圆形山洞的边缘前行。这最后的一段葫芦洞穴深藏在地下，洞穴中央的水极深，而且一片死寂，顶上有无数倒悬的红色石笋，两边都是从水中凸起的叠生岩层，可以供人行走。这些红色的石头都被渗成了半透明的颜色，战术射灯的光线照在上面，泛起微弱的反光。

水面上偶尔可以见到一些微小的浮游生物，看不出有毒的迹象。我不免有些庆幸，看来我们的选择是正确的，隔了几千年，恐怕以前把这里当作巢穴的东西早已不复存在了。

从上面的洞口下来，走了还不到数十米，忽然发现前边的水面上出现了一道冰冷暗淡的白色光芒。我赶紧一挥手，三个人立刻都躲到了山石后边潜伏起来，关闭了身上的一切光源，在黑暗中注视着那片鬼火般冷清如雾的光芒。

水中那团飘忽闪现的光团由远而近，我透过防毒面具看得并不十分清楚，似乎就是一具死漂，她终于还是出现了。我用最小的声音对身边的胖子说："我看那水里的女尸似乎并没有发现咱们，你先瞄准了，给她一枪，然后咱们趁乱冲过去把她大卸八块。"

第二十三章 群尸

胖子对开枪的事向来不推辞,把手中的"芝加哥打字机"先放下,摘下背后的步枪,以跪姿三点瞄成一线,当即便要击发,却见水中又出现了数具浮尸,有的已经浮上水面,有的还在水底,都是仰面朝上,虽然是漂浮在水中,但是手臂和双腿向下弯曲,似乎不受水面浮力的影响,这姿势说不出来的别扭,像是关节都被折断了。

水中浮出来的女尸数量越来越多,就连我们身后也有,前后不到几分钟的时间,也不知是从哪里冒出来这么多死漂,水中满满的已经全是死人,数不清究竟几百几千。群尸发出了大量鬼气森森的白光,原本黑暗的洞穴被那些鬼火映得亮了起来,然而这种亮光却使人觉得如坠寒冰地狱,止不住全身战栗。

Shirley杨低声对我和胖子说:"这些浮尸好像正向某个区域内集结,看样子不是冲咱们来的……"

胖子见被水中的死漂所包围,心中起急,把"芝加哥打字机"的枪机拉开,满脸凶悍地说道:"我看八成是要凑成一堆儿合起伙来对付咱们。先下手为强,后下手遭殃,老胡你还等什么?动手吧!"

我用手压住胖子的肩膀,把他按到石头后边,不让他莽撞行事。三个人潜伏在山岩后边观看那些浮尸的动静。这时,整个山洞的大半都被那些发出诡异光芒的浮尸映亮,深不见底的地下水中层层叠叠不知究竟有多少漂浮的女尸。我心中有些慌了,事先只想到这洞中可能有些奇特的死漂,有美式冲锋枪在手也尽可以对付了,但是万万没有料到这里的水中竟然有成千上万的死漂,就算我们有再多十倍的弹药,怕也对付不了。望着那水面上不计其数的女性浮尸,我脑门子上的青筋都跳了起来。

现今唯一还算走运的是那些死漂与河里的圆木差不多,一个个无知无识,缓缓地向洞穴中间的深水处聚集。我们屏住了呼吸,连口大气也不敢出,实在是想不出这么多女尸是哪里来的。若说是几千年前的古尸,怎么在水中保存得如此完好,一点都没有腐烂——看那玲珑剔透的丰满躯体,和活人也差不了太多。尸体上发出阴冷的青光又是什么道理?我百思不得其解,只好压制住内心的狂跳,躲在黑暗的岩石阴影后,瞪大了眼睛观看。

我收摄心神，这才慢慢看出些头绪。大片大片的死漂可能都是从水深处浮上来的，逐渐聚集到距离我们不远的地方。由于死漂实在太多，发出的光亮也比四周明亮了许多，冷光刺目，令人反倒看不太真切了。

而且在死漂最集中的所在地有一大团浮在水面上空的红色气体，最下边的部分与水面相连，遮蔽了鬼气逼人的青光。一群接一群的死漂对准那团红色云雾，争先恐后地钻了进去。

大团的红色烟雾鲜艳得犹如色彩浓重的红色油漆，里面有些什么无法看清，但其中似是无底的大洞，大批浮尸被吸了进去，丝毫也没有填满的迹象。

红色的云雾大概就是化石祭台磨绘中记载的毒气——可能是受到湿气的侵蚀，磨绘的颜色已经改变，所以开始我们以为从洞中喷出的毒雾是黑色的——现在看来，竟是如此鲜艳。世间的毒物，其颜色的艳丽程度往往与毒性成正比，越是鲜红翠绿、色彩斑斓的东西毒性越是猛烈。这红雾不知毒性何等厉害，更是聚而不散。若不是我们都提前戴了防毒面具，在这么近的距离，难免会将毒雾吸入七窍中毒身亡。说来也怪，这么多死漂在水中挤成了一锅粥，却只有极微弱的流水声，此外再没有其余的声音。所有的这一切，都在悄无声息的情况之下进行。

Shirley 杨在我耳畔说："毒雾中似乎有什么东西，大概就是那位山神老爷的原形了。水中这些浮尸不知出于什么原因被这毒雾所吸引，不停地漂进其中，一旦进去好像就被吃掉了。"

我对她说："这可真够邪门！不管那山神是何方神圣，照他这么个吃法，这么多年以来得有多少女尸才够他吃，这些尸体又是什么人？"

胖子趴在地上做了个耸肩膀的动作说："天晓得，鬼知道！不过那些浮尸好像还真没穿衣服，这里离得有点远，看得模模糊糊，咱们不妨再靠近一些看个清楚，再计较如何应对。"

Shirley 杨连连向下挥手，让我们把说话的声音再放小一点，指着西面小声说："这些都不重要。为今之计，是正好趁那山神吃女尸的当口，咱们从边上偷偷溜过去，万不可惊动了那些……东西，否则对咱们绝对不利。"

第二十三章 群尸

现在也只有这么办了。对那山神老爷究竟是老僵尸还是什么山精水怪，我一点兴趣也没有，最好绕过去，在神不知鬼不觉的情况下从葫芦嘴出去，毕竟我们的目标是献王墓中的雮尘珠，而不是专门来和葫芦洞中的山神老爷为难的。

我们把枪支分开，各拿了一支长枪，紧紧贴着葫芦洞的洞壁，也不敢打开登山头盔上的战术射灯照明，就这么缩在狼牙般的半透明山岩阴影里，像电影里放慢动作一样缓缓地向前移动。这段山洞中有许多大大小小的碎石，如果动作稍稍大一些就会产生响动。三人不免都多加了十二分的小心，我们都知道蹑足潜行的铁律，千万不能急躁。奈何身上携带的装备和器械太多，想着不要弄出动静，结果还是出了岔子。

我们身上都背着枪，我和胖子背的是"芝加哥打字机"，Shirley 杨带的则是"剑威"——不知道是谁的枪托，刮倒了一块山石。

那石块其实也不大，却直落入水中，发出"扑通"一声。在静悄悄的洞穴中，这微小的声音被穹顶形的洞壁放大了十倍。水面上那无数浮尸都停了下来，好像那些女尸已被我们惊动，正在盯着我们看。

我心中一凛，心想："完了。"但是还抱有一丝侥幸心理，和胖子、Shirley 杨趴在原地一动也不敢动，只盼着那红色毒雾中的山神没有察觉到，更不敢向那边望上一眼。

我趴在地上，心中咒骂个不停，不过"命苦不能赖政府，点背不能怨社会"，事到如今抱怨运气不好也是没用。

胖子支起耳朵听那边的动静，却始终是一片死寂，心中起疑，对我打个手势。黑暗中我看不太清楚他的动作，但是我们多年厮混在一起，彼此的心意都很清楚，我知道他大概是想问我："那红雾里边是不是有成精的老僵尸？"

我轻轻摇了摇手，示意胖子别再动弹，现在不要发出任何动静，不管那边在毒雾中的是不是僵尸，惹毛了它都够咱们吃不了兜着走的——我手心里捏了把汗，只求能挨过眼下这一关。

其实我心中也充满了疑惑，自问平生所学风水秘术造诣也是不凡，纵

147

观这里地势，果真如同葫芦一般。想那葫芦洞、眠牛地、太极晕（别称"龙晕"）都是风水中的神仙穴。这洞穴形似葫芦，虽然古怪，但自古青乌术士有言："若是真龙真住时，何论端严与欹拙。一任高山与平地，神仙真眼但标扦。"——虽然形异势奇，却是货真价实的宝地。

这样的地方又怎么会有僵尸？倘若那裏在毒雾中的东西不是僵尸，又怎么能时隔数千年还存在于此？若非千年僵尸成精，又哪里有这般猛恶的尸毒？更何况看那些死漂的样子，不是产生尸变了才怪。听说僵尸能嗅出生人气，不知道我们戴了防毒面具管不管用。

最让人难以理解的还是那些从水底出现的无数女尸，怎么我们刚一进洞，她们就冒了出来，之前在洞口窥探之时却未见异状？看来这些家伙研究过地雷战的战术，不见鬼子不挂弦啊。

我心下胡思乱想，就没太注意水面附近的动静，突然觉得胳膊上被Shirley杨捏了一把，立刻回过神来。只听水边碎石哗啦啦响成一片，像是有许多人在河边踏步，洞中被那些死漂映出的光亮也变得闪烁不定，似乎那片水域中的东西移动了过来。

我知道该来的终究会来，只是早晚的事，看来对方已经察觉到了我们的存在。我决定先发制人，轻轻转动身体，改为脸朝上，手中已经把"芝加哥打字机"的子弹顶上了膛，静静地等待着即将从山石后露出来的东西，准备先用狂风暴雨般的子弹给它来个见面礼。我身旁的胖子和Shirley杨也在没有发出任何动静的情况下，做好了迎击的准备。

厚重的防毒面具由于有吸附式过滤系统，在里面听自己的呼吸声十分粗重，外边的声音却不易听清。只听那细碎的声音逐渐逼近，直到近在咫尺，眼前出现了一些细微红色雾气的时候，才听出来岩石后边发出一阵阵铁甲铿锵之声。只听那声音就知道来者体形不小，为什么会有这种铁甲声？难道是支古代军队？我把冲锋枪握得更紧了一些。

胖子再也沉不住气了，突然从地上跳将起来，举起冲锋枪，一串串M1A1的子弹曳光而出，打字机一样的射击声响彻了整个山洞。我见胖子提前发难，更不迟疑，也翻身而起，还没看清楚究竟那边有些什么，就扣住扳机，对着藏身的半透明山岩后边一通猛扫，先用火力压制住了对方再说。子弹射进红色的毒雾之中，发出了"噌噌当当"的跳弹声，如同击中了装甲板。附近水中的死漂似乎受到了惊吓，炸了锅似的在水中乱窜，尸体上发出的青光越发强烈，加上"芝加哥打字机"射击时枪口喷发的火光，使得整个葫芦状的大山洞中忽明忽暗，犹如有无数萤火虫在黑暗中快速飞舞。

正在这一明一暗闪烁不定之际，面前的红雾突然变淡消散，空无一物。我不禁大为奇怪，子弹都打到哪儿去了？忽听得身侧一阵低沉的喘息响起，一张戴着黄金面具的怪脸正对着我们喷吐出一大团鲜红的雾气。

第二十四章
龙鳞妖甲

黄金铸造的异形面具，历经了数千年岁月的消磨，依旧金光灿灿，与我们在献王大祭司玉棺中找到的那个面具，除了眼眶部分之外，基本上完全相同，都是龙角、兽口、鱼尾形的耳郭。只不过后者是人类戴的，而现在突然出现在我们侧面、喷出鲜红色毒雾的面具，却要大得多，和以前大食堂煮大锅饭的大锅相差无几。

只这一个照面，我还没来得及看清楚那究竟是什么东西，心中猛地一跳，直觉告诉我，这不是僵尸，而是一个充满怨恨之心的生灵。它发出粗重的喘息，每一呼气，便生出一团红雾，早把它的身体笼罩在其中，令人窥不到全貌。这时候刻不容缓，我身体的本能反应取代了头脑中的思考。我缩身向后急退，跃向身旁的岩石后边，以便跟对手保持一个安全的距离，手中的"芝加哥打字机"也在同时掉转枪口，对准红雾中的东西一阵射击，美式M1A1冲锋枪不断射出子弹，发出代表着死亡的呼啸。

被击发的子弹呈波浪形的扇面分布，全部钉进了那团浓烈的红色毒雾，金属反弹的声音响成了一片，似乎那红雾中的东西全身都被铁甲覆盖，不知我们这一阵扫射，有没有给它造成伤害。在我的身体翻过岩石落地的一刻，M1A1的弹夹已经空了。

另一边的胖子与Shirley杨也同时散开退避。说时迟，那时快，凝固般的红雾猛然间散开，金光闪烁的面具从中蹿了出来。这次我借着那些水中女尸身上所发出的冷青光亮，瞧得一清二楚：巨大的黄金面具中间只有一个独眼，有个像眼球一样的东西在转来转去，面具嘴部是虎口的造型，血盆大口似是一道通往地狱的大门，里面露出粉红色的肉膜。那些肉膜好像是某种虫类的口器，大口一张，不是像腭骨类动物的嘴那样是上下张合运动的，而是向四周展开，变成了方形，里面还有一张相同的小嘴——说是小嘴，同时吞掉两三个活人也不成问题，口内也没有排状牙齿，而是在四个嘴角各有一个坚硬的"肉牙"。

这些特征都充分说明，这个庞然大物是只虫子，它后边的身体上是一层厚重无比的甲壳，其下更有无数不停动弹的巨足，都是人腿粗细的"<"字形脚爪。其躯体之庞大粗壮，不输给遮龙山下的那条青鳞巨蟒，而且它身上还罩着很厚的鳞片形青铜重甲，上面长满了铜花。在潮湿阴暗的葫芦洞里，这层盔甲已经有不少地方脱落，还有些部分已经成为烂泥，里面露出鲜红色的甲壳，锃光发亮，似乎比钢板还硬。子弹击中它的地方，都流出大量的黄色汁液，有些子弹射在了青铜龙鳞之上，还有的把黄金面具穿了几个大洞。但是这个家伙实在太大，而且红色虫壳厚实得如铁似钢，看来M1A1的强大威力也很难对它构成直接威胁。

这是什么东西？天龙（蜈蚣的别名）？不像。天龙应该是扁的，这只虫子的身体圆滚滚的，而且只有一只眼睛。它头上的黄金面具，还有那龙鳞状的青铜外壳，又是谁给它装上去的？这趟来云南碰上的东西怎么都是这么大块头的。

电光石火的一瞬间，又怎容多想，管它是什么东西，先料理了再说。我眼看那破雾而出的怪物在黄金面具后张着大口朝我猛扑下来，手中的冲锋枪已经耗尽了弹药，不敢硬拼，而且后边水中有无数的浮尸，也无路可退，只好就地卧倒翻滚，以避其锋芒。就见洞穴中瘆人的冷冷青光中，划过一道金光，正击在我身旁狼牙形的半透明山石上，发出一声震耳欲聋的巨响。

我倒吸了一口冷气,双脚一蹬山石,借着这一蹬之力,将身体向后滑开。

没想到头顶处也有山石拦住,登山头盔撞到了山石上,并没有滑出太远。巨型黄金面具覆盖下的怪虫一击落空,毫不停留地发动了第二波袭击。我心中暗地里叫苦不迭,M1A1 的弹鼓和弹匣都在胖子背上的背包里,我手中只有一杆空枪,只好拔出登山镐进行抵抗。

附近的 Shirley 杨与胖子见我吃紧,一个用"芝加哥打字机",一个用"剑威"气步枪和手枪,同时开枪射击,对准那只大虫子的头部一阵乱打。

头戴黄金面具、身披龙鳞青铜甲的巨大昆虫被猛烈的弹雨压制,连连缩头,从青铜外壳的缝隙里以及口中不断喷吐出红色毒雾,顿时隐入了红雾中,让人难以捕捉目标射击。

洞穴中一时红雾弥漫,能见度下降了许多。我趁此机会,对胖子大喊道:"小胖,子弹!"

胖子立刻从便携袋中拿了一个压满子弹的弹鼓,朝我扔了过来。我刚伸手接住,还没等把弹鼓替换到冲锋枪上,那股红雾便骤然飘散,怪虫犹如火龙出云一般从中蹿出,迅速对我扑来。我心中恼火异常,这厮跟我较上劲了,怎么总冲我来?但是我心中一片雪亮,这时候生气归生气,却千万不能焦躁和紧张,生死之分,往往只在这一眨眼的工夫。

我当即一不躲,二不闪,拿自己给冲锋枪上弹鼓的速度,与那黄金面具扑过来的速度,做了一场以生死为赌注的豪赌。胖子和 Shirley 杨刚才一番急速射击,也耗尽了弹药,都在重新给武器装填,这时见了我不要命的举动,都惊得呆了,一时忘了身在何处,站在当场发愣。

当年在前线百死余生的经验,终于使我抢得了先机,只比对方的速度快了几分之一秒,我举起枪口的时候,那怪虫的大口也已经伸到了我面前。我已经无暇去顾及谁比谁快了,只是凭感觉扣动了扳机,"芝加哥打字机"几乎是顶在黄金面具的口中开始击发的,招牌式的老式打字机声快速响起。

我耳中听到一阵沉闷的哀号,身体像是被巨大的铁板撞击,被那黄金面具顶得向后翻了两个跟头,不断地倒退,直撞到山壁才算止步。全身每一根骨头都疼,要不是戴着护肘和护膝,关节非被撞断不可,感觉胸腔里的五脏六腑都翻了两翻，以至于不能呼吸。

我的豪赌似乎取得了成功，一长串子弹，少说有十发以上，好像全部都打在那巨大怪虫的口中，红色的毒雾缩到葫芦洞的角落里越变越浓，再也没有任何动静。

胖子大喜，对我喊道："好样的老胡，你简直太神勇了！我代表中央军委祝贺你，我军将在继黄继光与杨根思两位同志之后，授予你特级战斗英雄的光荣称号。你将成为历史上第三个获此殊荣，而且还活着的传奇人物！"

Shirley杨在另一边对我喊道："什么神勇？你不要命了！简直太疯狂了！"

我听得胖子胡言乱语，十分气恼，心想这他妈挤对谁啊？特级战斗英雄哪个不是光荣牺牲的，还嫌我死得不够快啊？想还嘴，但是全身疼痛，话也说不出来。我勉强伸伸胳膊，蹬蹬腿，还好没受什么硬伤，内伤就顾不上了。

我突然觉得有点别扭，身上好像少了什么东西，慌忙用手乱摸，摸到脸上的时候，心底一片冰凉。糟糕，这一阵生死相拼，我的防毒面具被撞掉了，这一下我的冷汗顿时就冒了出来。刚才玩命的时候，虽然生死就在呼吸之间，但那毕竟是把生命掌握在自己手中，主动权掌握在自己手中，所以并没有觉得太过害怕，但是没了防毒面具，现在就算是立马找回来，怕也晚了。虽然我们带了一些解毒的药品，但那都是些对付普通蛇毒的，一旦吸入了这红色毒雾，即使是神医华佗复活，只怕也难妙手回春了。我现在已经吸进多少毒气？八成是少不了。想到生死之事，心中如同乱麻，只是想中毒的症状是什么样的，应该哪里觉得不舒服，这么一想，就觉得全身哪儿都不舒服。完了，完了，这回胡爷我真是要归位了，他奶奶的都怪胖子，好端端的拿什么"特级战斗英雄"来咒我！

Shirley杨也发现我的防毒面具丢失了，急忙奔到近前，焦急地问："防毒面具怎么掉了？你……你觉得哪里不舒服？"

我听Shirley杨急得连说话的声音都变了，心中突然觉得十分感动，一想到自己即将壮烈牺牲，即将和她永别，顿时手脚冰凉，颓然坐倒在地，对她说道："我这回是真不行了，我也说不出来哪儿不舒服，反正现在是全身哪儿都不舒服，看来受到毒气的感染已经扩大了，大概已经透入骨髓，行遍了七窍，不出片刻，可能就要……我最后还有几句话想说……"

胖子也抢身过来，一只手紧握住我的手，另一只手把我的嘴按住，哽咽道："胡司令，你可千万不能说遗言，你没看电影里那些挨了枪子的人，受伤没死的都没话，凡是最后台词多的，交代完了大事小事，就指定嗝屁了。"

我把胖子捂在我嘴上的手拨开，痛苦地对他说："同志们，现在都什么时候了，你们还不让我说最后几句话，以为我愿意死啊？有些事若是不让你们知道，我就是死，也是死不瞑目啊。"

我继续抓紧时间对胖子和Shirley杨说道："我还没看见四个现代化的实现，还没看见共产主义大厦的落成，还没看到红旗插遍全世界，我真是不想死。不过事到如今，说这些也没用了，我还是拣点有用的说吧。你们不要替我难过，对一个老兵来讲，死亡并不算什么，我只不过是为了人类的幸福……历史的必然……长眠在这鲜花永远不会凋残的彩云之南。"

Shirley杨也紧握住我的手，她虽然戴着防毒面具，我看不清她的面容，但是从她冰冷颤抖的指尖可以感觉到她在哭泣，只听Shirley杨断断续续地说："Old soldiers never die, they just fade away……"

我叹了口气说道："我都黄土盖过脑门了，你还跟我说洋文，我哪儿听得懂？这些话你等我下辈子托生个美国户口再说不迟。我还有紧要的话要对你们讲，别再打岔了，想跟你们说点正事儿可真够费劲的。"

我正要交代后事，却忽然觉得身体除了有些酸疼，到现在为止并没有什么异状。筋骨酸疼是因为被那黄金面具撞了一下，饶是躲避得快，也被山石撞得不轻。刚才一发现自己的防毒面具没了，我有些六神无主，此刻过得这几分钟，却似乎也没觉得怎样，和我所知的中毒症状完全不同。我心中还有些狐疑，莫不是我回光返照？但是不太像，这么说那些鲜艳的红雾不含毒？

一想起"毒雾",我脑海中像是划过一道闪电,这葫芦洞中的红雾,与上面山谷里的白雾山瘴之间,会有什么关系吗?白色的雾有毒,红色的雾没有毒,这只怪虫的身体里有某种通道存在吗?

胖子见我两眼发直,以为我已经神志不清了,情急之下不断摇晃我的肩膀。"胡司令,你不是还没交代重要的遗言吗?怎么这就要翻白眼了?快醒醒啊!"

我用胳膊拨开胖子的手。"我他妈哪儿翻白眼了?你想把我摇晃散了架?我刚想说什么来着?"刚才想说的重要遗嘱这时候全被我忘到了九霄云外。我对Shirley杨和胖子说:"我发现这层洞穴好像没什么毒气,这里好像是山谷里瘴雾的源头,是间生产瘴雾的工厂。"

那二人一时还没反应过来,同声奇道:"没有毒气?这么说你不会死了?"

我正要对胖子和Shirley杨二人分说明白,一瞥眼间,只见葫芦洞角落里那团红雾不知在什么时候已经扩大了,变成了一个巨大的圆圈,把我们三人围在其中。红雾中那粗重哀伤的喘息声再次发出悲鸣,声音忽左忽右,像是在做着急速的运动,由于红雾渐浓,早已经无法看清其间的情形。

那黄金面具下的怪虫,周身被人为地装满了厚重甲叶,而且里面的虫壳比装甲车也差不了多少,估计丙烷喷射器的火焰也奈何它不得,似乎只有它在黄金面具下的口部才是唯一的弱点。适才我铤而走险,用冲锋枪抵在它口中射击,还以为已经把它干掉了。我的老天爷,这位山神究竟要怎样才肯死?

围住我们的红雾忽然被快速的气流带动,向两边散开,那只金面青甲的巨大爬虫从半空中探出身体。只见黄金面具口部已经被M1A1打烂了,只有几块残留的金片还嵌在肉中。由于失去面具遮盖,里面的怪口看得更加清楚,全是被打烂了的肉齿和腭肢,更显露出口腔中的无数触角,还不断冒出被子弹击穿所流出的黄色汁液,这次卷土重来,携着一股鲜红色的腥雾直取胖子。

怪虫的来势如同雷霆万钧,胖子大惊,骂一声:"真他妈恶心!"撒开两腿就跑，谁知慌乱中，被洞内凹凸不平的半透明岩石绊倒，摔了个狗啃泥。这时他也顾不上喊疼，就地一滚，回身举枪就射。

我也叫道："不好！那厮还没死彻底，这次务必要斩草除根！"抓起地上的"芝加哥打字机"一阵猛射，那身着龙鳞青铜甲的怪虫不管是身体哪个部位中枪，都会从甲叶的缝隙或者口中冒出一股股红雾。

那怪虫几次想冲过来，都被M1A1逼退，最后它被子弹打得急了，逐渐狂暴了起来，顶着密集的弹雨，拼命向我们扫来。它的动作太快，又时时隐入红雾之中，冲锋枪难以锁定它的口部。我见冲锋枪若是不抵近打它的要害，便挡不住它了，但是现在躲避尚且不及，又如何进攻？迫于无奈，只好打个呼哨，快速退到葫芦洞的弧形岩壁附近，利用地下水边的牙状透明石作为掩体。

由于一边有水一边路窄，再加上这怪虫身躯奇大，几乎整个大洞穴都笼罩在它的攻击范围之内。我们原本分散开的三个人，又被来势汹汹的虫躯逼在了一处角落，已经无路可退了。

只听那铿锵沉重的甲片摩擦着地上的碎石，横向挤压过来，这一次势头极猛，激起洞中的气流产生风压，刮得人皮肤生疼。

这时我们退无可退，避无可避，形势千钧一发，根本来不及交谈。Shirley杨对我快速做了个手势，只说了一个词："炸药！"

我立刻领会了她的意思，她是想让我和胖子想办法牵制住对方，为她争取时间，用炸药干掉它。我们立刻分成左右两路，我和胖子集中在右边，那怪虫果然被我们吸引，掉头过来扑咬。Shirley杨正想趁机从左侧的空当闪进附近的山岩后边，谁知道那怪虫声东击西，极为狡猾，见我和胖子这边的交叉火力十分猛烈，子弹像冰雹般劈头盖脸地扫向它，硬冲下来难免吃亏，竟然故意卖个破绽，掉头去咬Shirley杨。

这一来，大出我们的所料，都没想到一只虫子不过是体形巨大，怎么会如此狡猾，都措手不及。Shirley杨的步枪早已没了弹药，仅凭六四式手枪根本不能将它击退，幸亏她应变能力奇快，抽出背后的金刚伞挡住虫口，这一下把金刚伞也撞飞了，落在一边的石头上。

Shirley 杨仗着身体轻捷，一个侧滚翻避在一边，而这里已是由地面凹山岩形成的个死角，再也不能周旋，只好伸手拔出登山镐，准备最后一搏。甲声轰鸣，咆哮如雷，只见红雾中一道金光对准她直扑下去。Shirley 杨知道万万难以正面抵御，只好纵身向上跃起，用登山镐挂住上面岩石的缝隙，双足在岩壁上一点，将自己的身体向边上荡开。刚一离地面，那怪虫长满触角和肉腭的大口，一口便咬在了 Shirley 杨适才立足过的地方，"咔嚓"一声巨响，地上的岩石都几乎被它咬碎了。

从我们左右分散开始到现在，只不过是一瞬间，我们在旁看得真切，却来不及赶过去救她。这时我和胖子已经红了眼睛，两人想也不想，不等那只被视为山神的怪虫有下一步的动作，就扔掉没了子弹的 M1A1，双双拔出登山镐，闷声不响地用登山镐挂住龙鳞状青铜甲片，跳上了那怪虫的巨大躯体。我心中打定一个主意：先废了它的招子再说！这独眼虫只有一目，藏在黄金面具后边，这只眼睛小得和它庞大的躯体不成比例，如果弄瞎了它的眼睛，就好办了。

手足并用之下，很快就爬到了它的头顶，我和胖子齐声暴喝，早把那登山镐抡圆了，往黄金面具正中的眼球砸将下去。耳中只听几声扎破皮球的声音，把那怪虫疼得不住抖动，一时间头部黄汁四溅，也不知这种深黄色的液体是不是它的血液，味道奇腥，如同被阳光连续暴晒的死海鱼。我们都被它溅了一身，幸好是没有毒性。

我见得手，正要再接再厉，再给它一些致命的打击，但是那虫身剧烈地抖动，使得我立足不稳，失了登山镐，人也从上面滚落下来。

胖子却在虫身上抓得甚牢，他把登山镐死死钩进虫身重甲，也不理会那不断冒出来的红色气息和满头满脸的黄汁，伸手插进了怪虫的眼睛，猛地向外掏了一把，也不知揪出来的都是些什么东西，红的、绿的、黄的，像是打翻了染料铺，好像还有些很粗的神经纤维，怪虫疼得不断发出悲鸣，疯了一样地甩动头部。这一来胖子可就抓不住了，一下子被扔进了水中，水中乱窜的死漂，迅速向四周散开，卷成了一个漩涡，又快速收拢，把胖子裹在了中间，顷刻间已不见了他的踪影。

第二十五章
潘多拉之盒

我对胖子的底细了如指掌，知他水性精熟，此刻见他落水，却不得不替他担心。那些奇怪的浮尸像是煮开了锅的饺子，翻滚不停，只见胖子一落入水中，便随即被她们裹住，眨眼之间，已看不到他身在何处。我想跳下水去救他，却又被那狂呼惨叫、不断挣扎的怪虫挡住了去路，急切间难以得脱，只好对着水中大喊他的名字。

被挖了眼睛的怪虫，疯狂甩动它那庞大的躯体，击碎了很多岩石，沉闷的回声在穹顶响个不停。从它甲片缝隙中放出的红雾更加多了，但是颜色好像已经没有开始时那么鲜红如血，稍稍变淡了一些。

我以为红色雾气颜色上的变化，只是由于洞中光影的明暗变化所产生的，并未注意，只想赶快避过这只大虫子的阻碍，好去水中把胖子捞出来。然而那巨虫身躯太大，我冲了几次，都不得不退了回来，险些被它身上的重甲砸成肉饼。

Shirley 杨在一边看出破绽，抓起胖子落在地上的背包，爬到地势最高的岩石上，一边从携行袋中取出炸药，一边对我高喊道："这些雾的色彩越来越淡，它已经快支持不住了！"说完把她的六四式手枪朝我抛了过来。

我抬头看到Shirley杨的举动，又听了她说的话，早已明白她言下之意了，于是用手一抄，接了手枪在手，对Shirley杨叫道："我先引开它，你准备好了炸药就发个信号！时间别太长了，胖子还在水里不知是死是活！"

我举起六四式手枪对准那巨虫的头部连开数枪，奈何这枪的射程虽然够了，但它的杀伤力在这巨型爬虫面前实在是微不足道，以至于连子弹是否击中了目标都无法判断。为了给Shirley杨准备炸药争取时间，我只好竭尽所能，尽量把因为受了重伤而狂暴的巨虫引开。

巨虫的独眼虽然瞎了，但是它长年生活在暗无天日的地下世界，这葫芦洞中的光源只有水下浮尸散发的冷冷青光，所以它的眼睛已经退化得十分严重了，取而代之的是触觉的进化。我不停用工兵铲敲打身边的岩石，发出"当当当"的响声，这些强烈的震动果然刺激了那只巨虫，它怪躯一摆，朝我追了过来。

我见计策得逞，也不敢与它正面接触，专拣那些山石密集凸起的地方跑。巨虫的头部不断撞到山岩，更加恼怒，它蛮力无穷，如同一台重型推土机，把洞中的山石撞得粉碎。我现在已经连回头看看身后情形的余地都没有了，撒开两条腿，全力以赴地奔跑，与它展开了一场生与死的亡命追逐。

以人力之极限又哪里跑得过这跟火车一样的怪虫，我感觉吸引它的时间不算短了，其实也就不到十几秒钟。我急乱之中抽空对Shirley杨喊道："杨参谋长，你怎么还不引爆炸药？你这是存心要我好看啊！"

只听在洞中岩石最高处的Shirley杨对我叫道："还差一点，想办法再拖住它十秒！"

我知道Shirley杨一定是在争分夺秒，可是我现在别说再坚持十秒，哪怕是三秒都够呛。身后劲风扑至，能感觉到一股极强的热流，还有身边那渐渐浓重的红色雾气，我知道那怪虫与我身体之间的距离怕是小于一米了。

现在哪儿还顾得上计时，前边巨石耸立，已无路可去，慌不择路的情况下，我只好纵身跳进了旁边的地下水之中。入水的时候肩膀刚好撞到一具浮尸，这一下好悬，差点把骨头撞断，疼得我喝了好几口阴凉腥臭的河水，心中还在纳闷：怎么这尸体比石头还硬？

此时我忽然觉得心中一寒，像是被电流击了一下，瞬时间，觉得无比沮丧与恐慌，心里产生了一股莫名其妙的情绪。我突然想起来，我对这种特殊的感受有着某种记忆，不是在前边洞穴中泅渡的时候，不止那一次，似曾相识，这是一种令人厌恶的感受。

我心中受到强烈的感应，手足都变得有些麻木，身在水中，尚未来得及再寻思这是怎么回事，就已经被水中无数死漂卷进水深处。阴暗寒冷的水底，也发出青惨惨的光，这次我距离那些女尸很近，几乎都是面对面。我在水中尽力睁大眼睛，想仔细看看这些尸体究竟有什么名堂，以便找办法脱身，却被那数以千计的女尸晃得眼睛发花。

水面也已被无数女尸完全遮盖，想要游上去破水而出，几乎是不可能的。水性再好的人，也顶多在水底生存两分钟，除非出现奇迹，否则肯定会被溺死在这阴冷的水底。

由于这一切发生得实在太快，我根本毫无准备，提前没有闭气，又吃了那具硬邦邦的女尸一撞，喝了几口臭水，这时刚一落入水下，已经觉得胸口憋闷，肺都要炸开了，再也闭不住气，忽然我背后被一只手抓住。我吓得头发都快竖起来，只觉得那只手拉住我的肩膀，把我身体扳了过来。原来身后拉我的人，是比我早一分多钟掉下来的胖子。他仗着水性好，肺活量又大，已经在底下憋了约有一分半钟，这时也已经是强弩之末，马上就要冒泡了。

我和胖子在水底一打照面，就觉得水中一阵震动。那头巨型怪虫听到我落水的声音，竟然穷追不舍地把头扎进水里，它这一下势大力猛，立时就把那些封住水面的浮尸都冲散了。

我和胖子正是求生无门，见那虫头扎进水里，当即用手抓住怪虫身上的甲壳。巨大的怪虫立即有所察觉，马上从水底把身体提了起来，一阵拼命地摇晃，想把我们甩脱。

我身体一离水面，立刻觉得那种鬼气森森的怨念消失得无影无踪，当下张大嘴深深呼吸了几口空气，借着虫躯的晃动，跳落到水面的岩石上。见胖子还牢牢抓着虫体上的龙鳞青铜甲不放，心中稍觉安稳，对 Shirley 杨大喊:"还等什么!"

Shirley 杨已经把数锭炸药和导火索组装完毕,点燃一个后,从高处向那巨虫的头部掷了过去,并喊话让胖子赶快离开。胖子一看炸药扔过来了,哪里还敢怠慢,看准了地面比较平整的地方,立刻顺势滚了下去。

虫头和虫身之间有许多龙鳞甲的巨大甲片,还有头上所罩的黄金面具残片。Shirley 杨原本是算准了爆炸的时机,对着虫子头部扔过去,爆炸后再继续用炸药实施连锁攻击。

没想到成果出人意料,没了眼睛的巨虫已经歇斯底里了,感应到半空中突然产生了一条抛物线状的气流,而且还有强烈的热能,哪儿管来的是什么,转头就咬,正好把炸药吞进口中。

我们只听半空中"砰"地响了一下,爆炸声一点都不大,沉闷得像是破了只气球,黄色的汁液伴着大团的红色雾气,以及无数的细碎肉末,犹如满天花雨般散开。巨虫的躯体摇晃了几下,重重地摔在地上,那一身的龙鳞妖甲与山石撞击发出的声音,震得我们耳膜生疼。

红色的雾气从它体内一股股地冒出,但是颜色更加淡了,渐渐消散在空气之中。透过龙鳞妖甲缝隙处,可以见到它在铠甲内的虫壳已经变成了黑色,完全不像初次见到时鲜红如火。

我们估计这次它该是死得彻底了,就重新把散落的装备收拾起来,端着枪慢慢靠近了观看。只见虫头几乎被炸成了喇叭花一样,粉红色的肉向四周翻着,还在不停地抖动。

百足之虫,死而不僵。不过就算它没死,也不会再对我们有任何威胁了,爆炸的重创已经使它体内暂时无法再产生红色的浓雾了。这种红雾虽不致命,却使它的外壳坚硬,力量也奇大,这究竟是只什么怪物?

Shirley 杨说:"可能是种已经灭绝的昆虫,在史前的世界里才有这么大的虫子,不过现在还不太好做判断,咱们再瞧瞧。"

我们顺着巨虫的身体向后走,想看看它从头到尾究竟有多长,单是这一身龙鳞青铜重甲,就需要多少青铜,不能不令人称奇。不料走到葫芦洞山壁的尽头,发现这只巨虫没有尾巴,或者说是它的尾巴已经石化了,与"葫

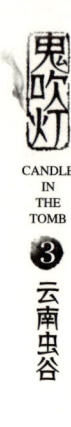

芦洞"的红色岩石成为一体，根本无法区分哪一部分是虫躯，哪一部分是石头。

我问 Shirley 杨道："这种虫子你见过吗？"

Shirley 杨摇头道："没见过，不过从这里的古森林化石，还有这葫芦洞中半透明的红色瞽形叠生岩层来看，这应该是一只三叠纪时代才有的几丁质壳类的多细胞底栖昆虫。"

胖子用枪口在那巨型怪虫的身体上戳了几下。"刚才硬如钢板，子弹都射不穿，现在却软得像松毛虫，似乎还没死透。我看咱们也甭问青红皂白，再从它嘴里塞进些炸药，把这东西送上西天，也好出一口心中的恶气。"

Shirley 杨说："怕没那么简单，凭咱们的装备，眼下根本不可能彻底杀死它，好在它现在已经没有威胁了。这大概是只拥有类似于太阳女神螺那种罕见轮状神经结构的蛾蜕长虫，除了改变空气中的氧气含量，很难找到杀死它的办法。"

这种蛾蜕长虫的祖先可以追溯至几亿年前的寒武纪，无脊椎动物起源之时，当时生物还处在低级的演化阶段。蛾蜕长虫的原生形态，凭借着顽强的生命力，躲过了无数次天翻地覆的物种毁灭，一直存活到距今几千万年前的三叠纪，已经逐渐进化成了古往今来体形最庞大的虫类。

与常见的以中枢神经为主、长有树状神经的生物不同，拥有轮状神经组织，并且具有复合式细胞结构的生物，至今为止世界上只出现过两种。第一种是距今几亿年前的神秘生物太阳女神螺，而它的存在实在太早，人类对它的了解只有一些碎片。轮状神经组织没有神经中枢，也就是说这种动物的肉体和神经是分离的，肉体组织坏死后，轮状神经仍然会继续存活。而且太阳女神螺是雌雄同体，不需要交配，产生的新生命会取代身体死亡的躯体。虽然这种特性限制了它的数量，但是只要生存环境允许，它的轮状神经与网式细胞结构，就会无休止地在壳中繁衍下去。

蛾蜕长虫大名"霍氏不死虫"，这个名字是为了纪念发现其化石的英国生物学家而命名的。这种轮状神经的奇特生物介于无脊椎与半脊椎之间，又拥有类似太阳女神螺一样的保护壳，坚硬的外壳是它体内分泌物所形成的。在自然界里，它没有任何天敌，除非能把它整只地吃下，用胃液把它完全消化，否则只要留下一部分神经网，它依然可以生存下来。它最后的灭绝，正和那些体形庞大的昆虫一样，是由于大气层中氧气含量的跳楼式改变。

Shirley 杨说："有一件事非常奇怪，是考古学与生物学之间的重合与冲突。研究古埃及文明的学者认为，在法老王徽章中出现的圣甲虫，即为天神之虫，其原形就是蜮蜽长虫，所以不同意生物学者所提出的，这种巨型硬壳虫早在三叠纪末期就灭绝的观点。他们认为至少在古埃及文明的时代，世间还有这种庞大的昆虫遗留下来，双方对此始终争论不休。"

在三叠纪，世界上所有的动物体形都很庞大。氧气含量过高的环境，导致昆虫形体无限制地增长，现在发现的三叠纪蚊子化石，估计其翅展长度超过了一百厘米。

昆虫利用气管进行呼吸，但是氧气进入组织的速度会随着虫子的体积增大而变慢，当昆虫的身体超过一定体积的时候，空气中氧气的浓度便无法达到虫体的要求。这一客观因素，也是限制昆虫体形，以及导致大型昆虫灭绝的最主要原因。

我们目前所处的葫芦洞的岩层结构十分特殊，是一种太古叠生岩，到处可见红色的半透明晶体，还有大量的远古化石森林，这些都是三叠纪的产物。通过那些在远古时代的某个瞬间所形成的化石，可以得知在那一刻，火山的熔岩与吞没万物的泥石流，几乎同时覆盖了这片森林，高温后迅速冷却，空间气体的膨胀形成了葫芦洞的特殊地形。这只蜮蜽长虫身体的一部分被熔岩和泥石流吞没，岩浆还没来得及熔化它坚硬厚重的外壳，便被随后而来的泥石流熄灭，所以虫体的一部分与山洞长为一体，再也无法分开。古时在遮龙山附近生活的夷人，可能就是把这种恐怖的霍氏不死虫当作了山神来膜拜。

也不知这只蜮蜽长虫是在这虫壳中繁衍的第几代了，它的呼吸系统竟然已经适应了现在大气中氧气的浓度，也许是与这葫芦洞中的独特结构有关，也许这里有某种特殊的植物或者食物。

一想到食物，我们忽然想起水中那无数的死漂，本想马上离开此地，但是现在看来，有必要再仔细调查一番，因为这只大虫子与献王墓应该有极大的关联。

这只蛴螬长虫为什么会戴上献王祭司造型的黄金面具，被人为地穿上一层龙鳞妖甲？它是否就是虫谷附近毒雾的根源？

我把设想对Shirley杨讲了一遍。但是对于痋术，我们所了解的还是非常有限，只知道古老邪恶的南洋三大邪术之一的痋术，是一种通过把死者灵魂的怨念转换为无形毒药的邪术，人死得越悲惨，毒性也就越猛烈。

这只怪虫的外壳原本是红色的，从它体内不断喷出的红色的雾气开始被我们误以为有毒，然而后来发现，这些鲜红的气体随着虫体受到不断的打击，颜色逐渐变淡，待最后用炸药把它的头部炸破之后，红色的雾状气体全部散尽，这家伙便彻底失去了抵抗能力。它体内所产生的毒雾，肯定与它常年吞吃水中的死漂有关系。

照此判断，可能这只巨虫身体的某一部分连接着虫谷上边的某个地点。根据它的特征，虫身有近百米长也并不稀奇，再加上谷中的地形极其低陷，连植物的根茎都能穿透。可能虫口吞进水中的浮尸，成千上万女尸的怨念就会通过虫体转化成谷中弥漫不散的白色痋雾，封锁了从外界进入献王墓的唯一道路。

人皮地图上记载献王墓外围的痋雾是环状存在的，这可能是绘制人皮地图的人不知详情。我们经过在外边的实地勘察，发现这种山谷的地形不可能有一圈山瘴毒雾，因为两侧和后边都是万丈绝壁，抬头只有一线天光，只要毒雾挡住溪谷中的道路，就不会再有别的路能进献王墓了。

这时Shirley杨发现了虫体外那些龙鳞青铜甲的甲片表面刻着很多铭文，磨损得很严重，只有一小部分还可以看到，但是都奇形怪状，无法辨认。我们突然想起来，这样的符号，在石碑店中也曾经见到过，就在那口装了死人、用锁链沉入潭水中的大缸缸身上，便有这种符号。当时孙教授说这是失传已久痋术中的某种符咒，叫作"戳魂符"，是用来封堵住亡魂的歹毒邪术。这说明这层青铜妖甲与那口水缸外包裹的铜皮有异曲同工之处。

第二十五章 潘多拉之盒

看来不出我们所料，这一身特制的龙鳞妖甲，还有那结合了献王六妖兽特征的黄金面具，都是通过某种痋术仪式，安装到这只巨虫身上的。那些人倒真会因地制宜，利用一切可以利用的资源，只不过这些事没用到什么正路上，专门做这害人的邪法，亏那献王还总想成仙证道。

大概在修建献王墓前，这位山神老爷只吃水中产的大蟾蜍癞蛤蟆，由于那些食物身体中都含有毒腺，所以这只巨虫也有了毒性。直到这个地方被献王所发现，便利用古代夷人流传下来的办法，放尽了它的毒性，然后随意按照意愿倒腾，弄得这只虫子半死不活，把它变成了谷中拱卫王墓的那片毒雾的生产源。无穷的死者恨意反复通过它的身体转化，难怪它会叫得这么惨。这么看来它也蛮可怜的，同那些人俑一样，都是献王墓的牺牲品。

如果照这么推测，水中大量的女尸，就是为了制造痋雾而设置的。但是这两千年来，照这虫子吃下去的速度，整个汉代的人口加起来，也填不到今天，看来有必要从水中弄出一具死漂上来分析一番。得想个办法破了谷中这道屏障，这样离开的时候也许方便些。

胖子生怕我和Shirley杨提出马上出发，因为他还打算把地上散落的黄金残片，还有虫头上的部分黄金，都一一收集起来，这数量十分可观，不要白不要。见我们围在虫体旁查看，他当即手忙脚乱地找到工兵铲，去稀烂的虫头上抠那些黄金。

我光顾着和Shirley杨用登山镐去打捞水边的死漂，没注意到胖子在做什么，忽听他在背后一声惊喊，我们急忙回头，只见那只已经被炸烂了头部的巨虫忽然抬起了头，已经完全碎烂的嘴不知在什么时候，变得比之前大了数倍，不断发出"咕咕"的声音。

我心想这家伙也太结实了，被炸成这样还能做这么大的动作，难道真是不死之身吗？我急忙抄起"芝加哥打字机"，准备再给它来一梭子，却发现它并不是要对我们进行攻击，看它那样子……好像是要呕吐。

我刚想到这里，还来不及提醒胖子躲避，就见那巨大的虫口一张，哇啦哇啦，吐出一大堆先前被它吞进去的死漂。这时死漂都已变作了黑褐色，也没有了表面那层青冷的阴光，尸体上还沾着许多红、绿、黄几种颜色的黏稠液体，全部都喷到了胖子身上。我离他有七八米远，都被恶臭熏得差点晕过去。

我立刻用手中的登山镐钩住胖子的携行袋，与Shirley杨一起，奋力将他从尸堆里扯了出来。还好有毒的瘴雾都被排进了谷中，这些液体应该是胃液一类，虽然可能有些酸性，只要立刻洗净，即便沾到身上一些，也是无妨。

巨大的霍氏不死虫好像适才被我们打得狠了，一呕吐起来便止不下来，待得吐出百余具漆黑的女尸之后，又再次发出一阵剧烈的"咕噜"声，这次显得十分痛苦，吐出一个巨大的正方形物体，重重地落在地上。那物体表面汁液淋漓，有很多凹凸的大铜钉帽，看似是个青铜箱子，或者是口大铜棺材。

我吃惊不已，万没想到它肚子里还有这么个大件儿，幸亏提前把胖子拉了回来，否则非把他砸成瘦子不可。我与Shirley杨对视了一眼，Shirley杨也惊疑不定。"这简直就像是西方传说中，那只藏在古龙腹中的潘多拉魔盒。"

第二十六章
胎动

霍氏不死虫吐尽了肚子里的东西，悲哀地惨叫了几声，昂起来的头复又重重摔落，它的体力已经完全耗尽，蜷缩起来一动不动了。

胖子刚才被那些女尸和巨虫的胃液喷了满头满脸，又险些被那口大箱子砸到，虽然惊魂未定，却没有忘记"摸金发财"四个字，立刻走到近前，一边用手抹去脸上那些恶臭的黄色黏液，一边自言自语道："他妈的，差点把胖爷砸成肉饼……大难不死必有后福，这口大箱子却不知道是用来装什么东西的，怎么又被这只大虫吃进了肚里？"

我也看得奇怪，平生之遭遇，以这次算最为不可思议，同Shirley杨跟在胖子身后，一同看那在虫腹里装了几千年的箱子，心中生出无数的疑问。这只箱子也许真如Shirley杨所言，像是西方传说中的"潘多拉魔盒"，那个盒子也是藏在一条火龙的肚子里，其中装着一个极大的秘密，以及无数的妖魔鬼怪。

胖子早等不及了，用登山镐将堆在箱子附近的数具女尸扯到一旁，给箱子周围清理出一块空间，准备打开箱子看看里面有什么值钱的行货没有。

我看被胖子手中登山镐钩住的女尸一具具都是乌漆墨黑，与在水中漂

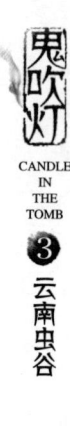

浮的那些死漂相差甚多，不免好奇心起，戴上手套，将其中的一具女尸从尸堆里扯了出来，手中觉得十分沉重。虽然常言道"死沉死沉"，刚死不久的尸体是很沉的，但是这些水底的女尸，都死了应该有两千年以上了，怎么还是那么沉重？这么沉的分量，在水中怕是也不容易漂浮起来。

女尸身上一丝不挂，就算是之前有衣服，可能也在水中泡没了。尸体面目完好，只是显得十分狰狞丑恶，像是表情定格在了死亡的瞬间。皮肤几乎都变了质，黑得不像是黄种人，更像是非洲的黑人，与我和胖子先前想象的美艳裸尸没有半点相似之处，这具尸体只会让人联想到死亡的丑恶与残酷。我看女尸的表皮非常不一般，便隔着手套在尸身上一摸，只觉得很硬很滑，不知是用了什么东西，以至在阴冷的水底泡了大约两千年都不曾腐烂。

Shirley杨在旁问道："女尸的躯体很奇怪，怎么样，有什么发现？"

我摇了摇头说："看不出什么名堂，女尸身上的皮肉表层变得十分坚硬，有些像是琥珀，可能也石化了，究竟是如何形成这样的硬膜却一时很难判明。"

Shirley杨说道："女尸的外貌、轮廓虽然还能看到一些，但其表面像被一层黑色的半透明物质包裹，有些看不太清楚。不过从尸体的外部特征看，各有高矮胖瘦，都是年轻女子。首先可以确定，这不是用石头造的人俑。"她怕尸体上有毒，也戴上胶皮手套，翻看尸体的细部特征。

胖子见我们翻动着那些被巨虫吐出来的女尸，而不去帮他开启那古怪的铜箱，便大声抱怨，说我没有战略眼光，那女尸能值几个钱，趁早别去管她，打开铜箱才是正事。

我对胖子说："着他妈什么急，饭要一口一口吃，仗要一个一个打，这献王墓还没进去，就已经碰上这么多稀奇古怪的事物，咱们务必要一一查清，做到知己知彼，才能百战不殆，不至于把性命送在虫谷下边。那口大铜箱最是古怪，打开之后是凶是吉很难预料，等咱们搞清楚这些女尸的底细再去开它也并不迟，你还怕这箱子长腿自己跑了不成？"

胖子见没人给他帮忙，那口四方的大铜箱封得甚是严紧，他又难凭一己之力打开，只好悻悻地到水边，找了个没有死漂的地方，把自己身上那些腥臭的巨虫胃液洗净。

我当下不再理睬胖子，自行忙着调查堆积成小山一般的女尸。我与Shirley杨越看越奇，心中也是越发吃惊，这些女子的死状以及她们死后呈现出来的状态，都太恐怖了。

女尸的手臂和双腿都反向蜷在身下，关节被完全折断，四肢以一个不可思议的角度，抱着背后的一个橄榄形的半透明物体。这个东西像是个巨大的虫茧，在外边看起来一共有数层，最外层是透明的虫丝，里面还有层硬壳，薄而透明，但是却很坚硬，像是一个巨大的琥珀。

这层半透明的黑色硬膜表面上刻了一层层的秘咒，与那龙鳞妖甲以及石碑店水缸表面上的符号完全相同，也是用来封印死者怨魂的古老咒文。

我们再仔细观察，发现在虫茧状物体的底部有无数密密麻麻的小孔，数量无法计算。这些蜂窝一样的圆形细孔，大概都通着茧状物的深处，像是让虫子排卵用的，Shirley杨用手一碰，马上传来一股吸盘一样的吸力，赶紧将手缩了回来。Shirley杨打开狼眼手电筒，用手电光往那虫茧状的物体中一照，发现里面有一片黑色的阴影，看那形状竟然像是个没有出世的胎儿，而且还在微微颤动。

胖子这时已经洗去了身上的污垢，凑过来正好看到，也连连称奇，对Shirley杨说："哎……这里面怎么有个大虾仁儿？"

Shirley杨对胖子说："你想吃虾了吗？不过我看这倒更像是虫卵里的虫子。"Shirley杨用伞兵刀在女尸与虫茧的外壳上割了一刀，想刺破了看看里面的东西是什么，但那层黑色半透明的外膜坚固得连锋利的伞兵刀的刀刃割在上面都只是划了道浅浅的痕迹，哪里割得破它。

胖子说："你们看我的，要论力气，那不是咱吹啊，隋唐年间长了板儿臂的奇人李元霸，也就我这意思了。"说罢挥动起工兵铲来，用力切了下去。他这一下力量着实不小，果真便将那层半透明的硬膜斩出一条大口子。

只见里面那蠕动的物体从破口中显露了出来，我在一旁动手相助，打算与胖子二人合力，将这黑色硬膜上的裂缝扒大。谁想刚把手挨到那虫茧状的物体上，面朝下的女尸突然猛地向前一蹿，像是条刚被捉上岸、还没有死的鱼一样，力量大得出奇，只这一蹿便蹿出去半米多远，险些就落回水中去了。

我和胖子同声发喊："往哪里跑！"伸出手中的登山镐，同时把那女尸钩了个结实，这尸体极沉，用了好大力气，才又把尸体重新拉了回来。

胖子骂道："这都是里面的死小鬼作怪，看胖爷怎么收拾他。"说完便拿起工兵铲，从硬膜的破口处伸将进去，把那里面的活动物体用铲刃捣了个稀烂，顺着外膜流出一股股墨绿色的腥臭液体，比那巨虫的胃液难闻十倍。我这辈子就没闻过比这还难闻的东西，熏得我们三人急忙又把防毒面具扣在了脸上。

再看那被胖子用工兵铲切成了肉酱般的一团黑色物体，已经死透了。那些被铲刃剁烂的地方，肥肥白白，还有粉红色的血丝。这是什么东西？虽然外形像未出生的胎儿，但是没有人体的轮廓，普通的孕妇也怀不出这么大的胎儿。

我想了半天，才对 Shirley 杨和胖子说："看来这东西不是大虾，也不是胎儿，倒有些像是咱们不久前所见到那些活人俑上的水彘蜂，这是个大蜂蛹。"

胖子摇头不信："水彘蜂的蜂蛹怎会有这么大个儿，而且这东西力气不小，又牢牢长在女尸背后，不是我危言耸听，我看这分明就是个死人生下来的怪胎。"

Shirley 杨小心翼翼地用伞兵刀将烂成一堆的白肉一点点拨开，在这肥大白色肉蛹的末梢，竟然和那女尸的下体相连，还有已经石化了的胎盘，另外还有脐带相连，说不定一直连到子宫里面。我和胖子为她举着手电筒照明，看到这里，均是心惊肉跳，异口同声地惊呼："果然是怪胎！"

Shirley 杨纵然见多识广，也禁不住被那红白分明的怪胎恶心得反胃，奔到水边，摘下防毒面具，干哕了两口，对我和胖子说："这绝对不是人类的胎儿，是疽卵。"

第二十七章
龙虎杖

我赶紧对 Shirley 杨摆了摆手，让她千万别再说下去。

胖子却对那些事物不以为然。"女人不生娃，怎么产起了虫子？这可多少有点不务正业。"

Shirley 杨没有理睬胖子，望着那堆积如山的尸体，轻轻叹息："实在是太惨了。"微一沉吟，取出一条绳索，绑了个活绳套，对准浮在水面的一具死漂扔了过去，一下便套个正着，刚好锁住死漂的头部。

我和胖子见她动手，便在旁相助，站在水边用登山镐钩扯被 Shirley 杨套住的那具女尸，三人连拉带拽，着实费了一番力气，才把那活蹦乱跳的死漂拉到了岸上。

死漂在水中的力气很大，平时看起来跟浮尸没什么两样，但是被外力接触到的时候，那一蹿一跃，都有数十斤的力气。

胖子和我用脚踩住捉上来的死漂，使她不至于在地上乱扑腾，三人凑拢过来一起观看，发现这具尸体果然同巨虫吐出来的黑色女尸不同。

刚捉上来的死漂身体上密密麻麻地裹着满满一层肉虫，这些东西虽然体形外貌上像蛆，但我们并不能下结论，因为这些"蛆"个体太大，比常人的大拇指还要粗上两圈。身体如果说是半透明便不够贴切，透明的程度接近了百分之七十，也完全不像我们之前见过活人俑中的水虿蜂，这根本就是没有生命的东西。

浮尸泡在水下之时，会发出一种阴森青冷的异样微光，单具死漂的发光能力十分有限，但是众多女尸聚集在一起，那种阴冷的青光幅度似乎就会成倍地增长，把葫芦洞玉石般红色的岩壁映照得像是笼罩了一层暗青色的妖气。

Shirley杨让我帮着把一黑一白两具女尸拖到一起，并头排着，反复对照了一番，变黑的那具女尸身体上的虫子，大概已经被霍氏不死虫吃干净了。

我用伞兵刀刮掉吸附在女尸表面的肥大蛆虫，里面便露出来一层黑色透明硬膜，这与被霍氏不死虫呕吐出来的尸体上的黑膜完全一样。

我和胖子与Shirley杨三人相对不语，把这一个个线索串联起来，虽然不敢断言一定如此，但是再笨的人，此刻也能估计出个八九不离十了，这果然便是邪恶的"蛊毒生产流水线"。

这是一场隐藏在历史阴影中的大规模"牺牲"。这些女人的身份，我们无从得知，她们可能是奴隶，可能是俘虏，也可能是当地被镇压的夷民，更有可能是那些被做成人俑的工匠眷属。但是她们肯定都是为了一件事，那就是向设置在王墓外围的毒雾提供源源不断的能源，而死于献王的某种蛊术仪式。

Shirley杨最近研究过有关古滇国的史料，各种史册中对神秘而又古老的蛊术都是一带而过，没有什么详细的记述，即便是有，也不过是只言片语。但是野史中曾经提到过利用"蛊引"使妇女感孕产虫卵之事，一定要等到十月怀胎生产之时，把该女子折磨至死，这样她临死时的恐惧与憎恨，才会通过她的身体，传进她死时产下的虫卵里，这样才有毒性，这是蛊毒中很厉害的一种。

Shirley杨先前觉得这大概是杜撰出来的野史歪说，并未信以为真，此时在现场加以对照，残酷的实物历历在目，这才知道世间果真有此等惨事。

第二十七章 龙虎杖

大概是献王占了这虫谷附近的领地，觉得是处风水绝佳、天下无双的仙妙灵慧之地，又在葫芦洞里发现了被当地夷民供奉的"山神"，也就是这条半石化的巨虫。

最重要的是，献王知道这虫子大得远远超出人类的想象，它身体的某一部分就在山谷里面，于是献王便把这葫芦洞纳进了他的陵区，禁止当地人再向山神老爷供奉大蟾蜍。待到巨虫散尽了毒气、无力反抗之时，把它装进了一套厚重的龙鳞青铜甲中，又戴上一个有着某种宗教色彩的黄金六兽面具，也许还有些不为人知的神秘手段，把这条仅存于世的虫子折磨得半死不活。青铜重甲和黄金面具这些物品都刻有密密麻麻的痋术咒言，其实痋术的符咒并不算是稀奇，道家捉鬼镇魂也有类似的东西。

再在这些夷女或者奴隶的子宫里种下痋引，等到她们生产虫卵之时，先将女奴四肢折断，反抱住刚产下来还没有完全脱离母体的痋卵，立刻有一种类似于烧化了的热松脂或是滚沸的树胶那一类的东西，活活浇在女奴身上，连同她背后的痋卵一起，做成透明的"活人琥珀"。等冷却后，在表壳面上刻满符咒，这就等于把女奴死亡时的恐惧、哀伤、憎恨、诅咒都一起封在了"琥珀"之中。至于为什么要采取这种古怪的姿势，非要把女奴的四肢折断，我们对痋术所知有限，就难以凭空推测了，有可能是为了增加死者的痛苦，或是与信仰崇拜有关。

然而那刚被女奴产出的痋卵生命力很强，不会轻易被滚沸的树胶烫死。茧状物被打上细孔，就都被沉入这洞穴的深潭之中，痋卵通过那些蜂巢状的地方，吸食水中的浮游生物，就在那无尽的怨念中生存。

痋卵与其说是某种虫，不如用有神经反射的植物来形容更恰当一些，它们根本就没有任何意识，只会凭神经反射行动，所有的进食、繁衍等等行为，都在茧状卵中完成，这是为了保持死者怨念不会减退，不会破卵而出。它们的排泄物是一种特殊的物质，像是鱼卵，又像是肉菌类植物，从蜂巢处被排出后，都附着在死漂的外壳上，逐渐会长成像透明蛆虫的样子。而女奴体内的痋毒，也都保存在了这些蛆形的物体之中。

这些肉菌本身也许带有生物电，可以在水中放出青光，显得女尸似乎是裹在一层光晕之中。

我们在水中的时候，一见到那些死漂，就会产生一种莫名其妙的哀伤感觉，这可能是某种生物电的作用，而不应该是肉菌破裂，里面的那些毒素流了出来，如果是那样的话我们早就中毒死了。现在回想起来，真有几分侥幸，多亏了祖师爷保佑，看来也活该这献王墓该破。

几乎与葫芦洞年岁相同的那只老虫子散发的鲜红雾气，会吸引这些肉菌向它靠近，它就以这些女尸为食，那些肉菌就被老虫子消化。死者怨念形成的蛊毒便会通过它的躯体，转化为谷中常年不散的白色山瘴，近者即死。

而有一层硬膜包裹的女尸，它则消化不了，又无法直接排泄出去，只好原样呕吐回水潭里。那些在女奴尸体中的蛊卵，又会接着按原样继续吸食浮游生物，排出肉菌，浮出水面，被老虫子吃了吐，吐了吃，不断地轮回。

我们三人对蛊术的认识始终停留在推测的程度上，缺少进一步的了解。我自从进入遮龙山开始，直到来到这葫芦洞，一路上不断看到与蛊术有关的东西，让人从心底里对前边不远的王墓产生了一股惧意，十成的锐气到这里已折了七成。

倒斗摸金，胆气为先，若是还没进古墓，便有几分怵头，那么这趟活肯定做不顺当。我担心胖子与Shirley杨心中没底，只好给他们打气说道："那献王杀人盈川，十恶不赦，而且他生前擅长奇术，其邪门之诡道，不是常人可以想象得到的，实在是不好对付。但是同志们，我们最擅长打的就是这无准备之仗，若非如此，又怎能显出我们摸金校尉的本领。我看这献王的伎俩也不过如此，都是他妈的纸老虎，像那精绝国的妖怪女王一样，活着的时候再厉害，死后还不是任咱们摆布。"

胖子撇了撇嘴，一脸沉重严肃地说："什么都甭说了，同志们的责任重，妇女的怨仇深。虽然说古有花木兰替父去从军，今有娘子军开枪为人民，但是作为一个男人，老子胸中的仇恨之火也在燃烧，耳边是雷鸣电闪，已经下定了决心，当红色信号弹升起的时候，咱们就要攻占最后一个制高点，把献王老儿的明器，不管大小，一律卷包儿带走，回北京该卖的卖，该砸的砸，要不这么干，对不起这么多含怨而死的妇女。"

Shirley杨听胖子越说越没边，便打断他的话头，对我们说道："女尸外边的一层硬膜好像是琥珀一样，本难受到胃液的腐蚀，消化不掉是理所当然的。但是按霍氏不死虫的体形来看，通过肠道排出女尸这么大的物体并不算困难，但它为什么在吃后又重新吐出？"

其他的方面，我们已经推测了八九成，但是说到这个问题，却不免有些为难，会不会是这只大虫子年岁太老了，肠胃不好？再不然就是它平时不吐出来，今天是被咱们揍得狠了，所以才……

说到这里，我们三人几乎同时移动目光，一齐看向了从巨虫口中最后吐出来的那个东西。难道是因为它肚子里卡着那口四四方方的大铜箱子，所以稍微大一些的东西都无法吃掉，只能在消化掉尸壳表面的肉菌后，把尸壳重新吐出来？

我对胖子和Shirley杨一招手说："此间大大小小的事物，都已探查明白，现在咱们该看看这箱子里有什么秘密了，有用的取走，没用的毁掉。"

胖子立刻来了精神头，告诉我说："老胡，我刚才看了，这箱子全是大铜板，那个结实就甭提了，我一个人都打不开，咱们三人一起动手试试，再不行就给它上炸药。"

正方形的铜箱上还有厚厚的霍氏不死虫的污物，我们只好用地下水先清洗了一下，使其露出原有的面貌。

等把铜箱上的污垢都去掉之后，这才发现，根本看不出来这是箱子、大铜块还是口铜椁铜棺，或者是别的什么东西，似乎是件从来没见过的器物。

这个四方形的物体，每一面都完全一样，看不出哪儿是上，哪儿是下，也不知道哪面是正，哪面是反，每侧各有四十八个大钉帽，但是六个面都没有缝隙，不像是能打开的样子。

我心中猜疑："别他妈再是个实心的大铜块？"取出小型地质锤，在上边轻轻敲了几下，发出的声音很闷，一点都不脆，不像是铜的，也无法听出是空心还是实心。

我们三人推动这正方形的铜块，以便能看到它的最底部。这东西并没有我们想象的那么沉重，说明里面肯定是空心的。但是怎么打开呢？用炸药也未必能炸开。

我沉住气，再仔细查看，在最底下那一面，有两个不大的小窟窿，里面被巨虫的污物堵塞了，所以不太容易发现。胖子一看有所发现，忙问是不是钥匙孔。

我摇头道："这两个洞奇形怪状，毫无规则可言，又怎会是钥匙孔？再说如果是钥匙孔，那钥匙在哪儿？是不是还要去虫肚里面翻找？"

Shirley 杨用手比了一下大铜块上的窟窿，忽然灵机一动："用在大祭司玉棺中发现的龙首虎头短杖试一试，它们之间的大小和形状好像很接近。"

我经她一提醒，也立刻发现这两个窟窿的开头，正是一个龙头，一个虎头。我抑制不住心中的激动，大声对胖子说道："太好了，我亲爱的康斯坦丁·彼得洛维奇同志，今天是布尔什维克们的节日，快去把党代表请来，只要他一到，尼古拉的大门，就可以为咱们无产阶级打开了！"

第二十八章
一分为三

那无数惨不忍睹的浮尸，让我心口上像是被压了块巨大的石头，我突然变得歇斯底里起来，想要吵闹一场，使自己不至于被葫芦洞中的怨念所感染。

面对这口神秘的铜箱，胖子也激动了起来，立刻从携行袋里掏出那根黄金兽头短杖喊道："党代……不是不是，是黄金钥匙在此！"

两端分别是龙首与虎首。中间略弯的黄金短杖，泛着金灿灿的光芒。这根金杖与黄金面具等几件金器，都是我们在献王大祭司的玉棺中倒出来的陪葬品，这应该是一套完整古老的黄金祭器，其中最引人注目的，便是面具与金杖。

我见胖子毛手毛脚的，正准备将黄金短杖的龙首对着铜块上的窟窿塞进去。

我对这个正方形的铜块，或者说是铜箱有一种难以形容的好奇，迫不及待地想要打开来看看，但是内心深处又隐隐约约觉得有些不妥，里面是否会有什么危险的事物？

Shirley 杨也十分慎重，提醒我和胖子道："小心铜箱里会有暗箭毒烟一类的机关。"

胖子虽然莽撞，却也懂得爱惜自己的小命，闻听 Shirley 杨此言，心中也不禁嘀咕，想了一想，出了个馊主意："依我高见，自然是以保存我军有生力量为原则，不能冒这无谓的风险，所以只有用炸药把它炸破，才最为稳妥。你们都远远躲到安全之处，看我给它来个爆破作业。"

我想胖子这家伙，在平日里也只仗着有一股蛮力和血气之勇，铜箱中倘若真有什么机关埋伏，以他的毛躁实难对付，难保不会在此平白送了性命，便对他说："里面若是有紧要的东西，用炸药岂能保全？我向来命大，我看这活还是我来干吧，你们留在后边替我观敌瞭阵。"

胖子争辩道："非是我胆小。这箱子里八成也是明器，汉代的古物都是金玉青铜之属，便炸得烂了，也不会对价格有太大的影响。你们若是舍不得，我就豁出命去，冒死直接打开便了。"

我不由分说，抢过胖子手中的金杖，让他和 Shirley 杨躲到附近的巨石后边。Shirley 杨把金刚伞交给我，并嘱咐道："从这一路上所遇之事看来，王墓陵区内有许多阴狠歹毒的设置，你务必要多加小心。"

我对 Shirley 杨说："杨参谋长尽管放心，我这人没别的优点，就是电线杆子绑鸡毛——胆子够大。不仅胆子够大，我还胆大心细，不像胖子那种人，捂着鸡巴过河，瞎小心。"

胖子本已趴到了石头后边，听了我这话，立刻露出脑袋来回骂道："胡八一，你个孙子又在背后诋毁我。你要是不敢，就趁早回来，换我去把铜箱打开。不过咱可提前说好了，里面的东西全归我。"

我对胖子挥了挥手，示意别再瞎闹了，该做正经事了。刚才说得纵然轻松，只是想缓解一下过大的心理压力，真到了铜箱近前，额头鬓角也开始不停地冒出冷汗。

有金刚伞和防毒面具，即便是再危险的机关，我也不惧，只是最近几天见了不少惨不忍睹之事，心中忽然变得十分脆弱，只想大喊大叫一通，发泄心里的巨大压力。我真怕这口铜箱中会出现什么死状可怖的尸骸，我已经很难再次面对死亡的惨状了，这样会把自己逼疯的。

我深吸一口气，把登山头盔上的战术射灯打开，使光线集中在铜箱侧面的两个窟窿上，对照手中的金杖看了一看，这两个窟窿的轮廓，果然与金杖的杖头相同，左边是龙，右侧是虎。

这支双头黄金短杖中间无法分开，完全是一体的，也就是说，一次只能选择龙与虎之一，而不可能同时将兽头形的钥匙一并插入，哪个先？哪个后？

我忍不住骂了一句，这简直就是拆解定时炸弹上的红绿线头，"龙头""虎头"的顺序有什么名堂吗？如果顺序错了会发生什么？

猛然间想到，遮龙山后的陵区，其风水形势都是半天然、半人工，可以说这些宝穴都是改格局改出来的，正所谓"逆天而行"，这是一种违背了大自然规律的行为。风水秘术中对于改风水，有龙虎相持一说，分别代表了提调"阴阳"二气，虎蹲龙踞，玄武拒尸；龙虎垂头，形势腾去；龙悲虎泣，前花后假，左右跪落诸穴，皆指龙头虎首不显，是为龙凹虎缺，须牙不合，四兽不应。

改了格局的形势理气全仗着阴阳清浊之气的微妙平衡，若把龙虎颠倒，也就是使清浊之气混乱，最轻也会显出忌煞之形，重则会导致风、蚁、水三害入穴相侵，墓中所葬之主败椁腐尸，其害无穷。

按青乌之理推断，不妨先取清阳之气，动这比较安全的龙首。

我心中一乱，知道再猜下去也是无益，只有走一步看一步了，当下便屏住呼吸，藏身在金刚伞后，将那黄金短杖的龙首，对准了位置，推入铜箱侧面的插槽里。

只听"咔嗒"一声轻响，仅从手感便可知道，龙首与孔非常吻合。我回头看了看躲在岩石后的Shirley杨和胖子，他们也正盯着我看，我对他二人竖起大拇指一晃，立刻把头低下，用手左右转动那金杖，却拧不动分毫。我暗自称奇，难道我们所预想的不对，这不是钥匙孔？

我随手将黄金短杖乱转，但是不起半点作用。我有些焦躁，从金刚伞后露出头，打算先将金杖拔出来，想想别的办法再说。不料这铜箱的插槽，原来是种进时压簧、退时咬合的机括，用力向后一扯之下，铜箱内部的机关便被激发，从那空着的虎形孔中，流出一股黑水。我以为是毒液，急忙撒开手中的金杖回避，跑回岩石后边，与 Shirley 杨和胖子一同观瞧。

那股黑水并不多，片刻之间便已流尽，整个铜箱随即震了一下，似是其中机关启动，随即一切平复如初，没了动静。

我长出一口气，胖子也把瞄准箱子的 M1A1 枪口放了下来，不过仍然没敢大意，仍然由我再次单独靠近铜箱。这次用手一拽那双头金杖，便轻而易举地抽了出来。

果真就是铜箱，只不过箱口的缝隙，造得非常契合，又因为年代太久，上下相同属性的物质互相渗透，都长在了一起，如此一来，使它内部的物品处于一个绝对密封的环境中，而不会被巨虫的胃液腐蚀。双头黄金杖启动了里面的机关，这铜箱的盖子本应该向上弹开，却由于缝隙处有很大一部分都连在了一起，所以只在箱体上露出一条细缝。

看来想打开这口铜箱，还需要再给它一点外部的作用力。我用一只手举着金刚伞，另一只手拿工兵铲的精钢铲刃，撬动箱缝，不费吹灰之力，已将那箱盖打开。为以防万一，我转到后边把铜箱盖子扳了开来。

我们事先最担心的暗箭、毒烟等机关，箱子里都没有。Shirley 杨与胖子两人见并无暗器，也都拿着武器从岩石后边走过来，看那铜箱里到底有些什么事物。

三盏登山头盔上的战术射灯，都照在打开来的大铜箱之内，顿时照得一片通明。首先看到的是大半箱子的黑水，这可能是渗进去的霍氏不死虫的胃液。这铜箱的材质日久之下并不发绿，内侧反而呈现无数白斑，看来其中可能加入了别的混合物，使铜箱具有抗腐蚀性。

但是面对泡在箱中黑水里的事物，我们可就半点都摸不着头脑了。铜箱内平分为三格，半截黑水分别浸泡着三样古怪的东西。三人目瞪口呆，半天也不知该如何下手。Shirley 杨和胖子都看我，我摊着手对他们说："没办法，咱们只有挨个看了，天知道这些是做什么用的。"

胖子其实早就想把铜箱翻个底朝天，只是这些东西他看得不明不白，觉得都不像是值钱的事物，所以还能暂时忍住。此刻见我发话，他便找出探阴爪，组装成钩子的形状，伸到大箱子里，随便选了一格，将其中的一个蜡制的卵状物钩了出来。

这东西外形像个鸡蛋一样，但比鸡蛋大多了，外边裹着一层蜡，破损的地方露出一些玉石，在灯光下显得十分晶莹光润。胖子见蜡壳里面竟然有层美玉，当下二话不说，工兵铲已经切了上去，当时就把蜡壳砸成无数碎片。他是想把外边裹着的蜡铲掉，看里面的玉石，不料里面的玉也只是层薄壳，用工兵铲只一敲，便都被他一同破坏了。

我见来不及阻拦，便在一旁观看，想瞧瞧这里一层外一层的包裹之下，装的究竟是哪一些古怪珍稀的器物。

第二十九章
暗怀鬼胎

胖子手重,后悔也晚了,还自己安慰自己道:"整的碎的一样是玉,里外还是那些东西。"

蜡与玉这两层之下,还有一层软木,看样子这些物品都是防潮防腐的,究竟有什么东西要这么严密地保存?

葫芦洞里面的东西,都与献王和他的大祭司有着千丝万缕的联系。献王本人并不主持重大祭礼,而是另有大祭司,这说明他们是一个政教分离的统治体系,而非中国古代边疆地区常见的政教合一。

软木质地非常绵密,又比外边的两层厚得多。这次胖子学乖了,怕再将里面值钱的东西打破,不敢再出蛮力,拿着工兵铲,一点点地把木屑铲掉。这样看来,少说也得需要几分钟,才可以安全地把这层软木切破。

我在旁望着掉落到地上的玉片,觉得有些古怪,随手捡起来几片残玉,只见玉壳上都刻着极细密的云气,心念一动,暗想:"莫非也是刻着咒语的瘗器?这蜡层玉壳软木下面封着含恨而死的亡魂?"

我让胖子暂时停下,与Shirley 杨蹲下身看那些没有被工兵铲砸破的玉片,用伞兵刀刮掉表层的蜡状物。晶莹的玉壳上显露出一些图案,有龙虎百兽,还有神山神木,有明显的图腾化痕迹,尤其是那险峻陡峭的高大山峰,气象森严,云封雾锁,似乎表现的就是遮龙山在古代神话传说中的情景。

不过这些图腾都与我们所知所闻的相去甚远,有很强烈的远古少数民族色彩。图中有一部分描绘的是在神山下的狩猎场景,其中所用到的武器造型很是奇特,但竟然都是石器。

玉卵也不是天然的,甚至连玉料都不是整体的一块,有明显的拼接痕迹,而且都是老玉。我对Shirley杨和胖子二人说:"此物非同小可,怕是四五千年前新石器时代的古物,可能不是献王的东西,也许是遮龙山当地先民供奉在山神洞内的神器,不可轻举妄动。"

胖子说道:"胡司令你可别跟我打马虎眼,我也是浸淫古玩界多年的专家,在潘家园中标名挂姓,也是一号响当当的人物。据我所知,四五千年前还属于石器时代,那时候人类还不会使用比玉石更坚硬的器具,怎么可能对玉料进行加工,做出这么复杂的玉刻图形?我看这就是献王老儿的。咱们按先前说好的,凡是这老鬼的明器,全连窝端,你不要另生枝节,搞出什么'新石器时代'的名词来唬我。"

我对胖子说:"我说王司令,咱俩也别争,不妨让杨参谋长说说,她总比咱们两个识货吧?"

胖子点头道:"那就让美国顾问来鉴定一下,不过她倒只是比你识货,跟我的水平相比,也只在伯仲之间……"

Shirley杨说:"这些玉料并不常见,我也看不出是什么年代的。不过在石器时代,人类的确已经掌握了对玉料的加工技术,红山文化出土的中国第一龙,包括长江流域的良渚古文化遗迹中,都出土了大量制造精美的玉器。但是对于那个还相对原始蛮荒的时期,人类是怎么利用落后的工具做出这些玉器的,至今在考古界还没有明确的定论,是一个未解之谜。"

胖子一听原来还没有定论,那就是判断不出是夷人的,还是献王的,当下更不求甚解,抄起工兵铲继续去挖那层厚实的软木。

我无可奈何,只好由他动手。其实我心中也急切地想看看里面有什么事物用得着封存如此严密,唯一的担心就是里面会有某些夷人供奉的神器,一旦取出来，会引发什么难以预计的事端。我们这一路麻烦已经够多了，虽然没死，也算扒了层皮，装备体力都已消耗掉了大半，这么折腾下去，就算进了献王墓，怕也是不易出来了。

以我们目前的鉴别手段，暂时还无法认定，这古怪大铜柜里装的器物究竟属于哪个时期。玉壳上对遮龙山神话时期的刻画，也有可能是献王时代的人刻上去的。这一层层严密的封装，像是一重重迷雾，遮蔽了我们的视线，不打开，半点名堂也看不出来。

胖子干起这些勾当来，手脚格外利落，只过了半支香烟的工夫，就已经将那软木剥开，只见深棕色的软木里面裹着一只暗青色陶罐。

我和胖子一齐伸手，小心翼翼地将这只罐子从软木中抬了出来，放在附近的地面上。这青色的陶罐，通体高约四十厘米，最粗的地方直径有十厘米，直口，高身，鼓腹，瘦颈，三只低矮的圈足向外撇出，罐口完全密封，罐肩靠近瓶口的地方，有五根形状奇特的短管，像是酒壶的壶嘴，不过口都被封死了，根部与罐身上的菱形纹路相连，十分富有立体感。

我们望着这只造型简洁、色彩温润沁人的陶罐，都不知是何物，就连Shirley杨也一时猜想不透。不过这制造精细的陶罐上没有什么蛊术的标记，料来里面应该不是什么恶毒的事物。

我一想，反正都已经取出来了，索性就打开来看看，于是就用伞兵刀将封着罐口的漆蜡剔掉。胖子此时反而谨慎起来，生怕我一不小心打破了这陶罐，连连提醒我："轻点，轻点，也许里面的东西还不如这精美的罐子有价值，打破了可就不值钱了。"

说话间，我已经将罐盖拔开，三个人好奇心都很盛，当下便一齐挤过来对着那窄小的罐口向里面张望，只见罐中装得满满的一泓清水。我看到这罐里全是清澈异常的水，脑中不免先画了一个问号：一个装水的罐子用得着如此保密吗？

Shirley杨嫌头盔上的战术射灯看不分明，随手取出狼眼手电筒，照准了罐中看了看说道："水底还有个东西，那是什么？啊……是个胎儿？"

我和胖子也已看清了，罐中那清得吓人的水里，浸泡着一个碧色的小小胎儿。由于角度有限，我只看到那胎儿的身体只有一个拳头大小，蜷缩在罐底，仰着头，好像正在与我们对视，不过它的眼睛还没有睁开。给我最直观的感受就是，它的脑门格外宽大。

这里怎么会有个胎儿？而且大小、姿势和外形，都和人类的胎儿有很大差别。我觉得惊奇，再次凝视，忽然见那胎儿似乎猛地睁开了眼睛，那一瞬间，在晃动的水光中，眼睛如两个越张越大的黑洞，欲将人吞没。

我心中一寒，急忙向后退了一步，险些一屁股坐倒在地，指着那陶罐没头没脑地问道："这里面是什么鬼东西？"然后下意识地去掏黑驴蹄子。

Shirley 杨问我："你又搞什么古怪？好端端的哪里有鬼，这胎儿是件玉器。"

我指天发誓："那小鬼刚刚冲我瞪眼……还龇牙来着。"我觉得刚才的举动颇丢面子，于是又在后边补充了半句，这样失态才比较情有可原。

胖子对我说："你莫非看花眼了？怎么咱们一同在看，我却没见到有什么不对劲。"

Shirley 杨道："可能是罐子里的水对光线产生了折射，你在的角度又比较巧，所以你才会看花眼。不信你把罐中的水倒净了，这胎儿是不是玉石的，一看便知。"

我此刻回过神来，自己也暗暗奇怪，可能是由于最近压力太大，导致神经过敏，以至于草木皆兵，于是定下神来，重新回到胖子与 Shirley 杨身边。

Shirley 杨说："这里面的水太清，可能是某种特殊的液体，先不要倒在地上，腾出一个水壶装着，待看明白那碧色胎儿的详情后，再重新倒回去。咱们只是为了收集献王墓的情报，千万别损坏了这些神奇的古物。"

胖子也被这碧油油的玉胎搞得有几分发怵，暂时失去了将其打包带回北京的念头，打算先看清楚再做计较。若真是玉的，再打包不迟，假如是活的，那带在身边真是十分不妥。当下依言而行，把那罐中的清水倒在了一个空水壶中，但是那里面的婴儿却比罐子的窄口宽大，不破坏外边的罐子，就取不出来，不过看起来就清楚多了。

的的确确是个玉质胎儿，至少上半身极像，小手的手指有几根都能数得清，甚至连前额的血管都清晰可辨，唯独下半身还没成形。

这玉胎半点儿人工雕琢的痕迹都没有，竟似是天然生成的，大自然造物之奇，实乃人所难测。若不是只有拳头大小，真会让人以为是个活生生的胎儿，被人用邪法变成了玉的。

这难道就是远古时遮龙山当地夷民们用来贡奉山神的神器？

第三十章
鬼哭神嚎

我对胖子和 Shirley 杨说道："从前的边疆不毛之地，夷民们多有生殖崇拜的风俗，这和古时恶劣的生活环境有关。当时人类在大自然面前还显得无比渺小，人口稀少，大大小小的天灾人祸，都可能导致整个部族灭绝。唯一的办法就是多生娃，娃生多了，人口就多了起来，生产力才能提高。所以我觉得这玉胎可能是上古时祈祷让女人们多生孩子用的，是一种胎形图腾，象征着人丁兴旺。"

胖子笑道："还是古时候好啊，哪儿像现在，哪儿都是人，不得不搞计划生育了。咱们现在应该反对多生孩子，应该多种树，所以这种不符合社会发展趋势的东西，放这儿也没什么意义了，我先收着了，回去换点烟酒钱。"

我点头道："此话虽然有些道理，计划生育咱们当然是应该支持的，但是现在最好别随便动这些东西，因为这玉胎的底细尚未摸清。咱们这趟行动，是来献王墓掏那枚事关咱们身家性命的雮尘珠，这才是头等大事，你要分出轻重缓急。"

胖子早就把我说的当作了耳旁风，我话未说完，他已伸手去拿那陶罐，

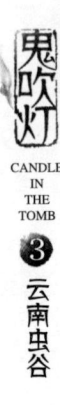

准备砸了，取出其中的玉胎。Shirley 杨拦了他一道，对胖子说："这些夷人的古物，被献王祭司藏在巨虫的肚子里，说明非同一般。咱们在未得知其目的之前，还是不要轻举妄动，先看看其余两样东西再说。"

我看胖子两眼放光，根本没听见我们对他说些什么，只好伸手把他硬拽了回来。胖子见状不停地埋怨，说来云南这一路餐风饮露，脑袋别到裤腰带上，遇到了多少凶险，在刀尖上滚了几滚，油锅里涮了几涮，好不容易见着点真东西，岂有不拿之理？

我对胖子说："献王的古墓玄宫中宝物一定堆积如山，何必非贪恋这陶罐里的玉胎？更何况这玉胎隐隐透着一股邪气，不是一般的东西，带回去说不定会惹麻烦。咱们的眼光应该放长远一点，别总盯着眼前这点东西，难道你没听主席教导我们说'牢骚太盛防肠断，风物长宜放眼量'吗？"

胖子嘟囔道："这云南的池水，一点都他妈的不浅……"

牢骚归牢骚，还是要继续查看大铜箱中的另外两样神秘器物，否则一个疏漏，留下后患，只会给我们稍后进入献王墓带来更大的麻烦。

我们三人看了看方形铜箱的另外两格，另一侧放的是个大皮囊，皮子就是云豹的毛皮，上边还文着金银线，都是些符咒密言一类的图案。里面鼓鼓囊囊的，好像装了不少的东西，抬出来的时候，感觉并不沉重，至少没有想象中那么沉。

见了那些奇特的咒文印记，就可以说明不管那玉胎是否是古夷民留下来的，至少这豹皮囊里的东西与献王有关。痋术镇魂的戳魂符十分独特，像是一堆蝌蚪很有规律地爬在一处，令人过目难忘。

痋术阴毒凶残，令人防不胜防，但是既然知道了与献王有关，便不得不横下心来，将皮囊打开一探究竟。

我们当下检视了一遍武器与防毒装备，商议了几句，看豹皮囊口用兽筋牢牢扎着，一时难以解开，只好用伞兵刀去割。我们当下一齐动手，三下五除二，就把兽筋挑断。

拨开豹皮囊，里面登时露出一大堆散了架的人骨，我们早已有了心理准备，戳魂符里面肯定都有尸骨，所以见状并不慌乱，随即向后退开，静观其变。

过了一阵见无异状，我们方才回去查看。我把那些骨骼从大皮囊中倾倒在地上，这一来便立时看出，共有三具骷髅。这三具枯骨身上并无衣衫，不知是烂没了，还是压根儿就什么都没穿。骨骼的形状也很奇特，头骨大，臂骨长，腿骨短小，看其大小都是五六岁孩童，然而看那骨质密度，骨龄都是老朽年迈之人，最明显的是牙齿，不仅已经长齐，而且磨损得十分严重，不可能是小孩子的。

从以往的经验来看，被戳魂符封住的，都是些奴隶之类的成年人，没见到过有小孩，而这骨龄与体形又太不成比例，委实叫人难以揣摩。

我和胖子两人壮起胆子，在乱骨中翻了翻，想看看还有没有别的什么特异之处。不承想这一翻，竟然翻出一些饰物，有穿在金环上的兽牙之类的东西，还有散碎的玉璧，最显眼的是一个黑色蟾蜍的小石像。

Shirley杨见了之后立刻说："这些是夷人给山神造像佩戴的饰品。这枯骨不是人骨，一定就是传说中的山魈，常被认为是山精，古籍中不乏对其详细的描述，身材矮小，长臂似猿，黑面白毛，能通人言，于山中能行风布雨。但是现代人从未见过，以为是虚构的生物；也有人说其原形是黑面鬼狒狒，所以现在非洲的黑面鬼狒狒别名也叫作山魈。中国古时传说中的山魈却与现在的黑面鬼狒狒不太相同，现在看来这些骨骼最有可能是古时山魈的，它们才是山神的真身。"

看来这三只被夷人视为守护大山的神明的山魈，都是被献王所杀，还有那玉胎，可能都是被夷人看重的神物。献王侵占了这里，肯定大施暴虐，将山神的遗骨如此败坏，与夷民的神器一同填进了巨虫的肚子里，使其成为阻止霍氏不死虫消化浮尸与虫卵的"胃瘤"，用这种变态的手段来破坏当地人的信仰，达到巩固统治地位的目的。是否真是这样，恐怕还要等到进了龙晕中的献王墓，得知他生平所为，才能知晓确切的答案。

我们望了一眼不远处那只倒在地上、身披龙鳞妖甲、怎么打都死不了的巨虫，原来这只大虫子并非山神原形，真正的山神却是在它的肚子里。

铜箱两侧的东西，我们都已看完了，只剩下最中间、最神秘的一件东西。

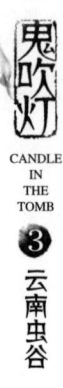

我们之所以特地把它留在最后，是因为摸不清这究竟是个什么东西，想先看看另外两件是什么器物，心中多少也能有点底，没想到头两格都极其出人意料，对这最中间的东西，反而更是猜想不透。

铜箱的中部，其空间远比两侧要宽大许多，看这格局，摆放的理应是最为重要的物品，其余的两格，都与祖居此地的先古夷民有关，这件多半也是，但具体是什么，那就难说了。我一边同胖子动手去搬中间的东西，一边胡思乱想："八成是夷族首领的尸体，也可能是献王从夷人处掠来的重要神器。"

中间的物品是个与外边的方形铜箱类似的小铜盒，我们轻手轻脚地抬了两下，却取不出来。上面铸着个鬼脸，面貌极其丑恶，背后还生着翅膀，好像是巡天的夜叉，细处都有种种奇怪的装饰，让人一看之下，便觉得里面装的不是一般的东西，难道是封印着恶鬼不成？

再细一打量，原来铜匣有一部分中空，与大铜箱侧面的虎形锁孔相连，里面都是镂空的，匣上无锁，只能在铜箱内将其打开。

为了避免被机关所伤，我们仍然是转到后边，用登山镐将那铸有鬼头的盖子钩开。随着铜匣的打开，里面发出蓝幽幽冷森森的微光，铜匣里面是只蓝色的三足蟾蜍。胖子"咦"了一声，用手中的登山镐在蟾蜍身上轻轻捅了一下，当当有声，竟似是石头的，原来这飞天鬼头铜匣是供养蟾蜍的青铜"蟾宫"。

那只不晓得是用什么材料制成的蓝色三足怪蟾，有人头大小，体态丰满，昂首向上，表现出一副扬扬自得的神情，形制罕见。不论用料，单从形象上已是难得的杰作，实属神物。

我和胖子看得直吞口水，据说嫦娥吃了长生不老药，飞到了月宫之中，便化为一只蟾蜍，所以它也被视为月宫的代表，象征着高高在上，形容一个人飞黄腾达时，也可以用"蟾宫折桂"一词。我和胖子心中按捺不住一阵狂喜，想把这只怪蟾从蟾宫中抱出来。这只蓝色的三足怪蟾，一定是这遮龙山里最值钱的宝贝，如此神物，别说装进包里带回去，便是看一眼都是上辈子修来的福气。

Shirley 杨可比我跟胖子冷静多了。"小心，小心，洞里越来越大的植物和昆虫，还有坠毁在丛林中至少两架以上的飞机，其根源可能就在这里了，它守护着王墓的天空……"

Shirley 杨的话音刚落，我和胖子还没完全反应过来，忽然脚下发出一阵阵骨头爆裂的声音，忙低头一看，放在脚旁的那三具山神遗骨，由于葫芦洞中氧气含量过高，正在加速质变，所有的骨头都在收缩变黑。

我向后退了两步，对胖子和 Shirley 杨说："这些乱七八糟的东西都邪得厉害，管它是神器还是邪器，干脆全部用炸药炸个精光，免留后患。"说罢就去胖子的背包里掏炸药，但是胖子在包里塞了很多黄金残片，翻了半天才把炸药翻出来。

胖子转过身来想帮我装雷管，刚一回身，便双脚一跳，像是看到了什么吓人的东西。他忙用手指着 Shirley 杨的腿，我顺着他的手看过去，也是差点蹦了起来，一声声婴儿的啼哭，直钻入双耳。

第三十一章
破卵而出

一只半人半虫的怪婴正抱住 Shirley 杨的腿哇哇大哭,那哭声嘶哑得好像根本不是人声,就连我们在深夜丛林中听到的夜猫子叫也比这声音舒服些。

事出突然,Shirley 杨竟然怔住了。那半人半虫的怪婴哭声忽止,嘴部朝四个对角方向同时裂成四瓣,每一片的内部都生满了反锯齿形倒刺,如同昆虫的口器。这一裂开,仿佛是整个婴儿的脑袋都分成了四片,晃晃悠悠地就想咬 Shirley 杨的腿。

我看得真切,见 Shirley 杨竟然不知躲避,我虽然端着 M1A1 在手,却由于近在咫尺,不敢贸然开枪,怕"芝加哥打字机"射出的子弹风暴,会连 Shirley 杨的腿一并扫断,情急之下,倒转了枪托,对准那半人半虫的怪婴捣了下去。

眼看着枪托就要砸到怪婴的头部,它忽然一转头,那咧成四瓣的怪口,将 M1A1 的枪托牢牢咬住,枪托的硬木被它咬得嘎嘎直响,顺着嘴角流下一缕缕黑水,看似有毒。

我争取了这宝贵的几秒钟,Shirley 杨终于惊魂稍定,从被那半人半虫的异类婴儿的震慑中回过神来。她轻呼一声,想把腿从那怪婴的怀抱中挣脱,我也同时把枪身往回拉。怪婴昆虫般的怪口里全是倒刺,咬在枪托上一时摆脱不掉,连同它的身体,都被我从 Shirley 杨腿上扯了下来。

我唯恐手底下稍有停留,这怪婴会顺着 M1A1 爬上来咬我手臂,便将枪身抢了起来。胖子在一旁看得清楚,早把工兵铲抄在手里,大喊一声:"我×,见真章吧。"手中的工兵铲带着一股疾风,迎着被我用枪托甩在半空中的怪婴拍出。

在半空中,怪婴被工兵铲接了个正着,像棒球一样被击中,猛听一声精钢铲身拍碎血肉骨骼的闷响,半人半虫的怪婴像个被踢出去的破皮球一样飞了出去,笔直地撞到了岩壁上。又是"啪"的一声,撞了个脑浆迸裂,半透明的红色岩壁上被它撞过的地方,就像是开了染料铺,红、绿、黄、黑,各色汁液顺着岩壁流淌。

我赞道:"打得好,真他妈解恨!"低头一看自己手中 M1A1 冲锋枪的枪托,还有几根虫子口器中的倒刺扎在上面,不禁又骂道,"好硬的牙口,没断奶就长牙,真是他娘的怪胎。"举目四下里搜索,想看看它是从哪儿爬出来的。

谁知掉在地上的怪婴竟然还没有死,在地上滚了几滚,忽然抬起那血肉模糊的大头,对着我们声嘶力竭地大哭,这哭声刺耳至极,听得人心烦意乱。我举枪一个点射,将那怪婴的头打得肉末骨渣飞溅,子弹过后,便只剩下一个空空的无头腔子,左右一歪,随即无力地伏在地上彻底死了。

一波未平,一波又起,我们还没搞清刚才这怪婴是从何而来,这整个巨大的山洞忽然完全暗了下来,河中浮动的女尸映出的清冷光线,顿时消失无踪。偌大的洞穴,就只剩下我们登山头盔上的灯光。

四周传来无数蠕动的物体撞动碎石所发出的嘈杂声,一声声婴儿的悲啼直指人心。我心中立刻明白了,是那些从女尸中长出的独卵,它们不知何时脱离了母体。我们只把注意力都集中在装着遮龙山神器的铜箱中,以至未能及时察觉。现在发现已经有些迟了,它们似乎爬得到处都是,已经在不知不觉中形成了包围圈。

Shirley 杨点亮了一支冷烟火高举在手，大概是出于女性的本能反应，她似乎很惧怕这些半人半虫的怪婴，举着冷烟火的手微微抖动。洞中光影晃动，只见无数爬着移动的怪婴，层层叠叠地挤在一起，都把大嘴咧成四片，动作非常迅捷，正围着我们团团打转，似乎是已经把这三个活人，当作了它们出世以来的第一顿美餐。只是它们被那冷烟火的光亮所慑，还稍微有些犹豫，只要光线一暗，便会立刻蜂拥而上。我们的两支 M1A1，一把六四式手枪，再加一支单发"剑威"，根本难以抵挡，必须尽快杀出一条血路突围。

我们三人背靠着背，互相依靠在一起，只待那些痋婴稍有破绽，便伺机而动，一举冲将出去。它们体内含有痋毒，被轻轻蹭上一口，都足以致命。

我一手端枪一手举着狼眼手电筒，把光柱照向黑暗处挤在一起的怪婴，想看看它们的具体特征。但它们似乎极怕强光，立刻纷纷躲闪，有几只竟然顺着溜滑笔直的洞壁爬了上去。我暗地里吃惊，怎么跟壁虎一样？再照了照地面的那个死婴，才发现原来它们的前肢上都有吸盘，身体上具备了人和昆虫的多种特征。

胖子叫道："这些虫崽子怕手电光，咱们只管冲出去便是。"

Shirley 杨对我和胖子说："不，它们只是还没有适应，并非远远逃开，只是避过了光线的直射，不会轻易退开，随便冲出去无异于以卵击石，它们数量太多，咱们连三成把握都没有。"

这些怪婴在那些死漂母体中千年不出，为什么现在突然出来？这岂不是断了谷中痋毒的根源？难道我们无意中触发了某种机关或仪式？想到这儿我急忙去寻找从铜箱中翻出来的三件神器——蟾宫里的三足怪蟾，三堆山神的骨骼，还有那在陶罐中的碧色玉胎，这些神器会是导致痋卵脱离母体的罪魁祸首吗？

但是离我们不远处的那些夷人神器都被怪婴覆盖，洞中各处一片混乱，难辨踪影，黑暗中婴儿的哭号声越来越响，看来不会再有什么特殊时机了，不能以拖待变，事到如今，只有硬着头皮往外强冲。

我提醒胖子，让他从背包中把丙烷喷射器取出来，这时候也没什么舍不得用了，这叫火烧眉毛，先顾眼下，给它来个火烧连营。咱们趁乱往葫芦嘴的方向跑，一出山洞，占了地利，便不惧这些家伙了。

我们刚要行动，却听 Shirley 杨说："咱们将那只巨虫打得狠了，那半人半虫的怪婴突然从母体中脱离，可能正是由于洞穴里缺少了让它们保持睡眠状态的红色雾气，与那三件神器并无关联。不过咱们必须把那些神器毁掉，尤其是那只在蟾宫里的三足蓝蟾。那怪蟾的材料，是一块罕见陨石，埋在地下千米都能向上空发出干扰离子，没有了它，谷口的两块大陨石就会失去作用，否则还会有更多的飞机坠毁在这里。"

不容我们再做计议，饥饿的痋婴已经先等不及了，完全不顾手电筒的强光，越逼越近，将包围圈逐渐缩小。那些神器散落的地方，正在洞穴的里侧，我们要强行向外突破，就顾不上毁掉它们了。何况我们唯一所能仰仗的丙烷喷射器只够使用三次且难以补充，一旦用光了，身陷重围之中，后果不堪设想，只好先冲出去，然后再想办法。

我对胖子与 Shirley 杨喊道："并肩往外冲吧。"此时一只痋婴的怪口已经咬来，Shirley 杨飞起一脚，正中它的脑侧，登时将它踢了出去，同时竖起金刚伞，挡住了后边几只痋婴的纠缠。

胖子手中紧着忙活，举着丙烷瓶的喷嘴，对准前方喷射，数十只痋婴立刻被丙烷引发的烈火包围，变成一个个大火球，挣扎着嘶叫，顷刻便成了焦炭。这是我们初回使用丙烷喷射器，未想到威力竟然如此惊人，连岩石都给一并烧着了。

胖子连发两次，在那些怪婴被烈焰烧灼所发出的惨叫声中，我们三人借这混乱的时机，从薄弱处闯了出去，一路狂奔，在起伏的岩石上，高一脚低一脚地跑了一段距离，只听后边哭声大作，心里一急，暗道不妙，听声音已经离得很近，这么跑下去不是办法。

顺着水边又跑了几步，便已经无路可走，葫芦洞的地势开始收缩，看来快到葫芦嘴了，石壁弧度突然加大，变得极为陡峭，想继续前进，只有下水游出去了。不远处一个半圆的亮光，应该就是出口。这段水面宽阔，水流并不湍急，就算我们以最快的速度游过去，不到一半就会被大群的痋婴追上。三人已经跑得连吁带喘了，心脏怦怦怦怦跳成了一个点。我一指那片光亮："那就是出口了，你们两个先游出去，我在这儿抵挡一阵，否则咱们在水中仓促应敌，有死无生。你们不用担心，我自有办法脱身。"

胖子"哗"的一声拉开枪栓说："你有个屁办法，我看谁也别跟我争，要留也是我留下，老子还真就不信了，八十老娘反怕了孩儿不成。"说着话就要把我和Shirley杨推进水里。

Shirley杨拨开胖子的手，到他背包里去掏炸药。"尽快设置几圈导爆索，稍稍挡它们一挡，咱们就有时间脱身了。"

我和胖子会意，此刻事不宜迟，争分夺秒地把导爆索从细铁丝的捆扎中解开，胡乱铺在地上。我听那些怪婴狼嚎般凄厉的哭声由远而近，洞中虽然漆黑，但是从惨哭声中判断，已经快到跟前了，便不停催促胖子："快撤快撤。"

在胖子把全部的导爆索都设在洞中的同时，Shirley杨已经把装备包的气囊栓拉开，三人更是片刻不敢停留，在催命般的哭声中，一并跳入水中，拉着气囊手足并用，向着洞口划水而去。

我百忙中不忘回头看了一眼，只见那数不清的半人半虫的怪婴，已经如附骨之疽一般，随后撵到了水边，第一条导爆索刚好爆炸，虽然这种绳索状炸药威力不强，却也足以暂时使它们穷追不舍的势头缓下来。胖子一共设了五层导爆索，凭我们的速度，足可以在它们追上之前，钻出葫芦洞去。这些痋婴的生命力都像蟑螂一样顽强，不打个稀烂就根本杀不死，而且看它们满嘴的倒刺和黑汁，毒性一定十分强。更可怕的是数量太多，难以应付，只好先从这葫芦洞出去，到外边再求脱身之策。

我一边全力游水，一边盘算出去之后如何想个办法将它们一网打尽。忽然间觉得身体一沉，腿上像被几只力量奇大的爪子抓住，不但难以再向前游，身体竟也被拉扯得迅速沉向漆黑的水底。由于我游在最后，所以Shirley杨和胖子并未察觉到我遇到了情况，我心中一慌，抓着充气气囊的手一松，来不及呼喊，阴冷的河水却已经没过了鼻子。

第三十二章
天上宫阙

登山头盔上的战术射灯一沉入漆黑阴冷的水中,照明范围立刻缩小,在这黑沉沉的地下水域里,仅有一米多的可视范围,人跟瞎子差不多。

仓促之中,我赶紧屏住呼吸,低头向水下一看,一只半人半婴的怪婴的四瓣形口器,刚好咬在我水壶套上。军用水壶都有一个绿色的帆布套,十分坚固厚实。它的嘴中全是向内反长的肉刺,咬到了东西如果不吞掉,就很难松口,此刻这个怪婴正用两条前肢拼命蹬我的大腿,想把它的嘴从水壶套上拔出来。

在昏暗的水下,那痋婴的面目更加丑陋,全身都是皱褶,粗糙的皮肤哪有半点像是新生儿,根本就是一只又老又丑的软体爬虫。此刻在水底近距离一看,我立刻生出一股厌恶的感觉,还好是被它咬到了水壶上,倘若咬到屁股上,此番已是休矣。

痋婴的力量极大,早在没有脱离母体的时候,它就能在卵中带动死漂快速蹿动,此时被它不断扯向水底,可大为不妙。我恨不得立刻摆脱这只凶悍的怪婴,工兵铲、登山镐等称手的器械,都在充气气囊的背包里,只好伸手在腿上一探,拔了俄式伞兵刀在手。

我本想一刀下去割那怪婴的四瓣口器，但突然想到，一旦割破了难免会流出毒血，那样一来我也有中毒的危险，还是割断水壶的带子稳妥一些。

当下把俄式伞兵刀别住行军壶的背带，用刀刃内侧的钩槽用力向外一挥，把水壶的背带挑断，痋婴的嘴还挂在水壶套上施展不得。我胸口憋得快炸开了，一颗心脏嗵嗵狂跳，急于浮上水面换气，更不想再与它多做纠缠，用空着的脚猛地向下一踩怪婴的脑袋，将它蹬开，自己则借力向水面上快速游去。

在上浮的过程中我看到身边浮动着几具死漂，不过都失去了发出清冷之光的外壳，看来里面的虫卵都已脱离母体了。忽然发觉左右两边有白影一晃，各有一只大白鱼一般的怪婴，在水底向我扑来。它们在水中的动作灵活敏捷，竟不输于游鱼。

我心中只叫得一声命苦，便已被它们包在中间，两边俱是咧成四大片的怪口，粉红色的倒刺从中张开，这时即便不被它们咬死，我气息已近极限，稍做纠缠，也得被水呛死。

我连想都不想，其实是根本就没有思索的余地，见左侧猛扑过来的怪婴先至，张开四片黑洞洞的大口就咬，我只好一缩肩避开它的怪口，紧跟着左手从上面绕过去，掐住它后边的脖颈。

另一侧的痋婴也旋即扑到身边，我忙用左手一带，将那被我抓住后颈的痋婴，借着它在水中猛冲之力，斜刺里牵引，与右手边那只随后扑来的痋婴撞在一起。两张八片满是倒刺的怪口咬合在了一处，再也分离不开，一同挣扎着沉入水底。

我死里逃生，立刻双脚踩水，蹿出了水面，贪婪地大口呼吸着葫芦洞中闷热的空气，大脑从半缺氧的空白状态中恢复了过来。

向四周一看，水面静悄悄的，一片漆黑，也不见了胖子他们两人的踪影，导爆索爆炸后的回声还在洞内回荡，硝烟的味道也尚未散尽。我把身上沉重的东西都摘掉，抡开双臂，使出自由泳的架势，全力朝着有亮光的葫芦嘴游过去。

越向前游水流越急，甚至不用出力，都会身不由己地被水冲向前方，倾斜的葫芦洞正将里面的地下水倒灌进外面的深谷。眼看洞口的亮光开始变得刺眼，身后的婴儿撕心裂肺的哭喊声骤然响起，想是被爆炸暂时吓退的怪婴们，又追上来了。这些家伙在石壁上都能迅速行动，在水里更是迅捷无比，我不由得心中犯难，纵然出了葫芦洞，怕也无法对付这些怪胎。

不过愁也没用，只好自己安慰自己，当年解放军不也是在一路撤退中，拖垮了敌人，换来了最后的全线大反攻吗，只好咬紧牙关接着游了。抬头看那洞口时，只见人影一晃，有人扔下一条绳子，由于逆光，看不清那人的面目，但是看身形应该是Shirley杨。葫芦嘴的水流太急，我抓住绳子，才没被水冲到下面。洞外水声轰鸣，阳光刺得眼睛发花，一时也看不清楚究竟身在何方，只抓住一根垂在洞边的老藤，从水中抽身出去。

身体悬在半空，只觉身边藤萝纵横，Shirley杨问我："我们出了洞才发觉你不见了，正要回去寻你。你怎么掉队了？"

我一摆手："一言难尽，回头再说详情，胖子呢？"我用力揉了揉眼睛，开始适应了外边的阳光，向下一看，为之目眩。原来我所处的地方是葫芦嘴的边缘，这是一大片瀑布群，在这三江并流、群峰峥嵘的大盆地中，从虫谷中奔流出来的所有水系，都变成了大大小小的瀑布，奔流进下边的大水潭中。其中最大的一条宽近二十米，落差四十余米，水势一泻而下，水花四溅，声震翠谷。

这个大水潭深浅莫测，直径有将近八百米，除了瀑布群之外，到处都长满了粗大的藤萝植物，放眼皆绿，像是个绿色的巨桶，更衬得下面水潭绿油油的深不可测。我们出来的洞口是流量比较小的一条瀑布，又在瀑布群的最外侧，四周长了无数藤蔓，否则我们一出洞，就免不得被奔流的水势砸进深潭。胖子和装着全部装备的大背囊，都挂在下边的老藤上，那几条老藤颤悠悠的，也不知能否承受这些重量。

这里距离下方的深潭不下三十余米，胖子恐高症发作，干脆闭上了眼睛，连看都不敢看。Shirley杨已经在石缝中装了个岩钉，并把一条绳索放了下去，垂到胖子身边，胖子闭着眼摸到绳子，挂在自己腰间的安全栓上。

我看这些藤蔓又老又韧，而且还有登山索挂着胖子作为保护，料来一时并无大碍，只怕那些怪婴追着出来，在这绝壁上遇到更是危险，这时是上是下，必须立刻做出判断。向绝壁上攀爬，那就可以回到虫谷的尽头；向下则是深潭，不过照目前的情形看来，胖子是无论如何也爬不上去，只有向下移动。

我定下神来，这才看清周围的环境，不看则可，一看之下，顿时目瞪口呆。瀑布群巨大的水流激起无穷的水汽，由于地势太低了，水汽弥漫不散，被日光一照，化作了七彩虹光。无数条彩虹托着半空中一座金碧辉煌的宫殿，宫阙中阙台、神墙、碑亭、角楼、献殿、灵台一应俱全，琼楼玉阁，完全是大秦时的气象，巍峨雄浑的秦砖汉瓦，矗立在虹光水汽中，如同一座幻化出的天上宫阙。

我被这座天空之城展现出的壮丽神秘惊呆了，Shirley 杨在旁扯了扯我的胳膊说："那就是献王墓了，不过你再仔细看看，它并非在空中。"

我止住心旌摇曳，定睛再看，才看出来这座天上宫阙果然并不是凌空虚建，而是一座整体的大型歇山式建筑，如同世界闻名的悬空寺一样，以难以想象的工程技术，修建在悬崖绝壁的垂直面上。四周山壁都是绿色植物，更使得这座宫殿的色彩极为突出，加上下边七彩虹霞异彩纷呈，使人猝然产生一种目睹天空之城、海市蜃楼的梦幻之感。

不知是什么原理使这天空之城保存得如此完好，艳丽的色彩竟然丝毫未减。但是眼下来不及多想，虽然水声隆隆不绝，但是洞中那催魂般的哭声在洞外已经可以听到了，那些怪婴转瞬就会追上来。我一指那王墓的宫阙，对 Shirley 杨说："咱们先想办法退到那里，王墓的断虫道应该可以拦住它们。"

Shirley 杨说道："好，侧面有数条悬空的古栈道，可以绕过去。"

我也看到了那些悬在绝壁上的栈道遗迹，都是用木桩、石板搭建的，有些地方更是因地制宜，直接开凿山体为阶梯，一圈圈围绕着环形的险壁危崖，其中还有两条栈道，通向下面的大水潭中。单是开凿这些栈道的工程量，就令人叹为观止。

我越想越觉得心寒，这么大的古代王墓，完全超乎预想以外，有没有把握破了它，找出"凤凰胆"？到现在一想，实无半分把握。

我摇了摇头，打消了这沮丧的念头，攀着老藤，下到胖子身边，随后把 Shirley 杨也接了下来。离我们最近的栈道就在左侧不远，我对胖子和 Shirley 杨说："砍断了藤萝，抓着荡到栈道上去。"

虽然这个办法比较冒险，但是眼下没有更好的法子了。这么高的绝壁悬崖，别说胖子这种有恐高症的人，便是我和 Shirley 杨也觉得眼晕，在这里的一举一动，都像是站在虹霓之上。水雾就在身边升腾，岩石和植物上都是湿漉漉的，每一步都如临渊履冰，惊险绝伦，不得不把心提到嗓子眼上。更何况要拽着断藤飞身到七八米开外的栈道遗迹上，谁敢保证那悬崖上的栈道还依然结实，说不定一碰就成齑粉了。

胖子依然犹豫不决，双腿筛糠抖个不停。我对胖子说："你能不能别哆嗦了，再抖下去，这些藤蔓便被你晃悠断了，还不如豁出去拼命一跳，便是摔死也是条好汉，胜似你这熊包的窝囊死法。"

胖子说道："别拿话挤对我啊，你先跳，你跳过去之后我就跳，谁不跳谁是孙子。"

Shirley 杨已用伞兵刀钩住一条长藤，对我和胖子说："别吵了，那些痋婴已经爬过来了，再不走便来不及了。"

我举头一看，果然见四五只遍体黏液的半人形爬虫从头顶处朝我们爬了下来，看来后边还有更多，而且它们的身体似乎比先前长大了一些，已经脱离了婴儿的形状，身体上昆虫的特征更加明显了。

我从胖子的背包里取出"芝加哥打字机"，对着上面射了几枪，三只半人形爬虫立刻中弹，翻滚着落下碧绿色的深潭之中。只见水面上激起三团小小的白色的水花，连声音都没听到，全被如雷的瀑布声覆盖了，更不见它们的尸首浮出水面。

三人心惊肉跳，Shirley 杨低头看了看手腕上的气压计，海拔竟然比美国著名的科罗拉多大峡谷还低，不禁惊呼："这地方怎么那么像扎格拉玛山中的无底鬼洞！"

我伸手把背包负在自己背后，哪里还顾得上这地方是否与鬼洞相似，心想胖子这厮只要在高处，胆子比起兔子来也还不如，如果我们先到了栈道上，留下他定然不敢跳过去，只好让他先跳了。当下不由分说，将老藤塞进胖子手中，对他说道："你尽管放心过去，别忘了你腰上还挂着安全栓，摔不死你。"言罢立刻割断老藤，一脚踹在胖子屁股上，想让他先跳到斜下方五米开外的栈道上。

然而我的脚却踹了个空。我们所在的地方是十余条纠缠在一起的藤萝，坠着我们三个人和一大包装备，承受力堪堪平衡。这时突然有三四条老藤一齐断开，我们顿时都被挂在了半空摇摇欲坠。突然的下坠令人措手不及，抬眼看时，发现原来藤条是被后边赶上来的怪虫咬断了。

第三十三章
碧水之玄

巨大的水流声如轰雷般响个不绝,若不是胖子腰上有条安全绳,三人早就一起落入下面的深潭。

但是现在这种上不来下不去的情况更加要命,那些殖婴昆虫的特征越来越显著,已经是半虫半鬼,丑恶的面目让人不敢直视。它们正从葫芦嘴源源不绝地爬下绝壁,倚仗着身体上的吸盘以及前肢上的倒钩,攀在藤萝上快速向我们包抄而来。

我头朝下地悬挂在藤蔓上,下面深绿色的潭水直让人眼晕,急忙挣扎着使身体反转过来。这一下动作过大,挂住我们三人的藤蔓又断了一条,身体又是一坠,差点把腰抻断了,多亏Shirley杨用登山镐挂住岩壁,暂时找到了一个着力点。

我苦笑道:"这回可真是捅了马蜂窝了。"说着话,把M1A1举起来射杀了两只已经爬到头顶处的半虫人,其中一只落下去的时候蹭到了我的身体,只觉一股腥臭令人作呕。我赶紧把身体紧贴在绝壁上,免得被它的下落之势带动,跟着它一起滚进深潭。从这么高的地方落进水中可不是闹着玩的,水若是不够深的话,跟跳楼也没什么区别。

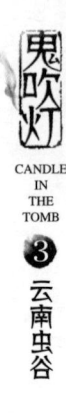

Shirley 杨挂在悬崖绝壁上对我叫道："老胡，这些藤萝坚持不了多久，得赶快转移到栈道上去。"

我答道："就是这么着，不过这可是玩命的勾当，你快求你的上帝显灵创造点奇迹吧。"

我说罢转头看了一眼身边的胖子，他在高处根本就不敢睁眼，死死地抓着两三根老藤，腰上的安全绳绷得笔直，上面的岩钉恐怕已经快撑不住他的重量了，碎石和泥土正扑扑地往下落。

栈道原本在我们的斜下方，但是经过刚才突然的下坠，已经几乎平行了。然而中间几米是反斜面，寸草不生，要想过去只有抓住藤萝与登山绳，像钟摆一样左右甩动，等力量积累起来，最后一举荡到栈道上。

我把 M1A1 冲锋枪递给 Shirley 杨说："你掩护我，我先把胖子弄过去，然后是你，我殿后。"这种情况下没有商量的余地，Shirley 杨一只手攀在一条粗藤上，单手抵住枪托，把枪管支在挂住岩壁的登山镐上射击，不时地变换角度，把爬至近处的痋婴纷纷打落。

我把背包挂到胖子身上，双脚抬起猛踹他的屁股。胖子被我一踹立即明白了我要做什么，大喊道："爷是来倒斗的，不是他妈的来耍杂技的……"话未说完，胖子已带着颤音向栈道的方向横摆了过去，但是由于力量不够，摆动幅度不到三十度就又荡了回来。胖子所抓的藤条被锋利的岩石一蹭，"咔咔"两根齐断，登山绳绷得更紧，眼看便要断了。

我知道这次必须要尽全力，只有一根登山绳，万难承受胖子和那包沉重的装备。只剩下最后一次机会，要是不成功，就只有去潭里捞他了。

这时忽然听到 M1A1 那打字机般的扫射声停了下来，估计 Shirley 杨那边弹药已经耗尽，剩余的弹鼓都在背包里，在这绝壁上没办法重新装弹，此刻已成燃眉之势，当即奋起全力，先向侧后摆动至极限，抓着老藤用双脚直踹向胖子的大屁股。

我用力过度，自己脑中已是一片空白，耳中只听胖子"嗷"的一嗓子，登山绳断开的同时胖子已经落在了栈道的石板上，但是下半身还悬在残破栈道之外，原本离我们就不算近的栈道，此时又被他压塌了将近一米。

这些古代栈道都是螺旋形由上至下，一匝匝围着悬崖绝壁筑成。我们进谷时曾见过截断水流的堤防，当初施工之时，这些瀑布都被截了流，所以有一部分栈道是穿过瀑布的，后来想必是被瀑布冲毁了。胖子所处的是一段残道，他砸落了几块石板，终于爬了上去，躺在上面惊魂难定，一条命只剩下了小半条，不住口地念"阿弥陀佛"。

我助胖子上了栈道，但是用力太大，自己赖以支撑的最后两条藤萝又断了一根，仅剩的一根也随时会断。抬头再一看Shirley杨，她正反转M1A1的枪托将一只抓住她肩头的痋人打落。碧绿色的绝壁上，面目可憎的虫子们像是在上面铺了厚厚一层白蛆，形成弯月形的包围圈，已将我们两人裹住。

我赶紧向上一蹿，用手钩住侧面一条老藤，对Shirley杨喊道："该你过去了，快走。"这时不是谦让的时候，Shirley杨足上一点，将身体摆向栈道，反复摆动积蓄力量。我见状也想故技重施，抬脚准备踹她屁股。

Shirley杨却也抬起双脚，在我脚上一撑，借力弹向栈道，随即一撒手，落在了胖子旁边。这时胖子也已回过神来，从背囊中取出另一把"芝加哥打字机"，把我身边的痋人一个接一个射进深潭。

但是M1A1火力虽强，此时也如杯水车薪，挡不住潮水般一波接一波的半人半虫怪物。然而古栈道上可能有防虫防蚁的秘料，这些家伙都不敢接近栈道，反倒是全朝我拥来。

我的工兵铲、登山镐，全让我在游泳时扔了，身上只有一把俄式伞兵刀，在这绝壁危崖上难以使用，只好顺手拔起了Shirley杨插在绝壁上的登山镐，随手乱砍。

在胖子和Shirley杨双枪的掩护下，我虽然暂时没有性命之忧，但是被团团包围，只求自保，已无暇抽身荡到栈道上去了。

Shirley杨灵机一动，正要扔绳子过来接应我，但此时我攀住的藤萝已被啃断。这些千年老藤十分坚韧，但那些痋人像是失去理智的疯狗，顾不上口器里的倒刺都被折断，咬住了藤条就不松嘴。

在这生死攸关的时刻，我发挥出了身体中百分之二百的潜能，感到那老藤一松，不等身体开始往下坠，便向侧面横跃，抓住了另一根藤条，但是这样一来，反而离那栈道又远了几分。

我的手刚刚抓牢这根藤条，有只红了眼的痋人突然凌空跃下，刚好挂在我的背上，咧开四片生满倒刺的大嘴，对着我后脑勺便咬。我觉腥风扑鼻，暗道不妙，这要是被咬上了，那四片怪嘴足能把我脑袋全包进去。我急忙猛一偏头，使它咬了个空。

被我当作武器的登山镐刚好被另一只痋人咬住，无法用来抵挡背后的攻击。我的头偏到了一侧，却没有摆脱抱住我后背的那只痋人的攻击范围，它转头又咬，我已避无可避，见那怪口中粉红色的森森肉刺，直奔我的面门咬来。

一串M1A1的子弹擦着我后脖子的皮飞了过去，我背后那只痋人的脑袋被齐着脖子打掉，我只感觉脖子上一热，脑后被溅了不少虫血。

我顾不上去看究竟是胖子还是Shirley杨打的枪，但是那救我性命的射手肯定考虑到，如果射击虫头必定会把有毒的虫血溅进我嘴里，故而用精准的枪法射断了它的脖子。虽然Shirley杨枪法也是极好，但是她的射击缺少一股狠劲，能直接打要害而且枪法又这么准的应该是胖子。

我手上的登山镐被虫口牢牢咬住，正自吃紧，想用力把它甩落，忽然又有三只痋人从绝壁上跳落，效仿先前被打掉脑袋的那只，直接向我扑了过来。其中两只在半空便被Shirley杨和胖子的M1A1打死，剩下的一只却又跳到了我的背上。

我背后尚有一具没头的虫尸没能甩落，这下又加上一个活的，手中的藤条再也承受不了，立刻断了，几乎同时，支援我的火力将第二个虫头也击成碎片，但是我也失去了重心，身后挂着两具无头虫尸，在空中向后翻转着直坠下去。

耳中只听水声轰隆，我头下脚上地直向深潭中落去，眼中所见皆是墨绿，哪里还分得清楚东南西北，只有一个圆形的天光晃动，四周垂直的危崖仿佛铁壁，这一刻就像孤身坠入十八层冥冥洞府之中，距离人间无限遥远。

第三十四章
黑色漩涡

　　献王墓所在的墨绿色水窟，其地形地貌，在地理学上被名副其实地称作漏斗。其形成的原因不外乎两种：其一是强烈的水流冲毁了溶岩岩洞，造成了大面积的塌陷；其二，也许是亿万年前，坠落的陨石冲击所致。

　　我背着两具没头的半虫人，从陡峭的绝壁上翻滚落下，心中却镇定下来，身体虽然快速地在空中坠落，手却一刻没闲着，将登山盔上的潜水镜罩到眼睛上，甩脱了身后两具无头虫尸，深吸了一口气，将嘴张开，以避免被从高处入水的巨大冲击力压破耳鼓。

　　刚想将身体完全伸展开，来个飞鱼入水，但没等做出来，身体便已经落到了水面。被巨大的冲击力在水上一拍，五脏六腑都翻了几翻，只觉得胸腔中气血翻腾，嗓子眼发甜，练武术的人常说"胸如井，背如饼"，后背比起前胸更为脆弱，这一下后背先入水，搞不好已经受了内伤。

　　所幸潭水够深，落水的力量虽然大，却没戳到潭底，带着无数白色的水花直沉下数米方止。我睁眼一看，这潭水虽然在上面看起来幽深碧绿，但是身处水中，只觉得这水清澈见底，阳光照在水面上，亮闪闪的波光荡漾，便像是来到了水晶宫里一般。潭中有无数大鱼，其中很多是裂腹鲤，此鱼肉味鲜美，盖世无双，平常很难见到如此肥大的。

不过我此刻没时间去回味这大头裂腹鲤的美味，急于浮上水面游到潭边的栈道上同胖子与Shirley杨二人会合，当下便双手分水，向水面游去。

但是手划足踩，半天也不见动地方，这才感觉到身处一股漩涡状的潜流之中。在离我不远处的潭底，有一个巨大无比的黑色圆形，之所以看起来黑是因为太深了，那其实是个巨大的漩涡，带动潭中的潜流，将潭水无休无止地抽进其中。

正是因为潭底有这么个大漩涡，所以瀑布群纵然日夜不停地倾泻下来，也难以将水潭注满。康巴昆仑的不冻泉下也有这么个大漩涡，据说直通万里之外的东海。所以这潭中的漩涡可能也是处大水眼，通着江河湖海等大川大水。

如果被卷进漩涡，恐怕都没人能给我收尸了，想到这里心中顿时打个突，急忙使尽全身的力气向漩涡外游动，但是欲速则不达，越是焦急，手足越是僵硬，不但没游到外围，反而被暗流带动，离那潭底的大漩涡又近了几米。

从我闭气入水到现在，不过十几秒钟，肺里的空气还能再维持一阵，不过要是被漩涡的暗流吸住，用不了多一会儿，气息耗尽，就肯定会被漩涡卷进深处。

但此时我已经身不由己，完全无法抵挡漩涡的强烈吸力，转瞬间便已被涌动着的暗流卷到了潭底。慌急之下，见得身旁有一丛茂密的水草，这大片水草也被漩涡边缘的潜流带动，都朝一个方向偏着头。水草是长在潭底一块条形大石的石缝中，那石缝的间隙很窄，手指都难伸进去。

我就像是看见了救命稻草，赶紧伸手去抓那些水草，想暂时稳住身体，如果离漩涡再近一米，就别想再出来了。不过正应了胖子常说的那句话了，赶上摸金校尉烧香，连佛爷都掉腚。好不容易揪住一把水草，谁知道水草上有很多蜉蝣卵，滑不唧溜，用力一抓竟然攥了个空。

我对准那大丛水草接连伸手揪了几次，都没有抓住，每一次都抓空，心就跟着沉下去一截，已经数不清这是今天第几次面临生死考验了。我随手拔出俄式伞兵刀，倒转了插进那生长水草的石缝中，伞兵刀刀刃上的倒钩此时起到了至关重要的作用，使刀身固定在水草根部与石缝的交接处。

这块潭底的条形大石似乎是人工凿成的，也许是建造献王墓时掉落下来的，由于条石沉重，所以没被漩涡吸进去。我终于找到了能够稳住身体的地方，更不敢有任何怠慢，抓着条石在潭底向远处爬行，渐渐脱离了漩涡的吸力范围。

忽然觉得手中触感冰冷坚硬，似乎是一层厚重的钢铁外壳，生有大量的斑驳锈迹。借着碧波中闪烁的水光，我看到这条石尽头连接着一个巨大的圆柱，横倒在潭底，上面全是碧绿的水草，一群群小鱼在水草中穿梭游动，显得这个大圆柱也是绿色的。

巨大圆柱一端稍稍有些倾斜，撞进了旁边的石壁上，竟然撞破了一个大洞，洞中极黑，好似另有洞天。我心念一动："是了，被我们埋葬的那个轰炸机飞行员，原来他的轰炸机坠毁在了这水潭里。他跳伞降落到了遮龙山的边缘，不幸被那大祭司的玉棺缠住，柱死在了密林边缘。"

再看那被机头撞穿的石壁上，破损的石窟里隐现着很多异兽的石像，这个方向刚好与深潭正上方建在绝壁危崖中的王墓宝顶宫殿一致，难道献王墓的地宫已被坠毁的飞机撞破了？

我在水下已无法再多停留，只好迅速浮上去换气，头一出水，便被上空的万道虹光晃得眼睛发花。登山头盔上虽然有潜水时用来保护头部的排水孔，但是仍然觉得非常沉重，只好暂时把登山头盔摘了下来。

漏斗形大水潭像是一个巨大的天然扩音器，把瀑布群水流激泻的声音来回传递，只在这绝壁之内轰鸣回响，下方什么都听不到。我看见高处的栈道上有两个人飞快地奔下来，遇到被瀑布冲毁的栈道，便利用藤萝直接向绝壁下爬，正是胖子和 Shirley 杨。

我将登山头盔拿到手里，在水面上挥动手臂。果然胖子和 Shirley 杨立刻发现了我，也在栈道上对着我挥手。

我仰起头来，四周绝壁如斧劈刀削一般，圆形的蓝天高高在上，遥不可及，顿生身陷绝境之惧。那大批半虫人却正在退回瀑布边的洞口，可能

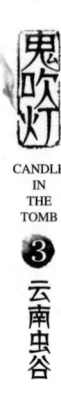

是因为这里是王墓的主陵区，设有大量的断虫道，所以它们无法适应，竟如潮退却。不过这些怪胎适应环境的能力很强，不知道它们是否还会卷土重来，不过总算是能暂时平静下来喘口气了。

我对着栈道上的 Shirley 杨和胖子打手势，示意他们不用下来接我，我自己可以爬上去，让他们到献王墓的明楼宝顶上等我。

然而那两人就像没看懂一样，对我又跳又喊，拼命地指指点点，显得很是急躁。我虽然听不到他们喊话的内容，但是从他们的动作中可以知道，在这水潭深处正有一个潜伏的危险在向我逼近，我立刻以游泳比赛撞线的速度，迅速游向潭边的栈道。

胖子与 Shirley 杨见我会意，马上冲下了栈道，胖子惧高，只能沿着宽阔的石阶下来，遇到断裂处才撅着屁股一点点蹭下来，而 Shirley 杨几乎是一层层地往下跳。他们越是这么匆忙，我越是清楚自己的处境有多危险。

好在离那潭边的栈道甚近，顷刻就到，我此时已经精疲力竭，使出最后几分力气，爬上了栈道的石板，但是仍然觉得不太稳妥，又向上走了几步，才坐在地上不停地喘气。看那碧绿的潭水，平如明镜，只有对面大瀑布激起的一圈圈波纹，实在看不出有什么险恶之处，顶多也就是些被打得头破肠穿、落入水底的痋人，估计都被卷进了大漩涡里。它们的血液虽然有毒，但数量毕竟有限，入水便被稀释，而且这水潭下的大水眼，换水量奇大，再多的毒液在潭水中也留不住。

这时 Shirley 杨已经赶了下来，见我无事方才安心。我想问她究竟怎么回事，但是这里水声太大，没办法说话交流，于是我指了指绝壁上的献王墓宝顶，那里看起来还比较安全，暂时到那里休整一番。目前资重损失不小，只好休息到天黑，连夜动手，反正古墓地宫里的白天和晚上都没什么分别。

抬眼望了望险壁危崖上的宫殿，正在虹光水气中发出异样的光彩，如梦又似幻，一时之间也无法多做思量，当下便举步踏着千年古栈道，向着天宫前进。

我忽然想到他们二人方才惊慌焦急的神态，忍不住出口相询。Shirley 杨听我问起，便对我说道："我们看见潭水深处有只巨大的怪爪，足有数间房屋大小，而你就在那只爪的掌心边缘，好像随时都会被那只巨掌捉住，故此才急于下去接应。"

我听了Shirley杨的解释，也觉得十分奇怪，怎么我自己在水中的时候一点都没察觉？低头从栈道向下观看，除了瀑布群倾泻的边缘以外，碧绿幽深的水潭恬静而且安谧，其深邃处那幽绝的气息足能隔绝人的心神，从我们所在的高度，甚至可以看到水中的鱼群来回穿梭。

再仔细端详，潭底的沟壑起伏之处，也都可以分辨出来，包括那架坠毁在水底的美国轰炸机残骸，种种轮廓都隐约可见。水潭中部有个黑色的圆点，那应该就是险些将我吞没的漩涡了，在漩涡形水眼的外边，有数只突起的弧形椎状物，粗细长短不等，环绕着潭底的漩涡，刚好围成一圈。

从高处看下去，真如同一只超大的异兽之爪，捧着潭底的漩涡。由于漩涡的潜流在上面看不出来，却使水底的物体有种动态效果，那巨爪好似微微张合，如同有生命一般，但确实是死物。Shirley杨下到潭边看明之后，才知道不过是虚惊一场。

我看得出神，心中只是反复在想："这只异兽的巨爪如此形象，刚好在水眼的边缘，难道是建献王墓时有意而为？"

胖子见我站着不走，便连声催促，他大概是惧怕这令人足底生云的古旧栈道，想尽快上去。我听他在后边催得甚紧，也只好不再细想，继续踏着天梯般的栈道，拾级而上。

我走出没几步，好像想到，对了，是Shirley杨曾经说这深绿的漏斗地形，有几分像扎格拉玛神山下的无底鬼洞。

于是我边向上走，边对Shirley杨把我在水下所见的情形，拣紧要的讲了一遍，最后说道："潭底的漩涡，与咱们要找的那枚雮尘珠，从某种程度上看起来，有几处特征都非常相似，围着水眼的兽爪也似乎是人工造的，这说明潭底也是王墓的一部分，少说也是一个具有象征意味的谜之建筑。"

Shirley杨点头道："这深绿的大水潭，一定有很多古怪之处，但水下水草茂盛，给潭底加上了一层厚厚的伪装。凭咱们三个人，很难摸清下面的详细结构，只能从高处看那凹凸起伏的轮廓凭空猜测而已。"

我们又说起水下的坠机，我不太熟悉美国的飞机形状，坠毁的飞机又不完整，而且我匆忙中也没仔细看，只好大致描述了一下形状。Shirley 杨说那可能是一架 B-24 远程轰炸机。

接连看到的坠毁的飞机，一定与虫谷入口处的两块陨石有关。那陨石本是一个整体，而且至少还有数块，以葫芦洞为中心，呈环形分布，分别藏在溪谷入口的两侧，以及周边的一些地区，在茂密的丛林中，如果不走到近处，很难发现它们的存在。陨石中有强烈的电磁干扰波，又受到葫芦洞里镇山的神物，也就是那只被放置在蟾宫中的蓝色三足怪蟾的影响。

蓝色怪蟾的材料非常特殊，可能是一块具有夸克粒子与胶子粒子等稀有元素的礵性炙密矿石。这种东西使含有电磁辐射的陨石干扰范围扩大，使电子设备失灵，甚至一些具有生物导航系统的候鸟都会受到影响，以致经过虫谷上空的时候，从空中落下跌死。

Shirley 杨认为，这块稀有的炙密矿石本身就具有强烈的辐射作用。它可能最早存在于三叠纪的一片古老森林中，在造成古森林变成化石的那次大灾难中，由于它被高温加热，产生了更多的放射性物质，在四周形成了现在的暗红色半透明叠生岩，而且使其化为葫芦的形状。

甚至就连那只霍氏不死虫也都是由于它的存在，才躲过了那场毁灭性的灾难，否则任凭那虫子的生命力有多顽强，也适应不了大气中含氧量的变化。礵性炙密矿石周边的特殊环境，才使这只巨大的老虫子，苟活至今。至于洞穴中大量的巨大昆虫和植物，也肯定都是受其长期影响形成的。

我们边走边商量这些事情，把所见到的种种迹象，综合起来进行横向的对比分析，再加上一些主观的推测，如此一来，那些零乱的信息被逐渐拉成了一条直线。

Shirley 杨已经下定决心，无论如何都要在这次行动中，增加一个分支任务：毁灭遮龙山的神器。

这种放射性物质非常不稳定，时强时弱，可能第二次世界大战期间是放射性元素比较活跃的一个时期，所以我们所见的坠机残骸都是那个时期的。但是根据我们身上的电子设备受干扰的程度，最近它又开始活跃了，如今不同于古代，空中交通越来越发达，为了避免以后再有惨剧发生，只有再想办法冒险回到山洞中，设法毁掉这件神器。

我忽然想起那张人皮地图背面的话来，连忙让胖子取出来观看，只见其背面对献王墓的注释中有一大段写道："神魂漭漭归何处，碧水生玄显真形。龙山入云，虫谷深陷，覆压百里，隔天断世，三水膴膴①，堇荼聚首，各守形势。中镇天心有龙晕，龙晕生处相牵连。隐隐微微绕仙穴，奥妙玄通在此中。隐隐是谓有中之无也，微微是谓无中之有也。其状犹如盏中酥，云中雁，灰中路，草中蛇，仙气行乎其间，微妙隐伏，然善形吉势无以复加。献王薨，殡于水龙晕中，尸解升仙。龙晕无形，若非天崩，殊难为外人所破。"

人皮地图背面这些近似于青乌风水中的言语，是说那献王墓所在仙穴的好处，最后一句却出人意料，提到了"天崩"一词。当时我们无人能解其意，甚至猜测有可能是指有星坠发生的特殊时刻，才能有机会进入王墓的玄宫。但是自入遮龙山以来，见到了很多坠毁飞机的残骸，也许"天崩"是指落下来的飞机撞破了墓墙？

我以前并不以为世界上真的存在这种仙穴，觉得那只是夸大其词、危言耸听的某种传说，因为就连《十六字阴阳风水秘术》中，都只说"神仙穴"不可遇，不可求，因为其需要的元素太多，缺一不可，仅仅只在理论上存在。

现实中当然不会有千年不散的百道七彩水虹聚集一处，但是身临其境，才知道原来统治阶级除了长生不老以外，没有什么是做不到的，那献王竟然能改格局，硬是改出这么个"龙晕"来。在风水学的角度来看，所谓"龙晕"是指清浊阴阳二气相交之处那层明显的界限，这层界限不是互相融合的区域，而更像是天地未分时的混沌状态，正是常人说的"低一分是水，高一分是气"。"龙晕"正是不高不低，非水非气，而是光，凝固且有形无质、千年不散的虹光。

听 Shirley 杨说这附近有磲性炙密物，我才想到，正是这块石头，使虫谷内负离子增大，几乎无云无雨，让瀑布群升腾的水汽难以挥发，在绿色

---

① 膴，音 wǔ；膴膴，美也。

大漏斗上空形成了一层只在传说中才有的"龙晕",原来这是一种人造的光学现象。

说话间我们恰好经过天宫下的"龙晕",以前只觉得彩虹远在天边,此时竟然从中穿过,只觉得像是进入了太虚幻境,自己变成了仙人一样。三人都忍不住伸手去摸那四周的虹光,当然是都抓了个空,一个个都咧着嘴傻笑,突然产生了一种奇怪的念头:如果这是梦境,最好永远不要醒来。

不过那片七彩虹光极薄,很快就穿了过去,刚才美妙的感觉荡然无存,只是感觉爬这栈道爬得腿脚酸疼。足足走了一个多小时,才算是绕到了天宫的殿门之前。

我指着面前的殿门对 Shirley 杨和胖子说:"如果天乩中所描述的天崩,就是那些发生空难的飞机,那么我想这应该是符合的,潭底的石壁已经被机头撞出一个大洞,只是还不能肯定那洞中是否就是玄宫。摸金校尉纵然能分金定穴,却定不出这神仙穴的规模。不过咱们在王墓的宝顶中来个地毯式搜索,倒也不愁查不明白,里面一定隐藏着很多秘密。"

第三十五章
凌云宫　会仙殿

　　站在天宫般宏伟华丽的宫殿正下方，感觉整个人都变得无比渺小。宫殿这种特殊的建筑，凝结了中国古典建筑风格与技术的全部精髓，是帝王政治与伦理观念的直接折射。早在夏代的时候，中国历史上便有了宫殿的雏形，至隋唐为巅峰，后世明清等朝莫能超越，只不过是在细微处更加精细而已。

　　古滇国虽然偏安西南荒夷之地，自居化外之国，但最初时乃是秦国的一部分，王权也始终掌握在秦人之手，直到汉武帝时期。所建造的这座献王墓，自然脱不出秦汉建筑的整体框架，外观与布局都按秦制，而建筑材料则吸取了汉代的大量先进经验。

　　正殿下有长长的玉阶，上合星数，共计九十九阶。由于地形的关系，这道玉阶虽然够宽，却极为陡峭，最下面刚好从道道虹光中延伸向上，直通殿门。大殿由一百六十根楠木作为主体构成，金黄色的琉璃瓦铺顶，两侧高耸盘龙金桂树，雕镂细腻的汉白玉栏杆台基，更说不尽那雕梁画栋，只见一层层秦砖汉瓦，紫柱金梁，都极尽奢华之能事。

　　这些完全都与镇陵谱上的描述相同，在这危崖的绝险之处，盘岩重叠，层层宫阙都嵌进绝壁之中，逐渐升高，凭虚凌烟之中，有一种欲附不附之险。我们三人看得目眩心骇。沿山坳的石板栈道登上玉阶，放眼一望，但见得金顶上耸岩含阁，悬崖古道处飞瀑垂帘，深潭周遭古木怪藤，四下里虹光异彩浮动，遥听鸟鸣幽谷，一派与世隔绝的脱俗景象。若不是事先见了不少藏在这深谷中令人毛骨悚然的事物，恐怕还真会拿这里当作一处仙境。

而现在不管这天宫景象如何神妙，总是先入为主地感觉里面透着一股子邪气，不管再怎么装饰，再如何奢华，它都是一座给死人住的宫殿，是一座大坟。而为了修这座大坟，更不知死了多少人，有道是："万人伐木，一人升天。"

白玉台阶悬在深潭幽谷之上，又陡又滑，可能由于重心的偏移，整座宫殿向深潭一面斜出来几度，似乎随时可能翻进深潭，胆色稍逊之人，都无法走上天宫。胖子在栈道上便已吓得脸上变色，半句话也说不出来，此刻在绝高处，双脚踏着这险上之险的白玉阶，更是魂不附体，只好由我和Shirley杨两人架着他，闭起眼来才能缓缓上行。

走到玉阶的尽头，我突然发现，这里的空气与那层龙晕下面，竟是截然不同。龙晕下水汽纵横，所有的东西，包括那些藤萝、栈道的石板，都是湿漉漉的，好似刚被雨淋过，而我们现在所在的天宫却极其凉爽干燥。想不到一高一低之间，空气湿度差了那么多，这应该都是龙晕隔绝了下面的水汽的作用，在这清浊不分明的环境中，才让宫殿建筑保持到如今，依然如新。果然不愧是微妙通玄、善状第一的神仙穴，那天轮龙晕的神仙形势，确是非同凡俗。

这段玉阶本就很难行走，又要架着胖子，更是十分艰难，三人连拖带爬，好不容易蹭到阙台上。我问Shirley杨要了金刚伞，来至殿门前，见那门旁立着一块石碑，碑下是个跪着的怪兽，做出在云端负碑的姿态。石碑上书几个大字，笔画繁杂，我一个也不识得，只知道可能是古篆，只好又让Shirley杨过来辨认。

Shirley杨只看了一遍，便指着那些字一个一个地念道："玄之又玄，众妙之门。凌云天宫，会仙宝殿。"原来这座古墓的明楼是有名目的，叫作"凌云宫",而这头一间殿阁,叫什么"会仙殿"。

我忍不住笑骂:"献王大概想做神仙想疯了,以为在悬崖绝壁上盖座宫殿,便能请神仙前来相会,陪他下棋弹琴,再传他些长生不死的仙术。"

Shirley杨对我说:"又有哪个帝王不追求长生呢?不过自秦皇汉武之后,后世的君主们,大多都明白了那只不过是一场如光似影的梦,生老病死是大自然的规律,纵然贵为真命天子,也难以逆天行事。但即便是明白了这一点,他们仍然希望死后能享受生前的荣华富贵,所以才如此看重王陵的布置格局。"

我对Shirley杨说:"他们若不穷奢极欲、淫逸无度地置办这么多陪葬品,这世上又哪里会有什么摸金校尉?"口中说着话,便抬腿踢开殿门。殿门只是关着,并没有锁,十分沉重,连踹了三脚,也只被我踹开一条细缝,连一人都难进去,里面黑灯瞎火,什么也看不清楚。

虽说按以往的经验,在明楼这种设施中,极少有机关暗器,但我不愿意冒这无谓的风险,刚将殿门开启,立即闪身躲到一边,撑起金刚伞遮住要害,等了一阵,见殿中没有什么异常动静,才再次过去又把殿门的缝隙推大了一些。

我对胖子和Shirley杨点了点头,示意可以进去了,三人都拿了武器和照明设备,合力将殿门完全推开。但是出于角度的原因,虽然是白天,阳光却也只能照到门口,宽广的宫殿深处仍然是黑暗阴森,只好举起手电筒探路。

刚迈过殿门那道高大的红木门槛,便见门后两侧矗立着数十尊巨像。首先是两只威武的辟邪铜狮,都有一人多高。左边那只是雄狮,爪下按着个金球,象征着统一宇宙的无上权力;右边的爪下踩着幼狮,象征子孙绵延无穷,此乃雌狮。狮子所蹲伏的铜台刻着凤凰和牡丹,三者综合起来象征着"王"——兽中之王,鸟中之王,花中之王。

虽然世间多是石狮,铜狮比较罕见,却也不是没有,所以这并没什么奇怪的,奇怪就奇怪在这对铜狮不摆在殿门前,而是放置在里侧,不知道是出于什么原因,总之是非常不合常理。

铜狮后面依次是獬、犼、象、麒麟、骆驼、马各一对，铜兽后则有武将、文臣、勋臣共计三十六尊。铜人的姿态服饰都十分奇特，与其说是在朝中侍奉王道，不如说是在举行某种奇怪的仪式。大群的铜兽、铜人如众星捧月般，拱卫着殿中最深处的王座。

胖子说："这宫殿怎么跟咱们参观过的十三陵明楼完全不同？十三陵的宝顶金盖中，虽然也是宫殿形式，却没有这些古怪的铜人铜兽。"

我对胖子说："倒也没什么奇怪，反正都是追求侍死如侍生，朝代不同，所以形式有异，但是其宗旨完全一样，咱们去陕西倒……旅游的时候，不是也在汉陵区见过满地的大瓦片吗？那都是倒塌的汉墓地上宫殿遗留下的，木梁经不住千年岁月的消磨，早就朽为空气，而砖瓦却一直保存到现在。"

所谓"朝代不同,形制有异"，只不过是我自己说出来安慰自己的言语，至于这些静静矗立在宫殿中千年的铜像有什么名堂，我还半点摸不着头脑。不过我不希望把这种狐疑的心理，转化为胖子和Shirley杨的心理压力，但愿是我多虑了。

Shirley杨见了殿中的非凡气象，也说这滇国为西南夷地，其王墓已有这般排场，相比之下，那些代表着中央集权的唐宗汉武之墓，其中宝物都是以数千吨为单位来计算，更不知有多大规模。可惜都很早就被严重破坏，咱们现代人是永远都没有机会见到，只能神驰想象了。

我对Shirley杨说："也不是所有的王墓都有这献王墓的气派，献王根本就没为他的后人打算，可能他毕生追求的，就是死后埋在龙晕里以便成仙。"

因为这凌云宫是古墓地宫的地上设施，并非放置棺椁的墓室，所以我们还算放松，并未像是进了玄宫般紧张。谈论之间我们已经走进宫殿的深处，距离身后殿门处的光亮显得十分遥远。这殿中静得出奇，越是没什么动静，越显得阴森可怖。

我手心里也开始出汗了，毕竟这地方少说也有两千年没活人进来过了，但是这里丝毫没有潮湿的霉气，几乎所有的物体上都蒙着一层厚厚的灰尘。

第三十五章 会仙殿

这些落灰也都是从殿中砖瓦中来的，覆盖着两千年前的历史，更没有半点外界的杂尘。

镶金嵌玉的王座就在会仙殿的最深处，前边有个金水池阻隔，中间却没有白玉桥相连。这水池不窄，里面的水早已干涸了，从这里隔着水池用狼眼手电筒照过去，只能隐约看见王座上盘着一条红色玉龙，看不清是否有献王坐像。

胖子见状骂道："是不是当了领导的人，都喜欢脱离群众？和群臣离得那么远，还他妈商议个蛋朝政啊。走走，咱们过去瞧瞧。"扛起"芝加哥打字机"当先跳下了一米多深的池中。

我和Shirley杨也跟着他跳下干涸的金水池，见池中有条木船，造得如同荷叶形状，原来以前要过这水池还必须要踏舟而行，看来这献王倒也会玩些花样。

没等从金水池的另一端上去，我们就沉不住气了，拿着狼眼手电筒向对面乱照。王座上似乎没有人像，但是后边却非同寻常，我们三人越看越奇，急不可待地爬上对面。我心中变得忐忑起来："难道凭我胡某人料事如神的头脑，竟把天崩这件事理解错了不成？看来天崩与坠机应该是毫无关联的，那献王的尸体如今还在不在墓中？"

第三十六章
后殿

王座上盘着一条红色的玉龙，用狼眼手电筒一照，龙体中顿时流光溢彩，有滚滚红光涌动，里面竟然全是水银。不过这条"空心水银龙"倒不算奇怪，真正吸引我们的是这条龙的前半截。

盘踞在王座上的只是包括龙尾在内的一小部分龙身，前面的部分一头扎进壁中，龙尾与双爪搭在宝座的靠背之上，显得有几分慵懒。龙体前面的大半段，都凹凸起伏地镶嵌在王座后壁上，与殿壁上的彩绘融为一体，使整幅壁绘表现出强烈的层次感，其构思之奇，工艺之精，都已臻化境。世人常说"神龙见首不见尾"，而王座与墙壁上的这条龙却是见尾不见首，好似这条中空的水银玉龙，正在变活，飞入壁画之中。

与龙身结合在一起的大型壁画，则描绘了献王成仙登天的景象。画中仙云似海，香烟缭绕，绵延的山峰与宫殿在云中显得若隐若现，云雾山光，都充满了灵动之气。红色玉龙向着云海中昂首而上，天空裂开一条红色缝隙，龙头的一半已穿入其中，龙身与凌云天宫的殿中宝座相连，一位王者正在众臣子的簇拥下，踏着龙身，缓步登上天空。

这位王者大概就是献王了，只见他身形远比一般人要高大得多，身穿圆领宽大蟒袍，腰系玉带，头顶金冠，冠上嵌着一颗珠子，好似人眼，分明就是雮尘珠的样子。

王者留着三缕长髯，看不出具体有多大岁数，面相也不十分凶恶，与我们事前想象的不太一样，我总觉得暴君应是满脸横肉、虬髯戟张的样子，而这献王的绘像神态庄严安详，我猜想大概是人为美化了。

画面的最高处有一位骑乘仙鹤的老人，须眉皆白，面带微笑，正拱手向下张望。他身后还有无数清逸出尘的仙人，虽然姿态各异，但表情都非常恭谨，正在迎接踩着龙身步上天庭的献王。

我看得咋舌不已，原来所谓"天崩"是说献王证道成仙的场景，而不是什么外人能否进入玄宫冥殿。想必此事极其机密，非是献王的亲信之人难以得知。

正中大壁画的角落边还有两幅小画，都是献王登天时奉上祭品的场景，在铜鼎中装满尸体焚烧，其情形令人惨不忍睹，也就没再细看。

胖子说道："按这壁画中所描绘的，那献王应该已经上天当神仙逍遥去了，看来咱们扑了个空，王墓的地宫八成早已空了。我看咱们不如凿了这条龙，再一把火烧了这天宫，趁早回去找个下家将玉龙卖了，发上一笔横财，然后该吃吃，该喝喝。"

Shirley 杨说："不对，这只是献王生前一厢情愿的痴心妄想，世上怎么可能有凡人成仙的事情？"

我也赞同 Shirley 杨的话，对他们二人说道："已经到了王墓的宝顶，岂有不入地宫倒斗之理，何况你们有没有看见，这画上献王戴的金冠上所嵌的，那可正是能救咱们性命的凤凰胆。"

三人稍加商议，决定先搜索完这处凌云宫，再探明潭中的破洞是否就是地宫的墓道，然后连夜动手。不管怎样，眼见为实，只有把那冥宫里的明器翻个遍，届时若还找不到雮尘珠，便是时运不济，再作罢也不迟，这叫尽人事，安天命。

在秦代之前，宫殿是集大型祭祀活动与政治统治于一体的核心建筑，具有多种功能，直到秦时，才仅作为前朝后寝的皇帝居所，单独设立。

至于帝王墓上的明楼，其后殿应该是祭堂，而并非寝殿，里面应该有许多歌功颂德的碑文壁画，供后人祭拜瞻仰。

我们都没见过秦宫是什么样子，不过，凌云天宫应该与秦时的阿房宫相似，虽然规模上肯定不及三月烧不尽的阿房宫，但在气势上或许会凌驾其上。想那秦始皇也是古时帝王中对炼丹修仙最为执着的第一人，可始皇帝恐怕做梦也没想到，他的手下会建出一座天宫来做坟墓，可比他的秦陵要显赫得多了。

我们计较已定，便动身转向后殿。我走在最后，忍不住又回头看了一眼那大殿正中的铜人铜兽，心中仍是疑惑不定，总觉得有哪里不太对头，有股说不出来的不协调感。

等我转过头来的时候，见Shirley杨正站定了等我，看她的神色，竟似和我想到一处，只是一时还没察觉到究竟哪里不对。我对Shirley杨摇了摇头，暂时不必多想，反正船到桥头自然直，于是并肩前往后殿。

穿过一条短廊，来到了更为阴森黑暗的后宫殿堂，看廊中题刻，这后半部分叫作"上真殿"，殿中碑刻林立，有单独的八堵壁画墙。殿堂虽深，却由于石碑画墙很多，仍显得略有局促，不过布局颇为合理，八堵壁画墙摆成九宫八卦形状，每一堵墙都是一块块大砖砌成，皆是白底加三色彩绘。

除了某些反映战争场面的壁画之外，几乎是一砖一画，或一二人物，或二三动物、建筑、器械，涵盖了献王时期古滇国的政治、经济、文化、外交、军事、祭祀、民族等全部领域。

这些也许对研究断代史的学者来讲，是无价的瑰宝，可是对我这种摸金倒斗的人，却无大用，只希望从中找到一些关于王墓地宫情形的信息。但是一时之间，看得眼花缭乱，又哪里看得了这许多。

这八面壁画墙中的画幅，不下数千，与殿中的石碑碑文相结合，整个就是一部滇国的史料大全。我举着狼眼手电筒，选其中大幅的壁画粗略看了几眼，又由Shirley杨解释了几句，倒也看明白了个八九分。

大幅的壁画全是战争绘卷，记录了献王生前所指挥的两次战争。第一次是与夜郎国交战，夜郎和滇国在汉代都被视为西南之夷；第二次战争是

第三十六章 后殿

献王脱离古滇国的统治体系之后，在遮龙山下屠杀当地夷人。

这两次战争都大获全胜，杀敌甚众，俘虏了大批的战俘，缴获了很多物品。当时的两个对手，其社会形态尚处于奴隶制的晚期阶段，生产手段极为落后原始，对青铜的冶炼技术远不如继承秦人手段的滇国，所以一触即溃，根本不是滇人的对手。

这些战争的俘虏中有大量奴隶，这批战俘和奴隶就成为日后修建王墓的主要力量，壁画与碑文中自然对这些功绩大肆渲染。

但是壁画对于王墓的地宫仍然没有任何描述，有一堵墙上的壁画全部是祭礼，包括请天乩、占卜、行巫等活动情形，场面诡异无比。Shirley 杨用照相机把这些壁画全拍摄了下来，说不定以后破解毫尘珠的秘密时会用得上。胖子见后殿全是这些东西，顿感索然无味，拎着冲锋枪打着手电筒，在里面瞎转，突然在壁画墙环绕的正中间发现了一些东西，连忙招呼我和 Shirley 杨过去看看。

原来殿堂正中的地面立着一尊六足大铜鼎，鼎上盖着铜盖，两侧各有一个巨大的铜环。铜鼎的六足分别是六个半跪的神兽，造型苍劲古朴，全身筋肉虬结，遍体生满鳞片，做出嘶吼的样子，从造型上看，非常类似麒麟一类。这尊铜鼎大得出奇，不知为什么，被漆成了全黑的颜色，没有任何花纹装饰，在黑暗的宫殿中，我们只注意到那些碑文壁画，直到胖子转悠到中间招呼我们过来看，走到近处这才得以见到，否则并不容易发现这尊与黑暗混为一体的巨鼎。

胖子用 M1A1 的枪托敲了敲鼎体，立刻发出沉闷的回音。胖子问我和 Shirley 杨："莫不是陪葬的明器太多，地宫中放不下了，所以先暂时存在这里？打开来先看看倒也使得。"

Shirley 杨说："这大概就是准备在祭典中煮尸的大鼎，鼎口至今还封着，这说明献王并没有尸解化仙，他的尸骨还在地宫的棺椁里，否则就不必封着这口巨鼎了。"

我对 Shirley 杨和胖子说："鬼才知道这是做什么用的，如果是用来烹煮人、牛、羊做祭的祭器，那应该是用釜而非鼎。再说这恐怕根本就不是

223

瓮鼎之类的东西，鼎又怎么会有六足？"

三人各执一词，都无法说服对方，便准备要看个究竟。这次我们是有所为而来，为了找雮尘珠，绝不会放过任何可疑的地方，黑色的铜鼎触手可及，自然得先打开来瞧一瞧。我从胖子的背包里，取出开棺用的探阴爪，刮开封着鼎口的火漆，见那层漆上有个押印，图案是一个被锁链穿过琵琶骨的罪犯，既然有押印就说明从来没开启过。

刮净火漆之后，用探阴爪顶上的寸针一试，鼎口再也没有什么连接阻碍的地方了，便招呼胖子过来帮手。二人捉住铜环，两膀刚一出力，便听死气沉沉的宫殿深处传来一阵"咯咯咯嘿嘿嘿"的笑声。听那声音是个女人，但是她又奸又冷的笑声，绝对不怀好意，笑声如冰似霜，仿佛可以冻结人心。

寂静无人的宫殿中怎么会有女人的笑声？我们手中三支狼眼手电筒光柱立刻射向那个角落，冰冷的笑声随即戛然而止，只留下一个空旷墙角，什么也没有。

三人极为震惊，一时无言，就连Shirley杨的额头上也见了汗珠，隔了一会儿才问道："刚刚那是什么声音？"

我只是摇了摇头，没有说话。来者不善，善者不来，在这用来祭祀死人的鬼宫里，能有什么好东西？想到这里，便伸手将装有黑驴蹄子、糯米等物的携行袋搭扣拨开。

这时胖子也开始显得紧张了，因为我们从陕西石碑店找来的算命瞎子，没事就跟我们吹他当年倒斗的英雄事迹，我们虽然不怎么拿瞎子的话当真，但有几句话至今记得一清二楚。据瞎子说那是几句曾被盗墓贼奉为金科玉律的言语："发丘印，摸金符，护身不护鬼吹灯；窨子棺，青铜椁，八字不硬勿近前；竖葬坑，匣子坟，搬山卸岭绕着走；赤衣凶，笑面尸，鬼笑莫如听鬼哭。"

后来我曾问过Shirley杨，这几句话倒不是瞎子自己攒的，果然是旧时流传，说的是若干种比僵尸更可怕的东西。最后说倒斗摸金遇到死尸穿纯大红色的丧服，或是死人脸上带笑，都是大凶之兆，命不够硬的就难重见天日了。鬼哭在很多地方都有，有人会把狼嚎误当作鬼哭，那倒也无妨，最怕的就是在坟地里听见厉鬼的笑声，只有厉鬼才会发笑。

虽然这天宫是古墓的地面建筑，却绝对是百分之一百属于古墓的一部分。此刻在这漆黑的宫殿深处，听到那令人鸡皮疙瘩掉一地的笑声，用手电一照之下，却什么都没有，如何能够不怕？

不过我们事先做了思想准备，古时摸金校尉们管在古墓里遇到这些不吉的东西，叫作遇着"黑星"。黑星在相术中又叫"鬼星"，凡人一遇黑星，肩头三昧真火立灭，犹如在万丈深渊之上走独木桥，小命难以保全。

而我们三人都戴着真正的摸金符，还有若干开过光的器物，纵有厉鬼也能与之周旋几个回合。于是三人定了定神，暂时不去理会那口黑色的铜鼎，各持器械，分三路向那刚刚发出笑声的角落包抄过去。

殿中碑墙林立，围着一圈又一圈。若是在这里捉迷藏倒是合适，不过想看清楚十几米外的事物，便被壁画墙遮掩。我们原先的位置，穿过壁画墙的缝隙看到的角度有限。随着我们逐渐接近，能看到的范围变大了，可视线中除了空落的墙角、地面的石板，此外一无所有。宫殿中又变得一片死寂，若不是那阴冷的笑声犹在耳边，不免会以为是听错了。

Shirley 杨问我："老胡，你不常跟我吹你倒过许多斗吗？实践方面我可不如你的经验丰富，在古墓中遇到厉鬼，依你来看该如何应对？"

我现在也是六神无主，心想这美国妮子想将我一军，便对 Shirley 杨说："我们以前遇到这种不知如何着手的情况，都是放手发动当地群众，变不利因素为有利因素，人民群众的创造性是无穷的，他们一定会想出办法来的。"

胖子不解，也问我道："胡司令，在这荒坟野岭中只有咱们三个活人，上哪儿找人民群众去？"

我对胖子说："你以为你是谁啊？你的政治面貌不就是群众吗？我现在派你搜索这天宫的后殿，想尽一切办法，将那背后的笑声查明，不管是厉鬼也好，还是闹春的野猫也罢，都交给你来收拾。我接着去查那铜鼎里的名堂，让杨参谋长居中策应，两边都别耽误了。也许这是敌人的调虎离山之计，想把咱们的注意力从铜鼎上分散开。"

胖子一点都不傻，忙说："不如咱俩换换，我出力气去搬那鼎盖。老胡你还不知道我吗，我就是有这两膀子肉，对那些看不见摸不着的东西，却是向来缺少创造力……"

胖子紧着谦让，我不予理睬，转身想回去搬那铜鼎的盖子，刚一转身，忽听我身后的这处墙角中，又发出一阵令人毛骨悚然的冷笑，三人吓得都急忙向后退开一步。我背后倚住一块石碑，忙拍亮了登山头盔上的战术射灯，一手端着 M1A1，一手随时准备掏携行袋中辟邪的器物。

冰冷的奸笑稍纵即逝，墙角中又哪儿有什么东西？这里已是最后一进殿堂，更不会有什么密室暗道之类的插阁。我壮着胆子过去，用脚踩了踩地上的石砖，丝毫没有活动的迹象。真是他娘的见鬼了，这后宫中难道是献王的婆娘阴魂不散？她又究竟想做什么？

Shirley 杨与胖子站在我身后，也是心惊胆战。这宫殿的殿堂虽大，却只有一个出口，而非四通八达，毕竟这是明楼宝顶，而非真正的宫殿，说白了就是个样子货。在外边看一重接一重，层层叠叠似是千门万户，其实里面的构造很简单，只不过就是个祭祀的所在。

就是这么有限的一块地方，笑声是从哪儿发出来的呢？越是看不见，心中越是没底，反不如与那巨蟒、食人鱼搏斗，虽然命悬一线，却也落得打个痛快，现在的局面虽然平静，却不免使人焦躁不安。我不停地在想："神仙穴里怎么会有厉鬼？不过也许只有这种阴阳不明的区域才会有厉鬼也说不定。"

我干脆踩在胖子肩膀上，攀到了离墙角最近的一块石碑顶上，想居高临下再仔细看看。刚刚骑到碑顶，还没来得及向下张望，就发觉头上有片红光晃动，我立刻抬头用战术射灯照去，只见我头顶的斜上方一个长袍大袖的红衣女子，晃晃悠悠悄无声息地悬在殿堂穹顶之上。殿顶黑暗无光，我只看见她的下半身，上面都隐在暗处，不知是用绳吊住脖子，还是怎样吊的。这殿阁高大，非比寻常建筑，但是我们刚才只注意墙角的地面，却始终没想到看房顶。

我这冷不丁一看，难免心中大骇，若非双腿在石碑顶上夹得牢固，就得一脑袋从石碑上倒栽下去，赶紧爬在石碑顶端，双手紧紧抱住石碑。好在我这辈子也算见过些大事的，心理素质还算稳定，换了胖子在这儿，非吓得他直接栽下去不可。

胖子和Shirley杨仰着头看我在上面行动，自然也见到了高处的红衣女人，不过位置比我低，看得更是模糊，纵然如此也不由得面上失色，又替我担心，不停地催我先从石碑顶上下来。

我把身体稳定住了之后，没有立刻跳下，反倒是抬头去看房顶的情况。刚看一眼，便又出了一身冷汗，只见得那红色大袍里面没有脚，衣服里空空荡荡的，紧紧贴着殿堂高处的墙角，好像仅是件空衣服悬在半空，尸体到哪儿去了？鲜红的女人衣服款式，与我所知古时女子的服装迥然不同，不似汉服，大概是滇国女人死的时候穿的殓服。这身血红色的衣服，静静地一动不动，那诡异的笑声也不再发出。

我对石碑下的胖子和Shirley杨把情况简要地说了。Shirley杨想看得更清楚一些，也爬上了石碑顶端，坐在我前面看着这悬在半空中的凶服说道："这衣服很古怪，工艺也很复杂，像是少数民族中的闪婆、鬼婆，或是夷人之中大巫一类的人穿的……是件巫袍。"

我问Shirley杨道："这么说不是死尸穿的凶服了？但那笑声是从这衣服里发出来的吗？"

Shirley杨对我说："还不好确定，再看看清楚，上边太黑了，你用狼眼手电筒照一下。"

我又拿出射程更远的狼眼手电筒，一推底部的开关，一道橘黄色的光柱立刻照了上去，这一来方才看清红色凶服上半身的情况。

上面不是空的，高高竖起的领口处有东西，我一看之下不禁惊呼："是颗人头！"不过也许这女尸是有上半身的，但是其余的部位都隐在红色袍服之中，衣服宽大，瞧不出里面是鼓是瘪，只有肩上的头脸看得清楚。

那女尸似乎是察觉到了我们在用狼眼手电筒照她的脸，竟然把头微微晃动，对着我们转了过来，她脸上化着浓妆，口中发出一阵尖利的冷笑："咯咯咯咯……"

第三十七章
烈火

我们正眼睁睁地盯着高处那件衣服,衣服上那颗人头猛然间无声无息地转了过来,冲着我们阴笑。我和Shirley杨心中虽然惊骇,但并没有乱了阵脚。

据说厉鬼不能拐弯,有钱人宅子里的影壁墙便是专门挡煞神厉鬼的。这后殿的殿堂中全是石头画墙,大不了与她周旋几圈,反正现在外边正是白天,倒也不愁没地方逃。想到这里,我取出了一个黑驴蹄子,大叫一声:"胡爷今天请你吃红烧蹄髈,看家伙吧。"举手便对着那黑暗中的人头扔了过去。

专克僵尸恶鬼的黑驴蹄子夹带着一股劲风,从半空中飞了过去。我一使力,另一只手拿着的狼眼手电筒也难以稳定,光线一晃,殿堂的顶上立刻全被黑暗覆盖。只听黑处"啪"的一声响,掉下来好大一个物体,正摔在我和Shirley杨所在石碑旁的一堵壁画墙上。

我忙用手电筒照过去,想看看究竟是什么厉鬼。定睛一看,一只半虫人正在壁画墙上咧着嘴对着我们——原来不是那套红色巫衣——蛊人比刚脱离母体之时已大了足足一倍。刚才它们被凌云天宫与螺旋栈道上的防虫药物逼得退回了葫芦洞，但是想必王墓建筑群中的几层断虫道主要是针对鼠蚁之类的，而且年代久远，体形这么大的痋人一旦适应，并不会起太大的作用。

这只痋人不知什么时候溜进了殿中，躲在黑处想乘机偷袭，结果扑过来的时候刚好撞到了"枪口"上，被我扔过去砸厉鬼的黑驴蹄子打中，掉在了壁画墙上。

我随身所带的这个黑驴蹄子，还是在内蒙古的时候让燕子找来的，带在身边一年多了，跟铁球也差不多少，误打误撞，竟砸到了那痋人的左眼上，直打得它眼珠都凹了进去，流出不少绿水，疼得"嗞嗞"乱叫。

我和Shirley杨用狼眼手电筒照那壁画墙上的痋人，却无意中发现它身后的殿堂顶上垂着另一套衣服，样式也是十分古怪。那应该是一身属于古代西南夷人的皮甲，同样也是只有甲胄，里面没有尸体，而且这套甲连着个牛角盔，看不到头盔里是否也有个人头。

看来这后殿中还不止那一套红色巫衣，不知道这些服装的主人怎么样了，八成都早已被献王杀了祭天了。

但是根本不容我再细想其中根由，壁画墙顶端的独眼痋人已经从半空蹿了过来。Shirley杨手中的六四式手枪连开三枪，将它从半空打落，下边的胖子当即赶上补了几枪。

胖子抬头对我们喊道："还有不少也进来了，他妈的，它们算是吃定咱们了……"说着话继续扣动扳机，黑沉沉的宫殿中立时被枪弹映得忽明忽暗。

Shirley杨对我说："它们如何能追踪过来，难道像狗一样闻味道？不过这些家伙生长的速度这么快，一定是和葫芦洞里的特殊环境有关，它们离了老巢就不会活太久。"

我急着从石碑下去取冲锋枪，于是一边爬下石碑，一边对胖子和Shirley杨说："趁它们数量不多，尽快全数消灭掉，马上关闭后殿短廊的门户。既然体积大的昆虫在氧气浓度正常的情况下不会存活太长时间，咱们只要能撑一段时间就行。"

趁我们不备，悄悄溜进宫殿中的痋人不下数十只，虽然数量不多，但是一时难以全数消灭，只好借着殿中错落的石碑画墙与它们周旋。

我和胖子背靠着背相互依托，将冲过来的痋人一一射杀。胖子百忙之中对我说道："胡司令，咱们弹药可不多了，手底下可得悠着点了。"

我一听他说子弹不多了，心中略有些急躁，端着的"芝加哥打字机"失了准头，刚被子弹咬住的一只痋人背上中了三枪，猛蹿进了壁画墙后的射击死角，我后面的几发子弹全钉在了墙上，打得砖尘飞溅。

我心想打死一个少一个，于是紧追不放，跟着转到了壁画墙内侧。只见那只受了重伤的痋人正蹲在黑鼎的鼎盖上虎视眈眈地盯着我，张开四片大嘴嚎叫，发泄着被大口径子弹搅碎筋骨的痛楚。

受伤不轻的痋人见我随后追到，立刻发了狂，恶狠狠地用双肢猛撑鼎盖，借力向我扑来。它的力量大得出奇，这一撑之势，竟把黑色铜鼎的盖子从鼎身上向后蹬了出去。我背后是壁画墙，难以闪躲，但我心知肚明，对方扑击之势凌厉凶狠，把生命中剩余的能量都集中在嘴上，是准备跟我同归于尽了。

我更不躲闪，举枪就想将它在半空中了结了，不料一扣扳机，子弹竟在这时候卡了壳。真是怕什么来什么，这美式装备虽然犀利，却是陈年的宿货，用到现在才卡壳已经难能可贵了。我想反转枪托去击打飞身扑来的痋人，但它来势又快又猛，鼻端只闻得一股恶臭，腭肢肉齿耸动的怪嘴已扑至我的面门。

我只好横起 M1A1 架住它的脖子，想不到对方似乎力大无穷，扑击之力丝毫不减，把我撞倒在地。我顺势一脚蹬向那痋人的肚腹，借着它扑击的力道，将它向后踹开。那痋人的头部正好撞在壁画墙上，雪白的墙体上立刻留下一大片黑色的血污。

我见那痋人仍没死绝，便想上前再用枪托把它的脑袋彻底捣碎，却听背后发出一阵沉重的金属滚动声，好像有个巨大的车轮从后向我碾压过来。

我心想他娘的哪来的火车，不敢托大，赶紧一翻身躲向侧面，那只黑色巨鼎的鼎盖擦着我的后背滚了过去。刚从壁画墙下挣扎着爬起来的痋人，被鼎盖的边缘撞个正着，随着一声西瓜从楼上掉下来一般的闷响，整个壁画墙被喷溅上了大量黑血。它被厚重的鼎盖撞成了一堆虫泥，脑袋已经瘪了，与壁画墙被撞裂的地方融为一体，再也分辨不出哪里是头哪里是墙壁，只剩下前肢仍然作势张开，还在不停地抖动。

俗话说搬起石头砸自己的脚，这只痋人想必是前世不修善果，只顾着扑过来咬我，竟然被它自己蹬开的鼎盖碾到自己头上。

殿中的枪声还在响个不停，胖子和Shirley杨已经解决掉了十余只体形最大的痋人，正在将余下的几只赶尽杀绝。我见自己这里暂时安全了，长出了一口大气，顺手拔掉弹鼓，退掉了卡住的那颗子弹，险些因它送了性命。

我随后站起身来，想去给胖子他们帮忙，但是刚一起身，竟见到了一幅诡异得难以形容的景象。那尊失去了鼎盖的六足黑鼎，里面白花花的一片，全是赤身裸体的尸体，从尸身上看，男女老幼都有，数量少说有十七八具。

这些尸体堆积在白色的凝固油脂中，油脂透明得如同皮冻，所以看上去像被制成了蜡尸，尸身上的血迹殷然。我心中暗想："看来还是让Shirley杨说中了，果然是烧煮尸体祭天的炼鼎。这些尸体大概就是房顶上那些古怪衣服的主人，或许他们都是被献王俘虏的夷人中最有身份之人，还有夷王的眷属之流。"

早在夏商之时，便有用鼎烹人祭祀天地神明的记载，而且被烹者不能是一般的奴隶，否则会被认为是对神明的不敬。看来献王果然还没有举行他踏龙登天的仪式就已经死了，所以这口"大锅"还没派得上用场。

我又想起刚刚那宫殿角落厉鬼的阴笑，是否想阻止我们开启这鼎盖，难道这鼎中有什么见不得人的秘密？纵是有赤裸女尸，那满身牛油凝脂和鲜血的样子，想想都觉得反胃，谁他娘的稀罕去看。

这些夷人死状怪异，又被制成了这副样子，我实在是不想再多看半眼，便想转身离开。想着要走，脚下还没挪动步子，忽然感觉一股灼热的气流从黑鼎中冒了出来。只见鼎下的六只兽足像是六只火麒麟，面朝内侧分别对应，从兽口中喷出六条火柱。鼎上的黑色表层一遇烈火烧灼也立刻剧烈

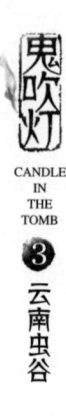

地燃烧起来。鼎中的尸体都被烈火和热油裹住，开始迅速融化，一股股强烈的炼油气息弥漫在殿中，浓重的气味令人欲呕。

六足黑鼎在这一瞬间变成了一个大火球，熊熊火焰将整个后殿映得一片通明。只见殿顶上悬着十几套异式服装，各不相同，而且这些古人的衣装都不像是给活人准备的。

我顾不上再仔细观望，急忙召唤胖子和Shirley杨赶快离开此地。铜鼎中可能有火硝，盖子一动就立刻触发，本是献王准备在阙台上祭天时烧的，却在殿堂里面燃了起来。这凌云天宫的主体是楠木加砖瓦结构，建在龙晕上边，十分干燥，从六足黑鼎引燃到现在这短暂的工夫，殿中的木头已经被热流烤得"噼啪"作响，看来这天宫要变火宫了。

殿中还剩下四五只凶残的痋人，胖子与Shirley杨正同它们在角落中绕着石碑缠斗，被这突如其来的巨大火光一惊，都骤然变色，当即跟在我身后，急速冲向连接着前殿的短廊，若是再多留片刻，恐怕就要变成烧肉了。

哪知还未踏出后殿，那短廊的顶子忽然像塌方了一样，轰然压下，把出口堵了个严丝合缝。这时不知该是庆幸，还是该抱怨，若是快几步，不免已被这万钧巨岩砸作一堆肉酱，但是此刻大火步步逼来，无路逃脱，稍后也会遭火焚而死。

现在凭我们身上的装备，想要灭了那火无异于痴人说梦，殿中热浪扑面，感觉眉毛都快被那大火燎着了。胖子急得乱转，我一把将他拽住，对胖子和Shirley杨说："千万别慌，先用水壶里的水把头发淋湿。"

胖子说道："那岂不是顾头不顾腚了？再说这点水根本不顶用……又是什么东西？"

胖子正在说话之中，忽然猛听殿内墙壁轰隆一声，我们忙转头一看，见墙上破了一个大洞，前面正殿那条一头扎进献王登天图的水银龙的龙头竟然穿过了后殿的隔墙。

从后殿中露出的龙头龙口中喷泻出大量水银，地面上立刻滚满了大大小小的银球。我急得好似火冲顶梁门，急忙对胖子和Shirley杨说："殿门出不去了，上面是楠木龙骨搭琉璃瓦的顶子，咱们快上石碑，从上面炸破了殿顶出去。"

胖子也忘了自己的恐高症，举手一指墙角的那块石碑道："只有这块碑最高，咱们快搭人梯上去，赶紧地，赶紧地，晚了可就要他妈长一身养明器的水银斑了。"说着话已经奔了过去，我和Shirley杨也不敢停留，避着脚下的水银，蹿到殿角的高大石碑下面，三人搭人梯爬上石碑。

这石碑上方，正是吊在殿顶的上半身有个浓妆人头、下半截衣服空空荡荡的大红巫服之处，但是只有这里才有可能攀上殿顶的木梁。

我稍微有些犹豫，虽然未看清她如何发笑，究竟是尸是鬼，但总之那浓妆艳抹的女尸绝非善类。

就在我心中一转念的同时，殿中的另外三面墙壁上也探出三只兽头，同样是口吐水银的机关，殿中的地面立刻被水银覆盖满了。就算是殿顶真有厉鬼也顾不得了，只好伸手让胖子将我拽上了石碑。

此时Shirley杨已经用飞虎爪钩住殿堂的主梁，跃到了楠木构架的横梁上，并将绳索和滑轮放下。殿中的水银已经很高了，我让Shirley杨先用滑索把胖子吊上去，我最后再上。

俯身向下看时，流动的水银已经有半尺多深，并仍然在迅速上升，殿内六足黑鼎燃烧的火焰也暗淡了下来。火光在水银面上反射出无数流动的波纹，使殿中的光影不断变化，十分的绮丽之中，更带着十二分的诡异。

因为痋人对氧气浓度依赖过高，这时由于火焰的剧烈燃烧，殿中的空气稀薄了许多，所以剩下的几只痋人都倒在地上蠕动，被水银埋住了一半，看那苦苦挣扎的样子，应该是不用我们动手，它们也活不了多久了。

殿中的大量水银被火焰的温度一逼，散发出刺鼻的热汞味道，气味难闻至极，吸入就会中毒，好在短时间内并不致命。一等胖子上了木梁，我也不敢怠慢，迅速挂住登山索，用滑轮把自己牵引上去。

一上木梁才想起来吊在殿顶的巫衣，从主梁上回头一看，那件大红的女人巫袍，就无声无息地挂在我身后的一道横梁之上，与我相距不过一米。在流光的反射中，这件衣服看起来好似有了生命一样，微微摆动。

Shirley杨说这像是夷人中"闪婆"穿的巫衣，我以前并没见过那种服装，但是知道如果与献王的祭祀活动有关,一定会有眼球的标记,而这件红袍上没有眼球的装饰,若是巫衣,它的主人一定是遭献王所屠夷人中的紧要人物。

这时我们三人都身处高悬殿鼎的大梁之上,下面是不断增加的水银,殿上的木头刚才被烈火烤了一下,虽然现在火灭了,却仍然由于受热膨胀,发出"嘎吱嘎吱"的声音。就在这随时要断裂的独木桥上,我们都不约而同地想到,那巫衣上不是有个人头吗?

刚才只顾躲避下面的水银与烈火,之前又同一批凶残的独人周旋,几乎每一分每一秒,都是性命攸关的紧迫关头,所以暂时把那发出阴森冷笑的女人头给忘了,这时方才想起。

我想再次确认一下,看那红衣里面是否有尸体,但怎奈殿内火光已熄,殿顶的木梁之间又变作了黑漆漆的一片。一套套古怪的衣服凭空吊在其间,用头盔射灯的光线照过去,更显得影影绰绰,像是一个个索命的千年幽灵徘徊在殿顶。

距离最近的就是那套鲜血般鲜艳的女子巫衣,看那黑暗中的轮廓,上半身里确实有东西,但是头部被一根短梁所遮挡,看不真切。

我对身后的胖子和Shirley杨打了个手势,让他们先不要动。在水银注满后殿之前,还有一点富余的时间,我要从木梁上过去,在最近的距离看一看,究竟是不是那巫衣中附着夷人闪婆的厉鬼。

闪婆就是可以通过服用药物,在出现幻觉的状态下和神进行交流的女巫。虽然名为闪婆,倒并不一定是上了岁数的女子,也有可能是年轻的。这样的巫女在夷人中地位极高,假以神的名义掌握着全部话语权。

我向胖子要了他的登山镐,望了望地面的水银,屏住呼吸,在木梁上向那件巫衣爬近了一些,刚好可以看见她的头部。那是一颗血淋淋的女人头,脸部被散乱的长发遮盖,只露出中间的一条窄缝,头部低垂向下,丝毫不动。

我想不明白刚才那阴森可怖的笑声是怎么传出来的,是僵尸还是厉鬼?传说中僵尸在被火焚烧的时候,也会发出像是夜猫子般的悲鸣。但刚才我们所听到的笑声是一种冰冷中带着阴险的尖笑，恐怕没有僵尸能发出那种声音。他奶奶的，非看个清楚不可，要是有鬼，正好把宫殿的琉璃顶炸破，让日光照进来灭了它的魂魄，纵然查不出什么名堂，也要用打火机烧了这套诡异的衣服，免留后患。

虽然殿中阴暗，但外边毕竟是白天，想到这里，胆气也为之一壮，便又在主梁上向前蹭了半米。这个角度刚好可以完全看到巫衣女尸那张低垂的脸，只见那脸白得瘆人，不是那种没有血色的死人白，而是由于化了很浓的妆，施了厚厚的一层粉，两腮涂了大红的胭脂，红唇紧闭。

但是在我的位置仍然看不到她的双眼，当我正想用手中的登山镐去戳那女尸的头，想让她抬起来一些，以便瞧个清楚时，却听那尸体忽然冲我发出一阵阴笑："嘿嘿嘿……哼哼哼……咯咯咯……"一片寂静的黑暗中，那笑声令人血液都快要结冰了。

我虽然有所准备，仍然吓了一大跳，急向后退，不料失去了平衡，身体一晃从主梁上摔了下去，幸亏身上还挂着绳索，才不至于直接掉落到满殿的水银之中。

我从上方掉落的一瞬间，见灯光在水银上晃动，心中猛然出现了一个念头。凌云天宫的后殿中古怪的地方极多，尤其是这突如其来的水银机关，虽然出口被堵死了，但是这宫殿的上层结构即便没有炸药也能轻易逃出，那这机关的意义何在？难道不是用来对付入侵者，而是为了用大量水银，埋住隐藏在这后殿中的一个秘密？

第三十八章
天窗

我从大木梁上跌落，被绳索像那些空空的衣服一样悬挂在空中，头下脚上地倒吊在那里，刚想到这后殿中的水银机关，有可能是想隐埋后殿中的某个秘密，便觉得腰上一紧，Shirley杨和胖子正在动手拽动绳索，缓缓地将我拽回木梁。

我的大脑在飞速运转，眼瞅着殿内水银越来越多，已经没过了六足铜鼎的鼎腹，只消再有片刻，就会将画墙、石碑完全覆盖。那个只要一碰就会引发水银机关的地方，应该就是藏有"秘密"的所在，而且它一定就在这壁画、石碑和黑色铜鼎之中的某一处，究竟是在哪里呢？

大概是由于身体倒转血液倒流，那殿中的景象看起来也与正面不同，这一刻头脑异常清醒，一仰头看到的就是殿中的地面。从半空中看来，殿中最突出的，便是那数堵摆成九宫八卦之形的壁画墙。其中的一堵格外突出，有只犸人被鼎盖碾到墙壁上，血肉模糊之下，把那白底壁画墙溅得像打翻了墨水，满壁尽是漆黑深绿的血液肉末。加上鼎盖的重量，那堵墙壁也被撞裂了一处缺口，四周延伸出数道裂纹。

八堵砖墙上的壁画众多，画满了滇国各种诡异行巫仪式的却只有一堵，正是被鼎盖撞破了的那面。此墙一破，殿中的短廊立刻被封死，又有大量水银从龙口倾泻而出，这一切都说明，墙中藏着什么重要的东西，一旦受到外力侵犯，便触发殿内的机括，躲不及的，就被水银吞没，全身变黑而死。倘或入侵者身手灵便，能从殿顶逃脱，在片刻之间，水银也可注满后殿，外人绝难发现那墙中藏着东西。

这件东西一定是很重要的，之所以不做那类绝户机关，可能是因为日后还要将此物取出来。但为什么献王入葬的时候，没有将其带入地下玄宫，而是藏于明楼宝顶之上？当务之急，是在水银没过那画墙裂缝之前，把里面的东西掏出来。

我当时并没有想得多么细致，只是在那一瞬间，凭摸金校尉的直觉，认为墙里藏着东西。所谓"直觉"，不过是把脑中若干记忆碎片与五感接收到的信息，综合在一起，跳过逻辑层次，直接反射到思维之中，其准确程度取决于一个人的经验常识和判断能力。

这时候我顾不得悬在空中，立刻大喊道："就在这堵墙里！"我突然的大喊大叫，将正在木梁上拉扯绳索的胖子与Shirley杨吓了一跳。二人颇为不解，都问："什么在墙里？"

我发觉这殿内的汞气渐浓，已无法再多停留，此时更无暇细说，便让他们先别把我拽上去，我要下降到破裂的壁画墙处，看还有没有机会将里面的东西取出来。另外让胖子用打火机烧了那套闹鬼的巫衣，并特别对他强调，不论那衣服有何古怪，一概不要理睬，只管点火就是。同时让Shirley杨抓紧时间先攀上最高处，炸破殿瓦。

Shirley杨和胖子虽不知我想做什么，但是我们久在一起形成默契，都明白我一定有我的道理，等出去再说不迟，于是二人从大木梁上分头行事。

胖子仗着殿内漆黑，从高处看不清所处位置有多高，倒也能够行动。我见他壮着胆子从木梁上蹭到殿角悬挂的巫衣处，颤颤悠悠地取出打火机。我知道以他这种鲁莽狠恶之人，便是鬼神也惧怕他三分，于是便不再去看他，自行扯动腰间的滑轮，就近蹬踩一座石碑，将身体荡向那堵壁画墙。

从空中荡过去的时候，登山头盔甚至已经蹭到了地面的水银，双手一够到壁画墙，赶紧先向上爬了半米，避开下面的水银。秦汉之时加热硫化汞技术的发达，还是得自秦皇汉武对炼丹求长生的不懈努力。

只见壁画墙被鼎盖撞裂的位置果然露出半截玉函，函上缠有数匝金绳，不断上涨的流动水银，眼看即将淹没墙上的裂缝。匆忙中我不及细看，先将颠倒的身体反转过来，忍耐着呛人的汞臭，便立刻动手，用登山镐猛凿墙壁，这种拆墙的活我当年还是工兵的时候便已驾轻就熟。

壁画墙全是以草土砖垒成，所以并不坚固。藏在墙中的玉函不小，需要凿掉好大一片草土砖，才能将之取出。正当我忙于凿墙之际，忽听头上轰隆一声，掉下来不少砖瓦，一道刺眼的阳光射进了阴森的宫殿。

我抬头向殿顶一望，原来 Shirley 杨已经给殿顶开了个天窗。这天宫的琉璃顶不厚，并没有用到炸药，直接用工兵铲和登山镐就破出个大洞。阳光斜射进殿，恰好照在墙角那套巫衣之上，而胖子也刚好点着了火，那件像是染满了鲜血的红色巫衣燃烧着掉落下来，化为一团灰烬，顷刻间便被水银盖住。

我见他们二人都已得手，当下也奋起全力，凿掉最后两块碍事的土砖，伸手将藏在墙壁中的玉函取出，一掂分量，也不甚沉重，现下也没工夫去猜想里面装的是何物，随手将玉函夹在腋下，转动滑轮升上主梁。这时殿中的数只兽头仍不断喷出水银，正没过了壁画墙上破洞的高度，倘若刚才慢个半分钟，就永远也没机会得到这只玉函了。

我一上主梁，立时与胖子会合到一处，两人匆匆忙忙地攀着木椽，从天窗爬出了这危机四伏的天宫。

外边日光已斜，由于特殊地形的关系，虫谷深处每天受到日光照射的时间极短，日头一偏，就被大山遮盖，谷内便会逐渐陷入黑暗之中。站在溜滑的大片琉璃瓦上，见天宫下的龙晕已由日照充足时的七彩，变为一抹昏暗的金光，深处的漏斗状水潭已经黑得看不清水面了，似是与深潭底部的黑色漩涡融为了一体。

回想刚才在天宫中的一幕幕，最让我费解的仍然是那些铜兽铜人，至于那满殿高悬的古怪衣裳、如冰似霜的女人尖笑、倾泻而出的大量水银、藏在壁画墙中的玉函，反倒并不挂心，满脑子都是大鼎下升腾的烈焰，以及那动作服饰都异乎寻常的铜像。一定有什么不寻常的事我还没想起来，但是越想越是抓不住半点头绪。

这时 Shirley 杨轻轻推了我一下，我才从苦苦思索中回过神来，定了定神，将那只从画墙里掏出来的玉函取出来给胖子和 Shirley 杨看，并将当时的情形简单说了一遍。

玉函上缠绕着数匝金绳，玉色古朴，有点点殷红斑迹，一看便是数千年前的古物。不过这玉函是扁平长方的，看起来应该不是放凤凰胆的容器。如此机密地藏在天宫后殿，其中的事物一定非同小可，我当下便想打开观看，但那玉函闭合甚严，如果没有特殊工具，若想将其打开，就只有毁掉外边这块古玉。

Shirley 杨说："古玉事小，里面的物品事大，还是等咱们回去之后，再细看不迟，现下时间紧迫，也不争早看这几时。"

我点头称是，便让胖子将玉函包好，先装进他的背包之中。我问胖子："你烧那件红衣服的时候，可觉得有什么古怪之处吗？"

胖子装好玉函后，便将大背囊放在身旁，对我抱怨道："你还有脸问啊，那件衣服真他妈邪门，若是胖爷我胆量稍逊那么几分，此刻你就得给我收尸了。下次再有这种要命的差事，还是胡司令你亲自出马比较合适，连算命的瞎子都说你命大。"

眼看天色渐黑，我们下一步便打算立刻下到潭底，探明墓道的位置。于是我一边忙着同 Shirley 杨打点装备，一边问胖子道："那瞎子不是也说过你吗，说你是三国时吕布吕奉先转世投胎，有万夫不当之勇，又有什么东西能吓住你？你倒跟我仔细说说，衣服里的半截女尸是怎么个样子？"

胖子身在最高的天宫宝顶，望了望下面漆黑的深谷，发觉足下大瓦滑溜异常，心中正怯，听我这么一问，便随口答道："什么什么古怪，他妈的不过是在脑袋那里绷着张人皮，还有假发，一个头套而已。我堵上了耳朵，便听不到那鬼笑的声音，就按你所说，直接揪了那人皮头套，一把火连头套带衣服烧个精光。"

我奇道："只是在人皮头套上化了浓妆吗？那厉鬼的尖笑声又从何而来？莫不是有鬼魂附在那件巫衣上了？"

胖子龇着后槽牙对我小声说道："你是没离近了看，人皮头套画着白底红唇，跟张死人脸也差不了太多。他妈的，我现在想想还觉得腿肚子大筋发颤，若是真有什么鬼魂，此时又哪里还有命在这里与你闲扯？那鬼笑声我看八成是人皮头套上有几个窟窿，被那殿顶的小风一吹，那殿上又全是能发出沉龙音的大棵楠木，所以咱们大概是听错了，你就不用胡思乱想疑神疑鬼了。"

我听了胖子所讲的经过与理由，一时不置可否，陷入了沉默，心中暗想："这胖厮一贯糊里糊涂，说起话来也着三不着两，虽然看着他将那巫衣烧毁，却不能放心。那厉鬼的尖笑能让人汗毛上长一层寒霜，新疆魔鬼城也有奇异风声，却绝无这般厉害。向毛主席保证，那衣服和人皮头套绝没那么简单，现在我们身处绝险之地，万事都需谨慎小心，还是再试他一试，才能安心，别再一个大意，酿成遗恨。"

我担心胖子被厉鬼附身，便准备用辟邪的东西在他身上试试。这时日光西斜，堪堪将落入西边的大山之后，要动手也只能在这一时三刻。

如果胖子真被厉鬼附身，只要用能拔鬼气尸毒的糯米一试，便能立见分晓，不过倘若直接动手，难免显得我信不过兄弟。而且如果真有阴魂作祟，正面冲突于我不利，弄不好反伤了胖子，所以只有先绕到他背后，伺机而动。

我将方案在脑中转了三转，便放下手中正在检点的装备，从天宫琉璃顶上站起身来，假装伸个懒腰，活动活动筋骨，就势绕到胖子身后。

不料这一来显得有些做作了，胖子倒未察觉，正在大口啃着巧克力充饥，反倒是Shirley杨看我不太对劲。她立刻问我："老胡你又发什么疯？这不早不晚的，为什么要抻你的懒筋？琉璃瓦很滑，你小心一些。"

我对Shirley杨连使眼色，让她先不要说话，心想："你平时也是鬼灵精的，怎么今日却这般不开窍？你虽然不信鬼，只信上帝，但片刻之后，你恐怕就要见识我胡某人料事如神了，管教你佩服得五体投地。"

Shirley杨虽然不明白我为什么对她挤眉弄眼，却也见机极快，立刻不再说话，低头继续更换狼眼手电筒的电池。

胖子却塞了满口的巧克力和牛肉干，扭过头来看我，呜哩呜噜地问道："胡司令，是不是从木梁上掉下去的时候把腰扭了？要我说咱也都是三十郎当岁的人了，比不得从前，凡事都得悠着点了，回去让瞎子给你按摩一道。嘿，你还别说，瞎子这手艺还真灵，上回我这肉都打拧儿了……"

我赶紧对胖子说："三十郎当岁就很老吗？你别忘了革命人永远年轻啊。再说我根本不是闪了腰，而是在天宫的绝顶之上，居高临下，饱览祖国的大好河山，心中激情澎湃，所以特意站起来，想吟诗一首留作纪念。"

胖子笑喷了，将口中的食物都吐了出来。"胡司令你可别拿我们糟改了，就你认识那俩半字还吟诗呢？赶紧歇着吧你，留着精神头儿，一会儿咱还得下到玄宫里摸明器呢。"

我见胖子神态如常，并非像是被厉鬼所附，心中也安了一些，不过既然已经站起来了，还是按事先盘算的方案行事，多上一道保险，终归是有好处没坏处。

于是我一边信口开河，一边踩着琉璃瓦绕到胖子背后。"王司令你不要用老眼光看待新问题，古代很多大诗人也都是目不识丁、游手好闲之徒，不是照样留下千古佳句吗？我承认我小时候是不如你爱学习，因为那时候我光忙着响应号召，天天关心国家大事去了，不过我对祖国大好河山的热爱之情，可一点也不输给你，我……"

我说着说着便已绕至胖子背后，口中依然不停说话，手中却已从携行袋里摸了一大把糯米。这些糯米还是去年置办的，放得久了一些，米色有些发陈，不过糯米祛阴辟邪，过了期的糯米也照样能用。

我立刻将这一大把糯米，像天女散花一般从胖子后边狠狠撒落，胖子正坐着和我说话，不想突然有大量糯米从后泼至，吓了一跳，忙扭头问我："你吃多了撑着啊？不是说吟诗吗？怎么又撒米了？是想捉鸟探那古墓地宫里的空气质量还是怎么着？"

Shirley 杨也在一旁用奇异的目光看着我，我见糯米没从胖子身上砸出什么厉鬼，只好解释道："我本来是想出来了几句高词，也都是千古绝句，

241

不过突然想起来小胖刚刚碰了那人皮头套，便替他驱驱晦气。不过按古老相传的规矩，这事不能提前打招呼，必须在你不知道的情况下才起作用。去净了这晦气，日后你肯定是升官发财，大展宏图。你看我为了你的前途，都把我那好几句能流芳百世的绝句，给忘到九霄云外去了，现在再想却想不起来了，没灵感了。"

我胡编了一些理由，暂时将胖子与 Shirley 杨的疑问搪塞过去，也不知这么说他们能否接受。正当我继续自圆其说之际，Shirley 杨忽然指着天空对我们说："你们看那天空的云，多奇怪。"

胖子举头一望，也连连称奇："胡司令，莫不是龙王爷亮翅了？"

只见山际那片仍有亮光的天空中，伸出一大条长长的厚重黑云，宛如一条横在空中的黑龙，又似乎是一条黑色天河悬于天际，逐渐与山这边已陷入黑暗的天空连为一体，立时将谷中的天宫和水龙晕，笼上了一层阴影。

寻常在野外空气清新之处，或是空气稀薄的高山之上，每当夜晚降临的时候，如果空中云少，都可以看到璀璨的银河。不过与星空中的银河相比，此刻笼罩在我们头上的这条"黑河"，却显得十分不祥，充满了萧森阴郁之气。幽谷中的陵区本来就静，此刻更是又黑又静，好像我们已经置身于阴森黑暗的地下冥宫一般。

我对 Shirley 杨和胖子说："这种天象在古风水中有过记载，天汉间黑气贯穿相连，此天兆谓之黑猪过天河，天星秘术中称此为雨候犯境，而《青竹地气论》中则说，黑猪渡河必主此地有古尸作祟，是以尸气由阴冲阳，遮蔽星月。"

胖子不解其意，问我道："照这么说不是什么好兆头了，究竟是雨候还是尸气？对了，那雨候又是什么，可是要挡咱们的财路？"

我对胖子说："雨候是指洪水暴涨。咱们前赶后错，今夜就要动手倒那献王墓，而又碰上这种百年不遇的罕见天象，不知这是否和献王改动地脉格局有关。也许这里在最近一些年中，经常会出现这种异象，这场暴雨憋着下不来，迟早要酿成大变，说不定过不了多久，这虫谷天宫就都要被大山洪吞了。咱们事不宜迟，现在立刻下潭。"

第三十八章 天窗

说话间天已经变成了黑锅底,伸手不见五指。三人连忙将登山头盔上的射灯打开,这才有了些许光亮,将装备器械稍做分配,仍将那些怕水的武器炸药放在背囊中,从殿侧垂着绳子降下,找准了栈道的石板,沿途盘旋而下。这一路漆黑无比,只好一步一蹭地走,有时候遇到断开的栈道,还要攀藤向下。三束光柱在这漫无边际的黑暗中,显得微不足道,只能勉强看清脚下,就连五六米开外的地形轮廓都难以辨认。

也不知向下走了多远,估计时间已经过了不下两个钟头。一路上,不断看到脚下出现一些白色的尸体,都是那些无法适应外界环境的痀人,估计剩余的此时已退回洞中,不会再对我们构成什么威胁了。

我们摸着黑,终于到了谷底栈道的尽头,但是我估计此时也就是刚刚下午五点来钟,漏斗上的圆形天空已经和其余的景物一同融入黑暗之中。这黑猪渡河,来得好快。

突然想到今天是七月十九,这可大事不妙了。

第三十九章
舌头

我见天象奇异,明天又赶上一个特殊的日子,必须在子时之前离开,否则恐有剧变,不过 Shirley 杨却不信这些,我要是说出来,也平白让她嘲笑一场。在凌云天宫的琉璃顶上,已经丢过一次人了,还是暂时先别说了,只盼着此番行动能够功成身退。

我想到此处,便指着水潭对胖子和 Shirley 杨说:"我先前掉进这潭水中一次,虽然匆忙,但对这里的地形大致上有所掌握,现在咱们所在的位置,就是潭中那架重型轰炸机机头残骸附近的位置,也就是说我在潭底见到的那个破洞,就在咱们这里偏移二十度的方向,距离很近。"

Shirley 杨说:"老胡,你估计下面会是墓道吗?如果整个地宫都被水淹没了,倒也麻烦,关键是咱们的氧气瓶容量太小,在水下维持不了太久。"

我对 Shirley 杨说:"我见到的山体缺口里有很多沉在水底的异兽造像,就算不在墓门附近,多半也是通往玄宫的墓道了,至少一定是陵寝的某处地下设施。我猜测这献王墓的地宫是井字形,或是回字形,而非平面直铺推进,即使是这一段墓道浸了水,玄宫也仍然处于绝对封闭的环境之中。"

事先我们针对王墓结构的种种可能性,制定了多种方案,此刻已经准备充分，便戴上潜水镜，拿出白酒喝了几口增加体温，随后 Shirley 杨举着水下专用的照明设备"波塞冬之炫"潜水探灯，当先下水。

我正准备跟着她下去，却见胖子落在后边，磨磨蹭蹭地显得有些迟疑，便扯了他一把，招呼他赶紧动身，然后一头扎进了水中。

一进水中，便觉得夜里的潭水比白天的温度又低了许多，水下更加阴冷黑暗。三人在水下辨明了方向，游向重型轰炸机的位置。由于潭中有个大水眼，黑暗中如果被潜流卷住极是危险，所以我们只贴着边缘前进。水中不时有大量被我们惊动的鱼群从眼前掠过，原本如碧绿水晶一样的潭底，在黑暗中看来完全化作了另一个世界。

游在前边的 Shirley 杨忽然回过头来，对我们打了个手势，她已经找到了那处被飞机撞破的缺口了。我向前游了两米，只见 Shirley 杨手中的"波塞冬之炫"正将其光束照在与机头相连的破洞中。

"波塞冬之炫"虽然在地面没什么用处，但在水下便能发挥出很强的作用。漆黑的潭水丝毫没使它的光束走形，十六米之内的区域，只要被"波塞冬之炫"照到，便清晰明亮得如同白昼。

洞中正如我在白天所见，有数尊张牙舞爪的镇墓石兽，外边是被轰炸机撞破的石墙。看来这里与墓道相连，不过看不到王墓墓道的石门所在，可能都被水生植被遮挡了。漩涡处那只龙爪，恐怕是和墓门的兽头呼应一体的，如果从那只巨爪着手，大概也可以找到墓门，不过既然这里有个缺口，倒是省去了我们的一些麻烦。

我对 Shirley 杨点了点头，不管是不是墓道，先进去看看再说。Shirley 杨想先进去，但是我担心里面会有什么突发情况，于是我接过她手中的"波塞冬之炫"，当先游进了洞口。

我顺着墓道中的水路向前游了一段，回头看了一眼，Shirley 杨和胖子也随后跟了进来。这时我忽然心中一动，若在往日，胖子总是会自告奋勇抢先进去，但是这次不知为什么，他始终落在后面，和我们保持一段距离，这很不正常，但是身处水底，也难以问清究竟怎么一回事。

这段墓道并不算长，是一道平缓向上的大石阶，两侧有些简单的石雕，都是镇墓的一些内容。石道慢慢地过了水平面，我也将头从水中探出，只见前方露出一个大型石台，台上影影绰绰好似矗立着许多人马。"波塞冬之炫"在这里就失去了它的作用，我只好再次换成狼眼手电筒。

原来石台中列着一些半泡在水中的绿色铜人车马。Shirley 杨也在这时候从水下冒了出来，一看这石道的铜人车马，立刻问我道："这些铜人是陈列在玄宫门前的车马仪仗？"

我们位于石道的侧面，水中散落着许多被水泡塌的大条石，看来王墓的保存状况并不乐观。我被这些暗绿色的铜人兵俑所慑，顿了一顿才点头说道："没错，正是护送献王登天时的铜车铜马，外加三十六名将校。"

看来我们进来的地方，是修建王墓时的一条土石作业用道，因为当时施工之时，要先截流虫谷中的大小水脉，从潭底向上凿山，便留下这么一条嵌道。

这时身后水花声再次响起，我转回头一看，胖子正从水下钻上来。他并没有开头盔上的射灯，也不像往常那样迅速同我们会合，而是沉默地站在水中，露出水面的身体都躲进黑暗的地方，我头盔上的灯光竟然照不到他的脸。

我见他这一反常态的表现，心中便先凉了半截，急忙向他蹚了过去，口中问道："你怎么不开头盔上的战术射灯？躲在黑处想做什么？"

不等胖子答话，我已经扑到他的身前，我头盔上的灯光正好照在胖子的大脸上。胖子只是冲我嘿嘿一阵冷笑，没在水中的手突然举了起来，手中不知何时已经拿了把明晃晃的伞兵刀。

那笑声令人肌肤起栗，我心中大骇，胖子怎么笑得像个女人！这个人究竟是谁？这一瞬间我才意识到，好像天色彻底变黑之后，胖子就没跟我们说过话，总是躲在不远的后边捣鼓着什么。不过在天宫的琉璃顶上，我已用糯米试过了，若是真有厉鬼附体，怎么那糯米竟然无用？

伞兵刀的刀刃被我和 Shirley 杨身上的射灯，映得好似一泓秋水，裹着一道银光，从上方划了下来。

这一切只发生在短短的一瞬间，Shirley 杨也被这突如其来的变故吓坏了,惊声叫道:"小心!"

我见胖子对我挥刀便插,知道若真和他搏击起来,很难将他放倒,所以出手必须要快,不能有丝毫犹豫。我立刻使出在部队里习练的"擒敌拳",以进为退,揉身向他扑去,一手擒他右肩,另一只手猛托他的肘关节,趁其手臂还未发力挥落之际,先消了他的发力点,双手刚一触到他,紧跟着把全身的力量集中在右肩上,合身猛撞,登时将胖子扑倒在地。

我抢过胖子手中的伞兵刀,用双腿夹住他的身体,只让他把脑袋露出水面,心想肯定是这胖厮被厉鬼上了身,天色一黑透了,便露出原形,想来谋害我们的性命,若是再晚察觉片刻,说不定我和 Shirley 杨此时已横尸当场,而胖子也活不成了。

我厉声对那"胖子"喝问:"你这变了鬼的婊子也敢害人,让你先吃一记黑驴蹄子!"说着话便想从携行袋中取出黑驴蹄子,谁知一摸之下竟然摸了个空,糯米也没有了,原来我的那份在凌云天宫都扔了出去,至此已什么都没有剩下。

胖子在水中依然尖笑不停,鬼气森森的女人笑声回荡在墓道的石墙之间,我大骂道:"你他娘的要是再笑,可别怪老子不客气了,我这还有一堆桃木钉没使呢……"

Shirley 杨在旁见我和胖子打在一起,斗得虽是激烈却十分短暂,但是其中大有古怪,便脱口叫道:"老胡你先别动手,胖子很古怪。"

我一边按住不停挣扎大声尖笑的胖子,一边在百忙之中对 Shirley 杨说:"他当然奇怪了,他……他……他妈的被鬼上身了。你倒是快想想办法,我按不住他了。"

Shirley 杨说道:"不是鬼,是他的声带或是舌头出了问题。古时降头术的发源地就在滇南,其中便有种控制人发声的舌降,类似泰国的舌蛊。"

Shirley 杨说着话,早已取出有墨线的缚尸索,想和我先合力将胖子捆住,然后撬开牙关看看他的舌头上有什么东西。

我此时听 Shirley 杨一说,方才发现胖子确实另有古怪。他嘴中不断发笑,脸上的表情却十分惊慌,难道他的意识没有丧失,刚才是想拔刀割自

247

己的舌头？我却当成他想用刀扎我，反将他扑倒在地。不过既然他没有失去意识，为何不对我明示，反是自己躲在后边搞鬼？

我想到这里，立刻明白了，拦住Shirley杨，暂时没必要捆他，我太清楚胖子的为人了，对胖子大骂道："你他妈的是不是穷疯了，我问你，你有没有顺手牵羊，从那件巫衣中拿出来什么东西？"

胖子鬼气逼人地笑了一笑，眼睛却斜过去，看他自己胸前的皮袋，连连眨眼。那是我们在鱼骨庙拾到的百宝囊，始终被胖子带在身边。我立刻伸手去那囊里一摸，掏出来黑黝黝一件物品，窄长平整，一边齐平，另一边则是尖半圆，用手一摸，感觉又硬又韧，表层已经有些玉化了，平头那面还有几个乳白色的圆圈，被登山头盔的灯光一照，里面竟然隐隐有层红黄相间的暗淡颜色。

我一时没看出来这是什么东西，举着那物奇道："这是块玉石吗？黑玉倒是相当罕见。"

Shirley杨说道："不是，是人的舌头……夷人中闪婆巫女的舌头。"

我听说这是人舌，险些失手将它掉入水中，忙将这脱水变黑、好似玉石般的"舌头"扔给了Shirley杨，对她说："我对这东西有些过敏，你先拿一拿……"

Shirley杨正要伸手去接的时候，在墓道的最深处，大概是地宫的方向，传出一阵刺耳的尖笑，好像那天宫中的厉鬼已经走进了冥殿的墓穴里。Shirley杨也被那诡异的笑声吓得一缩手，那块舌头就此落入齐腰深的漆黑水中。

我这才发现原本被我按在水中的胖子不见了，这胖厮在我的注意力被那脱水的黑舌头吸引之时，竟然偷着溜进了墓道的最深处。

我感到十分奇怪，已经找到了舌头，为什么他还发出这种冷冷的怪笑？莫非胖子真的已经不是"胖子"了？

Shirley杨对我说道："糟糕，胖子的嘴里还有东西，而且那舌蛊掉进水里了，如果找不到，恐怕再过一会儿，便救不得他了。"

我对Shirley杨说："只要不是鬼上身就好，咱们还是分头行事，我先去前边追上他,你尽快在水中找到那半截舌头,然后到地宫前跟我们会合。"

Shirley 杨点头答应,由于那两支"芝加哥打字机"都放在防水的背包里,一时来不及取出,便将她自己的那支六四式给了我。

我接过枪,拔腿就追,沿着墓道,循着那笑声奔去,边跑边在心中不断咒骂胖子贪小便宜吃大亏,却又十分担心他这次要出什么岔子。不知他嘴中还有什么东西,轻则搭上条舌头,下半辈子当个哑巴,重则就把他的小命交待在这献王墓中了。

这时为了追上前面的胖子,我也顾不上留意墓道中是否有什么机关埋伏了,举着狼眼手电筒,在没腰深的黑水中奋力向前。

这条墓道并没有岔口,先是一段石阶,随后就变得极为宽敞,巨大的石台上陈列着数十尊铜人、铜马和铜车。我刚奔至石台,便隐隐察觉有些不对,这些青灰色的铜人、铜车有些不同寻常,不过又与天宫正殿中异形铜人的诡异之处不同,这些铜车马虽然中规中矩,却似乎都少了点什么。

正待细看,却听女人的尖笑声从铜车后面传出,只好暂且不去顾那铜人、铜马,径直赶上前去。只见铜车后边,并不是我预想的地宫大门,而是一个用青石垒砌的石坡,坡下有个漆黑的洞口,两侧各有一个夯土包。从没听说过世间有这种在地宫中起封土堆的古墓,一时却看不明白这有什么名堂。

刚才就在这一带传出的笑声,现在却突然中断了。附近的环境非常复杂,有很多不知道是用来做什么的东西,我只好将脚步放慢,借着手电筒的灯光,逐步搜索。

地面上有很多古代男子干尸,摆放得杂乱无章,粗略一看,少说也有上百具。干尸都被割去了耳鼻,剜掉了双目,虽然看不见嘴里怎样,但估计他们的舌头也都被拔了,然后活活被浇以热蜡,在饱尝酷刑之后,制成了现在这副模样。我看得触目惊心,握着枪的手攥得更紧了。

前面除了那个石坡中的黑洞,再无任何去路,除了遍地的干尸,哪里有胖子的踪影。黑暗之中,唯恐目力有所不及,我只好小声喊道:"王司令,你在哪儿啊?别躲躲藏藏的,赶紧给我滚出来。"

249

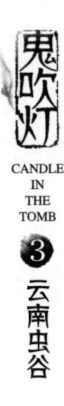

连喊了两遍，又哪里有人回应。我回头望了望墓道的入口，那里也是漆黑一团，可能 Shirley 杨仍然在水中找那巫女的舌头。虽然明知这古墓里，包括我在内有三个活人，却不免心惊，好像阴森的地宫里只剩下了我独自一人，只得继续张口招呼胖子："王司令，你尽管放心，组织上对失足青年采取的政策，一直以来都是宽大处理，只要你站出来，我们一定对你以前的所作所为，既往不咎……"

我正在喊话宣传政策，忽听脚下有"窸窸窣窣"的一阵轻微响动，忙把狼眼手电筒压低，只见胖子正背对着我，趴在古墓角落的干尸堆里做着什么，对手电筒的光线浑然不觉。

我没敢惊动他，蹑手蹑脚地绕到他正面，这才发现原来胖子正抱着一具蜡尸在啃。我心中大急，抬腿就是一脚，将他踢得向后仰倒，随后一扑，骑到了他的肚子上，掐住他的脖子问道："你他妈的还真让厉鬼缠上了，你啃那死人做什么？不怕中尸毒啊你。"

胖子被我压住，脸上全是惊慌失措的表情，用一只手紧紧捂着自己的嘴，另一只手不断挥动。我抬腿别住他的两条胳膊，使出全身的力气，用左手捏住他的大脸，掰开了他的嘴，他的口中立刻发出一阵阴森的笑声。

我右手举着狼眼手电筒向他口中一照，顿时看得清清楚楚。至此我终于搞明白了，与 Shirley 杨所料完全相同，胖子的嘴里确实有东西。他的舌头上长了一个女人头，确切地说那是个肉瘤状的东西。

那东西黄黄的也不算大，只有拇指肚大小那么一块，冷眼一看，会以为他舌头上长了很厚一层舌苔，不过那舌苔上五官轮廓俱全，非常像是一个闭目睡觉的年轻女子面部。

胖子舌头上那女子面孔一般的肉瘤，虽然闭目不动，如在昏睡，但是这张脸的嘴巴却不停闭合，发出一阵阵的冷笑。我心想原来是这张"嘴"在笑，不知胖子是怎么惹上这么恶毒的降头。他舌头上长的这张"嘴"，好像是对人肉情有独钟，进了墓道之后，他就已经控制不住它了，为了避免咬到我和 Shirley 杨，所以他才跑进墓道深处，啃噬那些干尸。

这时 Shirley 杨也已赶至，她用"波塞冬之炫"在水下照明，终于找到了那半条黑色的舌头，便匆匆赶来，见了这番诡异无比的情景也是不胜骇异，忙将那半石化了的舌头放在一处干燥的石板上，倒上些固体燃料，用打火机引燃。

闪婆的舌头一着火，立即冒出一股恶臭的烟雾，不消片刻，便化为灰烬。我也在同时对胖子叫道："别动，把舌头伸直了，我替你挑了它。"

就着身边那火，将俄式近卫伞兵刀烤了两烤，让Shirley杨按住胖子的头，两指捏住他舌头上的人头形肉瘤，用伞兵刀一钩一挑，登时血淋淋地挑了出来，里面似是有条骨刺，恶心之余，也不愿细看，将刀身一抖，顺手甩进火中，同那舌头一起烧为乌有。

胖子心志尚且清醒，知道我们的所作所为完全是为了救他，任凭嘴中血如泉涌，硬是张着嘴撑住一声没吭，等他舌头上的肉瘤一被挑落，这才大声叫疼。虽然舌头破了个大口子，但是终于能说话了。

Shirley杨赶紧拿出牙膏一样的止血胶，给胖子的舌头止血。我见胖子总算还活着，虽然舌头被伞兵刀挑了个不小的口子，短时间内说话可能会有些口齿不清，但这已是不幸中的万幸了，毕竟没缺胳膊少腿落下残疾，这才松了一口气。

我们此刻皆精疲力竭，无力去调查地宫的石门所在，又不愿久在这些干尸附近逗留，只好退回到放置铜车马的石台上稍做休整。

Shirley杨对胖子说："你就先张着嘴伸着舌头吧，等伤口干了再闭嘴，要不然一沾水就该发炎了。"

我取出香烟来先给自己点上一支，又假意要递给胖子一支烟，Shirley杨急忙阻拦。我笑着对胖子说："首长需要抽根烟压压惊啊，这回吸取教训了吧，名副其实是血的教训，要我说这就是活该啊，谁让你跟捡破烂儿似的什么都顺。"

胖子嘴里的伤不算太重，那止血胶又十分有效，过了一会儿，伤口便没那么疼痛了。胖子用水漱了漱满嘴的鲜血，痛心疾首地表示再也不逮什么顺什么了，以后要拿只拿最值钱的。

我对胖子说："你这毛病要是能改，我'胡'字都倒过来写。我们也不需要你写书面检查，只希望你今后在偶尔空闲的时候，能够抽出一些时间，深挖自己错误的思想根源，对照当前国内国外的大好形势，表明自己改正错误的决心，并拿出实际行动来……"

我取笑了胖子一番，忽然想起一事，忙绷起脸来问胖子道："目前组织上对你还是持怀疑态度，你舌头上的降头是拔去了，但是你的思想和意识形态，究竟有没有受到什么影响，就不好说了，谁又能保证你还是以前的你，说不定你已经成为潜伏进我们纯洁队伍内部的特务了。"

胖子大呼冤枉，口齿不清地说道："胡司令，要是连你都不相信我了，我他妈真不活了，干脆一头撞死算了。不信你可以考验我啊，你说咱是蹦油锅还是滚钉板，只要你画出道来，我立马给你做出来。要不然一会儿开棺掏献王明器的时候，你瞧我的，就算是圣母玛利亚挺着胸脯过来说这棺材里装的是上帝，老子也照摸不误。"

我赶紧把胖子的嘴按住，说："行了行了，你嘴底下积点德。你的问题咱们就算有结论了，以后只要你戴罪立功就行了。但是有件事你得说清楚了，你究竟是怎么在舌头上长了这么个……东西的？"

第四十章
水眼

胖子解释道："其实……当时……当时我也就隐瞒了一件事,不对不对,不是想隐瞒,是没得空说。而且我考虑到咱们最近开销比较大,光出不进也不是事儿……好好好,我拣有用的说。我爬过房梁,去烧吊在墙角的那套衣服,开始也被那好像脑袋一般的人皮头套唬得够呛,但是我一想到那些个英雄人物,我脑袋里就没有我个人了,一把将那头套扯了下来,想作为火源先点着了,再扔过去燎下面的衣服。怎知那死人皮里掉出一块石头,我捡起来一看,又黑又滑,像是玉的。我跟大金牙那孙子学的,习惯性地用鼻子闻了闻,又用舌头舔了一下,就甭提多苦了。可能还不是玉,我以为就是块茅坑里的臭石头,但在咱们潘家园吃药的(购假货)很多,我想这块黑石八成也能冒充黑玉卖个好价钱,就顺手塞进了百宝囊里。再后来我自己都把这件事给忘了,从栈道上下来的时候,便忽然觉得舌头上痒得钻心,等进了墓道,已经是有口不能言了,必须捂着嘴,否则它就自己发笑,把我也吓得不轻,而且非常想吃人肉,自己都管不住自己了……"

Shirley 杨听到这里,插口道："我想咱们所推测的完全正确,确实中了舌降或舌蛊一类的滇南邪术。殿顶悬挂的那些服装,百分之百就是六足火鼎里众多尸体的主人,他们都是夷人中的首脑,落此下场,也着实可悲。这献王墓的地上地下处处透着古怪诡异,献王临死前,一定是在准备一个庞大的仪式,但是未等完成,便尽了阳寿。"

我对Shirley杨和胖子说:"这些巫蛊邪术虽然诡异,毕竟还有迹可循。我看王墓里不寻常的东西实在太多,天宫中的铜兽铜人便令人费解,我总觉得好像在哪儿见到过,但是说什么也回想不起来了。另外你们再看看这地宫墓道里的铜车马,还有那尽头处的土丘边,有上百具身受酷刑的干尸,即使全是殉葬的奴隶,也不应如此残忍地杀害,这哪里还有半分像是王墓,分明就是个刑场。"

我们休息了这片刻,便按捺不住,一同起身查看那些干尸以及石台上的铜车马。由于干尸被蜡裹住,胖子刚才用舌头舔了半天,也没舔破那层硬蜡,这样还好,至少想起来还能让我们心里稍微舒服一些,否则真没人愿意再和他一起吃饭了。

这时凝神细看,我发现众多死状恐怖的干尸,老幼青壮都有。看来都是些奴隶,不知为何被施以如此重刑,但有一点可以肯定,古时活人殉葬,绝不会如此热蜡灌顶,削耳刽目。如果他们并非奴隶,就一定是犯了滔天大罪的犯人。

再看那些铜人铜马,果然是少了点什么,首先是人未持器,马不及鞍,其次数量也不对,古代人对二、三、六、七、九五个数字极为看重,尤其是六,按制王侯级贵胄出行,至少有三十六骑开道,次一级的为十六骑,而这队铜人马数量尚不足三十。

这些铜人朽烂得十分严重,甚至有些地方已经软化剥落。我曾经看过一些资料,很多汉墓中都曾出土过青铜器陪葬品,虽然受到空气和水的侵蚀,生出铜花,但是绝不如这些铜人马所受的侵蚀严重。

虽然这墓道被潭水侵入,但是这里湿度并不很大,出现这种现象,十分难以理解,我一时没了头绪。

Shirley杨脑子转得很快,稍加思索便对我说:"如果换个角度就不难理解了,咱们先入为主,一直认为这里是安置献王棺椁的地宫,但咱们可能从一开始就搞错了，这里根本不是地宫，而是一处为王墓铸造铜人、雕刻石兽的加工厂。这些铜人腐朽得如此严重，我想这可能与铜锡合金的比例失调有关。这王墓规模颇巨，想必单凭滇国之力很难建造，一定大量俘虏了周边国家的奴隶，必然也从其中训练了一些技术型工匠，但这批从俘虏中选出的工匠把配料比例搞错了，导致浪费了不少时间和原料。自古铜锡便有六齐（剂）之说，金有六齐，六分其金而锡居一，谓之钟鼎之齐；五分其金而锡居一，谓之斧戈之齐，等等。虽然同样是铜器，但是比例不同，制造出来的物品性能毫不相同。如果失去六齐的基准，铸造出来的东西就是废品，所以这些犯了错的奴隶被残酷地处死，杀一儆百，而后封闭了这处作坊。"

我一拍自己的登山头盔。"对啊，我刚想到却被你说了出来。难怪这里根本不像是古墓的玄宫，不过既然这里不是,那王墓的墓道又在哪里呢？"

Shirley 杨对我说："普天下懂得分金定穴秘术之人，再无能出你之右者……当然，这是你自我标榜的，所以这就要问你了。咱们时间不多了，一定要尽快找到墓道的入口。"

所谓分金定穴，是只有少数摸金校尉才掌握的秘术，可以通过分辨"形势理气，龙沙穴水"这些风水元素，用罗盘金针确认古墓棺椁放置的精确位置，其误差最多不超过一枚金针的直径，故名分金定穴。

但现在的情况实在是让我为难，倘若能直接用分金定穴找那王墓的墓室，我早就找了，但问题是罗盘一进虫谷便已失灵，而且这种水龙晕只在传说中才有，我的《十六字阴阳风水秘术》也只是略微提及了一些，而且书中只是以后人的观点，从一个侧面分析了一下其形势布局，未曾详论。

经过我多年的研读，我判断家里祖传的这本残卷出自晚清年间，而其理论主要是基于唐代的风水星位之说。这虫谷深处的"水龙晕"则是属于上古风水中提及的仙穴，后世风水高手多半认为世间并不存在这种仙穴，所以我一直仰仗的《十六字阴阳风水秘术》残卷，在这里已经派不上多大用场了。

若想盗墓，必先找墓，但是有些帝陵王墓就在那儿摆着，一直没有遭盗掘，这主要是有两方面的原因。其一，自古以来盗发帝陵等超大古墓，多是军阀、农民军等团体所为。像那些帝陵都是开山凿岭，深藏地下，由数十万人穷数十年精力才建成，都是何等坚固深厚。不起大军，难以发掘。因为它不是挖挖土那么简单，其工程量和从大山里开条隧道出来差不多，而且这还是在能挖出墓道的前提下，找不到墓道，把山挖走一半，也不一定能找到墓门在哪儿。见过真正大山的人，都应该知道山脉和土坡有多大差别。

其二，帝陵再坚固，也对付不了盗墓贼。它再怎么坚固，怎么隐蔽，毕竟没长腿，跑不了，永远只能在一个地方藏着，即便是没有大队人马发掘，这拨人挖不了，还有下一拨人，豁出去挖个十年二十年的，早晚能给它盗了。但是能使分金定穴的人都知道地脉纵横，祖脉中重要的支岔影响着大自然的格局和平衡，所以他们绝不肯轻易去碰那些建在重要龙脉上的帝陵，以免破了大风水，导致世间有大的灾难发生。

在这献王墓中，我们无法直接确认棺木的位置，只好用最土的法子，也就是军阀或农民起义军的手段——找墓道。帝陵墓道中一重接一重的千斤大石门，就是用来对付这个土法子的，因为只要找到墓道，就能顺藤摸瓜找出墓门墓室。但是这个被坠机撞破的山体缺口，竟然不是墓道，那么这墓道究竟藏在哪里呢？

虽然知道肯定就在这山谷最深处，不会超出凌云天宫之下一里的范围，但是就这么个绿色大漏斗的四面绝壁深潭，只凭我们三人慢慢找起来，怕是十年也找不到。

我忽然灵机一动，想到了一个地方。我立刻对Shirley杨说："水眼！就是那个黑色的大漩涡！我想那里最有可能是安放献王尸骨的所在，最有可能被忽视的就是那里。地宫一定是在山体中，但是入口是好似鬼洞一样的水眼。"

Shirley杨奇道："你是说那水眼下有棺椁？你最好能明确地告诉我，这个判断有几成把握？那里的潜流和暗涌非常危险，咱们有没有必要冒这个险？"

第四十章 水眼

我对 Shirley 杨说:"即便献王棺椁不在水眼中,那里也应该是墓道的入口,我至少有七成把握,这次孤注一掷,倒也值得搏上一搏。不过虽然咱们三人都精熟水性,但我已领教过那口水眼的厉害了,纵然愿意冒十成的风险,却也不易下去。"

Shirley 杨看了看四周的铜人说:"我有个办法能增加安全系数,现在还有三根最粗的加固长绳,每一根都足能承受咱们三个人的重量,为了确保安全,可以分三处固定,即使断了一根,也还有两根。咱们在潭底拖上只沉重的铜马,就不会轻易被暗流卷动。这样要下到水眼中,收工后再退出来,也并非不可能。"

我对胖子和 Shirley 杨说:"那咱们就依计行事,让胖子戴罪立功,第一个去探那水眼。"

献王的棺椁很可能就在潭底的水眼中。我记得之前在潭底见到过一条巨大的石梁,那时我以为是建造王墓时掉下去的石料,现在想想,说不定那就是墓道的石顶。

我们分头着手准备,将三条最粗的长索分别固定在水下那架重型轰炸机的残骸上,没有比这架空中堡垒的遗体更合适的固定栓了。它不仅具有极高的自重,而且庞大的躯壳远远超出了水眼的直径与吸力。

然后我们就着手搬动铜马。那铜马极为沉重,好在这里的地形是个斜坡,三人使出全力,终于将铜马推进水里,再把那潜水袋上的充气气囊固定在铜马的腹部。这样做是为了从水眼中回来的时候,可以利用气囊的浮力,抵消一些漩涡中巨大的吸力。

从那破口出来的时候,外边依然是黑云压空,星月无光。白天那潭壁上古木丛生、藤蔓缠绕,大瀑布飞珠捣玉、银沫翻涌、玉练挂碧峰的神秘绚丽景象,全都看不见了。瀑布群巨大的水流声,完全像是一头躲在黑暗中咆哮如雷的怪兽,听得人惊心动魄。

我们三个人踩着水浮在潭中,我对胖子和 Shirley 杨说:"成功与否,就在此一举了。千万要注意,不能让铜马沉到水眼底下,否则咱们可就再也上不来了。"

Shirley 杨说:"水性无常,水底的事最是难以预测。如果从漩涡处难以进入墓道,一定不要勉强硬来,可以先退回来,再从长计议。"

我对 Shirley 杨说:"留得青山在,不怕没柴烧。不过天时一过,恐怕就再也没机会进这王墓了。咱们今天务必要尽全力,假如还不能成功,便是天意。"说罢用手敲了敲自己的登山头盔,让战术射灯亮起来,放下潜水镜,戴上氧气罩,做了个下潜的手势,当先沉入潭底。

Shirley 杨和胖子也随即潜入水中,三人在水底找到铜马和绑在上边的绳索,把腰上的安全锁与之牢牢拴在一起,都互相锁定,加上了三重保险。我举起"波塞冬之炫"水下探照灯,用强烈的光束向四周一扫,发现在潭边根本看不到位于中央的黑色漩涡,上下左右,全是漆黑一片。

但是这潭底的地形,我已经十分熟悉,当下先找到轰炸机的机体。巨大的暗绿色机身此时就是一个大型路标,机尾正对着的方向就是那个神秘的水眼。机尾和水眼中间,还有一条大青石相连,沿着这些潭底的标记,即便是能见度再差,也能找准方位。

水下无法交谈,三人只好用手语交流。我们使用的手语名称叫作"海豹",而并非世界通用的德式手语,这主要是因为美国海军的海豹手语更为简便易懂,学起来很快。我对 Shirley 杨和胖子二人指了指重型轰炸机的残骸,向着那个方向,做了个切入的手势。

胖子嘴边冒着一串串的氧气白泡,冲我点了点头。Shirley 杨也已会意,立刻将铜马上的气囊浮标解开,使它升到水面,这样我们在中途如果氧气耗尽,或是氧气瓶出了问题,仍可以借与浮标连接的气管,暂时换气。

大约一分钟后,浮标的气嘴已经为气囊充了大约三分之一的空气,减轻了铜马的一部分重量。我们在水底推着铜马,不断向着潭底的漩涡推进。

我们经过的地方,潭底的泥藻和浮游生物都漂浮了起来,在水中杂乱地飞舞,原本就漆黑的水底,能见度更加低了。我感觉脚下的泥藻并没有多厚,下面十分坚实,好像都是平整的大石,看来献王墓的墓穴果然是隐藏在潭底。

这时位置稍微靠前的 Shirley 杨停了下来,左右握拳,手肘向下一压,这是"停止"的信号，我和胖子急忙停下，不再用力推动铜马。

Shirley杨回过头来，不用她再做手势，我也已经察觉到了，水底开始出现了潜流，看来我们已经到了水眼的边缘。按事先预定的方案，我对胖子做了个手势，伸出双指，反指自己的双眼，然后指向胖子："你在前，我们来掩护你。"

胖子拇指、食指圈拢，其余三根伸直，做了个"OK"的手势，随即移动到铜马的前边。由于他在我们之中最壮，所以他要在前边确保铜马不被卷进漩涡深处。

有了沉重的青铜马，三人又结成一团，我们就不会被漩涡卷起的水流力量带动，但仍然感觉到潜流的吸力越来越大，等到那黑洞洞的漩涡近在眼前之时，已经有些控制不住身体了。那铜马并非一体，而是分别铸就后拼接而成，不知照这样下去，会不会被水流搅碎。

我赶紧举起一条胳膊，张开五指画了个圈，攥成拳头，对Shirley杨和胖子做了个"迅速靠拢"的手势。

三个人加上一个沉重的背囊和那匹青铜马，重量总和将近千斤，这才稍稍稳住重心。我慢慢放开安全锁，使长绳保持一厘米一厘米地逐渐放出。

胖子拽出两枚冷烟火，在登山头盔上一撞，立刻在水中冒出不燃烟和冷火花，先让这两枚冷烟火在手中燃了五秒，然后一撒手，两团亮光立刻被卷进了漩涡深处。

我在铜马后边，无法看到冷烟火的光芒在漩涡中是什么样子，只见胖子回过头，将右手平伸，遮住眉骨，又指了指下面的漩涡，最后竖起大拇指："看见了，就在下面。"

我用力固定住身体，分别指了指Shirley杨和胖子，拍了拍自己的登山头盔："注意安全。"然后三人紧紧抱住铜马，借着漩涡的吸力，慢慢沉了下去。多亏有这铜马的重量，否则人一下去，就难免被水流卷得晕头转向。

刚一沉入漩涡，Shirley杨立刻拉动充气绳，将气囊充满，以免向下的吸力太强，直接被暗流卷入深处。若说这潭底像个大锅底，那中间的水眼就是锅底上的一个大洞，就连"波塞冬之炫"这种先进的水底照明设备，在水眼中也好像成了一根小火柴,能见度急剧下降。这时我们就如同置身于恐怖的鬼洞中,被恶鬼拽进了无边的黑暗之中。好在抱着那匹青铜马,感觉到一种沉稳的重量,心跳才逐渐平稳下来。

胖子最先看见墓道入口,入口并不在漩涡的深处,几乎是贴着潭底。不过上面有条石遮挡,若非进到水眼中,根本无法发现。

我见已发现墓道了,忙和胖子与Shirley杨一齐发力,使我们这一团人马脱离漩涡的中心,挣扎着游进了墓道里面。

墓道并没有石门,里面也全是漆黑冰冷的潭水,不过一进墓道,便感觉不到暗流的吸卷之力。这条青石墓道入口的大石,是反斜面收缩排列,丝毫不受与之一米之隔的水眼力场影响。虽然如此,我们仍然不敢怠慢,又向墓道深处游了二十多米,方才停下。

刚才在水眼中全力挣扎,完全没来得及害怕,现在稍微回想一下,只要在一个环节上稍有差池,此时已不免成为潭底的冤魂了。不过总算是找到了墓道,冒这么大的风险,倒也值了。

我们解开身上的绳索,在被水淹没的墓道中继续向深处游去。对四周的环境稍做打量,只见这墓道还算宽阔平整,两壁和地下均是方大的石砖,只有头顶是大青条石,也没有壁画和题刻的铭文,甚至连镇墓的造像都没有。最奇怪的是没有石门,看来我们准备的炸药也用不到了。

但是我立刻想明白了,这里绝对可以通往王墓的玄宫,因为献王沉迷修仙长生之术,相信死后可以登天,而且自信这座墓不会有外人进入,所以墓道不设石门拦挡。对盗墓贼来说,石门确实是最笨的东西,有石门与没有石门的区别,只不过是多费些力气和时间而已。

墓道又深又长,向里游了很久,始终都在水下,我对胖子和Shirley杨做了个继续向前推进的手势。从这里的地形规模来判断,放棺椁明器的玄宫应该已经不远了。

果然再向前数十米,前方的水底出现了一道石坡,墓道也变得比之前宽阔了数倍,顺着石坡向上,很快就超出了潭水的水平面。三人头部一出水,立刻看见墓道石坡的尽头,耸立着一道青灰色的千斤石门。

第四十章 水眼

我抹了一把脸上的水，惊喜交加："总算是到地方了。"恨不得立时破门而入。胖子在水中指着大石门上面说："哎，老胡你看那上边……怎么还有个小门？"

胖子所说的那扇小门，是个在最高处的铜造门楼，整体都是黑色，构造极为精巧。门洞刚好可以容一人穿过，门楼上还有滴水檐，四周铸着云霞飞鸟，似乎象征着高在云天之上。

我对胖子说道："那个地方叫天门，是给墓主人尸解仙化后登天用的，只有在道门的人墓中才有。但是成仙登天的美事，那些干尸就连想都别想了，这天门，正好可以给咱们这伙摸金校尉当作现成的盗洞。"

我们历尽千难万险，总算是摸到了王墓玄宫的大门，心中不禁十分兴奋。Shirley 杨却仍然担心里面没有那枚雮尘珠，突然问我道："古时候的中国，当真有神仙吗？"

第四十一章
叩启天门

我反问Shirley杨:"你一直都是科学至上,怎么突然问这种没斤两的话?要说这人有灵魂存在我完全相信,但说到神仙那种事……我觉得那些都是胡说八道。"

Shirley杨道:"我相信这世界上有上帝,不过……"

胖子突然口齿不清地插嘴道:"不过什么,我告诉你吧,神仙啊,不是有位哲人说过吗,杀死一个人你会成为罪犯;杀死一百万人,你可以做国王;能把全部人都杀死,你就是神。"

我把防水背囊从水中拎了上来,边把武器和工具分给他们两人,边对他们说:"你们也不要想太多了,咱们倒斗之人就是百无禁忌,什么仙啊神的,不要多去考虑那些愚弄老百姓的造神论。时代不一样,对神与仙的看法也不同,我觉得到了现代,神明只不过作为一种文化元素,是一种象征性的存在,可以看作是一个精神层面上的寄托。当然也存在另外一种观点,人也可以成为神,能创造奇迹的人就是神,所以有些伟人也会被捧上神坛。但是不管他多伟大多杰出,都逃不过生老病死,所以单从生物学的角度看,世界上不会有神,人毕竟还是人。"

胖子刚好收拾停当，笑道："行啊胡司令，最近理论水平又见提高。俗话说生不带来，死不带去，这献王死都死了两千年了，估计成仙不死是没戏了，没烂成泥土就不错了。他地宫里的陪葬品，也陪着死人放了这么久，是时候拿出去晒晒太阳、过过风了。咱们还等什么，抄家伙上吧。"

我摸了摸脖子上的摸金符说道："好。但愿祖师爷显灵，保佑咱们一切顺利。还是那句话，一万年太久，只争朝夕。咱们现在就叩开天门，倒头摸金，升棺发财。"

Shirley 杨咬了咬牙，低声念道："我们在天上的父啊，让我们尊称您的名字为圣，请保佑我们此……"她的这个决心不是很好下的，一进古墓，便注定了要告别清白的过去，做一位名副其实的"摸金校尉"，而且永远都要背上"盗墓贼"的称号了。

Shirley 杨取出飞虎爪，抛将上去，挂住了天门的门楼，向下一扯，十分牢固，便当先爬了上去，在上面对我招了招手。我也拽住飞虎爪的锁链，第二个爬上了天门。

我一登上门楼，便仔细察看这铜铸镂雕的天门有没有什么机关，确认无误，便取出摸金校尉的"黑折子"。这东西名称很玄，其实就是根特制的撬棍，可以拉伸收缩，并且能够折叠起来带在身边，专门用来撬墓门墓墙，或是撬墓砖，可以配合撬棺材的探阴爪来使用。

天门本来是活动的，也和真正的城门一样，可以由内向外推开，但是里面被锁死了，用黑折子撬了七八下才见松动。这时候胖子气喘吁吁地爬了上来，我就交由他来撬门，我在后面托着他的背部，免得他用力过猛，从门楼上翻下去。

胖子抖擞精神，使出一身蛮牛般的力气，"咔嚓"一声，终于把铜门撬开。我赶紧把他拉到一边，这古墓的地宫处于绝对封闭的环境中，空气并不流通，郁积在内的阴气尸气都对人体有很大的伤害。大金牙的爹老金头，不仅腿冻瘫了，而且肺里像装了个破风箱，一喘气就像是用铁刷子刮铜，还经常吐黑痰。他虽自称是抽烟抽的，其实我们都知道，他从来不吸烟，那是他年轻时盗墓，被郁积在棺内的尸臭呛了一下，才留下这么个永远治不好的病根。

等了几分钟后，Shirley 杨点了支蜡烛，托在工兵铲上，送进黑洞洞的天门，想探一探墓中的阴气是否严重。那蜡烛一直燃着，虽然火苗被风吹得忽明忽暗，但始终没有熄灭。Shirley 杨说："墓中有股冷飕飕的阴风，还裹着极重的腐烂潮湿气味，安全起见，咱们还是都戴上防毒面具再下去。"

据我估计，这墓门大概位于漏斗状的绝壁之中，利用一个天然的岩洞加工修凿而成，年代实在太久了，里面也许有些地方会渗水，但这种"井"字形，或者"回"字形的大墓，里面结构特殊，每一段都可以形成密闭空间，空气不流动的地方比例很大，不戴防毒面具，绝不能进去。于是三个人分别取出防毒面具戴在头上，垂下登山索，从天门翻入了大墓门的内侧。

墓门后的空间并不大，这一段叫作嵌道，连接着墓室和墓门。其中陈列着数排铜人、铜马，铜马都是雄骏高大，昂首向前，比我们看到的第一批质量和工艺都好了很多；军俑都持具有滇国特色的空槽钺、凸刃斧，每一尊的面目都各不相同，但是面部表情严峻威武。

这里地形十分狭窄，如果想往深处走，就必须从这些青铜军俑中穿过。那些高举的长大兵刃，似乎随时会落下，砍在我们头上，我们把心悬到嗓子眼，迅速从铜人军阵中蹭了过去。我对胖子和 Shirley 杨说："我估计这墓里已经不会有什么暗箭毒烟类的机关，不过咱们小心为上，千万别乱动玄宫里的东西，搞不好再惹上什么草鬼婆的舌头，可不是闹着玩的。"

胖子和 Shirley 杨点头答应，我仍然觉得不太放心，就同 Shirley 杨把胖子夹在中间，探着路向前摸索，继续往深处寻找玄宫中墓室的所在。

嵌道向前又是一段平整的墓道，墓道的两侧有几个石洞，里面都装满了各种殉葬品，全是些铜器、骨器、多耳陶罐、金饼、银饼、玉器，还有动物的骨骼，看那形状有马骨，还有很多不知名的禽鸟，看样子都是准备带到天上去的。放陪葬品的洞都用铜环撑着，但仍有两个石洞已经塌了，上面有不少黄水渗了下来，把洞中的陪葬品侵蚀损毁了不少。

胖子见了这些情景，急得抓耳挠腮，可惜只长了两只手，看哪一样都好，但实在搬不了这一洞接一洞的明器，而且胖子也很清楚，只有墓主棺椁内

第四十一章 叩启天门

的明器才是最有价值的,也是最为重要的,只有强行忍住那如饥似渴的心情,对那满洞的宝贝视而不见。

这时墓道前出现了连着的三座短窄石桥,桥下深沟中混浊的黄水,不知其有多深,也不见流动,像是一汪死水。

我对 Shirley 杨说:"这叫三世桥,在中国古代传说中,人死之后化仙升天,便要先踏过这三世桥,摆脱世俗的纠缠,然后才会脱胎换骨,遨游太虚,做个逍遥神仙。"

Shirley 杨说:"这些鬼名堂你倒真懂得不少,你看桥对面似乎有一堵白色的墙壁,那又是什么去处?"

我对 Shirley 杨说:"过了三世桥,一准便是献王的棺椁了。但是你看桥上浮雕的动物都为雌雄一双,所以那边的棺椁很可能有两具,是献王和他的老婆,这是处合葬墓。"

Shirley 杨说道:"我总觉得自从进了天门之后,这一路有些过于顺利了,以献王墓之复杂,他的棺椁有这么容易被找到吗?"

胖子对 Shirley 杨说道:"你大概也被传染上老胡那套怀疑主义的论调了。刚才我就对你们打过包票了,开那老粽子的棺盖,有我一个人就够,你们就跟后面瞧好吧。"

胖子说着话,举步登上了三世桥,抢先行去。按陵制,只要过了桥,必是棺椁,这是肯定不会有错的。于是我就劝 Shirley 杨别再疑惑,不管怎么说,开了那棺材之后,才能知道里面是否有雹尘珠,与其胡思乱想地饱受煎熬,还不如直接上去撬开棺盖,看个究竟。

胖子走得太快,我跟 Shirley 杨说话的工夫,他已经走到了白色的墙壁下面。怕他不等我布置便提前开棺,我赶紧拉着 Shirley 杨在后边追了上去。

一过三世桥,这地洞便豁然开阔,在天然的地洞中,建有一处让墓主安息的阴宫,雪白的围墙在黑暗中十分显眼。这种白色并非汉白玉的白,似乎是一种石英白,直接连到六七米的洞顶,与地洞连成一体。墙中有个门洞,有扇钉着十三枚铜母的大木门。胖子正在用黑折子撬门,木门已经烂得差不多了,只剩下铜母撑架着,没费多大力气,便将门撬破。

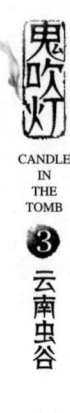

我知道门后一定就是摆棺椁的墓室，若有机关也就在门廊左近，而且门内的空间又广又高，墓中又黑到了极点，在门口看不到里面的情况，我便让Shirley杨在这里打进去一枚照明弹，先看看里面的情况再说。

Shirley杨取出信号枪，一抬手将一枚白光耀眼的照明弹射进了墓室，惨白的光芒立刻驱散了沉重的黑暗。强光中，只见墓室内以一种非常怪异的方式，呈"人"字形放着三口大棺，每一口棺椁都完全不同，不仅形状、材料、款式不一样，就连摆放的方式都毫不相同，最靠外边这口用大铜环悬吊在半空，由于离我们最近，所以看得最为清楚。三人都不由得倒吸了一口冷气，谁也没想到会碰到这样的棺椁。

胖子一时没了主意，问我道："老胡，瞎子那几句话怎么说来着？难道这就是他妈的什么窨子棺？"

我对胖子和Shirley杨说："不合常理为妖，咱们这次要拆的是三口妖棺。"

第四十二章
三个国王

胖子正想再问，我一挥手将他的话打断："怎么着，刚看见棺材就怵了？以前的确是有过'窨子棺，青铜椁，八字不硬勿近前'的戒条，但咱们能踏过三生桥，来到阴宫冥门之前，说明咱们三人的命绝对够硬，否则未踩三生桥，就早已坠入幽冥之中了。"

胖子说道："笑话，本司令什么时候害怕过，只不过没见过这种棺材，老虎咬刺猬，不知该如何下嘴。"

其实我也不知道我们的八字够不够硬，这么说只是给胖子添胆气。在阴墙的门洞前，离墓室深处那三口奇形怪状的棺椁还有一定距离，照明弹虽然亮得瘆人，却也看不到细微之处，只好先等一等，见门被撬破后，没有触动什么机关，便对Shirley杨和胖子点了点头，示意能进去了。

Shirley杨撑开金刚伞在前边开路，我和胖子紧紧跟在后边。适才射进去的照明弹兀自未熄，将阴暗的墓室照得一片通明。和我所料一样，这是一个很大的"回"字形墓室，阴宫共分为内外两层，白墙之内是第一层，与这道墙间隔七八米的距离；另有一层砖墙围在当中。两层墙上的墓门相对，里面则只是个弧顶的低矮门洞，并没有门栅阻拦，照明弹直接穿过去，打进了最深处的墓室里。

一进外门，我先用狼眼手电筒照了照两侧，那里是两道墓墙的夹层，堆满了各种青灰的巨型铜铸祭器。这些铜盘、铜鼎，还有堆放其间的象牙、玉币、玉釜，象征着墓室中主人的国主身份。

这是我有生以来，见到陪葬品最多的一座王墓了。这些陪葬品都是为了死者特意制造的，而不是像精绝国那样，随便拿些值钱的东西就堆进去。汉唐时期厚葬之风最盛，传说这期间，有些帝陵中的陪葬品超过了上千吨，相当于当时整个国家三分之一的财力。而这献王墓中的陪葬器物，虽然没有那些帝陵奢华，却几乎是把整个滇国都给埋进了墓坑里。但是这些臣民、奴隶和财宝，谁也没能跟随献王上天，就都在两千年岁月的消磨中，腐烂在了这阴森黑暗、不见天日的地下。

我叹了口气，心想中国以前那些值钱的老东西，都是这么糟蹋了，当下加快脚步，跟着Shirley杨进了内层墓室。两重墓室就如同古城池的内城和外城，最深处的这间墓室，即是古墓的核心部分。

照明弹的光芒正逐渐暗淡下来，我们一踏进墓室，四周顿时陷入一片漆黑之中。我们立刻将头盔上的射灯打开，看到面前那具用铜环悬在半空的铜椁，它的体积最大，在三具棺椁中也最突出，其余两具都没有吊在铜环上。

铜椁黑沉沉的毫无光泽，上面落满了很厚一层积灰。我戴上手套，将铜椁上的灰尘抚去一层，椁身立刻被灯光映成诡异的青灰色。铜椁上已经生了不少绿色铜花，冷眼一看，倒似是爬满了深绿色的蜈蚣。

仔细一看，铜椁上还缠着九道重锁，封得密不透风，外边铸着很多奇异植物，除此之外，也没有什么更明显的特征，就是大、沉、重而已，真正的棺木应该在它的里面。

再看另两具棺椁，一具是木制的，看那式样和大小，应该不是木椁，而只有一层棺材板。但这棺木也非寻常之物，粗略一看，棺板厚约八寸，棺上没有走漆，露着木料的原色，黑得好似焦炭，木质却极为细密刚韧。

Shirley杨奇道："棺木似乎没有进行过特殊加工，但世上怎么会有这种材质的木料？"

我用手敲了敲棺盖，发出"空空"的撞击铜钟声，在墓室中听来，声音格外洪亮沉厚，便对 Shirley 杨说："这就是传说中的窨子棺了。在深山老林的山沟山阴里，阳光永远照射不到之处，有种炭色异树，这种树从生长开始，就从来没见过阳光。普通的树木，每一年增长一圈年轮，而这种不见阳光的树，要过几十上百年，它的年轮才增加一圈，这就叫窨子木。这名字很特殊，形容它是在地窨中长起来的树。"

胖子也伸手摸了摸那口窨子棺。"我的天老爷，这要真是窨子棺，那可真是宝贝了。听说这种窨子木很难长成材，能做成棺材，而且棺板还这么厚，按现在的行市，可比等量体积的黄金还值钱啊。我看实在找不着合适的，咱把它扛回去……也行，那咱这回来云南，就不算是星期六义务劳动了，你们说是不是？"

我对胖子和 Shirley 杨说："黄金哪儿能和这木料比，便是十口黄金棺材也换不得。你们看这棺板有多厚，而且都是最好的窨树芯，这有个名目，唤作'窨木断心八寸板'，不是万年窨子木，又哪儿有那么厚的树芯。想当年慈禧太后老佛爷也没混上这待遇，因为这树在汉代就绝了，后世再也没人能找到这么粗的树了。"

胖子连连搓手，呼吸都变得粗重起来："怎么着，我说二位，咱还等什么呀，赶紧把它扛出去吧。"

Shirley 杨没理睬胖子，对我说。"吊在墓室半空的青铜椁也很特别，那又是怎么回事？那边还有另外一口奇形怪状的棺材，难道这里是献王和他的两位妻子？"

我摇了摇头说："我现在也有些摸不着门了，青铜椁在陵制中也属异类，只有一些大罪人，或者是得了传染病的贵族，才会用铜椁封死。还有一说，是入殓前有尸变的迹象，防止僵尸破棺而出。你看这铜椁上有九道重锁，想开它又谈何容易，鬼才知道这里面装的是什么。"

Shirley 杨道："我只知有种铜角金棺是为了防止尸变，原来这具吊悬的青铜椁也是同理。那悬在空中却是何意？"

胖子又插口道:"这连我都知道,以前我们曾见识过一具人面铜椁,比这可生猛多了,当时胡司令差点吓尿裤子。后来我听说这种环吊椁,是专门用来装修道求仙之人的,让他们死后不接地面浊气。据我估计这里头装的,有九成九的可能便是献王那只老粽子,他不仅没成仙,反倒先起了毛要生尸变,所以才用铜环铜椁悬在墓室里。咱们还是别碰它,不如直接抬了这窨子棺回去,下半辈子数钱都数不过来了。"

我对Shirley杨说:"你甭听他胡说八道,吓得尿了裤子的人是他不是我。不过他后半部分倒是说得没错,那吊在空中的都是道门之人。铜椁是用来装僵尸的,不过并不能就此断定里面就是献王。这三口棺材大有文章,咱们看明白了再下手。"

我们决定再看看第三口棺椁是什么样子,再决定如何开棺,便一同走到墓室最深处的地方。那里则是一具无缝石棺,是一具用一体的纹石直接造成的石棺。纹石的棺板显得格外古朴,甚至有些原始,饰有数百个连环相套的圆环,这些环形凿刻聚在一起,就形成了一只黑色的野兽,也看不出那是个什么,非龙非虎的样子,充满了古老神秘的色彩。

无缝石棺的外边封着一层半透明丹漆,棺缝被封在里面,无法看到。不过这几年在潘家园积累了一些经验,虽然那里假货多,但是信息量十分丰富,特别是有些民间的收藏家,从他们口中能了解到不少有关各种明器的信息,都是书本上难以接触到的。我就曾经不止一次听人提到过这种无缝石棺,据说在西山就曾挖出来过两次。

但是这石棺,明显比平常的棺材短了一大截,底下有四个粗壮的独脚石人抬着,所以显得又比那口窨木棺高出一大块。胖子看后立刻说:"这肯定是献王的儿子,是个王子,初中没毕业,便给他老子陪葬了,也不要文凭了,等着一起升天成仙呢。"

Shirley杨说:"不可能,从没听说有谁让自己子女陪葬的,虎毒尚且不食子。"

我对他们两人说道:"当然不是什么王子王孙了,这石棺之所以短小,很可能这里面装的不是全尸。古代战国时,列国相争,百家争鸣,墓葬文化也趋于多元化，有种拼肢葬，还有种叫作碎葬，还有什么蜷葬、俯身葬、蹲葬、悬葬、侧卧葬等等，对死亡的理解不同，安放死尸的方式也各不相同，这应该是口蜷葬的石棺。而且纹石也非同小可，是种稀有的凉石，其性似水玉，里面的尸体生前必定也是有头有脸的人物。"

只是那种蜷葬的方式，到了汉武帝时期已经绝迹了，是否在滇南还有所留存，可就不得而知了。问题是这三口棺椁，除了都极特别之外，完全难以放在一起相提并论，虽然同在一个墓室中，又似乎其中没有半点关联。

我心想反正也想不明白，全启开来看看也就是了，于是让胖子去进门的角落处，点上三支蜡烛，然后就先从这口最值钱的窨子棺下手。献王就是烂成了土，那毫尘珠也应该仍然留在棺内。

胖子点蜡烛的时候，我见那三支蜡烛的烛光亮了起来，把阴森的墓室角落照亮，心中突然想起了什么，三世桥，三口棺椁？

正冥思苦想之时，却听 Shirley 杨对我说："我刚想起在阴宫门前所见的三世桥，这三口棺椁中放的尸骸，是不是献王也未可知，不过可能不会有咱们要找的那位拥有凤凰胆的献王。墓室中的棺椁，是他从别的古坟里挖出来的，可能他通过某种方式，认定这是他前世的尸骸。"

我想了一想，答道："是啊，这样就不难理解了，三副棺椁并不属于同一时期，而是代表了献王在人间的三生三世。中国道家向来都有仙道化三生的传说，这前三生被称为三狱，最后的死状都会极惨，所以才会用这种特殊的棺椁装殓。真正的献王，一定也藏在这间墓室中的某个地方……欸，咱俩光顾着看这三口妖棺了，去墙角点蜡烛的胖子怎么还没回来？三……六……九……墙角有九支蜡烛，这孙子怎么点了这么多蜡烛？他人呢？"

Shirley 杨对我做了个放低声音的手势。"你听那青铜棺里，是不是有声音？"

第四十三章
长生烛

墓室角落的蜡烛，距离我们最近的，是与室中三口妖棺的摆放位置相同，按三角形排列的三支蜡烛，这种光线是我所熟悉的，肯定是胖子刚点的三支蜡烛。

然而这三支蜡烛的右边，却另有两排微弱的蓝光竖着出现在墙上，三三为列，幽蓝色的光源本身并不能照亮周围，黑处还是那么黑，只是在这一片漆黑中多了六盏幽暗的蓝色"鬼火"。

那口吊悬在铜环上的巨大青铜椁，也正传出一阵阵铜铁摩擦的声响。我心想这定是僵尸在里面挠动棺盖的声音，怎么刚一进阴宫就碰上尸变，莫不是刚才我用手擦去铜椁上的积灰，棺中的古尸感觉到了活人的生气？不会啊，我记得我戴手套了。

又转念一想，且不说那六盏鬼火从何而来，我们三个摸金校尉的命灯尚在，位置也丝毫不错，所以这墓室中至少到目前为止还没有发生尸变，也没有厉鬼冤魂之类脏东西出没的迹象，却不知是什么在作怪。

我想到这里便镇定下来，在墓室中大叫道："王司令，你他妈的又在捡什么破烂儿？快给老子滚出来，否则军法处置！"

第四十三章 长生烛

只见胖子从那青铜椁的另一端露出头来，问道："胡司令，你找我？我在这铜棺上起下来了一件好东西，好像是金的。"说完举着个圆形的金属物体走了过来。

我接过一看，见是面铜镜，抚去上面的尘土，铜镜表面依然光可鉴人，并没怎么生锈，背面却铜锈斑斑，镜周有圈金黄色的箍石作为装饰，这些圆形的石块很容易被人误认为是黄金。铜镜背面虽然破烂不堪，但是给人一种远古文物独有的颓废美感。铜椁上装面铜镜做什么？难道是镇住里面的千年古尸？倒从没听说有这种东西。我把镜子交给胖子说："这是铜镜，背上镶嵌的是箍石，不是黄金的。你从哪里拿来的就赶紧给装回哪里去，咱们大事当前，别为这些微不足道的明器耽误了正事。"

Shirley 杨在旁问胖子："刚才你在墓室东南角一共点了几支蜡烛？"

胖子听 Shirley 杨问这件事，不禁奇道："三支啊！好歹我也是文化人，还能不识数吗？你看……"说着转头一看，顿时傻了眼，他也看到除了那三支蜡烛外，还另有六点幽暗阴森的蓝光。

我见那六盏鬼火般的蓝光果然不是胖子所为，但只要三支蜡烛不灭，就不会有太大危险。不过还是过去看个清楚，墓室中的三口棺椁都很结实，得需要些时间才能开启，所以倘若真是有什么邪门的预兆，尽早将其扼杀于萌芽状态。

墓室中能点燃蜡烛，说明氧气已经在逐渐增加。我先用手电筒扫视了一下，但墓室深埋地下绝对黑暗的空间中，空气又多少有点杂质，照了半天，也没看出来那里有什么。

我嫌防毒面具厚重的视镜影响视线，便将防毒面具暂时摘掉挂在胸前，换了副口罩戴上，拎着 M1A1，带领 Shirley 杨和胖子走过去查看。

亮起诡异蓝光的位置就在墓室门侧，由于这阴宫中的墓室面积不小，胖子点在墙角的蜡烛相对集中，蜡烛光亮十分有限，两处光源之间的距离为八九米远，谁也照不到谁。

走到距离鬼火四五米的地方，狼眼手电筒已经可以把墓墙照得一清二楚了。我们一进墓室，视线就被正中的三口棺椁吸引，随身携带的光源范

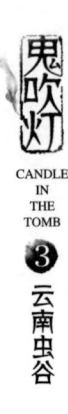

围有其局限，所以没留意到内室门洞边还有东西。

最早进入狼眼手电筒射程的是一张生满黑鳞的怪脸，这张脸没有嘴唇，只有两排张开的锋利牙齿，那鬼火的微弱光芒就是从它口中冒出来的。

我和胖子乍一见到这等可憎可怖的面目，心里头一个念头就是恶鬼，也忘了想子弹是不是管用，举起早就顶上火的"芝加哥打字机"，立刻就要射击。

Shirley 杨有双夜猫子眼，目力过人，在黑暗中往往比我和胖子看得都清楚，她突然开口说："是黑鳞鲛人……不要紧，都是死的，原来这是古墓里的长明灯、往生烛。"

我把抬起的枪口慢慢压低。我们不久前还曾谈论过地宫里万年不灭的长明灯，想不到一进来就遇上了，我心中不免有些好奇："世上真有美人鱼吗？那不只是古代对海牛的称呼吗？"便又走近几步，想要看看那长满黑鳞的人鱼是怎么个样子。

只见那两根嵌进墓墙的铜柱，每根铜柱上、中、下三部分共绑着六只半人半鱼的怪物干尸。这些鲛人上半身似女子，也有两个乳房，脖颈很细，鳃长在了脖子上，但是它们没有人类的皮肤，全身都是稀疏的黑色大鳞片，只有肚腹处无鳞。

尸体似乎经过了特殊处理，干硬黢黑，并没有腐烂。铜柱上有锁链将这六只鲛人穿了琵琶骨，鲛人作出蹲伏下跪的姿势，被反锁在铜柱上，正好从上到下均匀地排成一队。它们的嘴大得出奇，全都大张着，我用狼眼手电筒往里一照，发现鲛人的喉咙都被类似石棉的白色东西堵住了，干枯发硬的舌头上插着一节火绒，正在燃着暗淡的蓝光。

胖子好奇地用 M1A1 的枪管戳了戳鲛人，尸体都已经发硬了。"跟我想象中的美人鱼不太一样，不过胜在模样奇怪，都死挺了，看来卖给动物园是没戏了，咱们首都的自然博物馆还真缺这么一个标本。"

我见这黑鳞鲛人虽然奇怪，却只是这地宫里普通的长生烛，是用来象征性地表示虽然墓主肉身已灭，灵魂却依然存在的道具，当即就把悬着的心放了下来，掏出一支香烟，就着人鱼口中的蓝火点了，把烟圈吐在胖子脸上，对他说道："王司令这次觉悟还是比较高的，没有只想到个人，而是先考虑国家这个大集体。你把它扛回去送给自然博物馆，填补了这一领域的空白，说不定还能混张奖状挂挂。"

Shirley 杨对我说："这并不是首次发现，世界上已经有很多人发现人鱼的尸骨了，美国海军还曾捉过一条活的。据说海中鲛人的油膏不仅燃点很低，而且只有一滴便可以燃烧数月不灭，古时贵族墓中常有以其油脂作为万年灯的。不过直接以鲛人尸体做蜡烛，我却从没听说过，我想这和秦汉时传说的仙山是在海中有关。"

我想到中国古代陵制里曾详细记载过长生烛，心里忽然一沉，对 Shirley 杨说道："你只知其一其二，却不知其三。传说东海鲛人其性最淫，嗜血，都聚居于海中一座死珊瑚形成的岛屿下。那岛下珊瑚洞洞穴纵横交错，深不可测，那里就是人鱼的老巢。它们在附近海域放出声色，吸引过往海船客商，遇害者全被吃得连骨头也不剩下。有人捉到活的黑鳞鲛人，将其宰杀晾干，灌入它的油膏制成长生烛，价值金珠三千。这些故事我以前都曾听我祖父讲过，当时以为只是故事，现在看来确有其事。另外，这墓室中封闭稳定的微环境被咱们打破了，火绒遇到空气即燃，所以这些……鬼火突然亮了起来，我觉得这都并不奇怪。"

最奇怪的是这长生烛一共有六支，按陵制，地宫里的长生烛只在墓室里有，不同于万年灯。一支长生烛对应墓中的一具重要尸体，当然殉葬者是用不到的。比如夫妻合葬墓，棺前便往往有两支长生烛。

胖子掰着手指头数了数："墓室里只有三口棺材，加上咱们三个活人才够数，我×他祖宗的！莫非连咱们都给算进去了？"

Shirley 杨摇头道："不会，我想献王应该不会在墓室正中的三口棺椁里。他的棺椁虽然出不了这间墓室的范围，却一定藏匿得极深。而这更古老的三套棺椁，其中的尸骨分别代表献王的前生，加上献王，这就是四具尸体了。老胡曾说过，三世桥上的动物雕刻都是雌雄一对，这王墓是座合葬墓，那也就是说这里至少有五具尸体，但这样算来，尸体与长生烛的数目还是对不上……"

正说着话，一阵阴风飘过，墓室东南角的三支蜡烛齐灭。身后的青铜椁中传来一阵指甲抓挠金属的刺耳声音，在寂静阴森的地宫里，这种声音足以重度冲击人体的大脑皮层，使人由内而外地产生一种压倒一切的恐惧感。我们立刻回转身去，胖子在旁对我说道："向毛主席保证，这次可真不是我干的。"

我对他说："组织上向来都是相信你的，但是现在考验你的时候到了！你快去看看那青铜椁里有什么东西……不对，他妈的真见鬼！你们看棺椁那一端，怎么又冒出三盏一字并列的大团鬼火？难道这里有九具尸骨？"

相较之下，数目与光芒都诡异到了极点的长生烛，毕竟没有那青铜椁里指甲挠动金属的响声瘆人，那抓挠声在压抑的地下空间里，显得格外突出刺耳。

我急忙对胖子说："那铜镜作用虽然不明，但很有可能是用来镇住铜棺中的古尸的，你赶紧把它给我，我先安回去试试，看还能否管用。"

胖子把铜镜交在我手中，我接过铜镜，让胖子与Shirley杨先别管那边刚刚亮起来的长生烛，立刻到三支蜡烛旁等候，待我装上铜镜后，立刻再把"命灯"点上。

我心想："这回就先作弊了。这次的明器关系重大，不得不拿，反正那'鸡鸣灯灭不摸金'的规矩，我们也不是没破过，祖师爷在天有灵，多半也会体谅我们的苦衷，谁让我们几个手艺潮了点，运气背了点呢？"

我们分作两组，我独自一人，匆匆赶到青铜椁旁，举着狼眼手电筒，略一打量，青铜椁侧面有个圆形凹槽，应该就是嵌入铜镜的位置，不过已经被胖子用工兵铲撬豁了一大块。我被那棺中传出的声音，搅得心惊不已，哪里敢有半点耽搁，急忙把铜镜镜面朝内按了进去。

谁知刚一离手，铜镜便立刻掉落在地，由于有个豁口，那原本就浅的凹槽，就更挂不住沉重的铜镜了。我赶紧拾起来，把它重新嵌进青铜椁，用手牢牢按住，但这也不是事，我总不能就这么一直按着。

说来也怪了，铜镜一被嵌进青铜椁，里面的抓挠金属声立即止歇，看来如我所料，铜镜多半就是件用来镇尸的法器。历来各家有各法，我只懂摸金校尉对付僵尸的法子，至于那些道家等各家的手段，却丝毫不懂。但是这不要紧，只要不发生尸变，就谢天谢地了。

我急中生智，先回头招呼Shirley杨，让她将三支蜡烛重新点燃，然后在携行袋里翻了翻，记得有胶带，却怎么也找不到了，正好有一小包美国口香糖，当下全塞进嘴里，胡乱狂嚼一通，然后将其粘在豁口与铜镜相接的地方，又用手捶了两下，再放手一看，虽然不如先前那原装的牢固，也足够对付一时了。

Shirley杨和胖子那边的蜡烛也已全部点燃，我过去与他们会合，对他们说："刚才蜡烛说灭就灭，火苗连抖都没抖就没了，这说明墓中古尸不是一般的厉害。天还没黑的时候，咱们就见到外边有黑猪过河、雨候犯境的奇怪天兆，这都表示此地尸气冲天，而且绝不是一般的尸怪。"

胖子说道："那不就是青铜椁里的粽子吗？既然已被铜镜镇住，料也无妨。"

我摇头道："未必，这青铜椁里有什么，没看之前还不好下结论，而且你别忘了，这铜镜除了刚才被你撬掉之外，可始终没人动过，之前天兆便已如此异常，所以我想……恐怕这墓中还有别的什么东西隐藏着。总之你别再给我没事找事了，等咱们找到雹尘珠后，你愿意怎么瞎折腾都没人拦你。"

胖子不以为然："怎么是我瞎折腾呢？咱们一路上的脏活累活，可都是我抢着做的，群众的眼睛是雪亮的，我一贯是任劳任怨的老黄牛。胡司令你要是总这么诬蔑我的话，那我可就要'横眉冷对千夫指，俯首甘为孺子牛'了。"

我忍不住笑道："我的王司令，你能不能消停一会儿，我以前怎么没发现，你还挺会美化你自己，不过孺子牛有你这么多肉吗？你就是一肥牛。你现在先别跟我横眉冷对，咱们最要紧的，还是先去看看那新冒出来的三盏长生烛是怎么回事。他奶奶的，这巴掌大的墓室里，究竟有多少尸体？"

我说完带着胖子和Shirley杨，从三套妖棺之间穿过，来到了那一字排开的长生烛前。这里的墓墙上嵌着三根铜柱，不过却没有黑鳞鲛人做的灯了，这三盏长生烛的材料，要远比那面目狰狞的六盏人鱼灯恐怖得多。

这是三个用十一二岁的肥胖男孩做成的"接引童子"，接引童子的姿势和人鱼相同，也做跪地拜伏状，低头闭目，神态十分祥和，灯芯则安在肚脐处，长长地探出一截。接引童子的肚子与身后的铜柱连为一体，以前在铜柱和人皮里面可能都储满了油脂，油脂能够通过肚脐，一滴滴地流淌出来。

但是这些油脂可能早在千年前就流光了，那灯芯更是在地宫封闭不久，便已早早熄灭，这时随着空气逐渐进入墓室深处，三盏接引童子灯上残存的一点油膏，时隔两千年，又再次燃烧了起来。不过用不了多久，一旦耗尽残余的灯油，应该就会永远地熄灭。

Shirley 杨叹了口气："印度的甘地，曾经指出毁灭人类的七宗罪，其中两条即是政治而没有道德，科学而没有人性。这些小孩子就这么成了古代帝王不死春梦的牺牲品……"

我对 Shirley 杨说："童男童女殉葬，在明代之前都很普遍，洪武之后就不多见了，我就看见过好几回。可见时代距离现代越近，那成仙不死的梦想，越被世人认为渺茫无望。"

胖子举着狼眼手电筒，在三个接引童子身上来回打量，看了半晌转头对我说："胡司令，你瞅瞅，这小孩手里还捏着个牌子，上面这字是什么意思？"

我蹲下去照胖子所说的位置一看，果然每个接引童子被制成铁皮般硬的手中各握着一个铜牌，上面写着四个古字，它们不认识我，我也不认识它们，只好让 Shirley 杨来辨认。

Shirley 杨半跪在地上，举着手电筒看了看，说这四个字是"接仙引圣"。

我点头道："这我就敢断言了，与传说中的完全相同，这三盏活人长生烛，也就是接引童子，是为成仙之人引路的执牌童子，大概是使者那一类的角色。献王老贼想得倒也周全，不过这毕竟还是长生烛的一种形式，难道这墓里真有九具尸体？怎么算也算不出这么多。"

Shirley 杨站起身来，向侧面走了几步，转头对我说："还不只有九具,这里还有一盏最大的长生烛……可是由于太大了,它已经再也亮不起来了。"

我和胖子走到 Shirley 杨身边,果然又见到一盏大出鲛人长生烛十倍的纯黑色铜灯。铜灯造成大牛头的形状,苍劲古朴,由于灯芯过于沉重,已经掉在了地上。对于长生烛的数量与墓主数量相等的陵制,我绝对有十足的把握能够确定,而这地宫里为何会有十盏长生烛?即便那三个接引童子有可能不算,那也是有七个。

究竟还有什么重要人物的尸体也在这里?除了王妃外,其余的重臣都该埋在离这儿有一定距离的陪陵中,十具尸骨究竟都是谁?这可就怎么想也想不明白了。

Shirley 杨也表示难以理解,只有胖子说:"这有什么好大惊小怪的,大概是他老婆比较多,咱就别犹豫了,赶紧'升棺发财',倒斗摸金才是头等大事。究竟有几具尸体,开棺数上一数,自然一清二楚。"

我对胖子说:"真难得你也有理智的时候,看来在长期艰苦复杂的斗争环境中,你终于开始成熟了。要在家里的话,咱就冲这个,也该吃顿捞面。"

我们原本计划先开那口最值钱的窨子棺,但是稍做计较,觉得反正三口棺都得开,还是选那口最凶的青铜棺先下手。先打一场攻坚战,啃掉这块最硬的骨头,剩下的就好对付了。

那青铜悬棺离地面不下一米,椁身的高度也有将近两米,端的是庞然大物,用锁链捆了数匝,用九重大锁加固,以十六个大铜环吊在墓室的顶层,上面可能有根承重的铜梁连接着。

Shirley 杨对我说:"青铜椁悬在空中,难以着手开启,需设法使它降到地上。"

我举起手电筒向上照了照,摸金校尉的缠尸网和缚尸索在半空的确施展不开,只好我先上去,拆掉那些铜环,让其掉落下来,这样虽然有可能把铜椁摔裂,一时之间却也想不出更好的办法了。

于是我用飞虎爪攀了上去,在这巨大的青铜椁上,已经无法抬头站直了,一抬头,登山头盔就撞到墓顶了,只好略微弯腰,而且稍一走动,青铜樟便有些摇晃,铜环发出沉闷的金属声音。但那铜环锁链都很结实,不易将其弄断,我在上面用力向下撑了几撑,想试试能否以自己的体重将这铜环坠断。

谁知刚一踏足,便听头顶传来一声硬脆铿锵的断裂声,而且断裂声逐渐扩大。我心道不妙,看来它在这悬吊的年头太多了,已至油尽灯枯,锁链未断,上面的铜梁反倒要先折了。我急忙让在下方的Shirley杨和胖子躲开,免得被砸到,自己也随即翻身从半空滚落。

足有两千斤的铜樟没有再维持多久,悬挂的一个铜环首先从铜梁上脱落,其余的受力点自然再难支持,铜樟立刻从上面砸了下来。这一下自然免不得震耳欲聋,地动山摇,却没想到青铜樟竟然在墓室的地面上砸出了一个大洞,下面传来几声朽木的塌落之声,青铜樟在地上也就停留了片刻,就沉入了被它砸出的窟窿里。

我们三人赶紧凑过去看,只见破裂的墓砖下,都是一根根漆黑的方木,每一根都有成人身体粗细,搭得密密实实,但是其中有些被污水侵蚀得很严重,腐烂不堪。这些木料以前并不是黑的,都是被污水侵蚀所致,青铜樟就砸破了这些烂木头,掉进了深处。

我随即扔下去一根冷烟火,眼前骤然一亮,下面有一间用方木搭建的斗室,十分低矮狭窄,除了掉下去的铜樟外,旁边还有一口非常特别的棺樟,发着淡淡的荧光,全然不似俗世之物。我们所在的墓室地砖下,与下面方木相接的夹层里,垫了很厚一层石灰,都已变成了白色的烂泥,下面的环境又湿又潮,湿臭腐烂的味道直冲上来。

我虽然戴了口罩,仍微觉窒息,捂着鼻子对胖子和Shirley杨说:"原来献王老贼躲在这墓砖下面,这是个类似木樟墓[①]的墓室,想不到竟被沉重的青铜樟砸破,显露出来,否则还真不太好找。有人会说这是巧合,但我认为这就是命运,他的雮尘珠,不出这一时三刻,也定是咱们的囊中物了。"

[①] 用木头搭建的墓室,叫作木樟墓,或作木椁墓,这里的樟并不是棺樟的樟。

第四十三章 长生烛

胖子从地面捡起一面铜镜对我说:"胡司令,这镜子你没有粘结实呀……"

我先是一愣,心想这回麻烦大了,竟把这铜镜的事给忘了,接过一看,还好没有破损,只要再放回去就行了,但是低头再向木椁墓中一看,不由连声叫苦。锁缚着棺身的链条被砸断了,九道重锁脱落了大半,铜椁的盖子也摔开了,恍惚的光线中,好像有数条长得难以想象的指甲从缝隙中探出。说来也算是歪打正着,这阴宫中的尸骨果然又多出来了一具。

第四十四章
石精

这时我血气上涌，无暇再想，拿着那面铜镜，对胖子和Shirley杨叫道："你们快把胶带找出来！"说话的同时，已纵身跃进下面的木椁。

我一落地就差点把脚脖子扭了，那些长方的粗木都已糟烂透了，一踩就陷下一块，突突往上冒黑水。那枚冷烟火还在燃烧，火光中，只见铜椁缝隙里是层冷木棺板，那棺板盖子已经破了两个大窟窿，从中露出数圈长长的白森森的指甲，非常尖锐，由于太长，指甲都打起弯了。我们在墓室中听到的声音，八成就是这指甲抓挠铜椁盖子发出的。

我顾不上脚腕子生疼，也无意仔细欣赏那指甲的造型，立刻抄起手中的铜镜，按进了铜椁后面的凹槽中，身体跳到了青铜椁的盖子上，也不知哪儿生出来的这么大力气，连手带脚往下用力一压，竟将那被颠开的盖子，硬生生重新扣了上去。

Shirley杨紧接着也跳进了木椁，把一卷胶带递到我手中，她晚了半步，没见到棺中的东西，便问我："里面有什么？"

我边把那胶带一层层地贴牢铜镜，一边对她说："还能有什么，无非是一具行尸走肉。不知这铜镜为什么能镇住它，似乎一拿开来，它的指甲就噌噌噌地飞速暴长。"

胖子也跳了下来，听到我的话，立刻说："我就知道这镜子是个好东西，等咱们撤退的时候，想办法顺上它，坚决不把一草一木留给敌人。"

我见这青铜椁被重新镇住，料来暂无大碍，抬头看了看上层的墓室，全是黑色烂木头的木椁，高度只有不到三米，里面渗水十分严重，潮气呛人。原本想让胖子留在上面接应，但是在下面看来，若有什么闪失，直接爬上去不成问题，而且要在下面开棺，三人在一起多少能有个照应，便对胖子和 Shirley 杨说："木椁内的角落有口棺材，也不知是不是用来装殓献王的，此墓中处处都有玄机，咱们升棺发财之时，都要小心。"

说罢三人来到那口在黑暗中发出荧光的棺材前，黑暗潮湿的木椁中局促狭窄，为了行动方便，我们又都打开了登山头盔上的战术射灯，只见棺材上被几根掉落的方木压着。我最担心的就是这些糟烂的木头随时会塌，把我们活活埋在下面，于是动手在那些倒塌的木头中，寻了两三根还算结实的，撑在被青铜椁砸漏的缺口旁。

这些方形木料又称为木枋，原本层层垒压，十分紧密，不知何以朽烂到了这种地步，以至于应该是黄色的木枋都变得漆黑糜坏。按说这献王墓是处生气圆润不泄的神仙穴，这种穴内又怎么会被侵蚀成这个样子？看来这千年古墓的最深处，一定隐藏着什么恐怖的东西。

随着我们迅速清理，被烂木枋盖住的古棺逐渐呈现出来，我用手擦去那些朽木的残渣和泥水，那古棺上的蓝色荧光更加明显，整个棺身光滑似镜，像是一块来自冰海深处的蓝色玄冰，闪耀着迷人的光泽。胖子连声赞叹："怎么这里的棺椁一个比一个值钱，这……这是什么做的？是玉？水晶？还是冰？"说罢连连抚摸，爱不释手。

我摇头道："不知道，我当工兵的时候，挖了那么多年石头，在地勘队参观的时候，见的矿石切片数都数不过来，却也没见过这种石料，好像不是冰，除了很滑之外，并不凉。"

Shirley 杨被这奇异的古棺吸引，始终都在仔细观看，这时才开口说："是蓝色石精岩，或是水晶的变种，只有在地下叠生岩洞里才会形成。"

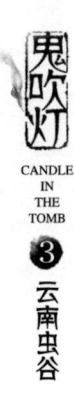

古籍中记载，石精是冥府附近山谷中才有的石头。传说地狱中有种石精做的石磨，凡是罪大恶极之徒坠入幽冥后，免不得要被那石磨研碾。地下有只黑狗，专等着伸舌头去舔那些被碾出来的肉酱，剩下的碎肉则化为苍蝇、蚊虫，在世间被人拍打，永无超生之日。

当然那是属于迷信传说，然而有一点可以肯定，这幽蓝的石精虽然炫目夺魄，但不太吉祥，并不适宜作为棺椁，更何况是用来盛殓贵族的尸骨。

看来这绝对是一口来自幽冥之中的"鬼棺"，它究竟有什么用途？为什么藏在墓室下这阴森潮湿的木椁里？木椁在西周前后十分普遍，但到了秦汉时期，便已鲜有人用。我们已在墓室中发现了十盏长生烛，眼前这口鬼棺中的尸骨，会是对应的十具尸体之一吗？实在是有太多疑问了，根本就毫无头绪。

Shirley 杨看了看身后的青铜椁说："王墓中的棺椁都极为罕见，令人百思不得其解，越是这样，越让人觉得如履薄冰。咱们必须找到一个突破点，彻底揭开埋藏在献王墓中的秘密。"

我对 Shirley 杨和胖子说："伤其十指，不如断其一指，那就采取各个击破的办法，见棺升棺，见财发财。咱们这就动手，挂上绊脚绳，先看看这鬼棺里究竟是不是献王。"

胖子立刻撸胳膊挽袖子说："升棺发财这些勾当我太拿手了，便在睡梦里也是时常演练，不怕千招会，就怕一招熟。你们俩去装绊脚绳，开棺的活儿，胖爷就一个人全包了。"

我拍了拍胖子的肩膀说："好样的！王司令，沧海横流，方显英雄本色。但是切记，怀揣一颗红心，须做两手准备，摸明器的同时也要提防尸变，两手都要抓，两手都要硬。另外古代的棺材里有尸气，记得提前检查一下防毒面具，还有不要跟上回在东北似的……忘了戴手套。"

我嘱咐完胖子，便分头动手，找出三条浸过朱砂的红色线绳。Shirley 杨对僵尸始终很好奇，便问我："老胡，为什么僵尸会怕红色的朱砂？"

我对 Shirley 杨说："这种事要问那算命瞎子才知道，我就不太清楚了。不过我估计朱砂没什么用，这原理就是，用绳子拦住棺口，里面的尸体僵

第四十四章 石精

硬不能打弯,胳膊、腿都抬不起来,这样它就出不来了。以前我只遇到过被下了镇符的尸煞,也不知那东西和僵尸相比,哪个更厉害些。不过看起来今天是肯定得跟僵尸照个面了,因为稍后咱们还要开那套青铜椁,至于眼前这鬼棺里有没有僵尸,那就难说了。总之,咱们有备无患,提前拦上它。"

说着话,我已将绊脚绳准备妥当,Shirley 杨则按木椁中那两具棺椁的位置,在角落处点上了两支蜡烛。我对胖子举手示意,胖子立刻用锋利的探阴爪刮去封在鬼棺接口处的丹漆。幽蓝色的鬼棺材料是种罕有的特殊石头,如果要分类的话,可以将其与玉棺等一并划为石棺,这种石棺没有棺材钉,都是石榫卯合封闭。摸金校尉的探阴爪,就如同一把多功能瑞士军刀,有一端就是专门用来拔石榫的。

鬼棺共有七个榫卯,头上一个,两侧各三个,底部没有,胖子干得不亦乐乎,一个接一个地,片刻之间,就将那棺盖撬了开来。棺盖下又有一层鱼胶黏合,早已长死,只能用探阴爪的锉针伸进去一点点地磨开。

最后只听胖子叫道:"得了。"我和 Shirley 杨伺机在侧,见差不多了,便立刻把三条朱砂绊脚绳拦在棺上。棺盖一开,木椁中的能见度并未见下降,这说明棺中没有尸气。我心道一声怪哉,莫非里面没有尸骨,又或是鬼棺结构不严,尸解后的秽气都顺着棺缝消散了?我赶紧去看鬼棺里面。

一看之下,便放下心来,里面确有棺主尸体,棺里平躺着一具男尸,脖子以下被白锦裹住,只能看见脑袋,尸体保存得相对完好,甚至面部肌肉都没有塌陷萎缩,说是栩栩如生也不为过。不过他的死相着实可怖,两个眼窝深陷进去,形成了两个黑中带红的窟窿,眼珠已被人摘掉了,看上去显得极度可惊可怖。

我正要再仔细看看,胖子已用缠尸索套住了那棺主的脑袋,将其从棺中拉得抬起头来,抬起手左右开弓,抽了那死尸七八个大耳光。

我和 Shirley 杨都看傻了,心想这胖子哪根筋又搭错了,莫非中邪了不成?赶紧把他拦下,问他到底想干什么。

胖子罩着防毒面具,我看不到他的面目,只听他莫名其妙地反问道:"你们难道还没瞧出来吗?"

我听他说得古怪，便继续问道："你是不是吃多了撑的，打死人做什么？"但是随即想到，先前胖子中了舌降，莫非仍没彻底清除，还留下些什么？想来那套巫衣的主人，也是被献王残害而死，是不是她化为厉鬼附在胖子身上，就为了潜入阴宫，学那伍子胥当年的行径，鞭尸以泄心头之恨？

想到这里，我立刻抬手将胖子的防毒面具扒掉，看他的眼神，倒也没什么特异之处。这时却听胖子说："这里潮气熏人，你为什么扒我防毒面具？"说着抢了回去，又戴在脸上，继续说道，"我说胡司令，杨参谋长，你们难道没瞧出来吗？你们看这……"

胖子一指这棺中古尸的头颅，话刚说了一半，只见那具无眼古尸的脑袋忽然在尸身上晃了三晃，摇了三摇，只听"咯噔"一声，竟然掉了下来，刚好落到石精鬼棺的边缘，石精光滑如冰，稍一停留，旋即又滚到了木椁的地上。

三人都是一惊，这阴气极重的石精，虽然被视为不祥之物，但其特有的阴凉属性，能极其完好地保存尸体原貌。开棺时见那古尸须眉如生，肌肉都不曾萎缩塌陷，尸体中的大部分水分也都被锁在其中，毫无腐烂干枯的迹象，怎么这人头如此不结实？胖子这几个耳光抽得虽猛，也绝不可能竟把脑袋打掉。

胖子也甚觉奇怪，立刻把掉在地上的头颅捧了起来。只见那颗头的皮肤正开始逐渐变黑，这应该是古尸长期放置于密闭环境中，现在突然暴露在木椁潮湿的空气环境中，产生了急剧的氧化。

胖子说："怎么如此不经打？便是往下揪，应该也揪不掉啊？"

"让我看看。"Shirley 杨从胖子手中接过那颗古尸的头颅，随即又问胖子，"你刚才想说什么？我们没瞧出来什么？"

胖子对 Shirley 杨说道："噢，那个……我说难道你们没瞧出来我刚才在做什么吗？据那算命瞎子说，当年他们倒斗的时候，遇到新鲜的尸体，都要用捆尸绳将其缠上，狠狠地抽它几个嘴巴。不这样做的话，尸体的殓服，还有棺中的明器，就都拿不出来。当时他讲这些的时候，咱们是在一起吃饭，你们应当也听到了。我本想让你们瞧瞧，这粽子的脑袋，跟活人一般无二，理应先抽它一顿，谁又能想到竟然如同是纸糊的，轻轻一碰就掉了。"

我点头道："原来你是说这件事，算命瞎子是这么说过没错，不过那是他们那些人的手段，那样做是为了给自己壮胆，镇住死尸。至于不抽死人耳光，殓服、明器便取不到的说法，那多少有点自欺欺人，而且其对象多是刚埋进坟里的新死之人。你这么做真是多此一举，我宣布从现在开始撤销你副司令的职务。"

胖子欲待争辩，却听 Shirley 杨捧着古尸的头颅说："你们别争了，快来看看这颗人头……"说着把那颗头颅放在棺盖上，让我们观看。

我过去看了两眼，古尸的脑袋在这短短的一点时间中，又比之前更黑了一层，显得极为恐怖，尤其是两眼深陷，看上去如同一个漆黑的骷髅头。眼窝的边缘有一圈圈螺旋状的深红血痕，只一瞬，这些血痕也变黑了。

我见这古尸的头颅，除了眼睛被挖掉了以外，也看不出什么特殊的地方，问 Shirley 杨道："验看古尸，我不在行，你觉得这有没有可能就是献王的人头？"

Shirley 杨说："是不是献王还难以确定，你刚才也看到了，头颅的眼眶处，有被施过剜刑的痕迹。古时有种刑具，形状像是酒杯，内有旋转刀齿，放在人的眼睛处一转，就能将眼球活生生地全部剜出来。"

我和胖子同时点头，前两年在北京看过一个古代葬俗展览，其中就有一个剜活人眼珠子的碗。但是这具古尸为什么会在生前被剜掉双眼？又为什么会装殓在一口阴气沉重的鬼棺之中？王墓中绝不会埋着王室成员以外的人，那这古尸究竟是谁？

另外我还发现，这颗古尸的头颅下还有被利器切割的痕迹，但不像是被斩首，而是死后被割掉的。看来不是胖子手重，人头本来就是被人拼接到尸身上的，这么做又是出于什么原因？难道古滇国有这种死后切掉脑袋，再重新接上的风俗吗？

我突然想到了一种可能，只是暂时还无法断言，必须先看看鬼棺里的尸身才好进一步确认。于是我们又围拢在棺前，我让胖子举着手电筒照明，由我和Shirley杨动手，用伞兵刀割开缠绕着尸身的层层白锦。汉时王者有着玉衣（又称玉匣）的习俗，用凉润的美玉防腐，而这具古尸是用白锦严密裹缠，却把脑袋露在外边，这就显得十分离谱了。

那些白锦也开始受到潮湿霉气的侵蚀，越到里面，越是难剥。在闷热的防毒面具中，我的鼻尖都冒了汗，在Shirley杨的协助下，终于将层层叠叠的裹尸布彻底拆剥开来。

手电筒的光束照进棺中，将无数金光反射到光滑的石精表面，耀眼的金光勾人魂魄。在剥白锦之时，我已察觉到手感有异，但是看到里面的情况，心中更是颇为惊奇，怎么会是这样？

裹尸的白锦中，是一副金灿灿的骨架，除了脊骨和腰胯处还保留着几块人类的骨头之外，其余的部分都是用黄金补齐，没有一丝一毫的皮肉。这半骨半金的腔架，似乎是由于尸骨的腐烂程度太高，又被人为地再次整理拼凑，造了一套黄金骨。

这金光闪烁的骨头与那颗被胖子打落的头颅，形成了鲜明的对比。一身骨头都快烂没了，需要用黄金填补，怎么那人头却又完好无损？

Shirley杨对我说："老胡，你看这具黄金骨的脖颈处有个玉箍，是用来连接着头颅的，刚才胖子一顿耳光，把玉箍打掉了，才导致头颅落地。"

胖子立刻说："杨参谋长，还是你明理，若不是本司令手劲拿捏得恰到好处，可就不那么容易发现这具古尸的秘密了。这一身的黄金骨，凡人哪里消受得起，我看这就是献王那老东西了。"

Shirley杨不置可否，只是指着那金灿灿的骨架说："左侧的肋骨缺了几根，为什么没有补齐？"

我看到这里已经有了头绪，便对Shirley杨说："这就很明显了，这是保持着尸骨生前受到掏心极刑的样子，看来鬼棺中的古尸，是用墓室中三具棺椁的棺主拼成的一具尸体。咱们先前已经想到了，三套不同时期的异形棺中，封着三位被处极刑的大贵人。他们虽然被处死，却仍被恩赐享受与生前地位相同的葬制，他们都被认定是献王的前世，表示他历经三狱，是他成仙前留在冥世的影骨。"

第四十四章 石精

自古"孔子有仁，老子有道"，道教专门炼丹养气，以求证道成仙，脱离凡人的生老病死之苦。但是长生不死自然不是等闲就能得到的，若想脱胎换骨，不是扒层皮那么简单，必须经历几次重大的劫难。而这些劫难也不是强求得来的，所以有些在道门的人，就找自己前三世的尸骨替代，埋进阴穴之内当作影骨，以便向天地表明，自己已经历经三狱，足能脱胎换骨了，这样一来，此生化仙便有指望了。

看来献王就是这么做的，这阴宫墓室下的木椁就代表了冥间，将三具尸骸受刑的部分拼凑成一个完整的替身在此，而那三具残尸由于被认作献王的前三生，所以和他本人没什么区别，也被安放进了主墓室。

Shirley 杨和我想的差不多，对我说："可能这墓室每一层所象征的意义也有不同，中间那层代表了人间，下面的木椁则代表虚无的幽冥，墓室上面应该还有另一层墓室代表仙山，而献王的真正尸骨就躺在仙山上。"

我对 Shirley 杨和胖子说："咱们刚才所说的都只是一种假设，还是应当再进一步确认。像这样修仙求长生的王墓，没几个人见过，似乎处处都有玄机，不如先找找棺中还有没有其他有价值的东西。现在已经把头和身体都看完了，石精能保尸体千年不朽，所以尸骨的状态，应与各自棺椁中的原貌一致。我想头部保存如此完好，它必定是来自那口极品八寸板的窨子棺；中间这段，骨头都快烂没了，才不得不用黄金补上，多半是那石棺中的残骨；而石棺外的丹漆则是后来才封上的。"

胖子说道："这拼凑的替身尸骨，仅剩下腿部咱们还没看，可能又是什么值钱的行货。"

我想那倒不太可能，腿部是来自那巨大的青铜椁，前面的两狱分别是"剜眼"和"掏心"，那么第三狱一定就是最可怕的"夺魂"了，所以那青铜椁里的主儿才会如此猛恶。我边剥去裹在尸骨腿上的白锦，边问 Shirley 杨和胖子："你们可知什么是夺魂？"

Shirley 杨道："似乎在商汤时期，有种巫刑可以抽去活人的魂魄，剩下的躯体便成了一具既不生又不死的行尸走肉，但具体是怎样做的，在历史上没有任何记载，至今仍是个谜。那种神秘的巫刑就是夺魂吗？"

第四十五章
夺魂

我一边拆剥裹尸白锦，一边对 Shirley 杨简略说了一件发生在不久以前的事。

"夺魂"的巫刑直到战国时期才绝迹。有一次在潘家园古玩市场，突然冒出来几件东西，河南安阳的一个老农拿了一百多枚奇形怪状的骨器要寻下家。那些东西有点像是骨针，不过更粗更长，中间是空心的，都装在一个全是古字的古瓦罐里。

那老农说是在地里挖出来的，尽管他并不认识上边的甲骨文，但他家那一带地区出土过很多有价值的文物，他只是觉得这些骨针能拿到北京来卖大钱。当时我们有不少人看见，但是当时假货太多，谁都吃不准，毕竟这东西的年头太古老，谁也没见过，甚至不清楚那是什么。

结果正好有俩日本人看上眼了，当时就要全部包了，没想到这时候警察来了，连人带东西全扣了。原来是这老农的老家有人见他挖出古物觉得眼红，把这件事捅了出去，一直追到北京。后来听说老农挖出来的一罐子骨针，就是商代用来施行夺魂巫刑的刑具，现在这东西，就落在河南当地的博物馆了。

胖子在旁补充道："我还特意打听来着，这套夺魂针搁现在，一根就能换一辆进口汽车，当初我们眼力不够，要不然……要不然现在进去蹲土窑的就是我们这伙人了。"

Shirley 杨说："这么说来，夺魂是一种放尽人血的酷刑了？"

我已经将棺中尸骨上裹的白锦全部拆掉，一双人腿赫然露了出来，干瘪的皮肤都是紫褐色，上面全是斑斑点点的圆形黑瘢，这大量黑瘢应该就是被夺魂针刺进血脉的位置。我对 Shirley 杨和胖子说："放尽血的同时还不算完，据说还要给受刑的人灌服大量牛、羊、鸡之类牲畜混合在一起的血，反正就是把活人变成僵尸。待咱们清查彻底之后，为了防止尸变，最好将这两条干尸腿，还有那青铜椁内的棺木，都一并烧毁。"

尸变可分为数种，有些是尸起，新死不久的死人，突然起来扑着阳气追人；有些则是尸体亡而不腐，虽然死亡已久，但是头发、指甲还在缓慢生长；还有些尸体由于风水不好，埋在地脉滞塞的所在，身体生出细毛，在墓穴内化而为凶；另有一种尸体埋进地下后，被一些成了精的老狐狸、黄鼠狼，或者瘟神、旱魃、恶煞所附着，更是能为祸一方，危害极大。

在这王墓青铜椁中的尸首，就完全具备了尸变的迹象。我想既然遇上这种情况，如果有条件的话，应该想方设法将有尸变迹象的尸体销毁，这样做于人于己，都有好处，算是补回些亏损的阴德。当然若是遇到僵尸中的"凶"，那还是趁早溜之大吉为上。

三段尸体都已验明，棺内没有任何多余的事物，只要再烧毁青铜椁里的尸体，并确认棺内只有上半身，那就完全可以证实我们的推断了，上面墓室里剩余的两具棺材，就都没有再开启的必要了。

我对 Shirley 杨说："现在我可以打包票，虽然献王墓布局奇诡，但既然下层有影骨，那必定是分为天门、地户，使龙势潜伏待起。这是一个虾尾、蟹身、金鱼眼构成的三层水墓，献王真正尸骨的位置，一定是与木椁中的影骨完全重合。既然已经确认了影骨，就可以直接顺藤摸瓜去掘献王了。"

我们自从入葫芦洞开始，一直到现在，差不多已经连续行动了十几个小时，精力和体力消耗掉了不少，不过目前总算是有了些眉目，想到这里，精神均是为之一振。

我进行了简短的部署，让 Shirley 杨和胖子先留在木樟烧掉两具尸体，一则破了献王墓的布局，二则免得将来发生尸变，当然还可以顺手把那面铜镜取走，以后总会用得到的。而我先上去找"金鱼眼"。上去前我特意叮嘱 Shirley 杨让她看好胖子，务必要先点燃了青铜樟里的棺木，然后再取走铜镜。Shirley 杨点头答应，将飞虎爪交给我说："你自己也多加小心，别总那么冒失。"

随后我攀着腐烂的木枋爬回了中间的墓室。那九盏蓝幽幽的长生烛尚未熄灭，东南角的三支蜡烛也仍在正常燃烧，光亮虽弱，却令人顿觉安心。

抬头看那墓顶断裂的铜梁，由于光线不足，难以看清上面是否有空间，只是在断梁处，隐隐有一大片白色的事物。我见头盔上的射灯不管用，又取出狼眼手电筒，这才看清楚原来墓顶暴露出来的部分，是一种和阴宫墙面相似的花白石英，大约就在影骨的正上方。若是不知上边可能还有一层墓室，根本不会察觉这微小的痕迹。

我又利用 Shirley 杨的飞虎爪，上到墓顶剩余的那段铜梁，费了一番力气将遮住里面白色岩石的破碎墓砖清除，上方白色的岩石面积逐渐增加，露出一个又长又窄的橄榄形入口，摘下手套伸过去一试，有嗖嗖的阴冷气流，再用狼眼手电筒往上照了一照，上方墓穴的高度难以确认。

粗略一看，上面似乎是个圆形大空洞，与外边水潭处的漏斗形相似，不过这是人工修的，规模要小得多，直径只有十几米，有条盘旋的土坡蜿蜒而上，再往上就超出了狼眼的射程，一片漆黑。

我心中暗骂不止："献王即使死了，也仍然要把自己放在阴宫的最高处，他对权力和仙道的执着程度，已经到了变态的地步。"我心里仍然记挂着胖子他们，见已确认了入口，便缚好绳索和岩楔，重新回到中层墓室的地面。只见下边木樟中火光闪动，知道胖子他们也得手了。

不一会儿，胖子和 Shirley 杨就从底下爬了上来，那面铜镜算是到手了，这是继天宫后殿玉函后，第二件最有价值的战利品。胖子见面就问："青铜樟里的干尸的确没有腿，用石腿代替。怎么样胡司令，你在上边见到有值钱的明器吗？"

不过此时，我正盯着木樟中的火光发愣，对胖子的话充耳不闻，隔了半响才回过神来，总觉得有一件重要的事，却始终想不起来。其实我也不知是想不起来，还是不忍心去想，越想头就越疼，便不再去想了。我转身对胖子和Shirley杨说："中层墓室上方是个大空洞,献王肯定在最上边悬着，位置与木樟中的影骨相对应。"

谁也不想在死人长眠的阴宫中多做停留，说完便分头用绳索攀上三米多高的墓顶，钻进我先前清理出来的入口。圆形的空洞太高了，在下面根本望不到顶，这里没有任何的砖木材料，一水的全是白色石英岩，组成这空洞的墙壁。

环壁四周都画满了大型彩色壁画，汉夷风格与宗教风格兼容并蓄，王者之风与仙道的飘逸虚幻共存。这是从未流传于世的一种绘画风格。近距离一看，更是觉得布局周密，用意严谨，直叫人叹为观止。我估计就冲着这么精美的墓内壁画，献王墓的核心也该不远了。

画中人物都是怒目天神，几乎与常人比例相等，皆是俯首向下凝视，似乎正在注视着洞底的来者。他们的眼睛全是三层水晶，彩石镶嵌，流光纷呈，随着我们位置的移动，画像的眼神光芒也似跟着在移动，这种被众多画像盯着的感觉非常不好。

胖子被那些画中人物看得发毛，拿工兵铲胡乱挖下来几只水晶石眼，但是壁画规模庞大，人物上百，一时又哪里挖得过来，只好尽量不去看那些画像的眼睛，免得心生惧意。

我心中一直反复在想那灼热的火焰气息，造型奇异的铜人，也没怎么去注意大空洞中的画像，顺着盘旋的坡道向上行了一段，也终于想了起来，大约十年前的事了，人道是：十年弹指一挥间，犹忆当年烽烟里，九死一生如昨……

我的确是曾经见过这种服饰姿势奇异的铜人，只不过它们……那是在昆仑山下飞雪满天的康巴青普……

一时各种杂乱的思绪纷至沓来，不知不觉间，已经走到了空洞最高处，领先了胖子和Shirley杨一个转弯的距离。尽头被一堵白色石墙封死，我抬眼一看，面前那墙壁上绘着一个妇人，这八成是献王老婆的绘像吧？

我心里这么想着，甚至还没看清那画中妇人的服饰相貌，便觉得手腕突然一紧，如同被铁箍牢牢扣住，急忙向后缩手，但是被扣得极紧，根本挣脱不开，顿时觉得痛入骨髓。低头一看，只见一只白生生的人手，从对面那妇人绘像中伸了出来，捉住了我的手臂。

那人手五指细长，而且白得没有半点血色，是只女人的手，但是力量奇大，难道这堵墙是献王老婆埋骨之处？剧痛之下，来不及抬头再看对面的壁画有什么变化，只好忍着疼痛吸了口气，用另一只手举起"芝加哥打字机"。枪口还没抬起，从壁画中冷不丁又伸出一只手，如同冰冷的铁钳，死死掐住了我的脖子。

我觉得呼吸困难，手足俱废，右手的冲锋枪说什么也举不起来，身后的胖子和Shirley杨应该很快就到，但是恐怕再有两秒钟，我就得先归位了。

脖颈被紧紧扼住，头被迫仰了起来，只看到上面白花花的石英岩，完全看不到对面是什么东西在掐我。这时背后猛然被人拍了一巴掌，我"啊"的一声叫出声来，手腕和脖子疼得快要断了，然而那掐住我的手却像梦魇般消失了。

原来身后拍我肩膀的人是胖子，胖子问道："胡司令，你刚才那造型摆得不错啊，抬头挺胸的，有点当年大跃进时抓革命促生产的那副劲头。"

这时Shirley杨也跟了上来，见此情形，便也问发生了什么事。

我摸着脖子茫然若失，根本不知该怎么形容，只是大口地喘着粗气。我缓了半晌，才把刚才那短短几秒中发生的事情对他们说了。

胖子不失时机地讥笑我又在做白日梦。我对胖子和Shirley杨说："要是做梦，这他娘的又是什么？"说着平举手臂，让他们看我胳膊上乌青的手印。我继续说道："我早就觉得这献王墓形势诡异，这面墙中必定有鬼。"

Shirley杨问道："你不是戴着一些开过光的护身符吗？"

我拍了拍胸口那些玉佛挂件说："这些东西蛋用没有，要不是都挺贵的，我早就扔路边了，留着回去打给那些洋庄算了。以后我再戴我就是他妈孙子。"

这一来胖子也笑不出来了，仔细一看，那壁画上的妇人明显凸出来一块，似乎画像下就砌有一具尸体，而且好像与白色的石英岩长为一体了，是她在活动吗？胖子对我说："反正这面墙壁也挡住了通往墓室的去路，干脆一不做，二不休，咱不是还有炸药吗，给它放个土飞机，墙里就算有什么东西，也都炸个干净。"说着就放下身后的背囊，动手准备炸药。

一路上不停地消耗物资，胖子的背囊本已空出一多半，他在墓里看见什么抄什么，这时仍然是鼓鼓囊囊的，最上边放的就是那面铜镜。我心想这镜子既然能镇尸，用来照照鬼不知能不能起什么作用，于是一弯腰顺手拿起铜镜，想转身用铜镜去照那妇人的绘像。

刚一转身，还没等将那面镜子举起，立刻觉得脖子上一紧，又被死死掐住。这次力量比先前更狠，也就是一眨眼的工夫，我半点声音也发不出来了。胖子和 Shirley 杨在我身后翻找炸药，对我被无声无息地掐住竟然丝毫也没察觉到。但是我这次看清楚了，掐住我脖子的手正是这面墙上的妇人的。

脖子一被掐牢，手脚都使不上力，所以上吊的人一蹬倒凳子，双手就抬不起来了，这时候我想发个轻微的信号求救都已做不到。

就在我要被掐得失去意识的时候，突然觉得面前的这堵墙塌了，从墙中蹿出一个东西，巨大的力量将我扑倒，顺着空洞中的旋转坡道撞了下去。我脖子上稍微一松，终于倒上来了这口气，往后滚倒的同时，将那掐住我不放的东西向后蹬开。

对方用力太狠，竟然破壁而出，否则再过个几秒，我就已经被它掐死了。这时我的身体也在不由自主地往后翻倒，忽然有只手将我拉住，我定睛一看，原来是胖子。他和 Shirley 杨避开了先头滚下去的东西，见我也翻倒下来，就顺手将我拉住。

这些情形发生得过于突然，谁都没搞清楚状况，我脖子和臂骨疼得火烧火燎，忙问 Shirley 杨和胖子："刚才掉下去的是什么东西？"

Shirley 杨和胖子一起摇头，太快了，都没看清楚，只见眼前白影一闪，若不是躲得及时，也都一并被砸下去了。我们的位置处在白色大空洞的顶端，下面黑得已经看不到来路，刚才那白色的东西，就翻落到下方的黑暗之中。我对Shirley杨和胖子说："刚才……献王老婆的绘像突然活了，险些将我掐死，快打颗照明弹下去看看是怎么回事。"

胖子见我神色慌张，知道并非作耍，立刻从背囊中取出家伙，将信号枪装填。Shirley杨一指右下方说："在那边，五点钟方向。"

胖子将照明弹射了出去，空荡荡的洞中立刻一亮。只见白森森的光线中，在下方的窄坡上倒着一具女尸，看身形十分肥胖，静静地一动不动，被刺眼的白光一照，突然像是被通了电，在原地腾地坐了起来。

胖子吓得原地蹦起老高，我心中也是一凛，把"芝加哥打字机"对准了目标，对胖子说："这婆娘诈尸了……"

话还没说完，才看清楚，原来那妇人的尸身并非坐了起来，而是因为身体在逐渐膨胀变鼓，像是个正在被充气的气球。

Shirley杨见此情形，对我说道："人死后尸气憋在体内，会腐烂肿胀。这具尸体至少死了有两千年，就算保存得再完好，也不应现在才开始被尸气所胀。"

我对Shirley杨说："怎么现在你还有空关心这些问题，不过她好像不是尸气膨胀，而是……体内有什么东西。"

那女尸胀得极快，皮肉在顷刻之间已被撑得半透明了，忽地砰然破裂，无数飞蛾从里面喷散飞将出来。这些蛾子有大有小，扑扇着翅膀，都涌向附近的照明弹，立即就将光线埋没。

死人体内生出的蛾子比起寻常的飞蛾要厉害许多，生命力也极为顽强，见光就扑，体内都是尸粉，沾到皮肤上活人也会起尸斑。从那女尸体内涌出的尸蛾数以千计，她生前一定被人做了手脚，体内才会生出如此多的尸蛾。凭我们的装备，根本无法消灭它们。

这时洞中的光源仅剩我们三人身上的射灯，大群尸蛾裹挟着尸粉的烟雾，都朝我们这里飞了过来。虽然我们有防毒面具，但是胳膊、腿都露在外边，碰上一点尸粉就会中毒，只好扭头往上奔逃。原本拦住去路的白色石墙，赫然露出个人形缺口，这个缺口似乎是天然形成的，为了封闭上，所以才用那妇人的尸体填了上去，那里可能就是最后一层墓室。我抄起落在门口的铜镜，招呼胖子二人向里退去。

由于尸蛾飞得很快，片刻就已经扑到背后，胖子只好用最后的丙烷喷射器喷出一道火墙阻击。不料这些尸蛾极为悍恶，被火焰烧着，仍然向前猛冲，直到翅膀烧尽，落到地上，还在不停地扑腾。

这许多扑火的飞蛾来势汹汹，而且四散分布，难以大量杀伤，特别是在近距离一看，那些蛾子身体似乎还有几分酷似人形，更是令人毛骨悚然。胖子手下不免也有些发软，待丙烷消耗光后，打算头也不回地蹿入尽头处的墓室，不料慌乱中脚下踩了个空，从最高处的坡道上掉了下去，饶是反应够快，才用胳膊架住土坡的边缘，没有直接摔到空洞下方。这种小小情况，本奈何不得他，不过胖子脚踩不实，便觉得心虚，立刻大叫："胡司令，快拉兄弟一把。"

我本已退入尽头的墓室，见胖子失足踩空，挂在了半空，只好和Shirley杨又掉头回去，边对他喊"请再坚持最后两分钟"，边连拉带拽将他拖了上来。这时候继第一波被烧得七零八落的尸蛾之后，第二波数百只尸蛾又席卷而至。

我们蹿入人形缺口后的墓室中，也来不及细看四周的环境，只是急于找东西挡住那个缺口。左侧有口不大的梯形铜棺，三人顾不上多想，搬起来就堵到了缺口上，大小刚刚合适，有两个略小的缝隙被胖子用黑驴蹄子塞了上去。虽然我们动作已经快到了极限，但仍然有数十只尸蛾前后脚钻了进来，不过数量不多，不会构成威胁，都被我们用工兵铲拍成了肉饼。

我们检视身体裸露的地方并没有沾到尸粉，这才安心。打量四周，见置放着数件奇特的器物，看来这的确是最后的一间墓室了，但那些东西都是作何用途，一时无法辨明。想起刚才慌乱中搬了附近一口铜棺挡在墓室入口，均想那该不会就是献王的棺椁吧？不过体积很小，形状奇特，重量尚不足两百斤，极为奇怪，于是举着狼眼手电筒回身去看适才那口铜棺。

铜棺是木、铜相混合，整体呈棕黑色，楠木打造，嵌以构造复杂的铜饰，四面都有镂空的微缩庭台殿阁，顶部铸有一只巨大的铜鸟。棺盖没有封死，里面没有任何尸体，只有一套雀翎玉衣。

胖子顺手把雀翎玉衣掏了出来，发现质地精美绝伦，都用金丝穿成。我见棺内无多余的东西，便用伞兵刀在里面刮了一下，连尸泥也没有，看来这确是一口空棺。如果是尸解腐烂尽了，至少也会留下很薄一层朱红色的泥土。

Shirley 杨说："空棺有可能是件摆设，我想其象征意义远大于实用意义，但是它是用来象征什么的呢？这只大鸟像是凤凰，难道这是装凤凰胆的？"

我对 Shirley 杨说道："也可能就是装献王他老婆的。按影骨的位置推测，献王的棺椁就在这墓室的东面，而且你看这墓室中的器物和壁画，献王全部的秘密应该都在这里了，咱们立刻给这里来个地毯式搜查。"

这间墓室没有太多人工的雕造痕迹，是一个天然的白色洞穴，空间也不甚大，四周的白色石英岩造型奇特，有不少窟窿，洞中也非通达，白色的天然石柱林立，有些地方极为狭窄。这时我们一心想找献王的棺椁，暂时也没去考虑怎么回去，三人没敢分散，逐步向前搜索。

外端的墓室中有几幅简单的壁画，与外边那些精美的大型彩绘截然不同，构图用笔都极为简单，似乎都是献王本人亲自描绘，内容令人大为震惊……

开始的部分，都是关于献王墓的建造经过，画中所绘的是献王如何在遮龙山剿杀邪神，降伏当地夷人。画中邪神身着竹叶般的服饰，面貌狰狞凶恶，遍体生有黑毛，躲在一个很深的山洞里，大概就是我们见到的那些山神骨骸了。

被献王形容成妖邪的山神有几件神器，其一是个玉胎，如同我们推测的那样，玉胎象征着一种古代生殖崇拜。据说每逢月圆之时，当地夷人都要供奉给山神一名女子。

胖子看到此处说："月亮圆的时候，确实是林中猴子们的发情期，它们不要母猴，却专要女人，我看这也是叫当地人惯的。原来咱们还错怪献王了，看来他也是一心救民于水深火热之中，是位好领导啊。"

我骂道："放你娘的狗臭屁，你的原则和立场还要不要了？我发现你现在有点人妖不分了，你这种倾向是很危险的呀。你好好想想，他是干掉了两只一个月吃一个女人的山魈，但他把两万多夷女都做成了虫子的事怎么不画？"

Shirley 杨说道："山神的骨骸，加上蟾宫、玉胎等神器，都被封入了遮龙山的毒龙体内，这毒龙肯定就是那只大虫子了。画中的内容和咱们的推测几乎相同，后边就是些改换风水格局的内容了，这也没什么。最奇特的就是这里，描绘的是献王占卜天乩，还有他所见到一些异象的内容。他痴迷长生之道，恐怕其根源就在这里了。"

我见墓室中并没有显眼的棺椁，虽然真尸与影骨的位置理应重叠，但这最后的墓室地形奇特，极难判断准确位置，如果献王的棺椁藏在某处，倒也不易发现，只好捺着性子，仔细寻找线索。这时听到 Shirley 杨的话，我举目望向那"天乩图"，顿时一怔，忍不住奇道："这不就是西藏密宗的观湖景？"

第四十六章
观湖景

相传昔日秦始皇出巡,曾于海边见到海中出现仙山,山中有三位仙人手持长生朱丹,故此秦始皇才对神仙不死之说深信不疑,终其一生都在寻找三神山上的长生不老药。

长生不老药虽然不可能,但我想这件事在历史上多半是真实存在的。我自幼在福建沿海长大,听海边老渔民讲,在海上有三大奇景,谓之海滋、海市、平流雾。

其中海市又名"蜃气",最为奇幻奥妙,在浩渺的海面上空凭空浮现出城市、高山、人物等奇观。当年始皇帝大概就是看到了三神山的海市,否则以他的见识怎么会轻易听信几个术士的言语?

另外在西藏,每当活佛圆寂,都会派人到神山圣湖边观湖景——那"湖景"也是一种类似海市的奇观——从中得到启示,寻找活佛的转世灵童。

我们此刻所见到的献王占卜天乩图,几乎就是一幅密宗观湖景的场面,只不过地点变成了虫谷尽头的深潭,潭上霓虹笼罩,浮现出无穷异象。

不过献王看到的并非仙山,而是一座城堡。建在一座高山绝顶之上,山下白云环绕,正中的宫殿里供奉着一只巨大眼球形的图腾,四周侍奉着一些服饰奇异的人物。

这大概就是献王眼中的仙境了，他希望自己死后能去这座真正的天宫里。Shirley 杨自言自语道："这城市……不是精绝国，又是什么地方？"

我对 Shirley 杨说道："这里可能是西藏某地，我虽未见过这座神宫，但我曾经在康巴青普见过穿这种奇特服装的古尸。自从在凌云宫看了那些铜人铜兽，我就觉得好像在哪儿见过，当时觉得像又不像，所以没往那方面多想，因为古尸和铜人毕竟是有好大区别的。现在看这壁画，绝对是在藏地，不过此事说来话长，咱们先找雮尘珠，详细的经过，等回去之后我再讲给你们听。"

也许正是因为献王在类似观湖景的异象中，见到了这巨眼的图腾，所以才会相信那形如眼球的凤凰胆是成仙不死之道必需的祭品。

不过到了这一步，我心里也已经没底了，还不知道能否在献王墓中寻到雮尘珠，心中已隐隐感觉不妙，难道还要再去趟西藏？

三人便又向前走了几步，步换景移，墙壁上依然描绘着潭景的场面，不过这就与凌云宫正殿中的壁画相似，表现的是献王乘龙升天，只不过构图简单了许多，图中多了三个接引童子。看到这里我立刻出了一身冷汗，这图中的三个童子或是使者都长跪不起，趴伏在地上，背后露出的脖颈上，各有一个眼球形的标记。

这绝不是巧合，我们几乎同时伸手去摸自己的后颈，心中暗道不妙，八成真被胖子的乌鸦嘴说中了，那三盏接引童子长生烛代表了我们这三名摸金校尉。

胖子指着那画说："真他妈够让人上火的，竟然这么丑化咱们，趴着跟三条狗差不多，本还想摸了金之后给那老贼留具全尸，现在看来既然他不仁，也别怪咱们不义了。"

Shirley 杨说："这倒证实了一件事情，扎格拉玛的先知在鬼洞附近可以精准地预言千年以后的事情，但是离开了神山鬼洞，这能力就失去了。传说雮尘珠是从无底鬼洞中取出的，可能也会在某种特殊环境下，表现出一些特别的预示，也许正因为如此，献王才能通过观湖景看到一些异象，我想雮尘珠一定就在这墓室中。"

我四下里看了看，对Shirley杨和胖子说："你们有没有觉得这里有什么不正常的地方？咱们跟犁地似的，在这墓室里转了整整一圈了，怎么就没见着有献王的棺椁？"

在陵制中，类似这样保持洞穴原貌的墓室被称为洞室墓，这洞室墓已经是献王墓的最后一间墓室了，按《葬经》和地脉结构，不可能再有额外的密室，但这墓室中却偏偏没有装殓献王的棺椁。仅有的几样东西，无非是古剑两柄，散落的竹简数卷，偌大的王墓中，竟然连件像样的明器都没有。

胖子又自作聪明地对我说："我看可能棺椁藏在墓室的墙里了，那生满蛾子的女尸不正是那样吗？"

我对胖子说："那个洞口是后来人为堵上的，像这种白色石英岩少说也要万年以上才能形成，这里没有凿损的痕迹，所以不可能藏在岩石里。咱们先再找找，实在找不到的话，就得按影骨的位置凿开石头了。"

Shirley杨扯了扯我的胳膊，让我看墓室的角落，我举起狼眼手电筒将光束照了过去。角落里有只半人高的大肚青铜丹炉，由于是在墙角又比较低矮，刚才没有注意到。这可能不是丹炉，说不定是某种特殊的棺椁，于是三人并肩上前查看。

不过到了近处，才发现这应该不是棺椁，丹炉下有三足，腹大口宽，装两个成年人没有什么问题，但是其中都是些紫白相间的泥土，估计是什么丹药腐烂所化。胖子心中逐渐开始焦躁，运起蛮力，抬脚踢翻了那口丹炉，那些朽烂的金丹都洒在地上。

看来不得不做最坏的打算了，献王墓中并没有献王的骨骸，只有一具影骨，更没有雮尘珠。回首来路刀光剑影，都是白白忙碌一场，除了一口无主凤棺和这丹炉之外，就只有那些南夷和夜郎的器物，都是献王的战利品，再也找不到多余的东西。

这角落的白色石英上也有些彩色墓绘，我们正没理会处，只好看看这些彩绘中有无线索。不过这里风格跟之前明显不同，Shirley杨判断说这应该是大祭司所绘，其中的内容是祭司们将殉葬的王妃体内种入尸蛾防腐，并将尸体封住洞室墓的人形缺口。这样做是因为主墓室内不能有王室以外的殉葬者，而且似乎是为了保持洞室地形的天然状态，里面只有一具空置的凤棺，王妃就在门中，等候献王尸解成仙。

我越看越奇，这些内容似乎深有隐意，首先那女尸在门中封了千年，并没有棺椁防护，她何以未腐？就算是口中含着防腐的珠子，身着孔雀玉翎匣，再装入密封的棺中，隔了两千年，一见空气也就该变黑成枯树皮一般，但是刚才见她尸体膨胀之前，那模样与活人并无两样。而且她既然已经死了，又怎么会用尸蛾来防腐？尸体内的蛾卵又靠什么为生？

Shirley 杨的话将我的思路打断了："献王墓是王与后的合葬墓，老胡的这个判断现在也得以证实了。咱们进来之前，墓室一直完好封闭着，说明献王的尸体应该还在此间，但就算尸解了，也应留下些痕迹才对，身为一国之主，至少也该有套棺椁。"

我对 Shirley 杨说道："有件事情咱们给忽略了，记不记得中层墓室那十盏长生烛？

"其中的三盏长生烛做成接引童子的样子，那可能是用来吓唬咱们的，还另有七盏长生烛，有六盏是黑鳞鲛人，它们则分别代表了献王前三世的遗骸，献王历经三狱的影骨，还有他的婆娘。虽然献王真正的尸体咱们还没找到，但这样数来就——有了对应。

"只剩下那盏最大的、造型苍劲古朴的铜牛灯，根据前边两类长生烛来看，这盏牛头长生烛一定代表着这墓中的第十具尸体。我想也许要先找到这第十具尸体，才能找出献王的真骨。"

胖子说道："胡司令我得给你提点意见了，谁让我就这么耿直呢，我认为你这种说法太不合逻辑了，你说这墓中有十具尸体，那岂不是连咱们三人也都算了进去……"

我赶紧拦住胖子的话头，否则他说起来就没完了，但这时不是扯淡的时候。我对胖子和 Shirley 杨说："要提意见留到开会的时候再提，就算是我用词不当，那咱们就姑且先把这谜一般的第十具尸体称作一个代号。我想这具对应牛头长生烛的尸骨一定不普通，也许是一个凌驾于咱们意识之上的存在,正是因为有它的存在,咱们才好像被蒙住了眼睛,对献王的真骨视而不见……"

我正要继续往下说,忽然登山头盔上被撞了一下,像是被人用小石头砸到了,声音却非常沉闷。Shirley 杨好像也受到了攻击,猛地一低头,晃动的灯光中,有十余只尸蛾飞扑过来,纷纷撞向头盔上的灯口。我急忙用手套拍打,百忙中问 Shirley 杨:"是不是入口没有堵死,留下什么缝隙了?"

Shirley 杨奇道:"不可能,咱们不是都检查过了?"说着赶开几只尸蛾,随手折亮了一只绿色荧光管,向那被凤棺堵住的人形缺口投了过去。

手电筒一照是一条线,适合在黑暗中前进的时候使用,而荧光管、冷烟火这种照明道具,能照一个区域。荧光管一掷到墙上,冷绿色的光芒反射到白色的岩石上,立刻照亮了一大片区域。原本堵住洞室入口的凤棺不见了,人体形状的洞口大敞。

第四十七章
第十具尸体

　　从女尸体内生出的尸蛾，已经被胖子烧死了一大半，剩下的虽然也不算少，但毕竟只是些瞎蛾子，只扑有光亮的东西。刚开始倒挺能唬人，现在看来算不上什么太大的威胁，而且洞室墓外边的尸蛾已经散开，刚飞进来的这些，很快就被我们尽数拍扁了。

　　最让人觉得奇怪的是那口凤棺哪儿去了？盗墓的直觉再一次告诉我，那肯定是"第十具尸体"搞的鬼，当务之急是先把它揪出来，否则别说找献王的真骨了，就连还能不能出去，都是问题。

　　我正要过去看个究竟，却发现面前那两幅洞室墓中的壁绘，闪了几闪就消失不见了，好像根本就不曾存在过一样。我闭上眼睛使劲摇了摇头，再睁开来看，确实是没有了，只剩下白森森的墙壁。这些彩绘都是染漆描上去的，要说是封闭的微环境被打破，受到外边空气的侵蚀，也绝不会消失得如此迅速彻底。

　　这时，Shirley 杨对我说："老胡，你看那边……还有那边，上帝啊，墓室里全部的壁画都……蒸发了。"

　　我循声一望，果然墓中只剩下白花花的石英岩，壁画全都不翼而飞。

胖子也感到摸不着头脑，便问我："胡司令，这里是不是也有株能催眠的什么花啊？不如先将其找出来，采了它的花。"

我答道："世上哪儿有那么多妖花，不信你抽自己俩嘴巴试试，反正我身上的伤现在还疼得要命呢，这肯定不是幻觉……你们看那凤棺怎么倒在墓室外边？"

被我们搬了竖在墓室门洞上的那口凤棺，此时正平倒在缺口的外边，绿色的荧光只照到棺材的一小部分，其余都陷在墓室外的黑暗之中。那棺材绝对比缺口要大上一圈，是怎么跑出去的？除非棺材突然变小了，要不然就是人形缺口在我们没有察觉的情况下，变得比先前大了。

不过还有另外一种可能，那就是有什么东西，将凤棺横倒着搬了出去，但那又是谁做的？是王妃的幽灵？还是那"第十具尸体"？抑或献王根本没死，就躲在这墓室的某个角落里，戏弄着我们这些送上门来的"接引童子"？越想越觉得心寒，只好硬起头皮不再多想。是什么也好，反正拿不到雮尘珠，临到头也得血液凝固而死，那还不如就在古墓里被鬼掐死来得痛快。这古墓里的鬼要是敢把我掐死，老子死后变了鬼，也要再跟他斗上一场，那时候索性就占了他的老窝，在这里炼丹当神仙也罢。

脑中胡思乱想了一番，给自己壮了壮胆，又把注意力集中起来。看来这献王墓里的东西，委实让人难以理解，不能以常理度之，必须先搞清楚这里究竟发生了什么，才能想出对策，否则蛮干起来，平白送了性命，还不知道是怎么死的。

我正在琢磨不定之时，就听胖子又叫道："怎么墙上全是黄水？这墓好像奶油冰棍一样要融化了。"我也觉得脚下的地面有些异样，听胖子这样一说，见有几只漏网的尸蛾落在墙壁上，便再也飞不起来，都被墙壁缓慢地吞没，连忙伸手一摸身边的白色石英岩，手套上湿漉漉的一层浅黄色污水。一抹之下，里面的彩色壁画又露了出来，竟是被融化了的石浆遮着了。只见墓洞里白色的岩柱岩壁都在逐渐变成黄色，可能这座献王墓的阴宫里，随处可见的黄色污水，都是来自这最高处的洞室墓。

不知为什么，这些白色石英岩会分泌出这么多污水，我们都戴着防毒面具，也闻不见气味，但是可以看见这些污水又黏又稠，不用鼻子闻也知道，反正绝不会是香喷喷的。地上的黄色污水渐多渐浓，也不知是否有毒，我们不敢再冒险踩着地面，更不知洞室墓的外边是否也发生了什么诡异的变化，只好先想办法找个地方落脚。

刚好有口被胖子踢倒的丹炉，三人立刻将这丹炉扶正，这丹炉如同是口厚实的铜锅，胖子站在中间，我和Shirley杨分别站到两边的炉耳上，这样暂避开了地上的黄水。但是墓顶也像下雨般滴下不少污水，幸亏有Shirley杨用金刚伞遮住。

我们三人都溅到不少污水，皮肤上也不红不痒，只是觉得滑溜溜，凉兮兮，似乎并没有什么腐蚀的毒性，不禁暗自侥幸，若这黄汤有毒，此刻哪里还有命在。

情势相对平稳下来，我们三个人也各自尽力使心神镇定下来，把剩余的荧光管全折亮了，扔向墓室四周的角落，以便能看清周围的情况。

我突然发现了一些情况，便让Shirley杨和胖子也看那边。"墓室最中间的地方，冒出了一个平卧的人形。"

Shirley杨将最后两个荧光管全扔到了那里，墓室融化得并不严重，地面上的污水只有薄薄的一层，淹没不了荧光管。这回三人看得更为清楚，墓室正中的人形并不是冒出来，而是因为表面的白色石英慢慢溶解，使人形浮现了出来。原本那里只有块与四周长成一体的微凸白石，不足以引人注目，直到此时显出人体轮廓，才发现那里有异。

胖子指着那边说道："这百分之九十九便是献王的尸骨了，待本司令过去把他挖出来，然后是红烧还是清蒸，随便咱们慢慢收拾。"

Shirley杨摇头道："那溶解的石头中，只不过刚显露出一个像人的形状，还并不能确定就是献王的真正尸骨，不如静观其变，等尸骨从溶解的石英中彻底露出来再行动。"

我死死盯着那石中的人形，这座洞室墓太异常了，冷静下来一想，终于找出了一些头绪，便对Shirley杨和胖子说："那人形并不见得是献王的尸骨，是口人形棺，献王的几根烂骨头应该在里面装着。还有……这间墓室也不是什么墓室，它可能是具干尸。"

Shirley 杨所知甚广，但对这古墓中的勾当，却不及我一半，只好问我："那是什么意思？我有些听不懂，为什么要说这洞室墓不是墓室？"

我见那人形棺还只露出一层浅浅的轮廓，便抓紧时间对她说："你不觉得很奇怪吗？这里只有凤棺，而这跟石英融为一体的人形棺，虽不知是木是石，却也仅仅是口棺材，献王又怎么可能只有棺没有椁呢？"

Shirley 杨若有所悟："你是不是想说这墓室就是献王的椁？有理论依据吗？"

我对 Shirley 杨道："没有理论依据，只凭民间传说和自我推测。咱们所见到的白色石英岩，根本就不是什么石头，也不是什么白石英，这整个洞室墓，分明就是那盏牛头长生烛所代表的第十具尸体，而且它好像要开始……复活了。"

胖子也听得奇怪，问道："胡司令，你休要信口开河，世上哪儿有这么大的干尸？大到能……能把咱们这些人都装起来。"

我对胖子说："怎么会没有，我看这就是个巨型肉芝仙椁。你没听说过每逢阴历七月二十，凶星离宫，太岁下山吗？天上的凶星就是地底的太岁，太岁也分大冲大凶，咱们现在站的地方是个风水大冲的所在，大概就是死在地下的万年老肉芝。献王拿他自己的老婆填了太岁眼，咱们已经是在肉芝太岁的尸壳里了。"

肉芝为万物之祖，相传有人将存活于大冲固定位置的肉芝，比喻作长生不死的仙肉，能食而复生，而与岁星相对运行的那种"聚肉"则是不祥凶物。不过这被献王做了棺椁的肉芝是死的，已经失去了生命，只剩下干枯坚硬尸壳，估计其中的肉都被献王炼成仙丹了。阴宫被封后，也许它的外层还在生长，偶尔能渗出污水，但是内部就不再复生，都已半石化了，直到吸入空气，这罕见的原生生物才又开始"动"了起来。

我用手抹了些丹炉边上的黄色污水，又确认了一下，心想原来那黑猪渡天河尸气冲云的异象竟是应在此处。天象十分罕见，估计这里天天都是七月二十，只怕是这肉芝的尸壳里一遇活气，就会重新活过来，也不是什么融化，而是里面的干肉在逐渐变软，天晓得稍后它会变作什么凶神恶煞。

从里面看不出这死肉芝的外形轮廓，但从内部的尸壳结构来看，其外形可能是罕见的人头形状，说不定还会有鼻子有眼。单是这肉芝的干硬尸壳，就已如此巨大，几乎不敢去想象它长满了肉会是什么样子。

我觉得形势越来越不妙了，心中生出一种不祥的预感，干脆也别等它体内变软露出那口棺材了，打不开就用炸药，此时再不动手，又更待何时。我便拿出炸药，招呼胖子争分夺秒地行动，准备上前炸破肉芝的尸壳。但那刚露出个轮廓的人形棺，突然裂开了一条大缝，还没等我们看清里面有些什么，便又突然一震，沉入了地下。我破口大骂，怎么偏赶这个节骨眼掉下去了，随即一想，不好，那里很可能是第二个太岁眼窝，任由它这么掉下去，就算开辆挖掘机来，怕是也掏不出来了。

这时候只能拼了。我刚想让Shirley杨一并上前，用飞虎爪钩住棺椁，回头招呼她的时候，却发现炉下伸出无数惨白的人手，把Shirley杨和胖子扯向下边。还没等我明白过来怎么回事，脚脖子也被数只手死死抓住，顿时被巨大的力量扯了下去，身体不断下沉，头脑却仍然清醒："他妈的，原来这块仙肉是拿人尸造出来的。"

我左边的脚腕子被几只手捉住，立刻感到一阵阴冷的剧痛，M1A1冲锋枪落在了地上，身不由己地被扯向黑暗之中，急忙用另一条正准备迈出香炉的右腿钩住厚重的炉口，大腿的筋骨被抻得快要撕开了。

混乱中看见那数十只都如人手一般的怪手漆黑异常，被射灯的光束照上，立刻变成诡异的白色，都是从黑暗的墓室角落中伸出来的。胖子和Shirley杨也被数只白色的怪手扯住，其中Shirley杨的情况最为危险，半边肩膀都被拽进了墓墙，而胖子的情况也好不到哪儿去，他的脖子被从墙中伸出的怪手捉住，正拼命弓着双腿挂住丹炉，也只是在勉强支撑。

这些从墙壁中探出的手，悄然无声，所以谁都没有察觉，待到被抓住，慢慢扯进墓墙的时候，不得不用全身的力量抗衡，稍一松劲就会立刻被拉进万年老肉芝的尸壳里。所以这时候胖子和Shirley杨谁也说不出话，自保尚且艰难，更别说互相救援了。只听见他们紧咬牙关的咯咯声，连腾出手

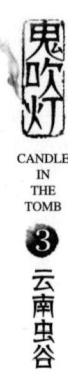

来使用武器反抗的余地都没有了。

我的情况稍好一些，只有左腿被墙里伸出的几只手扯住，其余的手都够不到我，只在凭空乱抓。

我知道这工夫必须立刻做出判断，是先自救还是先救Shirley杨，也许等我摆脱出来之后，已经来不及救她了。现在伸手当然能抓住她，但是未必就能将她拽回来，而且我的左腿尚被扯住，那样一来，就会形成进退两难的情况，既救不到她，自己也会失去脱身的机会。

但是此时又哪里有时间去权衡其中利弊，只能凭着多年来在生死线上摸爬滚打的经验，伸出左手到胖子腰中抽出登山镐，顺势递向即将完全被从丹炉中拽走的Shirley杨，钩住了她腰中的一个安全锁，使她暂不至于被拖入墓墙中。

我一手用登山镐钩着Shirley杨，与此同时立刻用另一只手取出Zippo打火机，在右腿上一蹭打着了，忍着大腿筋被拉抻的疼痛，俯身用火去燎捉住我左腿的几只手。那些从墓墙中伸出的人手，一被火焰烧灼都纷纷缩了回去。

我腿上得脱，赶紧把左腿收了回来，这时身体一得自由，手中丝毫也不停留，左手仍然用力握住登山镐，把Zippo打火机扔给仰面朝天的胖子。胖子后背、脖子、左右臂膀都被那些手抓住，双腿钩着丹炉，右手没着没落，正自焦急，见Zippo扔至，立刻用手接住，蹭燃了火焰，去烧那些抓住他脖子的人手。

我见胖子在片刻之间就能脱身，就剩下Shirley杨处境危险了，于是用一只手抓住她的腰带，探出身去用登山镐猛砍墙角的人手。那些手臂似乎都是长在墙里，也看不见身体的样子，只是一条手臂挨着一条手臂，一碰到任何东西，便立刻抓住再不撒手，直扯进墙中才算完。墙里好像是个混沌的无底深渊，里面全是挣扎哀号的饿鬼，用登山镐砍退了一只怪手，立刻又伸出来一只。

Shirley杨得到我的支援，终于把双臂和身体摆脱出来，正当要被我拉回丹炉之际，她忽然惊呼一声，身体迅速向后仰倒，原来有只漆黑的怪手揪住了她的头发。Shirley 杨为了行动方便，将长发束成马尾扎在头后，却不料竟被扯住。头发被拽着向反方向拉扯是何等疼痛，使得她的腰腿都使不出任何力量。

我急忙将她拦腰抱住，但这样一来就抽不开身去对付揪住她头发的那只怪手了，而胖子也还没完全摆脱出来，就算我把 Shirley 杨抱住，形成僵持局势，等到胖子过来支援的时候，就算 Shirley 杨没被扯进墙壁，她的头皮也会被撕掉。

Shirley 杨应变能力也是极强，头上剧痛，心中神志未失，在墓墙中其余的怪手触到她之前，已把伞兵刀握在手中，握紧刀柄，猛向后一挥，割断了一半头发，我立刻将她拖离了险境。

这时胖子也已脱身，墓墙中的无数手臂刚好能够到丹炉，三人不敢继续留在炉中，立即纵身跃向墓室中间。

周围污水流淌，墙壁已经融化得不成样子，整个墓室正在逐渐变软。刚才我们所在的墙角最早产生变化，无数的人体和手臂在其中蠕动，其余各处，也都从壁中渐渐显露出死尸的肢体，不过还未能活动。

我们看得触目惊心，胖子忙道："胡司令，敌我力量对比悬殊，斗争形势过于恶劣，看来咱们要撤到山上打游击了，再不走可就让这献王墓包饺子了。"

此时我反倒是下定了决心，想要败中求胜，就得有破釜沉舟的胆量，关键时刻不豁出去是不行的。于是我对胖子与 Shirley 杨说："开弓就没有回头箭，我今天非把献王掏出来不可，脑袋掉了碗大个疤，大不了两腿一蹬拉鸡巴倒。"

现在的形势看似已至山穷水尽，其实还有一点机会。我们事前又怎会想到献王的椁是个万年老肉芝的尸体，而且还远不止这么简单。

从地下挖出太岁原本平常，有些地方的展览馆里就有陈列品供人参观。所谓太岁，是肉芝的一种，也不过是一种单生细胞的肉菌，被割掉一块肉，也可以自行生长，可以入药，有轻身健骨的奇效。其形与色各异，形状大多如牛心或人肝，色有白、紫、黄、灰、褐等等，唯一共通的特征是"眼睛"，太岁上都有一个黑如眼睛般的孔洞，也是它的核心部分。

研习风水之术，对太岁之说不可不查，《青竹地脉论》中认为太为凶，岁为渊（即木星），是太古凶神死后留在世间的肉身。对这个眼睛，有很多说法，有明眼、暗眼之分，明眼就是在表面，能看到它的目是睁着的，只有这种才可以入药食用；而暗眼则是眼睛藏在里面，做闭合的样子，此乃凶恶之兆，恶气内聚，触之不祥。

太岁只是肉芝的一种，肉芝的涵盖面很广，相关传说也多，不仅中国有，国外也有。中国有部叫作《镜花缘》的小说，其中记载主人公周游到一个海中岛屿上，见一寸许高的小人骑马奔驰，便纵步追赶，无意中被地下树根绊倒，刚好把那个小人吃到口中，顿觉身轻如燕。这个故事当然是演绎出来的，但其中主人公吃掉的骑马小人，就是肉芝的一种形态。

还有清乾隆年间，在云南山林中出现了一个怪物。数尺见方的大肉块，外形像是个大肉柜子，有人脸般的五官，凡是碰到的东西，不论死活大小，就都被它吸入体内，如同一个无底大洞。一时搅得四民不安，以器械击之，毫毛无损，纵有博物者（见多识广的人）也不能指其名。

官府出面悬赏征集能消灭这个大肉柜子的人，有擅风水术之人出，说此物乃肉芝也，是地气郁结所化。遂遣胆大敏捷之士数十，用长竿挑了污秽之物，将之引至"顿笔青龙，凭风走马"（风水中形容地形的术语）之处，那个大肉柜子，则立刻干枯变硬，使人搬柴草烧之，恶臭之气传于百里开外，闻到这气味的人，都不免腹泻呕吐三天。此事在清代至民国期间有过很多版本的记载，其中也不乏夸大演义，但是整体的事件框架应该是真实的。

我手中的那本残卷《十六字阴阳风水秘术》，其中"地"字一卷，就详细阐述了生长于地下的肉芝，凡风水大冲、清浊失调的所在，都会长有肉芝。根据其形态不同，吉凶各异，一目者最为普通，是"太岁"；二目者为"青忽"，五官兼备为"乌头"；具三目者为前官后鬼的"蜷废"；遍体生眼的则被称为"天蜕"。

献王的"肉芝椁"最少有两目，一个眼是他老婆封住的缺口，另一个眼就是献王棺材沉下去的地方，那也就是说这里不是"青忽"就是"乌头"——在古代又有个别称,唤作"牛㤙"[①],是古神的名字,所以才会用铜牛头来做它的长生烛,外形应该是一个肉乎乎的人头肉瘤形状。

既然是双眼的老肉芝,那最少也需要数万年才能形成。如果把它的肉彻底挖尽了,不留一丝一毫,那就不会再长出新肉了。我们见到的便是一具被挖光了肉的尸壳,从中突然冒出的众多人手肢体,应该是当年有人打算令这万年老肉芝长出新肉,把精血充足的大量活人用白蜡一层层地浇在肉芝尸壳上,让他们与肉芝长为一体,以期能重新长出肉芝,服用后便可以延年益寿。不过似乎还没等到成功,献王就先死了。

我曾听Shirley杨说,在法国巴黎地下万尸洞的最深处,《巴黎圣母院》中的女主角死后就被扔在万尸洞上边一层,梵蒂冈教廷封印着一个能吞噬一切的"尸洞",据说那是由于死者太多,将世界腐蚀出来的一个"缝隙"——位于这个世界中生与死、正与反、黑与白之间的"缝隙",尸洞中有无数的人手,被这些手捉住的东西,都会被扯入尸洞里,然后化为尸洞的一部分。如果任由它无休止地扩大下去,造成最恐怖的"尸洞效应",那后果将不堪设想。

法国的这件事属于教廷的机密,外人只能知道个大概,至于这尸洞形成的原因,从来没有正式公开的结论,甚至就连尸洞存在的事实都始终遮遮掩掩的。

我们三人面对最后的一层棺椁,险些被无数人手扯进墙壁,那应该就是一种由大量遇害者腐蚀出来,附在老肉芝干壳上的"尸洞"了。究其根源多半还是这附近天然风水的格局改动太大,形成了阴阳清浊不分的混沌地带。趁着它的尸洞效应还没完全发生,我们也许还有一线机会,把那落入眼窝深处的献王棺找到。

我不顾Shirley杨的阻止,只扯了一条绳索,独自向中间的眼穴深处跳了下去,一具高大的人形棺材就斜斜地戳在面前。

[①] 㤙,音hùn。

第四十八章
斩首

我抹了抹头盔上被污水遮住的射灯,尽量使灯口照出的光束变得清晰一些,这才看明了周围的环境。这里就像是一个狭窄短小的竖井,有四米多深,一人多宽,四周尽是黑色的黏稠物,似乎是眼球腐烂而形成的。由于乌头肉桿正在腐烂溶解,所以使这眼窝慢慢变大,献王的棺材刚好掉了进来,斜倚在其中。棺材本来就不小,加上我也跳到眼穴里,空间显得非常局促,进退伸展都不得便。

这时头上灯光一闪,Shirley 杨在上边探着身子,焦急地对我说:"老胡,快上来,尸洞效应正在不断扩大,再晚一点咱们都出不去了。那雮尘珠不要也罢,总不能因为我,连累你们都在此送了性命。"

我一边用手抹去献王棺材上的黏液,一边对 Shirley 杨说:"现在走自然是走得脱,但回去后还不把肠子悔青了?这肉桿年头太久了,深处没有那么快形成尸洞,给我三分钟……两分半的时间就够了,你快让王司令把开棺的家伙给我扔下来。"

我原想让胖子和 Shirley 杨先撤到外边等我,但是知道这种话说了也没用,我留在这里,他们肯定不会答应先行撤退,只好让他们在上边协助我,尽快做完大事，一同跑路。

片刻间，献王的内棺就已经被我探明。这是一口半人形的"玉顶簪金麟趾棺"，玉顶金框上边有个人头和两个肩膀的形状，封口处是四个黄金麟趾交错封闭。因为献王打算尸解后升仙，所以棺盖都未曾楔实。先前看这"玉顶簪金麟趾棺"落入眼穴的时候，中间好像裂开了一条缝隙，其实那是因为表层的肉樗尸壳受到空气的侵蚀，露出中间一道殷红胜血的玉顶。

人形棺在中国古代并不多见，有的话也多半为木制。不过我没时间分辨这些细节，只注意到棺顶上刻着一个旋涡，这旋涡的图形几乎遮盖了整个玉顶。旋涡和眼球相似，仔细一看原来是一只弯曲的凤凰。团成旋涡的形状，瞳孔的地方就是凤凰的头部，这肯定就是雮尘珠的标记了。一看到这个标记，我顿时热血上涌，心中又多了几分指望，这颗谜一样的珠子，多半就在献王的内棺里，天可怜见，一路上舍生忘死，还好没有扑空。

眼穴中已经容不下第二个人进来了，胖子和 Shirley 杨空自焦急，却没办法下来帮手，只好把工具递下来给我。先前我并未打算在这儿开棺，想用绳子套牢后先拽上去，设法拖离这肉樗，到安全的地方再打开来细细搜索。但是下来一看，才发现这口内棺底下一部分已经与这万年老肉芝的尸壳长死了，再也难以分离，只好就在这狭窄的空间里动手。

我深深地吸了一口气，用探阴爪把麟趾一个接一个地撬开，只觉得两只手都有点不够用了，恨不得把脚也使上，也许就因为动作稍慢几秒，就会错过逃生的时机。

虽然我竭力安慰自己，一定要冷静，欲速则不达，但是心脏却越发怦怦怦地狂跳不已，又哪里冷静得下来。我已经把全部的注意力都集中在了这口内棺上，对 Shirley 杨和胖子在上边的不断催促与提醒，充耳不闻。

我估计着时间差不多已过了一分钟，按我的预计，三分钟之内拿到雮尘珠，乌头肉樗出口处的那个眼穴还不至于被逐渐扩大的尸洞覆盖。一分多钟就拆了棺盖，时间还算来得及，想到这里，我心情稍微平缓一些。

Shirley 杨见我即将揭开献王内棺的盖子，便立刻扔下一枚冷烟火。"老胡，这是最后一支了，它灭掉之前，不管能否找到，你都必须上来。"

漆黑黏滑的眼穴中，立刻烟火升腾，亮如白昼，我口中答应一声："放心吧，时间绝对够了，咱们用绳子把这老粽子拖出去……"

说着话已经将玉盖用力揭开，里面立刻露出一具尸体，冠戴掉落在了脚下。头戴镶金嵌玉的"折上巾"幞头，身着黑色蟒纹玉甲殓袍，腰挂紫金带，不是献王又是何人！

但我随即感到不寒而栗，献王的尸体竟然没有脸。也许这么形容不太恰当，洞中空间狭小，我和献王的尸体几乎是脸对着脸，只见那尸体的五官都已经变得模糊扭曲，只留下些许痕迹，口、鼻、双眼，几乎难以分辨，好像是融化在了脸上，如同戴了张玉皮的面具，被冷烟火的光亮一映，显得十分怪诞。

我心中暗自称奇，难道又他娘的着了老贼的道儿了？这是具假人不成？急忙捉住献王尸身的手臂，剥去那层蟒纹殓袍，但见五指紧握，手中显然是攥着明器，肤色蜡黄得似要滴出水来，好像正在发生着什么不同寻常的变化。看这尸体的手部皮肤，倒不是假人，我用手在献王尸体上捏了一把，感觉皮肤甚至还有些弹性，保存得极为完好，再在那尸体脸上捏了捏，却触手坚硬，似乎已经完全玉化了。

真正的雮尘珠什么样，我并没见过，只在那沙海中精绝遗迹里看过个假的，是用罕见的古玉制成，比人头小上那么几圈，形状纹理都与人眼无异，却不知真的大小几何，能不能就这么握在手里。

但此刻根本无暇仔细分辨，立刻取出捆尸索，在献王尸身的脖颈中打了个套，想将他从内棺中扯出，让胖子拖他上去。但是手中扣定捆尸索向后扯了两扯，拽了两拽，那尸体竟然纹丝不动。

我心中纳闷，不知哪里又出了古怪，只好抬起手，抽了那献王的尸体几个耳光，再向外拽，仍然不动分毫。

最后没办法了，只好就地解决问题，从携行袋中摸出一枚桃木钉，直插进了死尸的心窝子，然后双手平伸，从头到脚在献王尸体上摸排起来，摸到他左手之时，见和右手一样，也是紧紧握成拳头，手中明显是有什么东西。

我立刻又取出两枚桃木钉，钉牢了献王尸体臂弯，用力掰开他的手指，心中暗暗祈祷，但愿那凤凰胆就在这里。但是等掰开之后，犹如当头被泼了一盆冷水。

献王尸体的左手中，握着一枚变了质的桃核。虽然出乎意料，但是这也并不奇怪。中国人对"桃"有特殊的感情，他们把桃看成一种辟邪、免灾、增寿的神物，因此古代工艺品中有不少以桃为造型的器物。相传汉武帝是西汉在位时间最长的皇帝，皇帝做得久了就想做神仙，于是经常兴师动众地去三山五岳祭拜，还派人到各地寻访长生不死之药。这片苦心终于感动了昆仑山的西王母，在元封元年的七夕之夜，乘着紫云辇来未央宫见了汉武帝。欢宴之际，西王母给汉武帝刘彻吃了四个仙桃，汉武帝觉得味道甘美，芳香异常，与人间俗物迥异殊绝，便打算留下桃核在人间栽种，结果得知这种神品在人间难以存活，大失所望。虽然后来汉武帝没能实现长生不死的愿望，但是活到了七十来岁，这在古代是十分长寿的，也许正是因为他吃过仙桃，才活到七十岁的。当然这只是个民间传说，但是帝王死后手中握桃核入殓之风，由来已久，早在东周列国之时就非常普遍，并不始于汉代。不过桃核是植物，最容易分解，所以后世开棺都难以得见。

我微一愣神，便想起这个传说，心中连连叫苦，只好再去掰献王尸体的右手，而那手中却是很多墨玉指环，其中还夹杂着一些黑色杂质，匆忙中也没时间想这是什么东西，顺手都塞到了携行袋里。

胖子在上面大叫道："胡司令，没时间了，快走，快走。"

我知道胖子这么喊一定是到了刻不容缓的地步了，但是那性命攸关的毛尘珠，却仍没有个着落。这时我灵机一动，说不定正是因为献王在口中含了那颗珠子，这尸身的脑袋才会变得这么古怪，一不做，二不休，不如就取了这献王的首级回去研究研究。

于是我对胖子喊道："把工兵铲给我扔下来，再他妈坚持最后十秒钟。"说完接住胖子递下来的工兵铲，伸手一摸献王的脖颈，并没有像他面部一般石化，对准了位置，用工兵铲全是锯齿的一面乱切，遇到坚韧之处，便用伞兵刀去割。

这时那具即将被我割去人头的尸体，突然剧烈地抖动了一下。我心知不妙，先自出了一身的白毛汗，急忙揪了那颗人头，迅速向上攀爬而去。洞底的冷烟火已经灭了，不用低头向下看，凭感觉也能知道，献王那没有脑袋的尸身，正在向我追来。

这念头也就在脑中一闪，便觉得左脚已被一只有力的大手拽住，本已快爬出去了，此刻身体却又被拉回了眼穴中间。我一手夹着那颗人头，一手将工兵铲插入老肉般的墙壁，暂时固定住身体，以免直接掉到底部。

我低头向下一看，恍惚的光线中，只见一具黑乎乎的无头尸体，从内棺里挣扎着爬了出来。无头的尸身上像是覆盖了一层黑色的黏膜，几乎与这乌头肉樟的眼穴化为了一体，伸出漆黑的大手正抓住我的脚脖子向下拉扯。

桃木钉似乎对这尸体根本不起作用，这说明只有一种可能，这尸体已经与附着在肉樟里的"尸洞"融为了一体，献王的尸体就是尸洞的中心，念及此处，不由得心寒胆战。听Shirley杨讲，那法国巴黎的地下墓场，谁也说不清究竟有多深，规模有多大，里面又总共有多少各种类型的干尸。有种流传比较广泛的说法是，巴黎地下墓场的规模，堪与北京地下的人防工事相提并论，这样的比较虽然并不绝对可靠，却足以见得这墓穴大得非同小可。而这献王的肉樟纵横不下二十米，倘若真是完全形成了一个能吞噬万物的"尸洞"，我们要想逃出去可就难于上青天了。

不过此时身临绝境，根本顾不上许多，只有先设法摆脱这无头尸的纠缠，于是我对上边的胖子叫喊："胖子拿雷管，快拿雷管！"说着话的同时，将那颗献王的人头扔了上去。

胖子见下面有团圆滚滚的事物抛将上来，也没细看，抬手接住，低头看时，被头盔上的射灯一照，方才看清是颗面目像是融化了一样的怪异人头。饶是他胆大包天，也不免吓得一缩手，将献王的人头掉落在地上，当下也不再去理会，立刻动手去掏雷管。

我在下面勉强支撑，把人头抛了上去，便无暇顾及胖子和Shirley杨是否能看出来那是献王的脑袋，空下一只手来，便当即拔出工兵铲，向下面那无头的黑色尸体拍落。"扑扑"几声闷响,都如击中败革,反倒震得自己虎口酸麻。

然而忽觉脚下一松,被铁箍紧扣住的感觉消失了,那无头尸体竟然弃我不顾,一声不发地从侧面往上爬,似乎它的目标只是那颗人头。

我见有机可乘,丝毫不敢松懈,急忙用脚使劲蹬踩无头尸的腔子,将它又踹回穴底,自己则借了蹬踏之力,向上一蹿,扒住了湿滑的眼穴边缘。

上边的 Shirley 杨马上拽着我的胳膊,协助我爬了上来。

刚才我跳下去的时候,实是逞一时血气之勇,现在爬上来才觉得后怕,两腿都有点哆嗦了,赶紧用力跺了跺脚。

但是连给我回想适才过程的机会都没有,眼前就"哧哧"冒了一团火花,胖子已将三枚一组的雷管点燃了,口中骂了一句,瞅准了方位,就把雷管扔进了我刚刚爬上来的眼穴里。

我心情这才稍微平稳下来,心想这雷管一炸,那无头尸体便是铜皮铁骨,也能给它炸成碎骨肉末了。四周的肉樟已经彻底变了形,似乎是牛羊的内脏一样,内中无数的肢体正在不停蠕动,看来不出十秒钟,这里就会完全形成"尸洞"。好在我们进来的入口还在,只是也长满了黑色黏膜,我捡起被胖子扔掉的献王脑袋,紧紧夹在腋下,对 Shirley 杨和胖子叫道:"还等雷劈吗,看井走反①吧。"

三人择路向外便冲,胖子百忙之中,还不忘问我:"那东西是颗人头还是明器?"

我边跑边告诉胖子:"这献王的脑袋,八成就是咱们要找的救命珠子。"Shirley 杨听到已取到了雮尘珠,精神也为之一振,与我和胖子一起,三步并作两步,冲至入口处,迅速挥动工兵铲,斩破遮住入口那些腐肉般的黏膜。

正待跃出去之时,忽然一团黑乎乎的事物,带着一股白烟从天而降,刚好落在胖子手里,胖子奇道:"什么的干活?"凝神一看,却原来是他刚

---

① 看井,指由内向外;走反,指逃跑。

扔进眼穴中的那束雷管。无头尸所在的眼穴里，正在生出大量肉膜，竟在雷管爆炸之前，将之弹了出来。导火索已经快燃到了尽头，胖子大惊，忙将雷管向后甩了出去，在一团爆炸气浪的冲击下，三人冒烟突火、连滚带爬地出了肉椁。

大空洞里的情况依然如故，只是多了些尸蛾在附近乱飞。Shirley 杨往角落中打出了最后一枚照明弹，将四处零星的尸蛾都吸引过去，随后三人就沿来路向下狂奔。就在即将跑到大空洞底层的时候，只听头顶上传来一片"哧哧嚓嚓"的指甲挠墙声。

我们此时已经没有任何能够及远处的照明工具了，看不清上面是什么情况，但不用看也知道，尸洞效应开始向乌头肉椁外扩散了，而且是直奔我们来的。

我们不敢有任何停留，顺来路跳进了中间的那层墓室。我对胖子和 Shirley 杨说："这颗献王的人头说什么也不能还回去了，但是如此一来就没办法摆脱尸洞的纠缠。"

献王墓的阴宫是三层椁室，最底层的木椁，中层的石椁，还有最高处的肉椁，外有一圈回廊，高处看来，是个"回"字，不过周边是圆形的，加上其中三层椁室大小不一，甚至可以说它像个旋涡，或者眼球的形状。这座阴宫建在山壁深处，只有一个出口，没有虚门可破，只能从哪儿来，回哪儿去。

三人一边向外奔逃，一边商议，这么一直逃下去终究不是办法。现在估计已经过了凌晨，我们已经一天一夜没合过眼了，而且自从在凌云天宫的琉璃顶上胡乱吃了些东西后，到现在为止都水米未进，必须想办法彻底解决掉这个巨大的尸洞，否则必无生机。

在这匆忙的逃生过程中，根本想不出什么太好的对策，我唯一能想到的，也只是在大踏步的撤退中消耗敌人，使它的弱点充分暴露，然后见机行事。但以我们目前的体力和精力还能逃出多远，这要取决于那尸洞吞噬物质的速度。

一路狂奔之下，我们已经穿过了阴宫门前三世桥和长长的墓道，来到了巨大而又厚重的石门前边，攀上了铜檐镂空的天门。身后尸洞中发出的声响已小了许多，看样子被我们甩开了一段距离，但仍如附骨之疽，紧紧地跟在后边。

胖子骑在铜制天门的门框上说："还剩下几锭炸药，不如炸烂了这天门，将它封死在里面如何？"

Shirley 杨说："这石门根本拦不住尸洞的吞噬，不过也能多少阻挡一阵……"说到半截，忽然觉得门下情况不对，"嵌道中的水怎么涨得这么高了？"

我低头往下一看，石门的三分之一已经被水淹了，这说明外边的水眼被堵住了。我连忙让胖子快装炸药，看来那万年老肉芝就是此地风水大冲的聚合点，它一惊动，这里被郁积了两千年的地气，恐怕也就要在这一时三刻之间宣泄出来。说不定整个虫谷都得被水淹了，直到地脉气息重新恢复正常，大水才会退去，要是我们在此之前逃不出去，肯定就得喂了潭底的鲤鱼老鳖。

由于只要把窄小的天门炸毁即可，胖子片刻间就已装完了炸药。我透过天门的缝隙，向漆黑的阴宫里回望了一眼，咬了咬牙，心想三十六计都败了，就差最后这一哆嗦了，无论如何都要把这颗人头带出去。当下一招手，三人便从天门下入水往原路潜回。

游到水眼附近，果然那漩涡的吸力已不复存在，而水流正向上反涌，我们借着向上滚动的水流，游回到外边的水潭。这里的水位也在不断升高，不过由于漏斗状的环壁中有很多大大小小的缝隙溶洞，平时被藤蔓泥沙遮盖，此刻水位一涨，都渗入其中，故此水面上升的速度并没有我们预想的那么快。

我们找到一处接近水面的石板栈道爬了上去。虽然已经远离那阴森黑暗的地底王墓，却没有重见天日之感。外边的天还是黑得像锅底，黑暗中瀑布群的水声如雷，头上乌云压顶，令人呼吸都觉困难。

上到大约一半的时候，才觉得轰鸣的水声逐渐变小，互相说话也能够听见了，我对胖子和Shirley杨说："先爬回凌云宫，然后再设法从虫谷脱身，那葫芦洞中的蟾宫，留待以后再收拾不迟。"

Shirley 杨也明白现在的处境，那尸洞转瞬间就会跟上来，我们自顾尚且不暇，别的事只好暂且放一放了，于是跟着我和胖子继续沿栈道迂回向上，忽然脚下一软，跪倒在地。

我急忙将她扶起，却发现 Shirley 杨已经不能站立，我惊问："你是不是大腿抽筋了？"

Shirley 杨捂着膝盖说："好像小腿……失去知觉了。"她语调发颤，充满了惊恐。

胖子举着手电筒照亮，我检视 Shirley 杨的腿，发现她小腿雪白的肌肤上有一块巴掌大小的黑色瘀斑，黑得好像被墨汁染了一样，胖子和我同时惊呼："是尸斑！"

我心中急得犹如火烧，对 Shirley 杨说："我的姑奶奶，你的腿是被尸蛾咬到了，这可要了命了……咱们还有没有糯米？"

突然脚下的绝壁上传来一阵阵像是指甲抓挠墙壁的声响，那个像大肉柜子一般的尸洞，竟然神不知鬼不觉地追了上来，而且距离已经如此之近，只在十米以内。

如果在这古壁如削、猿鸟愁过的绝险之处被追到，那就万难脱身。我和胖子对望一眼，心里都十分清楚，最后的时刻到了，权衡利弊，只好不要这颗人头了，不过纵然丢卒保车，也未必能渡过眼下的难关。

却在这时，忽见漆黑的天空中出现了一道血红色的裂痕。原来我们估计的时间有误，外边天色已明，只是被"黑猪渡河"所遮，那云层实在太厚，在漏斗内看来，便以为还在夜晚。但这时黑云被上升的地气冲开一条裂缝，天空上的奇景，使人顿时目瞪口呆，这不正是献王天乩图中描绘的天空崩落的情景吗？

第四十九章
感染扩大

覆盖住天空的大团黑云，被郁积的地气所冲，中间的裂痕越来越大，万道血红的霞光从缝隙中穿了下来，漏斗形环壁的空气似乎也在急剧流转，呼呼生风，到处都充满了不祥的气息，好像世界末日就要降临。

巨大的气流在这千万年形成的漏斗地形中来回冲撞，我们身处绝壁中间，上也不是，下也不是，被这劲风一带，感觉身体是纸扎的，随时可能被卷到空中。天变得太快，半分钟的时间都不到，风就大得让人无法张嘴，四周气流澎湃之声，俨然万千铁骑冲锋而来，连一个字都说不出口来。

我把登山头盔的带子扎紧，背着不能行走的Shirley杨，对胖子指了指附近古壁中的一条缝隙，示意暂时先去那里躲一躲。

胖子竖了竖大拇指，又拍了拍自己的头盔，背着沉重的背囊，跟在我后边。这漏斗的四壁上，到处都有一些被粗大藤萝撑裂，或是被改道前的瀑布所冲开的细小岩缝，胖子侧着身子勉强能挤进去，里面也不深，三个人都进去就满了。

我让胖子钻到最里边，然后是Shirley杨，用登山绳互相锁定，我则留在最外边。这也是前后脚的工夫，漏斗下面的水潭，又涨高了一大截，气流中卷起了无数水珠，如同瓢泼大雨一样，飘飘洒洒地灌进我们藏身的缝隙里。每一次被激起的水珠打到身上，都是一阵剧痛，但是我又不敢撑开金刚伞去挡，否则连我都会被气流卷上天去，只好尽量向里面挤，把最深处的胖子挤得叫苦不迭。

我们的处境越发艰难，外边气流激荡之声传导在岩壁上，发出的回声震得人耳膜都要破了。虫谷深处的地气被压制了两千年，一旦爆发出来，绝不亚于火山喷发的能量。加上漏斗的特殊地形，对喷射出来的地气产生了巨大的反作用力，使最深处的水潭被连底端了起来，形成了一个巨大的水龙卷。水中的一切事物都被卷上了半空，就连绝壁上的千年老藤，都给连根拔起。

山壁上这条小小的缝隙算是救了我们的命，外界的气流一旦形成了水龙卷，其能量便向中间集中，而不是向外扩散。我刚想把金刚伞横在岩缝的入口，以防再有什么突然的变化，就见洞口的水雾突然消失了，外边的光亮也随即被遮挡。

我刚才脑中已是一片空白，这才猛然间定下神来，赶紧拍亮了头上的战术射灯，只见岩壁的缝隙外，是被一大团黏稠的物体遮挡，当中似乎裹着许多漆黑的手臂，这东西似有质，似无质，漆黑黏滑，正想从岩缝中挤进来。

尸洞附着那万年老肉芝的尸壳，像是个腐烂发臭的大肉箱子，竟然没被水龙卷卷走，而是攀在绝壁上爬了上来。我见尸洞已到面前，吃了一惊，急忙向回缩手，那柄 Shirley 杨家祖传下来、她十分珍惜的金刚伞，就立刻被扯进了尸洞里。我倒吸了一口冷气，这金刚伞水火不侵，被这尸洞瞬间就吞了个精光，连点渣都不吐，我们这血肉之躯，又怎能与金刚伞相提并论。

身陷绝境，实已到了山穷水尽的地步，只好将那献王的人头抛出去将它引走。但是人头被我装进了胖子的背囊里，想拿出来也得有十几秒的空当才可以，但恐怕不出三秒，我就先被逐渐挤进来的尸洞给活活吞了。

我把心一横，端起"芝加哥打字机"，将弹夹里剩余的子弹，劈头盖脸地射到了尸洞中。射击声响彻四周，但那黑色的烂肉，只是微微地退了

第四十九章 感染扩大

两退，子弹就如同打进了烂泥之中，丝毫伤它不得，蠕动着继续缓缓挤进我们藏身的岩缝。

正当这千钧一发的紧要关头，那块巨大的腐肉忽然被一股庞大的力量，从岩缝中扯了出去。原来这老肉芝的体积毕竟太大，虽然吸住山岩，仍有一大部分被水龙卷裹住，最后终于被卷上了半空。

我的心跳成一团，似乎把身后Shirley杨和胖子的剧烈心跳声也一并纳入耳中。我回头望了望Shirley杨，只见她被尸毒所侵，嘴唇都变青了，脸上更是白得毫无血色，只是勉强维持着意识，随时都可能昏倒，便是立刻用糯米拔去尸毒，她的腿能否保住还难断言。念及此处，我心酸难忍，但为了安慰她，只好硬挤出一些笑容，伸手指了指上边，对Shirley杨和胖子说："献王他老人家终于登天了，咱们也算是没白白送他一程，好歹收了他的脑袋和几件明器……王司令快把糯米都拿出来。"

胖子被卡在深处，只能吸着气收着肚子，别说找糯米了，说话都费劲，我正要退后一些，给他腾点空间出来，却见Shirley杨紧咬着嘴唇，吃力地抬手指了指我的身后。

这时岩缝中的光线又突然暗了下来，我急忙回头，但见外边水龙卷已经停了下来，想是地气已经在这片刻之中释放干净了，那团烂肉又从半空落了下来，不偏不倚，正落在原处，死死吸住绝壁上的缝隙，流着一缕缕脓汁挤将进来。

我连声咒骂，不知肉樟中的献王是没了头上不了天，还是他妈的命中注定只能上去一半就立刻掉下来。这时候猛听一声巨响，沉重的金属撞击声顺着山壁传来，好像有一柄巨大的重剑，从高空中坠落下来，洞口那一大团腐肉，被砸个正着，没有任何停留地被撞下了深潭底部。

巨大的撞击声都快把耳朵震聋了，第二次死中得活，却是让我一头雾水，刚才掉下来的究竟是什么东西？难道是献王老贼多行不义，遭天诛让雷劈了不成？

Shirley杨艰难地对我说："是B-24空中堡垒的机体残骸……"

我恍然大悟，原来是坠毁在潭底的重型轰炸机也被强大的水龙卷刮上

325

了半空，时也？命也？这其中的玄机恐怕谁也说不清楚。献王自以为天乩在握，却不知冥冥之中万般皆有定数。登天长生之道，凡人又怎能奢求，可是生活在献王那个时代的人，大概还看不破这大自然的规律。

我对 Shirley 杨说："这回差不多能将那肉樟彻底砸死了，我们先想办法把你腿上的尸毒去了，再往上爬。"

Shirley 杨说："不……还不算完，你不了解尸洞能量的可怕。就算是轰炸机的铝壳，也会被它吞噬，它的体积会越来越大，而且这颗人头里一定有某种能量吸引着它，用不了多久，最多一个小时，它还会追上咱们。"

我闻听此言，心下也不免有些绝望，难道拿了这献王的脑袋，便当真离不开虫谷了吗？微一沉吟，心中便有了计较，要除去这成了精的老肉芝尸壳，只有在谷口那"青龙顿笔，凭风走马"的地方。不过距离此地尚远，必须先给 Shirley 杨把腿治好，否则我这么背着她，仓皇中也走不出多远。

现在对我们来说，每一秒都是宝贵的，至少要在那肉樟再次卷土重来之前，离开这处被水龙卷刮得变了形的大漏斗。我赶紧和胖子扶着 Shirley 杨来到外边的栈道上，此时空中乌云已散，四周的藤萝几乎都变了形，稍微细一些的都断了，到处都是翻着白肚子扑腾的鲤鱼。凌云天宫的顶子，以及一切金碧辉煌的装饰，也都被卷没了，饶是建得极为结实，也只光秃秃地嵌在原处，像是几间破烂的窑洞。谷底飞瀑白练，如同天河倒泻，奇幻壮丽的龙晕已经不复存在，只有潭底的水汽被日光一照，映出一抹虹光。虽然经过了天地间巨变的洗劫，却一扫先前那诡异的妖氛，显得十分幽静祥和。

我和胖子顾不得细看周围的变化，急忙对 Shirley 杨采取紧急救治，把剩余的糯米全部找出来。我将这些糯米分成了三份，先拿其中一份和以清水，敷在 Shirley 杨小腿上包扎起来，慢慢拔出尸毒。按摸金校尉自古相传的秘方所载，凡被尸毒所侵危重者，需每隔一个半时辰就要换一次新糯米，连拔九次，方能活命。

但是眼下的糯米，也就够应付九个小时，在九个小时内绝对没有可能回到落脚的彩云客栈。巧妇难为无米之炊，我和胖子一筹莫展。我让胖子先去盯着潭底，然后找了几粒避尸气的红奁妙心丸给 Shirley 杨服了下去，也不知道是否能起点作用，希望能暂时止住尸毒扩散。

我想了想，又把剩下的糯米分成四份，又怕缺斤少两效力不够，急得脑门子青筋都蹦了起来。但是急也没用，只好尽力而为，听天由命了。我和胖子把剩下的所有能吃的东西分了，一股脑地都塞进嘴里，但饿得狠了，这点东西都不够塞牙缝的，又无别的办法，只好忍着肚中饥火，背起 Shirley 杨，招呼放哨的胖子撤退，顺便问他潭中那肉椁的动向。

胖子抓起背囊对我说："太高了，看得直他妈眼晕，什么也没看清楚……"他说着话突然愣了一愣，竟然对着我端起了"芝加哥打字机"，拉开了枪机，看那架势竟是要朝我开枪射击。

我急忙背着 Shirley 杨退了一步。"王司令，无产阶级的枪口，可不是用来冲着自己的战友的。"但我话一出口，已经明白了胖子的意思，一定是我背后有什么具有威胁性的东西，难道那阴魂不散的尸洞，这么快就吞净了 B-24 机体的残骸，又悄无声息地追上来了？我赶紧背着 Shirley 杨，在狭窄的栈道上猛一转身，已经把工兵铲抄在手中。这一回头，眼中所见端的出人意料，在我们背后的这个人是谁？她……

我不禁又向后退了两步，背着已经昏迷了的 Shirley 杨，和胖子站成犄角之势，仔细打量对面的人。身后栈道上有一大团被适才那阵水龙卷卷倒的粗大藤蔓，都纠结在一起从绝壁上掉落下来，刚好挂在了栈道的石板上。

由于栈道几乎是嵌进反斜面的石壁中，距离水龙卷中心的距离很远，所以损毁程度并不太大，不过被潭底和山上被刮乱了套的各种事物覆盖，显得面目全非，到处都是水草断藤。

虫谷的大漏斗里有许多在绝壁极阴处滋生了千年万年的各种植物，这次也都大受波及遭了殃。落在距离我们藏身处极近的那团植物像是一截粗大的植物枝蔓，有水桶粗细，通体水绿，上面长了很多菱形的短短粗刺，除了非常大之外，都与一般植物无异。

唯独这条粗蔓中间破了一大块，绽出一个大口子，里面露出半截女人的赤裸身子，相貌倒也不错，只是低头闭目，一动不动。她肤如凝脂，却也是绿得瘆人。

我和胖子对望了一眼，本想抄家伙动手，但是现在看清楚了，谁都不知道那女人是什么来头，是人？是怪？看她一动不动，似乎只是具死尸，但什么人的尸体会藏在这么粗的植物藤蔓中？而且我们距离并不算远，那发绿的尸体却没有异味，反觉有股植物的芳香。

我背着伤员，行动不太方便，于是对胖子使了个眼色，让他过去瞧瞧。胖子端起冲锋枪走上前去，没头没脑地问道："这位大姐，你是死的还是活的？"

从绿色粗蔓中露出的女人没有任何反应，胖子扭头对我说："看来就是个粽子！不如不要管她，咱们大路朝天，各走一边。"

我觉得不像，于是在后边对他说："怎么会是粽子！你看那女人身体微微起伏，好似还有呼吸，像是睡着了？"

胖子伸出 M1A1 的枪口戳了戳那女子，立刻吓得向后跳开，险些将我撞下悬崖。我忙用手抓住身边的岩石，问他怎么回事。

胖子指着那绿油油的女子，战战兢兢地说："老胡老胡，她……冲着我笑啊！"

我也觉得心惊肉跳，这深山老林里难道真有妖怪不成？但是心中一动，心想会不会是那个东西？要真是那样的话，那 Shirley 杨可就是命不该绝。

于是我先把 Shirley 杨从背上放下来，让她平卧在石板上，然后同胖子一起走到那老蔓的近处。我仔细观察那个女子，她没有头发、眉毛，但是五官俱全，颔尖颈细，双乳高耸，怎么看都是个长相不错的女人，当然除了皮肤的颜色绿得有些吓人。

再往下看，这女子并没有腿，或者可以这样说，她被包裹在这粗大的老蔓之中，双腿已与这植物化为一体，难分彼此。用工兵铲在她身上一碰，那女子的表情立刻发生了变化——嘴角上翘，竟然像是在发笑。

胖子刚才被这女人吓得不轻，这时候也回过神来，对我说："这大概不是人，更不是粽子。老胡，你还记得咱俩小时候听的那件事吗？"

我点头道："没错！'问之不应，抚之则笑'，想不到世上真有这种东西。

咱们军区里有一个老首长就亲眼见过，当年红军长征，兵困大凉山的时候，刘伯承曾单枪匹马去和彝人首领小叶丹结盟，当时有一部分红军与大部队走散了，他们在彝山里就见过这样的东西。"

这绿汪汪的美貌女子是木荏，一种罕见的珍稀植物，在古壁深崖的极阴之处才会存在。凡聚得地气精华的植物都会长得像人，但即使数千年的老山参也仅具五官，而这木荏竟生得如此惟妙惟肖，真是名不副实，快要成精了，已经难以估量这人形木荏生长了多少年头了。

我对胖子道："听说当年那些红军战士们以为这是山鬼，拿起大片刀就砍，结果从山鬼的伤口处流出很多汁水，异香扑鼻。结果他们就拿它煮来吃了……他们管它叫作翠番薯，彝人告诉他们这是木荏。我估摸着，这也是木荏一类的东西。"

胖子说："哎哟！这要真是木荏，那可比人参值钱了！咱们怎么着，是挖出来扛回去，还是就地解决了？"

我对他说："现在你背着一大包明器，我背着Shirley杨，哪里还再拿得了多余的东西！据说这东西有解毒轻身的奇效，只是不知能不能拔千年古尸的尸毒。而且你看这老蔓也断了，它失去了养分的来源，不到明天就会枯萎。我看咱们也别客气了，吃了它！"

胖子正饿得前心贴后背，巴不得我这么说。他抡起工兵铲，一铲子下去就先切掉了一条木荏的胳膊，一撅两半，递给我一半说："献王那没脑袋的尸体裹在那块烂肉里随时都会追上来，没工夫像红军战士那样煮熟了，咱就凑合着生吃吧！"

我接过那半条人臂形的木荏，只见断面处有清澈汁液流出，闻起来确实清香提神，用舌头舔了一点汁水，刚开始只觉有那么一丁点的甜头，但稍后便觉得口中立刻充满了浓郁的香甜，味道非常特殊，再张嘴咬了一大口，咔哧咔哧一嚼，甜脆清爽，不知是因为饿急了还是因为这木荏本就味道绝佳，还真有点吃上瘾了。

一旁的胖子三口两口之间就早已把那半截木荏手臂啃了个精光，抹了抹嘴，抢着工兵铲又去切其余的部分。木荏被砍了几铲，它的身体好像还

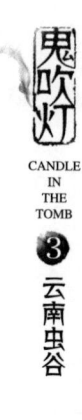

微微颤动，似乎疼痛难忍，随后就不再动弹了。

我胡乱啃了几口，就觉得遍体清凉，腹内饥火顿减。Shirley 杨昏迷不醒，我拿了一大块木荴，用伞兵刀割了几个口子，捏住她的鼻子给她灌了下去。Shirley 杨那雪白的脸庞上，笼罩着一层阴郁的尸气，此时喝了些木荴清凉的汁液，那层尸气竟有明显减退。我心中大喜，她这条命算是捡回来了。

我又把一些木荴切烂了，连同糯米裹住 Shirley 杨的伤口，然后招呼胖子，让他把包里那些没用的东西扔下几样，将那些剩余的木荴都装进密封袋里，一并带上。此地不宜久留，必须立刻动身离开。

胖子挑了些占地方的金玉之器扔在地上，把剩下的半只木荴都填进密闭袋里。我顺手把那颗献王的人头拿了过来，塞进自己的携行袋里，若是再被追得走投无路，就只好先拿它来脱身，总不能为了这颗雹尘珠，先在此断送了性命。

这样一来，我们又多耽搁了七八分钟，但总算是吃了些东西，恢复了些精力。我向谷底的深潭望了一望，墨绿一团，似乎没什么异动，但我的直觉告诉我，这只是暴风雨来临前的平静，不把那尸洞彻底解决掉，就绝没个完。于是我背上 Shirley 杨，同胖子沿着栈道向上攀爬，继续我们的逃亡之旅。

胖子边走边对我说："这趟来云南，可真是玩命的差事，不过倒也得了几样值钱的东西，回去之后也够他们眼馋几年的。"

我对胖子说："你那包里装着咱们在天宫后殿中找来的玉函，里面虽然不知装着什么秘密，但一定是件紧要的事物，还有那面镇压青铜椁的铜镜，也是大有来历，说不定是商周时期的古物。这些东西都非比寻常，你还是把嘴给我闭严实点吧，千万别泄露出去，在我搞清楚其中的奥秘之前，包括大金牙都不能让他知道。"

说起从献王墓里摸得的明器，我下意识地摸了摸自己的携行袋，想起里面除了献王的人头，还有从他手里抠出来的很多黑色指环。那应该也是些最被献王重视的器物，甚至仅次于雹尘珠，不过那究竟是用来做什么的呢？

第四十九章 感染扩大

迷茫的思绪，被谷底的巨大响动打断，一阵阵指甲抓挠墙壁的刺耳噪音，断断续续地沿着石壁传将上来。我心知不好，现在距离栈道的终点还有很远，跑上去肯定是来不及了，连忙四处一看，想找个能有依托掩护的地形，却发现我们所处的位置，竟离绝壁上的葫芦洞口不远，从洞口下来的时候虽然不容易，但用飞虎爪上去，却也不难。

潭底的尸洞已经很近了，我见时间紧迫，除了先进葫芦洞，更没有别的地方可供退却，便取出Shirley杨的飞虎爪，钩定了岩壁，又用登山绳和俗称"快挂"的安全栓，将背上的Shirley杨同自己捆个结实，扯着飞虎爪的精钢锁链，踩着反斜面绝壁上能立足的凸点，一步一步爬上了葫芦嘴。

一进葫芦洞，发现这里的水面降低了很大一块，四处散落着一些面目狰狞的死狍人，想必它们受不了洞口稀薄的氧气，都退进深处了，洞口还算是暂时安全。

我立刻放下Shirley杨，用快挂固定住登山索，垂下去接应胖子，他有恐高症，如没有接应，就爬不上来。

但是往下一看，顿时全身凛然。这是我头一次比较清楚地看见那个尸洞，乌蒙蒙的一大团腐肉，几乎可以覆盖半边潭口，大概由于只是个鸟头的死体，并非如传说中的那样五官俱备如同人头，而只是在上面有几个巨大的黑洞，似乎就是以前的鼻子、口、眼之类，尤其是一大一小两个相对的黑洞，应该就是肉芝的两个眼穴。此时它正附在绝壁上，不断地向上蠕动，腐臭的气息在高处都可以闻到，从中散播开来的黑气，似乎把晴朗的天空都遮蔽住了。

那不断扩大的尸洞效应，绝非一般可比，它几乎没有弱点，根本不可能抵挡，一旦被碰上，就会被吸进那个生不生死不死的"缝隙"之中。我急忙招呼胖子快上，胖子也知其中厉害，手忙脚乱地往上攀登。

就在胖子离洞口还差两米的时候，忽听一声凄厉的哀鸣从空中传来，我觉得眼前一暗，一只硕大的雕鸮从半空向胖子扑去。我大叫不好，雕鸮这扁毛畜生，是野生动物里最记仇的，我们那夜在密林中用冲锋枪干掉一只，想不到这只竟然不顾白昼，躲在谷中阴暗处，伺机来偷袭我们。

我手里拖着绳索，想回身拿枪已然来不及了，而胖子身悬高空，还能抓住绳子往上爬就是奇迹了，更不可能有还击的余地。

说时迟，那时快，雕鸮已经携着一阵疾风，从空中向胖子的眼睛扑落。好在王凯旋同志也是经历过严酷斗争考验的，生死关头，还能记得一缩脖子，低头避过雕鸮那犹如钢钩的利爪，但胖子脑袋是避过去了，可背上的背囊却被抓个正着。

雕鸮是丛林里的空中杀手，它的爪子锋利绝伦，犹胜钢刀，帆布的防水背囊，立时被由上至下撕开一条巨大的口子，里面的一部分物品，包括玉函、古镜等物，都翻着跟头从空中掉了下去。

第五十章
狭路相逢

　　红色古玉的匣形宝函，在空中划出一道血色的光芒，还没等我看得清楚，便迅速与其他物品一起，掉入了下面不断上升的尸洞之中，瞬间失去了踪影。

　　我愣在当场，不是因为失了这件重要的玉函而在懊悔抱怨，而是这一刻脑中灵光闪现，隐约之中，竟已猜出了那玉函中装的是什么秘密。

　　忽听葫芦洞口下传来"砰"的一声，我这才猛然回过神来，想起胖子还没爬上来，急忙俯身去接应他。原来是那只雕鸮一击落空，便在半空中兜转半个圈子，从山阴处，复又扑至。胖子身悬绝壁，唯一一支还有子弹的"芝加哥打字机"用登山绳坠在身下，急切间难以使用，只好一只手抄起工兵铲，狠狠砸向疾扑而来的雕鸮。

　　雕鸮的头颈被精钢的铲子拍个正着，骨断筋折，像只断了线的大风筝，也坠进了尸洞里面。胖子用力过猛，身体也跟着晃悠了出去，险些将三股登山绳拖断，于是赶紧撒手把工兵铲扔掉，抱住绳索，拼命仰着脸，闭着眼不敢去看下边的情况。

　　我在洞口大喊他的名字，让他清醒过来，拖拽绳索，用尽吃奶的力气，加上胖子自己也豁了出去，玩命向上攀爬，总算是把他扯了上来。

胖子一爬进洞，便立刻坐倒在地，不停地抹汗，显然是还未从刚才的高空惊魂中缓过神来。我过去检查他的背囊，里面还剩下小半袋子东西，主要是一些装在密封袋里的木荏，另有爆破天门后剩下的两块炸药，其余全都没了，包括一直没有用武之地的旋风铲等器械。

我把炸药拿出来以便随时使用，然后用胶带贴上背囊的破口，又用夹子暂时固定上，这时又哪里有心情去计较得失。我打亮了战术射灯，背起Shirley杨，拍了拍胖子的肩膀，稍做安抚，让他赶快跟着我往漆黑的葫芦洞深处撤退。那尸洞在吞噬巨大的物体时，速度会明显减慢，也许洞中那条半死不活的大虫子，可以拖延它一阵子，为我们争取到一些逃生的宝贵时间。

胖子咬牙站起身来，抄起冲锋枪和背囊，边跑边问我道："我说胡司令，今天你怎么有点不太对劲，好像跟变了个人似的？"

我背上的Shirley杨这时从昏迷中醒了过来，不知是那木荏起了作用，还是越往深处走氧气越浓有关，但她仍然是极其虚弱，说不出话。我最担心她就这么一直处于昏迷状态，却又担心她忽然醒来是回光返照，但又没时间停下来看她的伤势，心乱如麻，没听清楚胖子的话，随口反问道："什么他妈的叫变了个人？"

胖子说道："要按你平时的脾气，损失了这么多重要东西，你肯定得用比冬天还要严酷的姿态来骂娘了，怎么这回却什么都没说，反倒像祖国母亲般和蔼可亲，这真让我有些不习惯了。"

我说："你这都哪儿跟哪儿啊，你以前是没少给我惹祸，可我几时批判过你了？还不都是整天苦口婆心地以说服教育为主吗？而且我觉得你话说反了，你不是自称要横眉冷对千夫指吗？刚才事出突然，咱们任何人都没有责任。现在没折胳膊断腿，就已经是最大的胜利了。再说，明器虽然贵重，却也无所谓，只要性命还在，咱们就有的是机会赚钱。当然那两件最重要的东西，其中的古镜绝对是个好东西，但得之失之也无关大局，记住了样子，回北京打听打听，以后再找一面，也不是没有可能。"

还有那只殷红的玉石古函，我突然想到，里面装的一定是那所谓的龙骨天书，也就是与Shirley杨家里传下来的那块相同，都是用以记载"凤鸣岐山"的。在西夏黑水城找到的那块，还有在古蓝县出土后，因运输机坠毁而消失的龙骨，应该都是一样的内容。

龙骨天书历来是大内珍异秘藏，里面的内容如果只是"凤鸣岐山"的传说，那绝不应该藏得如此隐秘。这天书的秘文中一定另有机密之处，极有可能是记载着毫尘珠的出处来历，抑或是长生化仙之道，但解读的方式一定另有他法，不是孙教授没告诉我们，也许连他自己也没摸着门道。龙骨天书与凤凰胆之间，一定有着重大关联。

这些念头在我心中涌现，但是这时自是没空对胖子言明，只是让他不用多想，目前服从命令听指挥就行了。

葫芦洞里的水位降低了很多很多，似乎是因地脉的变化，使洞底的水系改道了。没有了水的地方，露出很多湿滑的岩层，我们就拣能落脚的地方往深处跑。地面上的痋人和作为痋蛹的女尸逐渐增多，有些地方简直堆积如山，穿梭其中，如同在尸海中跋涉，但自始至终没有见过活着的痋人。

我们渐行渐深，心中也不免疑惑，莫非地脉的剧烈变化导致这洞内环境有所改变，所有的痋人都死绝了？还是那些痋人都潜伏在深处等候着送上门的猎物？

身后阵阵刺耳的噪音，不疾不徐地逼近，这时已经没有退路可言，就算明知敌人埋伏在前方，也不得不硬着头皮往里走。我和胖子边走边准备武器，能用来攻击的器械几乎就没剩下几样了。我对胖子说："咱们这回可真是弹尽粮绝了，比当年红军在井冈山的时候还要困难，真是他娘的官比兵多，兵比枪多，枪比子弹多，这仗快要没法打了。"

四周传出一阵窸窸窣窣的声音，十分密集，上下左右，从黑暗中浮现出无数花白的蠕动身躯，大批的痋人终于出现了，而且已经形成了弧形包围圈。对此我们倒是有心理准备，被它们咬死，或是活活被尸洞吞了，都差不多，背着抱着一边沉，今天不是鱼死就是网破了。

耳听尸洞的声音也近在数米开外了，我和胖子不管三七二十一，往里就冲。封住来路的那批瘟人，正待冲将上来形成合围，突然后边一阵大乱，躲闪稍慢的，都被尸洞吞了下去。

这些瘟人却不知那尸洞何等犀利，都被这一大团烂肉的腐臭吸引，咧开粉红色的巨大口器，纷纷扑了过去。我和胖子借机冲突而前，有几只接近的瘟人，还未等扑到我们身边，就都被胖子用M1A1的弹雨扫得脑浆横飞。

洞中乱成了一锅粥，我们趁乱跑出一段距离，耳中听得重甲铿锵，那条身披龙鳞妖甲的巨虫，正扭动挣扎着撞击墙壁。原来留在洞穴深处的瘟人都饿红了眼，刚好一条动弹不得的巨型霍氏不死虫趴在附近，除了有甲叶遮挡的地方，遍体皆被瘟人啃成了筛子，身体被压在山下那一部分，由于没有龙鳞青铜甲的遮护，竟然被生生啃成了两截，从山体中脱离了出来。

这霍氏不死虫没有中枢神经，全身都是轮状神经，即使被啃得面目全非，也照样还能活着。而且时间一长，恢复了力气，拼命翻滚，如同一条被大蚂蚁咬住的肉虫，想把这些咬住了就不撒口的瘟人甩脱。

由于要避开缠斗在一起的巨虫和瘟人，我们逃跑的速度被迫慢了下来，这时身后大肉箱子一般的尸洞，已经不分死活，吞噬了无数瘟人，顶着脚后跟追了上来。

我们逃至葫芦洞的左侧，右边是翻扑滚动的铜甲巨虫和一大群瘟人，尸洞从左侧掩至，我们再也没有地方可躲了，是时候使出最后的绝招了，于是伸手揪出献王的人头，向霍氏不死虫的身后抛了出去。

那尸洞果然立刻掉转角度，向葫芦洞的右侧移动过去，刚好被那大团的虫体拦住，速度顿时慢了下来。我见机会来了，便瞅个空子冲了过去，捡起献王的人头，继续往洞穴的深处奔逃。

这次是借着葫芦洞里的大量生物，又一次暂时拖住了紧追不舍的乌头肉椁，下一次可就没什么可以阻止它了，就算是一万个不情愿，我们也只好放弃这颗可能藏有雮尘珠的人头了，先留下性命，再图他策。

向前行了没几步，胖子没有看清脚下，被绊倒在地，摔了个趴虎。这时从黑暗的地方突然冒出大批瘟人，将我们围了个水泄不通。

子弹已经全部耗尽了，"芝加哥打字机"也都被我们顺手扔在路上了，

第五十章 狭路相逢

只剩下 Shirley 杨的一套登山镐和工兵铲，我和胖子各执其一，另外还有支小口径的六四式手枪握在我手中。凭这几样东西如何能抵挡这么多蜮人，早听说"人当水死，必不火亡"，看来我们命中注定要被虫子咬死。

这时胖子发现刚才绊倒他的东西，正是那口被我们称为"潘多拉魔盒"的青铜箱子，地上散落着一些事物，都是先前从里面翻出来那几件当地夷人的神器——山魈的骨骸、内藏玉胎的瓶子，还有那精美华丽的蟾宫。

我想起这鬼蟾是个祸根，打算先顺手除了它，再用炸药引开那些蜮人，当下便抬脚踢开蟾宫的盖子，举起六四式手枪便打，连发五弹，将里面那只蓝幽幽的三足怪蟾打得粉碎。这块影响到空气浓度的上古陨石一碎，整个葫芦洞里的空气，仿佛也跟着颤抖了一下。

蜮人们莫名地惊慌起来，它们似乎也知道那蟾宫的重要性，感觉到了大难临头。它们对空气的变化极为敏感，虽然暂时还不至于死在当场，却都变得不安起来，顿时乱了套，顾不上我们三人，各自四处乱窜，有的就糊里糊涂地跳进了尸洞里。

胖子对我说："这可真是歪打正着，咱们趁机开溜。"说着话顺手拾起地上的玉瓶扔进破背囊里。我见有了空隙，便同胖子背了 Shirley 杨，抄起背囊，夺路而逃。

葫芦洞的另一边是被地下水吞没的化石森林，这里的水位依然如故，并未有什么变化。我们跑到此处，一路上马不停蹄，而且还背着个大活人，也多亏在谷中吃了多半木荄，那成形的万年木荄毕竟不是俗物，吃后感觉像是有用不完的力气和精力，但到了现在也开始顶不住了。

我和胖子都是上气不接下气，Shirley 杨意识已经完全清醒了，力气也恢复了一些。我抓紧时间给 Shirley 杨腿上中了尸毒的地方，换了些新糯米和木荄敷上。替换下来的糯米都已变得如黑炭一样干枯漆黑，看来果然能拔出尸毒，混以木荄竟似有奇效。

借着换药的机会，喘息了片刻，我们正要动身下水，身后洞口中，突然蹿出一条火龙般的多足肉虫。这条虫比大水缸还要粗上几圈，长近十米。我和胖子立时醒悟，这就是那只披着龙鳞铜甲的老虫子，它被蜮人啃成两

337

半，又被那乌头肉樟吸住，把全身的铜甲都吞噬掉了，露出里面裸露的虫体，它蹿到这里，似是也在赶着逃命。

我见它身体上有几只白花花的疽人咬噬着，便忙对胖子说："王司令，干脆咱也搭个顺风车吧，再他妈跑下去，非累吐血不可！"

胖子口中答应一声，已经抡出登山镐，一镐凿进了虫身。我让Shirley杨紧紧搂住我，把我们的快挂都互相锁住，紧跟在胖子之后，在巨虫从我面前穿过的一瞬间，我用工兵铲和伞兵刀狠狠扎了下去，一股巨大的前冲力将我们扯了起来。

霍氏不死虫呼啸着蹿入水中，溅起无数水花，惊得化石森林中的各种巨型昆虫纷纷逃窜。我只听见耳中风声呼呼作响，完全看不清究竟身在何方，Shirley杨从背后紧紧搂着我，丝毫不敢放松。我在心里暗暗祈祷，摸金祖师爷们保佑，千万别让我们撞到化石树，刚念及此，便觉得全身一凉，身体跟着巨虫沉入了水中。

我心中一惊，便携式氧气瓶早就不知道丢哪儿去了，这样下去，我们不得不撒手游上水面。我感觉到Shirley杨用手掐我肩膀，知道她中毒后身体虚弱，不便在水底多耽搁，当下便准备放手。谁知那巨虫弓起躯体猛向水面上游去，我随即醒悟，它比我们更需要氧气。

也不知过了多久，这趟惊心动魄的特快亡命列车终于开始逐渐减速，最后停了下来。由于蟾宫被我毁了，这半条老虫子失去了它赖以维生的根本，到了两侧布满全象骨的殉葬坑道中就再也无法行动了。我们进谷之时，一顿狂打，使它吐尽了体内的红雾，直到我们撤出来的时候它才恢复过来。此时它精疲力竭，轮状神经在逐渐僵硬坏死，虽然还没死透，却也撑不了几时了，等后面的尸洞跟上来，就会把它彻底吞噬。

我把Shirley杨从霍氏不死虫的背上抱了下来，见她脸上的尸气又退了几分，心中备感宽慰。这时我们早已经疲惫不堪，自入遮龙山到现在为止，尚且不满三天，却感觉比过了三年还要漫长。

我估计后面那乌头肉樟虽然仍是紧追不舍，但应该被我们甩下了一段距离，而且附在其上的尸洞逐渐扩大，它的速度也会减下来，殉葬沟里的这条巨虫,也可以再拖慢它的速度。于是我和胖子一起架着Shirley杨,爬回了山神庙前的暗道入口,先休息五分钟,把这口气喘匀了,然后还得接着跑。

胖子一边揉着身上青一块紫一块的伤痕,一边问我道:"老胡,咱得跑到什么时候才算完?我现在俩腿都跟灌了铅似的,浑身上下没有一块地方不疼,再跑下去,怕是要把小命交待到这儿了。"

我喘着粗气对胖子说:"那个他妈的尸洞,大概是一种附在肉樽上的腐气,形成清浊不分的恶穴,碰到什么就把什么一起腐烂掉。我觉得只有把它引到谷口,才有一线机会解决掉它。"

这虫谷的入口就是地势行止起伏对称的所在,在风水中叫作青龙顿笔之处,左为牛奔,右有象舞,中间形势如悬钟星门,是一处分清浊、辨阴阳、抹凶砂的"扦城位"。尸洞一旦移动到那里,其中的混沌之气就会被瓦解,但这个理论能不能管用,我完全没有把握,只好冒险一试,反正除此之外,再无良策了。

我简要地对胖子说了我的计划,然后拿起水壶,把剩下的水喝个涓滴无存,把水壶扔在一旁,这时候得尽量轻装了。还剩下一点炸药,让胖子去把山神庙前的入口炸掉,尽一切可能多争取一点时间。我则去山神庙里,取了一些我们事先留在那儿的食品、电池、手电筒等应急之物。

我们稍微休整了几分钟,就匆匆忙忙地出发了。山神庙已经离谷口不远,但林密难行,两侧山坡陡峭,地势艰难,可谓一线中分天做堑,两山峡斗石为门。谷中的大量密集植物,加上谷底水路错综复杂,溪石嶙峋,一进山谷,我们行进的速度就立刻慢了下来。

现在唯一的优势是对于地形的掌握。我们从外向里进入献王墓的时候,里面的一切皆是未知,所以必须步步为营;此时原路返回,摸清了底细,就没有那么多的顾虑了。

虫谷中的这片植物层,足可以用"绿色地狱"来形容,最让人头疼的还是滋生其中的无数毒虫。胖子在前头开路,我搀着一瘸一拐的Shirley杨走在后边。拨藤寻道,正在向前走着,胖子突然停住,抡起工兵铲将一条盘在树上的花蛇蛇头斩了下来。蛇身晃了两晃，从树枝上松脱掉落下来，胖子伸手接住，回头对我说："一会儿出去，看本司令给你们露一手，做个铁铲翻烤蛇肉段，这还是当年在内蒙古插队时学的手艺。"

我催促胖子道："现在都什么时候了，还惦记着吃蛇肉！你快往前走，等出了谷，你想吃什么都管你够！"

我们正要前行，便见头顶有大群受惊的鸟雀掠过，后边远远地传来大片树木倒塌的声音。我赶紧让胖子先扶住Shirley杨，自己爬上近处的一棵老树向前张望，离谷口已经不远了，但后面的乌头肉椁也已经追了上来。

我对胖子叫道："快走！几分钟之内就会被追上！"随即跳下树，和胖子把Shirley杨横抬了起来，发足便奔。转过两株茂密的红橡，谷口那两块画有眼睛的巨石便在眼前。身后树丛哗啦哗啦地猛响，听声音，尸洞与我们的距离也不超过二十米了。

我突然想到，如果直接从谷口出去，万一有个闪失就没办法抵挡了，于是停下脚步，让胖子背起Shirley杨，折向谷侧的山坡。这谷口处的山坡已不似深处那般陡峭，但我们已精疲力竭，脑袋里疼得好像有无数小虫在噬咬，耳鸣嗡嗡不止，勉强支撑着爬上一半，我就从携行袋中掏出了献王的人头。人头那模糊扭曲的五官，在白天看来，也让人感觉那么不舒服，而且这人头似乎又发生了某些变化。我没有时间再去端详，用飞虎爪揪住献王的头，准备利用离心力将它从谷口抛出去。能否摆脱尸洞无休无止的追击，能否将这颗重要的首级带回去，皆在此一举。

第五十一章
数字

　　从我所在的山坡向下看，谷中逶迤数里，皆是一片乌蒙蒙的景色。这尸洞一路不断扩大，几乎要把后面的山谷都填满了，也不知道这狭窄的谷口能否瓦解如此多的混沌恶气。但此时上天无路，入地无门，只有按预先的计划行事，成功与否，就看老天爷是否开眼了。

　　我把飞虎爪当作流星锤一般，一圈圈地抡将起来，估摸着力量达到了极限，立即一松手，献王的人头被巨大的离心力甩向了谷口外边。

　　我本打算死死盯住那人头落下的方位，但是用力过猛，脚下没踩结实，竟从山坡上滚了下去。下边不远处生长着一丛雨蕉，我刚好挂在其上，耳中只听闷雷般的声音响彻山谷，眼前一黑，就什么都不知道了。

　　昏迷中也不知道时间长短，只是不想睁开眼睛，盼望着就此长睡不起，但是肚中越来越饿，还是醒了过来。刚一睁眼就觉得阳光夺目，竟然还是白天，再往四周一看，自己是躺在山坡上，身上盖了几片芭蕉叶子，头下枕着一个背包，Shirley 杨正在旁边读着她的《圣经》，腿上仍然裹着绷带，先前笼罩在脸上的那层阴郁尸气却不见了。

　　我头脑还不是太清醒，迷迷糊糊地问 Shirley 杨我昏迷了多久，是不是受了什么重伤。

Shirley杨笑道："昏迷了还一直打鼾？你只不过是劳累过度，在树上撞了一下，就借机会足足睡了一天一夜。"

听Shirley杨讲，原来我撞入雨蕉丛中之后就睡着了。山谷下边的乌头肉樟也冲到谷口，被"青龙顿笔，屏风走马"的形势挡住，附在其上的混沌凶煞顿时烟消云散，流出无数污水。最后谷口只剩下一个房屋大小的肉芝尸壳，从上望去，其形状如同一个花白的大海螺。

被尸洞腐蚀掉的全部事物，则都成了烂泥，那腐臭的气息被山风一吹，也自散了。胖子把我和Shirley杨分别拖上了坡顶，紧绷着的神经一旦松懈下来，就再也难以支持，跟着倒地就睡。好在那时候Shirley杨身上的尸毒退了大半，动手给自己换了最后一次糯米和木荐，现在看来这长成了形的木荐确实有奇效，最多再有一天，Shirley杨就能恢复如常。

胖子早上给饿醒了，便去谷前找到了人头，然后去山神庙拿回我们的东西，估计再过一会儿也该回来了。

我见大事已定，就等胖子回来做饭了，然后扎个木排顺水路回去，这次行动就算成功了。但不知道这人头里是否藏着我们苦苦搜寻的毟尘珠，评估这次来云南倒斗摸金的成果主要就取决于此。

Shirley杨说："现在有百分之九十九的可能，这半玉化了的人头口中就含有凤凰胆。不过咱们在云南没办法取出鉴定，这些事都要回去之后才能做。"

这时，胖子背着我们的行李，从谷中返回，路上又抓了几条花蛇，见我已醒了过来，便生火烤蛇。三人都饿得不轻，狼吞虎咽地吃喝完毕，便下到谷底，觅路返回遮龙山。

Shirley杨问我要不要把那万年肉芝的干壳烧毁了，我说没那个必要，除非再有大量的尸体堆积到它体内，否则用不了多久，它就会被这里的植物和泥土掩埋住了。这里也并非什么风水大冲的穴眼，不会再产生什么变化了，如果一用火烧，咱们免不了要拉上十天肚子。

沿着蛇爬子河，很容易就摸到了遮龙山山洞的入口。我让Shirley杨留

第五十一章 数字

在洞前看着东西,我和胖子去附近找了几株红橡,用剩余的绳索加上老藤,扎了个很小的简易木筏,拖到洞口。

从遮龙山内的水路回去,虽然有可能会碰到那些牙胜刀锋的刀齿蝰鱼,但只要木筏上没有沾染鲜血,就不成问题。唯一的麻烦是回去是逆水行舟,最近水势又大,着实需要出些力气。

洞中逆水行舟竟然无惊无险,待到我们乘着木筏驶出遮龙山,我已是两膀酸麻。在古墓中跌跌撞撞,身上的淤痕少说也有十几处,由于环境潮湿,都隐隐作痛。把登山头盔摘下,只见头盔上全是刮痕和凹陷。回想这几天的经历,真是险些他乡做鬼,真是再世为人。不过总算带着东西从虫谷里出来了,而且同去同归,这是最令人值得欣慰的。

回到彩云客栈,我真觉得对不起老板娘,把人家借给我们的"剑威"气步枪给弄丢了,出来的时候光顾着逃命,甚至已经想不起来是在什么地方丢的。只好跟人家说,我们在山后捉蝴蝶的时候,遇到了蟒蛇,一番搏斗,东西全丢了,蝴蝶也没捉到。

老板娘却说东西只是死的,丢了就丢了,只要人平安就好。遮龙山原本就多出大蟒,即便是本地的猎手碰上,也难保周全,只是这些年,巨蟒已经不太多见了,我们遇上了没出意外,这就比什么都好。

我们在彩云客栈里休息了几天,直等到 Shirley 杨身体痊愈,加倍给了店钱,又对老板娘千恩万谢,这才动身离开。

到昆明上了火车,在卧铺车厢里,我已经有些迫不及待了,便跟 Shirley 杨商议,研究研究从献王墓里倒出的几样东西究竟都是做什么用的,这里面似乎还有很多玄机未解。

我看了看外边没人,便关起了门,让胖子把那东西一件一件地拿出来。

胖子首先取出来的是玉瓶,瓶中本有一泓清水,浸泡了一个小小的白玉胎儿,但这瓶里的清水,在混乱中不知道怎么都淌净了,其中的玉胎失去了这清水的浸润,竟也显得枯萎了,再用平常的水灌进去,却怎么看都没有以前那水清澈剔透。也许那玉胎就是一种类似标本的东西,但不知道里面的液体有些什么名堂,何以能起到这种作用。

343

这件遮龙山的生殖崇拜祭器，与雮尘珠毫无关联，所以我们没多想，让胖子收了，继续查看下一件。胖子取出几十枚黑色的玉环，这便是我从献王手里抠出来的，绝对是凌驾于所有陪葬品之上的重要明器。

指环一取出来，我们三个人立刻堵住了鼻子——臭！这些玉环被尸臭所侵，臭不可近，在客栈里已经借了些沉脑，熏焙了好几天，臭味仍然没有去尽，只好扔进透明的密封袋里，隔着塑料袋看。

三个人看了许久，都瞧不出什么端倪。这些玉环既非精雕细刻，也不是什么价值连城的重要材料，只是年代一定久远，而且经常使用，被摩挲得十分光滑。

我突发奇想，对胖子和Shirley杨说："献王的追求很单纯，成仙求长生，咱们在肉椁里见到有个丹炉，炉中有五色药石的残留物，看样子有辰砂、铅粒、硫黄一类，这些在古代合称五石散，也就是所谓的丹药。修仙的人除了炼丹之外，还有一项活动也很重要，那就是和神仙交流。"

胖子自作聪明地说："噢，这些玉环原来是往天上扔的，看这意思跟求签的差不多。"

我说："不对，我估计除了类似观湖景的大型仪式之外，一定还有一种日常的活动。古人最喜欢扶乩，虽然真仙未必应念而来，但也不失为一种精神寄托。我想这些玉环应该是配合一个乩盘，乩盘上有很多杂乱的文字，这玉环是用来扶乩套字的，是一种占卜用的器物。"

胖子问道："一个人有多少只手，用得到这么多枚玉环？"

我无言以对，只好分辩道："也许是看天上星月变化，再选择究竟用哪一枚与神仙交流。"

Shirley杨忽然开口道："的确是用来套字的，不过这是一套类似加密密码解码器的东西。龙骨天书上字体的大小，刚好跟这玉环相近，只有用这十几枚玉环，按某种顺序排列，才能解读出龙骨天书上的真实信息。"

我对Shirley杨说："真是一语道破梦中人，回去之后只要拿孙教授给咱们译出来的《凤鸣岐山记》，就能知道天书上所记载的秘密了。我就说嘛，那凤鸣岐山的事谁都知道，犯得着这么藏着掖着，原来这密文中另有一层密文,这保密工作算是做到家了。"

不过这玉环又是如何排列的呢?想到这里,三人都不觉一怔,面面相觑。这些黑色的玉环各自独立,互不相连。我忽然想起来献王握着指环的手中,似乎还有一些黑色的残渣,也许是连接玉环部分材料的粉末,现在已经朽烂了,那就永远也不可能有人知道如何排列了。

Shirley杨拿起密封袋,仔细地数了一遍:"玉环的数目总共有……十六枚。"

Shirley杨轻叹一声说道:"若言琴上有琴声,放在匣中何不鸣?若言声在指头上,何不于君指上听。不知手法,即便有琴有指,也解不开其中的奥秘。"

胖子也感慨道:"看来那苏东坡也是个解码专家,不过咱们现在琴和手指都有了,只是这手指不分溜儿,仍然弹不成曲子。这些玉环终究是没有用了,价值上也难免要大打折扣。"

如此看来,极有可能暗合上古失传的"十六字天卦"。如果我家传的残书《十六字阴阳风水秘术》有全本,那我应该可以知道这十六枚玉环的排列方式。但现在我只知十六字之名,除非是我祖父的师父——阴阳眼孙先生复活,可以问问他那十六卦如何摆演,否则又上哪里去学?

怕就怕雮尘珠与天书中的信息有重大关联,若不解开,就不能消除无底鬼洞的诅咒。不过究竟怎样,还要等回北京从人头中取出雮尘珠方能知晓,我们无可奈何之余,也无心再去摆弄那些明器。

胖子去餐车买回些饭菜啤酒,Shirley杨在吃饭的时候对我说:"老胡,我一直在想献王的雮尘珠是从哪里得来的,有两种可能:一是秦末动荡之际,从中原得到的;其二可能得自藏地,据外史中所载,那套蛊术,最早也是源自藏地。"

我喝了些啤酒,脑子变得比平时要清醒,听Shirley杨说到这件事,便觉得雮尘珠多半最早是藏边的某件神物。献王希望成仙后能到他在湖景中看到的地方去,还把那里奇装异服的人形造成铜像,摆放在天宫的前殿,目的是先过过干瘾。肉椁最隐秘处的壁画详细地描绘了观湖景时所见的情

345

景：那座城中就供奉着一个巨大的眼球。但这与新疆沙漠中的鬼洞，相互之间又有什么联系，实在是令人费解。

我想最后的关键也许要着落到壁画中所描绘的地方，那个地方具体在哪儿，我们毫无头绪，甚至不知世上是否真的存在这么一个地方，也许以前曾经存在过，不知现在还能不能找到。

但我的的确确见过那些奇装异服的人形，于是对 Shirley 杨讲了一些我在昆仑山当兵的往事。这些事我始终不愿意去回忆，太悲壮惨烈，一想起来就像被尖刀剜心一样痛苦，但那一幕幕就好像发生在昨天般历历在目，清晰而又遥远。

第五十二章
康巴阿公

一九七〇年冬天，我和我的战友"大个子"，以及女地质勘探员洛宁，从死亡的深渊中逃脱出来。地底和地面环境，一热一冷反差极大，导致我们都发烧昏迷不醒，多亏被兵站的巡逻队救下，把我们送到了军分区的医院里。

洛宁的病情恶化，第三天就不得不转院了，后来她的情况如何，我就不清楚了，始终没再得到过她的音信。我和大个子只是发了两天高烧，输了几天液，吃了几顿病号饭，就恢复了过来。

住院的第六天，有一个我们师宣传队的徐干事来找我们，徐干事说我和大个子是我们师进昆仑山后，最先立下三等功的人，要给我们拍几张照片，在全师范围内宣传宣传，激发战士们的革命斗志。

我当时的情绪不太好，想尽快出院。一个班，就剩下我们两个幸存者了，最好能够早点回到连队里，免得躺在病床上，整天一闭眼就看到那些牺牲的战友在眼前晃悠。

听徐干事说，我们师的主力很快就要开进昆仑山了，他给我拍完照片，就要先去不冻泉的兵站找先遣队。

我一听是去不冻泉兵站，立刻来了精神，因为我们连就是全师的先遣队，便和徐干事商量，让他去和医生商量商量，把我和大个子也一并捎回去，让我们早些重新投入到革命斗争的洪流中去。

经过徐干事的通融，当天我们三人便搭乘给兵站运送给养的卡车，沿公路进了昆仑山口。半路上下起雪来，四下里乌云密布，大雪纷飞，万里江山，犹如粉壁。

世界上没有比在青藏、川藏两条公路上开车更冒险的职业了，防滑链的声音让人心惊，卡车上的帆布和车头的风马旗，猎猎作响。凛冽的寒风钻过车内，把我们冻得不得不挤在一起取暖，水壶里的水都结成了冰，牙关打着颤，我们好不容易挨到了不冻泉，立刻跑到围炉边取暖。

徐干事是个南方人，虽然也算身体素质不错，但比起我们基层连队士兵的体格来说，身体仍然略显单薄。不过和那个年代的大多数年轻人一样，他的血液里流淌着一股莫名其妙的动力，稍稍暖和过来一些，就立刻张罗着给我和大个子拍照。

我们承他说情，只好听他摆布。我举起一本《毛选》，在火炉边摆了个认真阅读的造型，徐干事按动快门，闪光灯一亮，晃得我差点把书掉进炉子里。

徐干事对我说："小胡同志，不用等底片冲印出来，凭我的经验来看，这张照片一定拍得很好，因为你学习毛主席著作的神情很专注。"

我连忙谦虚道："我一学习起来就很容易忘记我个人的存在，完全忘了是在拍照。相片拍得好，那还是因为你的摄影技术好。"

大个子在旁边说道："老胡这造型确实整得不错，我也整跟他一样的姿势得了，将来通报的时候，是不是可以给我整'孜孜不倦'这个评语？"

徐干事笑道："那不合适嘛，这四个字别人已经用过了，'废寝忘食'则被用来形容雷锋同志了，我看你们两人用'聚精会神'，怎么样？"

正说着话，我们连的连长回来了。连长是四川入伍的老兵，他听说我们那个班唯一活下来的两名战士归队了，顶风冒雪跑进了屋。我和大个子赶紧站起来，立正，敬礼。

第五十二章 康巴阿公

连长在我们每人胸口捣了两拳。"回来就好，可惜指导员和你们班其余的同志……算了不提了，你们两个赶紧去吃饭。日他先人板板的（四川方言），一会儿还有紧急任务。"说完就又急匆匆地转身出去了。

我和大个子外加徐干事，听说有紧急任务，又见连长那匆忙的样子，知道可能出什么事了，现在也不便打听，只好赶紧去吃饭。吃饭的时候才发现，先遣队的大多数人都不在，原来继我们之后，先遣队又分头派出数支小分队进昆仑山，现在的不冻泉兵站是个空壳子，没剩下多少人手。

我察觉到了空气中紧张的气氛，便问通信员陈星是怎么回事。原来在三天前，这附近的山体又发生了一次余震，有两个牧民在山垭荒废的大凤凰寺中躲雪，地震使他们的牛受了惊，跑进了寺后，寺后有个臭水潭，那个水潭好像和不冻泉一样，即使冬天也不结冰。两个牧民眼睁睁地看着寺后的水潭里伸出一只满是绿毛的大手，将那牦牛硬生生扯进了水里。他们两个忙赶过去，想把牦牛拉回来，但扯上来的时候，那牦牛已经成牛肉干了。这前后还不到几分钟的时间，牛就只剩下皮和干肉了，牧民顿时害怕起来，认为是闹鬼了，就来向部队报告。

牧民的事，解放军不能不管，当时就把可以机动的一些人员混编成一个班，由那两个牧民带了去大凤凰寺，看看那里究竟是什么东西在挖社会主义的墙脚。当时打狼运动开展得轰轰烈烈，一切危害牧民的动物都在被打之列。

但是这些战士已经去了两天两夜了，包括那两名牧民，全都下落不明，通信也中断了。不冻泉兵站把这事汇报了上级，引起了高度重视，就在刚才，做出了如下指示：帝国主义亡我之心不死，阶级斗争的形势很复杂，也许那两个牧民报告的情况有诈，他们实际上是特务，特别是我们先遣队在昆仑山执行的任务又高度敏感，所以必须立刻派部队去接应。

但是兵站里没剩下几个人，还要留下些人手看护物资，别的兵站又距离太远，短时间内难以接应。但军令如山，上级的命令必须服从，连长没办法，只好让一个人站两个人的岗，包括连长自己在内，总共才凑了三个人。算上我、大个子、徐干事，还有一名军医也自告奋勇地要去抓特务，另外一名高山反应比较强烈的地勘员也加入进来，这就有八个人了。仍然感觉力量太单薄，但没别的办法，来不及等兄弟连队增援了，就这么出发。

外边的雪下得不紧不慢，刚一出兵站，碰上一位老喇嘛。这老喇嘛是山上庙里的，经常来兵站，用酥油同炊事员换一些细盐。连长一想这喇嘛跟部队关系不错，又熟悉这一带，不如让他带路。

老喇嘛一听我们要去大凤凰寺，顿时吃了一惊。当地人都不知道，老喇嘛却知道，大凤凰寺是乾隆年间修的，供着大威德金刚的宝像，但五十年后就荒废了，因为那个山垭是几千年前岭国的国君"世界制敌宝珠大王（即格萨尔王）"封印魔国一座神秘古坟的地方，是密宗的禁地。

连长不以为然，说道："说啥子古坟嘛，藏区都是天葬，哪里有得啥子古坟，一定是那些特务龟儿搞出来骇人的，你们就不会动动脑壳想一下，格老子的，我就不信。"

老喇嘛久跟汉人打交道，汉话说得通明，见部队的官长不信，便决定跟着我们一道去，免得我们惊动了凶山鬼湖。藏族是个崇拜高山大湖的民族，在他们眼中，山和湖都是神明的化身，除了神山与圣湖，一样有邪恶的山与不吉的湖，但是这些地方都被佛法镇住了。喇嘛担心我们这些汉人不明究竟，惹出什么麻烦，但是这些话不能明着从嘴里说出来，只好说是带路，协助部队。

连长见这老喇嘛自愿带路，当然同意，说了句："要得。"便带着我们这支临时拼凑起来的增援分队，从不冻泉兵站出发了。

我在旁听了他们的话，心想我们这位连长打仗是把好手，来昆仑山之前，虽然也受过民族政策的培训，但对于西藏这古老而又神秘的地方，了解程度还是太低了。

当时我年岁也不大，对陵墓文化与风水秘术只窥皮毛，但我知道，在藏地，火、水、土、天、塔这五种葬俗并存已经有几千年了。土葬并不是没有，只不过非常特殊，在西藏是最不祥的一种墓葬，为正常人所忌讳，犯有大罪的人才会在死后被埋入土中，永远不得转世。说不定荒废的大凤凰寺中，当真会有这么一座古坟。

十年后我才完全了解，原来藏地的土葬，也并非我当时所了解的那么简单。古时有很多贵族受汉化影响，也乐于接受土葬的形式。在琼结西南的穆日山上，有大量公元七八世纪前后、土蕃王朝历代赞普的墓葬群，大约有三十座，被世间统称为"藏王墓"。这些墓均为方形圆顶，高达数十米，以土石夯砌而成，里面埋的最有名的就是松赞干布。有很多人说这就是塔葬的形式，但其本质，与唐代的山内陵无异。

不过在当时那个时代，这些话自然是不能在部队里讲的。身为革命军人，就是要服从命令听指挥，上级让做什么，就做什么。

从我们出发的地方，到山垭处的大凤凰寺，距离并不远，但没有路，山岭崎岖，极其难行。海拔落差大，十里不同天，山梁上还在下雪，山下却又是四季如春。荒凉的大凤凰寺一带，本是无人区，只因为这里的山门前，有一片一年到头常绿的荒草甸子，偶尔会有些藏族牧民到那里打些冬草应急。因为那里的山不好，湖也不好，以前经常有人和牲畜莫名其妙地失踪，所以牧民们能不去还是尽量不去。

喇嘛牵着他那匹驮东西的老马在最前边带路，走了将近半天的时间，转过了几个山弯，雪突然下得大了起来，天空铅云低垂，鹅毛般的雪片铺天盖地地洒将下来。四周绵延起伏的昆仑山脉，如同一层层凝固住了的白色波浪，放眼望去，到处披银戴玉，凝霜挂雪。大雪纷飞的气象虽然壮观，却给在山脊上跋涉的人们带来了很多困难。

徐干事以及地勘员卢卫国这两个人，是我们这队人里体力稍逊的两名成员，路越走越高，天色却渐渐暗了下来，他们不约而同地出现了轻度高原反应。看样子还要翻过前边的山脊才能到垭口的大凤凰寺，连长就传达命令，先找个避风的地方，让大伙稍微休息休息，吃点东西补充体力，然后一鼓作气进发到目的地。

于是我们这支小分队暂时停了下来。随队而来的女军医尕红是德钦藏族人，原名叫作格玛，在藏语里是星辰的意思。尕红给徐干事他们检查了一下，说不要紧，就是连续走的时间太长了，心肺功能有所下降，导致出现了这种情况。这里是山坳，海拔还不算太高，喝上几碗可以减轻高原反应的酥油茶，再休息一会儿，就没任何问题了，药都用不着吃。

老喇嘛找了块大石头，在背风的一面，碎石搭灶，用干牛粪生起了一小堆火，把酥油茶煮热了分给我们。最后发到我和大个子这里，老喇嘛一手摇着转经筒，一手提着茶壶，将茶倒入碗里，然后说一句："扎西德勒。"

我本就冻得够呛，谢过了喇嘛，一仰脖把整碗酥油茶喝了个底朝天。我抹了抹嘴，以前从未觉得这用芝麻、盐巴、酥油、茶叶等乱七八糟的东西混合熬成的饮品有什么好喝，现在在这冰天雪地中，来上这么热乎乎的一碗，忽然觉得天底下没有比它更好喝的东西了。

女军医格玛见我喝得快，便找喇嘛要了茶壶，又给我重新倒了一碗。"慢点喝，别烫了嘴。藏区的习俗是喝茶的时候，不能喝得太干净，要留个碗底，这样才能显得主人大方嘛。"说完冲我笑了笑，就转身帮喇嘛煮茶去了。

我望着她的背影，对身旁的大个子说："我觉得格玛军医真好，对待同志像春天般温暖，特别像我姐姐。"

大个子奇道："你老家还有个姐姐啊？咋没听你说过呢？长啥样啊？整张照片看看呗。"

我刚要对大个子说我就做梦时才有这么美丽可亲的姐姐，却听放哨的通信员忽然叫道："有情况！"

原本围在火堆旁取暖的人们，立刻像全身通了电一样，抬脚踢雪，将火堆压灭，迅速卧倒在地，同时发出来的是一片短促而有力的拉动枪栓声。然而只见四周白雪飘飞，静夜沉沉，只有寂寞的冷风呜呜掠过。

连长趴在雪地上警惕地注视着四周，张口骂道："哪里有啥子情况？陈星你个龟儿，敢谎报军情，老子先一枪崩了你信不信得？"

通信员陈星低声叫屈："连长，我以人头担保，确实没看错，刚才就在那边山顶，突然亮起了几盏绿色的灯光。"

我对连长说："会不会像《羊城暗哨》里演的一样，是敌特发出的联络信号，不知道咱们有没有暴露，干脆让我过去侦察侦察。"

连长点头道："要得，你去的时候匍匐前进，要小心一点，最好抓个活的回来，欸……不太对头噢。"

只见在距离我们数十米远的地方，突然露出五盏碧绿的小灯。由于天色已黑，荒山的地表又被白雪覆盖，已经难以分辨那边的地形，这五盏绿灯随着风雪慢慢地飘忽移动，像几盏鬼火一样，忽明忽暗，围着我们转起了圈。

这一来，我们都把半自动步枪举了起来，对准目标瞄准。但连长示意在没搞清楚情况前，谁都不准开枪。喇嘛的那匹老马这时突然嘶鸣起来，不停地刨蹶子，喇嘛急忙将马牵住，捋着它的鬃毛念经安抚，然后告诉我们说："司掌畜牧的护法神被惊动了，是狼群。"

我看了看那飘飘忽忽、时隐时现的五个绿色亮点，难道有一只独眼的？刚进昆仑山，就听兵站的老兵讲过，附近的莫旃草场有只独眼的白毛狼王。但是最近军民配合，打狼打得极多，狼群几乎销声匿迹了，想不到竟然躲进了山里。它们突然出现，恐怕不是什么好征兆，不知道又会带来什么灾难。

三条狼围着我们转了几圈，连长让大个子朝天放了一枪，把它们吓走，免得引来更多的饿狼，给我们造成不必要的麻烦，当前的紧要任务不是打狼，而是火速搜救失踪的那些同志。于是大个子对空鸣枪，国产五六式半自动步枪那独一无二的枪声划破了夜空。

周围的几只狼似乎知道我们这些军人手中武器的厉害，不敢再继续逗留，不久便借着夜色，消失在了风雪之中。连长说也许前边的那个班，在回来的路上遭到狼群的袭击了，不过随即便想到这种可能性不大，十几条半自动步枪，有多少狼也靠不到近前。现在天气恶劣，比起狼群来，更可怕的还是渗透进山区的敌特，潜在的威胁也很多，必须立刻找到下落不明的那支小分队。

我们即刻动身，翻过了一道大山脊，走下很陡的山坡，下边就是荒草甸子。这里没有下雪，气温相对高了一点，但仍是十分寒冷，到处荒烟衰草，残破荒凉的大凤凰寺就掩映在荒草丛中。

草甸子四周尽是古木狼林，面积也着实不小，我们人数不多，要搜索这么大的区域并非易事。于是当下分作两组，连长带着通信员、炊事员、地堪院的卢卫国、军医尕红这五人为一组，剩下的大个子、喇嘛、徐干事，再连同我在内这四个人为第二组，连长安排第二组暂时由我负责。

两组分别从左、右两翼进行搜索，我带着第二组，拨开将近一人高的乱草，端着枪向深处摸索着前进。拨开荒草，可以见到荒草下掩盖着的一段段古代条石残道，这都是清代寺庙的遗迹。我心想这些遗迹正好可以确认方向，便要向前继续走，却被那老喇嘛一把扯住，他对我说："哎，普色①大军，这条道可不是用来给人走的。"

我心想不是给人走的，那还是给鬼走的不成？便对那喇嘛说："人民的江山人民坐，人民的道路人民走，在中国不管大路小路，都是社会主义的道路，为什么不让走？"

徐干事觉得我说话太冲，便拦住我说："地方上的同志是配合咱们执行任务，我想咱们应该多听取他们的意见。"

喇嘛从花花绿绿的挎囊中，取出一根古旧的铁棍说："我为两代活佛做了四十年铁棒喇嘛，对这庙里的事知道得一清二楚，那条路绝对不能走，你们就只管跟在我后边。这座弃庙的来历可不一般。"说罢从侧面绕了过去，边走边唱经文，"喏，金刚降伏邪魔者，神通妙善四十五，给我正修已成就，于诸怨敌发出相，一切魔难使皆熄……"

我们谁也没听明白他唱的咒是什么意思，只好跟在后边，没话找话地问那喇嘛："老同志……喇嘛阿克，你既然对这破庙如此熟悉，那你能不能给我们说说，当初这庙为什么建成不久便荒废了？"

喇嘛闻言止步回身，苍老的脸上浮现出一抹阴云。"传说魔国最后一代鬼母与大禅灭法击妖钵埋在此地，连寺里供着的大威德金刚都镇它不住。事情闹得凶了，人和牲口死得太多，不得不荒了。"

---

① 普色，指年轻人。

第五十三章
鬼母击钵图

我们向着前边的古庙搜索，荒草丛中并没有任何人的足迹，除了杂草乱石，偶尔还会见到一些半没泥土中的动物白骨。看那骨骸的形状，甚至还有藏马熊和牦牛一类的大型动物，不知是老死于此，还是被什么猛兽吃剩下的。

在到达古庙山门前的这一段路程中，喇嘛简单地说了一些关于这座弃庙的情况。藏地古老传说中，世界制敌宝珠大王受到加地[①]公主的委托，在莲花大师的帮助下，诛杀了躲进昆仑山的妖妃。在流传了数千年的口述叙事长诗中对此有详尽的描述，诗篇中提到过妖妃本是魔国的鬼母转世。

自古以来这个离昆仑神泉不远的山坳就是个被诅咒的地方，经过此地的牧人和牲口，常常会莫名其妙地失踪。当地的活佛曾不止一次派遣铁棒喇嘛和金刚护法来山里查明原因，但始终没有头绪。

直到乾隆年间，发生了一次强烈的山体崩塌，有人发现山坡下露出一座无名的古坟，位置背山面湖，古坟的石门塌陷，大敞四开。但是当地牧人，

---

① 加地，古时藏地称汉地为加地。

谁都没敢进去过，只在外边向内张望，只见到里面有不少年代久远的椴木。

古坟外边的石道半截淹没在湖中，羊虎一类镇墓的石人石兽都已损坏，碑文标识之类的铭志也全找不到了，根本无法得知这坟里埋的是谁。有在附近逗留的人，往往招来祸事。

活佛派遣喇嘛们进入那座裂开的古墓搜查，从里面扒出来一些人骨，其余的东西都已经烂没了，此外还掘出一块石碑，上面刻着一幅藏地上古传说中的场面——鬼母击钵图。

当地人认为这里以前发生的种种灾祸，一定都是和魔国的鬼母妖妃有关，也许这里就是她最后的葬身之所。后来这件事被朝廷得知，便由朝廷出资，在这里建了一座供奉大威德金刚的寺庙，扫除邪魔，还请活佛派人主持庙中大小事务。

大凤凰寺落成之后，香火盛极一时，不少牧民千里迢迢地赶来转山转湖。但这一地区的怪事仍然接连不断，有很多人都在夜晚看到一个陌生的青衣人出没于附近的湖边，转过天来，就必定会有一个人溺死在水中。而且被溺之人，无论是胖是瘦，只要一被水没过头顶，即便是立刻被救上来，也仅剩皮骨，干枯得如同树皮。

曾不止一次有人目击，水中伸出一只大如车轮的青色巨手，抓住了岸边的人畜，扯进水中。喇嘛们截断流域，使湖水干涸，想找出其中根源，但并没有发现那只青色巨手，只见到湖底枯骨累累。之后念经超度大做法事，但都不起任何作用，怪事仍在继续上演，只好用条石封堵住古墓，弃庙而去。在佛法昌盛的藏地，弃庙的事实在太少见了，从此之后，人们互相告诫，远离这块不祥的禁地。

这些往事除了一些上岁数的年老喇嘛外，其余的人都已经逐渐淡忘了，又开始有人贪图方便，来这荒草甸子上打冬草。我们发现的那段石道遗迹，便是当年堵住古墓裂缝的经石，上面都刻着密宗的《大日经疏》，不能用脚踩踏。喇嘛给我们讲到这里，连连摇头叹气，小声叨咕道："唉，现在没多少人还拿佛爷的话当回事了。"

大个子听这事这么邪乎，便低声对我说："老胡，真能有他说的这种事吗？扯犊子吧？"

我不置可否，想到前些天昆仑山底下的火山活动频繁，造成了一次大地震，也许把那座被封住的古坟再次震裂了。不过既然那墓中的一切事物早已在乾隆年间便被清空了，那就说明这里仅剩一个"墟墓"，我只知道墟墓之地不宜久留，至于这庙中的奇怪传说，就摸不着头脑了。

我们这四个人为了不遗漏什么线索，平行拉开了一定距离，推进到了古庙残破的墙壁前，但一路上都没发现什么可疑的迹象。这时连长所率领的第一组也从荒草中走出，他们那边也没有找到什么，两组又暂时合并，进入了大凤凰寺。

这座庙损坏倒塌得十分严重，只剩下几圈断垣残壁，依稀能看出当年的规模。这时一轮又大又圆的月亮，从厚重的铅云中显露出来，月明如昼，照得破庙中一片通明。而山梁上的大雪依然下个不停，冷风吹进来，呛得人肺管子都凉透了，内脏似乎都冻成了冰坨，哪里还有心思再去欣赏这半边月光半边雪的奇景。

当地驻军有这么句口头禅："过了昆仑山，进了鬼门关；到了不冻泉，眼泪结成冰；昆仑垭，冻死狼。"废庙所在的山垭正是个吸风的大口子，带冰碴的冷风从四面八方灌进来，形成了一股呜呜咽咽的奇特声音，徘徊在荒草古寺的上空。最奇怪的是，这里气温很低，旁边的绿色植物却依然能够存活，湖泊也从不结冻，而且里面没有任何鱼类和水草。传说在古时候，这里无风也有三尺浪，很久以前湖域的大部分就已经干涸了，只剩下小小的一片水泡子，故此湖被看成"鬼湖拉昂错"的前世。

小分队的人一进破庙的围墙，连长就让喇嘛把这庙和周边的地形详细地给大伙介绍一遍。了解得差不多了之后，连长还是把人分成两组，他亲自带人去庙后的古墓入口一带；第二组则负责搜索古庙遗址，以及侧面的水洼一带，如果遇到敌情，就开枪示警，但开枪前必须要确认清楚情况，不要引起不必要的冲突。如果到天亮前仍然没有找到失踪的那个班，就只等上级从军分区调遣整个营来展开搜救。

连长安排完毕，便带着他那几个人径直从断垣间穿过。其实庙后的古墓并不宏敞，只有两间民房的面积。我们之所以在庙前就见到了封墓的经石，是因为地震导致地质带裂痕扩大，整个山坡的地质层都被扯开了，和另一端的墓室连成了一体。

我们也不敢耽搁，让喇嘛引路，把破庙里里外外搜了个遍。在最中间的位置，我们见到一尊残破的人身牛面多臂神像，面貌凶恶愤怒，这就是有伏恶之势、扶善之力的大威德金刚。

大威德金刚像下有一块一米多厚的大石板，这就是从庙后古坟里掘出来的碑刻，十分残旧破败。我用棉手套抹去了上面的灰土，露出了上面的石刻，我和大个子、徐干事都觉得很好奇，想看看那鬼母长什么样子。只见那巨石上的刻图都已快消磨没了，更没有什么颜色，好在石纹条理详明，还能看出六七分旧貌。

一位裸妇，三目六臂，全身戴满了奇怪的饰品，这些饰物造型扭曲，似乎都与蛇神有关，身旁摆放着一个巨大的水钵，钵体上有蝉翼纹，钵中歪坐着一个又黑又胖的小孩，同样也是三目六臂，手持蛇形短杖，敲击着钵身。图中的背景是无数堆积成山的牛头骨。

石板的下半截可能是由于常年埋在土中，已经被水土侵蚀变黑腐朽，所以只能看到上面这一半画面。我们也就是看个稀罕，谁也没觉得这鬼母有什么可怕。徐干事说："这个形象是对妇女的不尊重，好在万恶的封建势力已经被推翻了，西藏百万农奴翻身得了解放，这都要感谢主席他老人家啊。"

我说："那当然了，所以咱们吃水不忘挖井人，主席的教导不能忘，时时刻刻都要绷紧阶级斗争这根弦啊。"说完这些应景的话，便转头问喇嘛，"那个什么鬼母是做什么的？是不是封建统治阶级的看门狗？"

喇嘛带着我们向庙后的湖边走去，边走边唱着经咒，说了鬼母的来历。原来在叙述英雄王事迹的诗歌中，岭国最大的敌人就是魔国，鬼母是魔国中地位极高的人，是类似皇后一般的人物，专门负责魔国君主死后的轮转投胎。鬼母也是每次死后会再次转世重生。想彻底铲除魔国的王族，必须把鬼母杀死，否则岭国的噩梦永远不会停止。在那个时代，人们眼中的死亡分很多层次。鬼母的死亡，必须是终止她轮回的彻底灭亡。

一说到这些内容，我就不太愿意听了，便加快脚步前行。但我心中忽然想到，深藏在大冰川下的九层妖楼就是一座魔国贵族的坟墓，这里又出来一个什么鬼母，这是不是说明附近一大片区域曾经是古代魔国的陵区？

破庙后边的地带更加荒凉破败，老喇嘛也从未到过，当下众人各自小心戒备。我一贯满不在乎，但是身临其境，双脚踩着这块存在于上古传说中的荒原，不由得全身发紧。庙后的湖泊，现在只剩下一小片水塘，牧民们报告牦牛被拖进水里的地方就是这里了，地面上还有很多挣扎拖拽的痕迹，并不像是敌特伪装出来的。

水塘里的水几乎全是黑的，烂草淤泥，腥臭扑鼻，我们四人在塘边一站，都不敢大口喘气，实在是太他妈臭了。大个子指着水中一块黑色的东西对我说："那好像是顶军帽。"

大个子站在塘边，探出了带有刺刀的步枪，想将水中好似羊剪绒皮帽子的事物挑过来查看。我刚要制止他，突然塘中臭水轻微摇晃，似乎有只巨大的青色人手，悄悄地从水底冒出，想把大个子抓住揪进去。我立刻把早已顶上膛的半自动步枪举起，手指还没扣到扳机，就听西北方突然传来一阵急促的枪声。

第五十四章
月夜寻狼

　　我的步枪举得晚了半拍，大个子已经先被水底的巨手捉住，多亏喇嘛眼疾手快，一手扯住大个子的武装带，一手抡起铁棒向水中猛击。铁棒喇嘛相当于内地寺庙中的护法武僧，这条铁棒上不仅刻满了密宗的真言咒语，更兼十分沉重，打得那怪手一缩，登时将半边身子入水的大个子救了回来。

　　我见大个子被喇嘛扯了回来，立刻端起步枪，向水潭中连发数枪，然后拔出两枚手榴弹，拉弦扔了进去，爆炸激起的水柱有半人多高，也不知炸没炸到什么。

　　我和喇嘛拖着大个子向后撤退，大个子似乎是受了什么重伤，疼得哇哇大叫。我骂道："傻大个，你他妈的号什么号，你一米九几的汉子，怎么叫起来像个女人？不就是沾了点臭水吗？"

　　但我说完之后，便觉得不对，大个子的军大衣被污水染得漆黑，他的半边身体好像是泄了气的皮球，完全塌陷了下去，刚开始嘴里还大喊大叫，几秒钟的工夫，已经疼得发不出声音了，只有黄豆大小的汗珠子顺着额头滴滴答答地淌下来。喇嘛见状，赶紧从怀里摸出一个瓷瓶，扯开大个子的军装，给他敷上红色的粉末药物。

我见大个子的半个膀子全部都干枯萎缩变成了枯树皮色,好像是脱了水的干尸一样。我脑子里已是一片空白,不知该如何是好,心想这喇嘛的药粉不知好不好使,要是抢救得晚了,大个子这条命就没了,必须赶快找格玛军医来。这才猛然想起,刚才的形势一团混乱,还曾听到在西北方向有五六式半自动步枪的射击声,连长那组人一定也是遇到危险了,怎么这时那边的枪声又停了下来?

我想奔过去看个究竟,但大个子伤势严重,也不知那水塘里究竟有些什么东西,是否已被手榴弹炸死了。在没有确定之前,如果只留下喇嘛看护伤员未必安全,只好我也留下固守待援,寄希望于连长他们也听到了这边的动静,能迅速靠拢过来。

我拖拽着大个子,躲到一堵破墙后边,却发现我们这组的四个人里,那个戴着眼镜的徐干事不见了。我以为他出了什么意外,便想出去找他,喇嘛告诉我,那位一见水里有动静,扭头就跑了,这时候怕是已经跑出庙门了。

我气急败坏地大骂:"这王八×的,平时就属他革命,想不到却在关键时刻临阵脱逃,怎么连个屁也不放就跑了。只要我能活着回去,就一定要揭穿他这个一贯伪装积极的修正主义臭老九的虚伪嘴脸。"

我从残墙后探出身子,向外张望一番。水塘里的污水被那两颗手榴弹炸出来不少,里面已经没剩下多少水,水里似乎什么都没有,但是刚才拖住大个子的,却又是什么东西?我问喇嘛那是不是水鬼。

喇嘛摇头道:"不是,寺庙本是世间最神圣的地方,即使这里已经荒废了,也不会有鬼。在这里死亡的人,都会得到彻底的解脱。"

我心中暗想,一会儿说这里受了诅咒,一会儿又说是神圣之地,这不是前后矛盾吗,便又问喇嘛:"现在形势危急,这话咱俩也就私底下说说,倘若不是亡灵作祟,那定是有什么山精水怪了?"

喇嘛却不再理睬我的问题,对着重伤昏迷的大个子,念起八部密宗祈生转山咒言:"诺!红人红马地猛王,红缨长矛手中握,身披红缎大披风,眷亦如是不思议,焚烟祭以诸妙欲。黑人黑马邪魔王,身披黑缎大披风,黑缨长矛手中握,眷亦如是不思议,焚烟祭以诸妙欲,蓝人蓝马海龙王……"

我见他不住口地念下去,似乎与世隔绝,对外界的声音充耳不闻,干脆就不再问他了。月光如洗,寒风刺骨,我却是心急如焚,我们这组既出了逃兵,又有人受了重伤,另外一组下落不明,刚才的枪声过后,就再也没了动静。

又等了约有两分钟,连长他们还没过来,我按捺不住,将大个子的半自动步枪顶上火,放到喇嘛身边,便从破墙后跃出,准备去找连长那五人,如果他们没事,就赶快让格玛来给大个子治伤。刚一动身,便发现水塘边的地面上,有个亮闪闪的东西,我走过去捡起来看了看,奇形怪状的一个小盒子,像是相机,但没见过这样小的,然而随即明白过来了,反特电影里看到过,这是间谍相机。原来徐干事那狗日的就是特务,他一定是来收集我们部队在昆仑山秘密施工地点的情报的,又无意中被卷进了这次救援任务。他见这次任务危险重重,犯不上为了这种不相干的事冒生命危险,竟撒丫子就跑,可惜露出了狐狸尾巴,暴露了他的身份,回去之后再好好收拾他。

我顺手将间谍相机塞进了口袋里,想到我的战友傻大个,从今往后即便不死,也永远是个废人了,不由得悲从中来,荒烟衰草残垣断壁,更增悲愤情绪。泪水顿时模糊了双眼,没看清脚下,被草丛中的一块石头绊个正着,顿时疼得直吸凉气,揉着膝盖去看那块草棵子里的石头。

竟是个横卧在土中的石人,半截没在泥草下边,露在外边的部分似乎并不全是石头的。我心中起疑,却闻到一股恶臭,这才发现,那石像有百分之七十的部分竟似有血有肉,上面生满了绿毛,腐烂的臭气熏得人难以睁眼。

这是尸体还是石像?这片草下满是淤泥,好像以前也是池塘的一部分,由于水干涸了,才露在外边。我用枪捣了它两下,不料突然从泥中伸出一只巨手,紧贴着地朝我双腿抓来。我心知不好,这就是把大个子拖进水里的东西,不管活人死人,也没有这么大的手啊,要被一把抓住拖进水里,恐怕也会立刻被水里的什么东西吸成人干。

第五十四章 月夜寻狼

我身上穿着笨重的军大衣，还有数十斤武器装备，根本就无法闪避，正想用步枪格挡，突然有个人从斜刺里冲将出来，正好撞在那横倒的石人像前，顿时被泥草丛中的绿色物体缠了个结实。

我这时借着月光，已经看得清清楚楚，来人正是通信员陈星。他刚一扑倒，膝盖以下就被拖进泥中，不知为什么，陈星却不喊不叫，只是闷不吭声地拼命挣扎。

我也挣扎着从草丛中爬起来，想要过去解救他，这时又有一个人奔了过来，月光下看得分明，正是我们连的四川籍连长。连长阴着个脸，拎着手枪，跑到我旁边站定，看了我一眼，也不说话，抬手连发三枪，把正在挣扎中的陈星射杀，然后举枪对准自己的太阳穴，扣下了扳机。

这连续发出的四声枪响，在月光下的荒庙古坟间回响，已显得极其诡异，而且草丛中所发生的这一幕，却更诡异十倍。

我张大了口，半天也没合拢。连长为什么要射杀陈星？难道陈星是敌特？他又为什么要开枪自杀？心中隐隐觉得说不定是某个人被鬼魂附体了。想起早些时候那一阵枪声，顿时为格玛军医担心起来，也不敢再去看连长与陈星尸体的表情，更忘了地上还有个古怪的横卧石像，立刻起身，倒拖着步枪朝前奔去。

从两侧草丛中那些损坏已久的石人石兽来看，这条路应该就是那古坟前的神道。坟和墓的区别，在于一个回填原土，另一个封闭空间。前边那大坟被经石堵住的大口子处已经坍塌了，夯实的坟土裂开了口子，宽可容人，里面一片漆黑。我只想着要找到格玛军医，打开手电筒就冲了进去。

听喇嘛说，坟中早就空了，棺木尸体什么的都给烧了。进去后见到的情形，也确是如此，除了土就是石头，狼藉满目，却没有任何外来的东西。

我见里面没有尕红和炊事员、地勘员这三个人，只好又跑回外边。这里海拔虽低，毕竟也是高原，连续的剧烈运动使得心脏怦怦怦跳得如擂鼓山响，呼哧呼哧地喘着粗气。当晚的月亮圆得出奇，夜空中鸣动着一种呜呜咽咽的哭泣声，我分辨不出那是鬼哭声、风声，还是饿狼们在对月哀嚎。如果草原上的狼群当真全被逼上了山，那倒也不太容易对付，最好让那狗日的徐干事在半路上撞上狼群。

古坟对面就是陡然升高的山峦，已无路可去，我在古坟旁乱转，难道那些大活人就能凭空消失了不成？正寻思间，发现坡下的枯湖边倒着一个军人。我紧走两步，过去一看正是格玛军医，不知怎么晕倒在那里。她身边是个很深的地穴，黑暗中难测其深。

我赶紧把格玛扶起来，掐她的人中将她救醒，问她究竟发生了什么。格玛断断续续地说了个大概：他们那一组人在连长的带领下搜索到古坟之中，没有找到任何线索，只好在附近继续调查。地勘员卢卫国发现坡底有个地穴，看那断层似乎是几天前地震时才裂开显露出来的，里面的空间有明显人工修砌的痕迹。连长让格玛留在上边，他自己带着其余的人下去，刚一下去就传来一阵枪声，格玛以为下边出现了情况，就赶紧拿出手枪下去助战。原来虚惊一场，下边的人发现了一具古代的尸体，平放在一匹卧狼造型的石台上，炊事员缺少实战经验，沉不住气，误以为是敌人，举枪就给那具古尸钉了几枪。

我听到这里，心想这大概就是我先前听到的几声枪响了，便问格玛军医，后来发生了什么。卢卫国与炊事员呢，他们还活着吗？

格玛摇了摇头表示不知道，炊事员开枪打中古尸，一共开了三枪，被连长好一顿骂。突然从那古尸身上的每一个弹孔中都钻出一只怪虫，第一只钻进了炊事员的耳朵里，格玛说炊事员悲惨的喊声她一辈子都忘不了。格玛的爷爷就是荒原上的唱诗人，她从小便听长诗中说过，世界制敌宝珠大王的死敌——魔国国君掌握着数种达普[①]，焚烧煎熬生灵无数，后来被莲花大师使圣湖的湖水倒泻，达普才得以铲除。

格玛想告诉炊事员，任凭躯体里感觉如何奇怪，千万不要张嘴出声，一发出声响，达普就会燃烧，不出声强行忍住，还可以暂时多活一会儿。但为时已晚，炊事员老孙已经瞬间被烧成了灰，其余的人立刻转身逃向外边，混乱中陈星撞倒了格玛，后面的事她就不清楚了。

---

① 达普，藏语，指妖魔之虫。

我心中凛然，果然是魔国贵族的鬼坟，看来这似乎是子母坟，鬼母的坟被毁了，藏在附近的这座坟却直到最近才显露出来。不知他们说的达普与我所遇到的那种火魔般的瓢虫是否是一回事，但听上去有些似是而非。连长和通信员、炊事员都死了，剩下个卢卫国也不见踪影，也许他还在墓穴里没有出来。我在洞口向里面喊了几声，里面却没人回应。

终究不能抛下他不管，我和格玛正商量着怎么能避过这些达普鬼虫下去找卢卫国，格玛突然伸手推了我一把，猛听扑扑两声轻响，那是子弹穿过棉衣的声音，格玛捂着胸口倒了下去。

我心中都凉透了，她是为了救我把自己的命搭上了，但还没来得及难过，后脑已经被冰冷的枪口顶住，只听一个熟悉的声音说道："咦，这里有个洞穴。妈的，刚好狼群围上来了，你先给我进去开路，咱们到里面去躲一躲。"

我听得清清楚楚，这声音是那个刚才逃跑的敌特徐干事的。他半路见到狼群正在聚集，便不得不跑了回来。他本想杀掉我们灭口，刚打死一个人，却见到有个极深的洞穴，里面情况不明，不知会不会有什么危险，就留下我的性命，让我去给他蹚地雷。

我还没来得及再想，脑后被枪口戳了一下，只听徐干事在后边说："赶紧进去，狼群快过来了，再不走别怪我不客气了。你别小看我这把无声手枪的杀伤力，点二二口径的子弹虽然不会射穿你的脑袋，子弹却会留在你的脑壳里，把你慢慢地疼死。"

我无可奈何，只好把心一横，钻进了地洞。眼前黑暗的墓穴中央，正亮着一小团蓝色的火焰。

第五十五章
格玛的嘎乌

这座古墓里没有回填原土,保留着一定的地下空间,从裂开的缝隙下去,立刻就看到一小团幽蓝的火光。那团鬼气逼人的蓝色火焰,比指甲盖还要小上一些,火光稍微一动,空气中就立刻散播出一种独有的阴森之气。

我对这种所谓的蓝色达普并不陌生,老朋友了,几天前就被它们逼得跳进了湖里,才侥幸躲过烈火焚身之劫。我慢慢挪动脚步,走下墓室,根据上次的经验,达普妖虫不会引燃没有生命的物体,只要是活着的东西,碰到它就会立刻被烧成灰烬。它唯一的弱点就是怕水。

脑后的无声手枪没有给我任何思考停留的时间,不断用冰冷的枪口提醒我向前继续走,因为外边的狼嗥声已经越来越近了。我下意识地摸了摸腰上的水壶,心中顿时陷入一阵绝望,军用水壶里的水刚离开兵站,就已经完全冻成了冰坨子,根本就泼不出去。

徐干事也发现了这地穴原来是个古墓,室中还微微闪动着一丝鬼火。他低声咒骂晦气,躲在我身后,用手电筒往里面照,想看看墓室里是什么情况,如果闹鬼还不如趁早跑出去,另找避难所。

我向下走的同时,也借着徐干事手中的手电筒光亮,看清了墓室内的构造，最多也就十几平方米大小，中间有一个石台，那是墓床，外形刻成一头趴伏的巨狼，其上横卧着一具穿着奇异的尸体。尸体头上罩着雪白的面具，面具上用红色颜料勾勒着一副近似戏谑的奇特表情，身着锁子烂银网，内衬则模糊不能辨认，手足也都被兽皮裹住，所以看不到尸体有任何裸露出来的地方。这具奇怪的古尸，只一扫视便给我留下了很深的印象。

狼形墓床下有一个盆形的石钵，里面端坐着一具身材短小的尸体，看身量似乎是个小孩，同样戴着面具，身体用烂银网裹住，与横卧的古尸同一装扮。

墓室地上有很多黑色的灰烬，看来之前那班一去不回的人，都在这儿被烧死了。要是不知底细，想要互相救援，只需一瞬间就能把那十几个人全部烧死。这座古墓里，大约共有三只火虫，其中两只被封在连长和通信员的尸体里了，这里剩下的一只，应该是烧死炊事员老孙的那只。

我捏着两手冷汗，被胁迫着走到了墓室中间。徐干事则站在墓道口犹豫不决，狼嗥声似乎就在墓外了，现在想出去有些来不及了，但又觉得古墓是个鬼地方，不到万不得已实在不想进去。

我忽然发现，墓中的鬼火缩进了墙角，徐干事的手电光束也跟了过去，这才看清，原来鬼火不是虫子发出的，而是来自地勘院的卢卫国。他表情十分痛苦，两手不断地抓挠自己的胸口，一张开嘴，口中就冒出一团阴冷的蓝光。我忙问："老卢，你这是怎么了？"

卢卫国无助地看了看我，忽然跪倒在地，猛烈地咳了几声，每咳一下，便吐出一片暗红色的灰烬，似乎他的内脏和呼吸道都在里面烧着了。卢卫国没咳几下，便蜷缩着倒在地上，被从胸腔里冒出的烈焰由内而外烧成了一堆黑灰。

燃烧后那堆黑色的灰烬中，有一个蓝色的亮点突然跃上半空，急速地盘旋起来，空旷漆黑的墓室中，鸣响着一种类似瓢虫振动翅膀飞行的声音。

我急忙向后退开，想要避开那达普鬼虫的扑击，但徐干事也见到了刚才那一幕，用手一推我的后背，我没加防备，收不住脚，竟然朝着那只达普鬼虫摔了过去。虽然身体失去重心控制不住，但我心中明明白白，只要

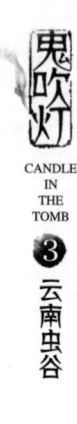

碰上一点就绝无生机。

情急之下，我一狠心，咬破了舌头，对着面前的达普鬼虫，将满口的鲜血喷了出去。这妖虫发出的蓝色鬼火十分微弱，竟被我这一口鲜血浇灭了，黑暗中我也看不清它死没死，拿着里面全结了冰的水壶，在身前的地面上一通乱砸。

只听徐干事在后边说："行啊胡八一，你小子身手真不错。你快给我把这死尸下边的石床推过来，堵住缺口，快点快点，你听狼群已经过来了。"

我正惊魂未定，扭头看了看后边的徐干事，心想这王八×的，真拿我当大片刀用啊，怎么才能找个机会干掉他。这时我突然发现在徐干事的身后黑暗处，浮现出一张白色的大脸，惨白的脸上毛茸茸的，有一只碧绿的眼睛发着寒光，这就是使牧民们永远睡不安稳的根源，草原上白色的魔鬼——独眼狼王。

自一九六九年开始，为了抓革命促生产，保护社会主义财产，便开始了大规模的剿杀狼群运动。在供销社，可以把整张的狼皮当现金使用，换取各种生活必需品。只要是打狼，地方就可以申请部队协助，要人给人，要枪给枪。狼群死的死，散的散，剩下的也都明白了，它们的末日已经不远了，魔月之神不再保佑它们骄傲的狼牙了。

最后残存的饿狼都被迫躲进了它们并不熟悉的山区。这里高寒缺氧，没有太多的野兽可供捕食，死在昆仑山只是早一天晚一天的事。另外藏地的狼，绝不会进寺庙，这个原因现代人谁都解释不了。

但这些狼已经穷途末路，嗅着迎风而来的那些死人的气息，还是打破了千年的禁忌，闯入了大凤凰寺的遗址。

我心念一动，在原地站起身来，问徐干事道："老徐，听说过遇到狼搭肩的情况该怎么办吗？"

徐干事一怔，对我晃了晃手枪说："什么狼搭肩？我让你搬那狼形石床堵门，快点，再磨磨蹭蹭的我……"话未说完，他身后那只白毛狼王已经站立起来。这狼体形太大了，站立起来，竟比徐干事高出一大截。两只前爪，都搭在了他的肩上，狼牙一龇，从嘴角流出了一丝口水。

第五十五章 格玛的嘎乌

徐干事觉得猛然有东西扒住他的双肩,鼻中又闻到一股腥味,出于本能,向后扭头一看,顿时把脖颈暴露给了独眼狼王,锋利的狼牙立刻就扎进了他的动脉血管,狼王大口大口地吸着他的鲜血。人到了这个地步,即使手中有枪,也无法使用了,只见徐干事双脚乱蹬,枪也掉在了地上,鲜血马上就会被饿狼饮尽了,皮肉也会被吃个干净,仅剩一堆白骨。

我见机会来了,立刻从侧面蹿了出去,跑过徐干事身边的时候对他喊道:"狼搭肩你千万别回头,一旦回头,神仙也救不到你了。"

白狼胸前的银色狼毛都被鲜血染红了,它饿红了眼,根本顾不上别的。我夺路从墓中跑出,一出去最先看到的就是一轮圆月高悬在天空,有两只老狼正围着格玛军医的尸体打转。我见此情景,便觉得奇怪,这些狼眼睛都饿红了,格玛刚死不久,它们为什么不扑上去撕咬尸体?我知道狼生性多疑,一定是觉得有什么不对的地方,才犹豫着没有行动。

这两头衰老的老狼大概是狼王的参谋人员,平时与狼王寸步不离,越是这种狼疑心越重,送到嘴边的肉,它反而不敢去吃,我心想莫不是格玛还活着?不知道还有多少狼进入了古庙,喇嘛和大个子两人又怎么样了?刚念及此,那两头老狼已经发现了我,低嗥着朝我冲了过来。我用手捡起先前掉在地上的步枪,开枪打翻了当先扑过来的一只。

但是另外一只与此同时将我扑倒,这头狼虽然年龄大了,但毕竟是野兽,而且经验丰富,知道这五六式半自动步枪的厉害。狼口咬住枪身,两只爪子在我胸前乱抓,把棉衣撕破了好几条大口子。寒冷的空气中,狼口和鼻子里都喷出一股股白色的哈气,鼻中所闻全是腥臭的狼臊。

我和那老狼滚作一团,一时相持不下,这时几声枪响,咬住步枪的狼口缓缓松开,只见对面是格玛在举着手枪,枪口上还冒着硝烟。

我又惊又喜,翻身从地上起来,问道:"尕红你还活着?你不是被特务打中了吗?"

格玛从军装的领子里掏出一个挂饰说:"从参军之后就没戴过'嘎乌',今天出发前梦到了狼,所以就戴上了。"格玛军医的头部先前就被撞在石头上受伤了,刚才无声手枪的小口径子弹恰好击在了嘎乌上,嘎乌被打碎了。虽然没被子弹射进身体，但是被冲击力一撞，格玛又暂时昏迷了过去。

"嘎乌"是藏人的护身符，男女款形式各异，女子戴的又大又圆，外边是银制的，里面装着佛像、经咒、金刚结，还有些别的辟邪之物，有的装有舍利。格玛的嘎乌里，装着九眼石、玛瑙，还有几百年前留下的狼牙，传说那是头人才可以使用的狼王之牙。那两头老狼一定是闻到了它们先王的气息，才犹豫着没有立刻下口。

我给半自动步枪装填弹药，然后带着格玛军医去找留在水塘边的喇嘛二人，那边一直没有动静，不知他们是否依然安全。四周的山脊上，星星点点的尽是绿色狼眼，数不清究竟有多少，剩余的饿狼都追随着狼王赶来了，只是明月在天，这些狼跑几步，就忍不住要停下来对月哀嚎，每次长嚎都会在体内积蓄几分狂性。

我见饿狼遍布四周，只好加快脚步，格玛走了几步突然说她可能是被撞得脑震荡了，总觉得眼前一阵阵发黑。我刚想回身去扶她，突然发现在如霜的明月下，那头白毛巨狼静静地蹲伏在我们后方三十几米的地方，用它的独眼恶狠狠地盯着我们。皎洁的月色和凛冽的寒风，使它全身的白色狼毛好像是一团随风抖动的银色风马旗。我急忙举起步枪，拉动枪栓，但再一抬头，它已经在月光下消失无踪了。

我在东北插队的时候就听村里的猎人们说，狼身上长白毛，那就是快成精了。恶劣的生存环境使得狼群狡猾凶残到了极致，在藏地狼一向是不受欢迎的，人追着狼打，狗追着狼咬，狼在大自然的缝隙中存活下来，那需要多么顽强坚忍的意志和筋骨。这只巨狼肯定早已知道枪械的厉害，只有在认定武器不会对它构成威胁的情况下才显露踪迹。

我不知狼群会采取什么策略来对付我们，为今之计，只有尽快和喇嘛、大个子他们会合，以破庙的残墙作为依托，争取坚持到天亮。就算援兵来不了，天一亮，狼群也会逃进深山。

我一手端着枪，不停地四处张望，戒备着随时会来袭击的狼群，另一只手扶着格玛军医，迅速向喇嘛和大个子藏身的寺庙残墙移动。格玛手中握着她的手枪，这时她的头晕似乎好了一些。我们绕过连长与通信员死亡

第五十五章 格玛的嘎乌

之处的那片荒草，终于回到了红色的残墙边。这几堵断垣都只到人胸口般高，我把格玛先托过了墙头，自己也跟着翻了过去。

铁棒喇嘛正在照料着身受重伤的大个子，见我把格玛带了回来，便说："吉祥的祥寿佛空行母保佑，普色大军终于把格玛拉姆救了回来。"说完抬眼望了望天上的明月，不管是噶举派（白教），还是格鲁派（黄教）、宁玛派（红教），都认为这种圆满明月笼罩下的庙宇，应该是"空行静地"。然而草深雾罩处皆已是漆黑地狱，魔月众法神让这原本神圣的地方，变成了群魔乱舞的八灾八难末劫浊，这究竟是在惩罚何人？

我焦急地对喇嘛说："外边狼群正在不断聚集，咱们的子弹并不算多，必须燃起火头才能吓退它们，否则到不了天亮，咱们这些人都得让饿狼吃了。"

喇嘛叹道："都疯了，如今的狼也敢进寺庙里来吃人了。"然后将他的老马牵到墙边，这马已经被四处不断传来的狼嗥声惊得体如筛糠。昆仑山下几处牧场的狼可能都集中到庙外了。喇嘛和他的老马这辈子也没听过这么多狼一起嗥月，这些被逼得走投无路的饿狼，根本不会管哪个是佛祖的有缘弟子，这时念经也没有用了。

喇嘛取下干牛粪和火髓木，在残墙中燃起火堆。我们所在的位置，是间偏殿旧屋的残址，四面损毁程度不同的墙壁围成一圈，其中有一面墙比较高，墙体被倒塌的大梁压住，另有一边是镇庙藏经石碑，上面刻着"大宝法王圣旨"。巨大的残破石碑高不下五米，狼群很难从这两边过来，但也要防止它们搭狼梯从高处蹿进来。

格玛先看了看大个子的伤势，从她的神色上看来，大个子这回是凶多吉少了。我从废墟中捡起几块干木橡放在火堆里，使火焰烧得更旺一些，然后拿起大个子那把半自动步枪，交给格玛，与她分别守住两面矮墙。

第五十六章
空行静地

忽然狼嗥声弱了下来，我向墙外窥探，越来越多的狼从山脊下到了破庙附近。只见荒草断垣间有数条狼影蹿动，它们显然是见到了墙内的火光，在狼王下令前，都不敢擅动，只是围着破庙打转。

我见大约距离四十米远的地方，有一对如绿色小灯般的狼眼，立刻举起步枪，三点成一线，瞄准了两盏绿灯中间，扣动扳机。随着静夜中的一声枪响，两盏绿灯同时熄灭，虽然无法确认是否击中了目标，但这一枪起到了敲山震虎的作用。荒原上的狼在这些日子里最畏惧的就是五六式半自动步枪的射击声，都被打惊了，对它们来说，这种半自动步枪是可以粉碎它们灵魂和自信的神器。其余的狼再也不敢在附近逗留，都隐入了黑暗之中，但那低沉的狼嗥表示着它们只是暂时退开，并不会就此罢休。

我见狼群退开，也把紧绷的神经松弛了下来，想起刚才到庙后古坟途中遇到的事，甚觉奇怪——那半没在土中的石人，全身生满腐烂的绿肉——便随口问老喇嘛，以前人畜失踪的那些事，是否与之有关。

没想到喇嘛却从没听说这庙里有什么腥臭腐烂的石人像，喇嘛让我详细地讲给他听。我心想你问我，却让我又去问谁。我还以为喇嘛对这破庙中的情形十分了解，原来也就是普普通通的糟老头一个，于是就一边瞭望庙外狼群的动向，一边将刚才的经过对喇嘛说了一遍。

喇嘛听后连念了几遍六字真言，惊道："以前只道是古坟中鬼母妖妃的阴魂不散，建了寺庙、大威德金刚像，想通过佛塔、白螺来镇压邪魔。然而这么多年，历代佛爷都束手无策，却不料竟是墓前的石人像作孽。若非地裂湖陷，又被普色大军撞见，可能永远都不会有人找到它。此物再潜养百年，怕是要成大害了。"

我没听明白："喇嘛阿克，您刚刚说的是什么意思？石头怎么会成精？可惜刚才身边已经没有手榴弹了，不然我已经顺手把它端上天了。"

喇嘛说："你们汉人管这片山叫昆仑垭口，但在佛经中，则叫作'汝白加喀'，意为龟龙所驮的八瓣莲花。天如八福轮相，地如八瓣莲花，这寺庙的位置，就刚好在莲花的花心里。东方的切玛山形像罗刹女的阴部，南方的地形如魔蝎抓食，西方的岩石如水妖张望，北方未干涸前的鬼湖如同是破碎的龙镜。原本在这样殊胜的地形上建庙，震慑四方妖魔，是可以功德圆满的。但是由于湖水的干涸，使这里成为凶神游地，枯湖里生出了吞食人畜的摩羯鱼，朗峨加的天空变得狭窄，原来是'部多'（佛经里所载水中妖魔的名称）长在了古墓石人像的身上，溺人于河，取其气血。"

我听喇嘛所说的内容似乎是密宗的风水论，与我看的那半本残书，有很大的不同，也许宗旨是吻合的，但是表述的方式上存在着太多差异。当时我对风水秘术涉及未深，太复杂的风水形势根本看不明白，所以听不明白他说的什么意思，只听到他提起什么"部多"，这个词好像不久前在哪儿听过。随后想到刚跟先遣队到不冻泉的时候，听运输兵们说起过。在青海湖中，有种吞人的水怪，有见过的人说外形像根圆木，也有人说像大鱼，唯一相同的就是腥臭发绿。有藏族的士兵告诉我们，那都是部多，水里的魔鬼，附在什么物体上形状就像什么。如果捉住了就一定要砸碎烧掉，否则它生长的年头久了，除了佛祖的大鹏鸟，就没有能制得住它的东西了。当时刚议论完，就被连长听到，被严厉地批评了一通。

藏地的忌讳和传说太多，我无法知其翔实，心中暗想，不管是什么，等天亮之后想办法烧掉就是，一定要为战友们报仇雪恨。"

喇嘛说："这鬼湖边上，死的人和牲口不计其数了，石人像上的部多普通人难以对付，必须请佛爷开光，让修行过四世的护法背上盐罐，先用盐把腐烂的石人埋起来，三天之后再掘出来砸毁焚烧，才是最稳妥的办法。"

我们正在低声商议，忽然天空上飘过一团浓云，将明月遮蔽，火光照不到的庙外，立刻变成一片漆黑。我和格玛、喇嘛三人立刻紧张起来，我们心中明白，狼群也一定清楚，这是最佳的攻击时机，它们一定会不惜一切地猛扑进来。

只听高处一声凄厉的狼嗥，嗥声悲愤苍凉，怨毒难言，那是白毛狼王的声音，它终于发出攻击的信号了。四周暗风扑动，闪烁着无数盏绿油油的小灯，我忙抓起几根木条扔向墙外，以便照明目标射击。

我和格玛分别据守两堵最矮的残墙，两支半自动步枪不间歇地射击。枪声中一双又一双的绿灯熄灭后就再也没亮起来，而饿狼们在狼王的号令下恬不畏死，在障碍物间疾速迂回，包围圈越缩越小。

这种情况是对射手心理素质极大的考验，只有咬住了一只一只地打，千万不能被乱窜的众多饿狼分了神，但同时还要承受住被逐渐压缩包围的恐惧。乌云遮月，能见度太低，我接连五枪都没击中目标，正满头是汗的时候，从"大宝法王圣旨"巨碑上蹿下一只巨狼，对下边的火堆毫不犹豫，从半空直扑藏在墙下的那匹老马。狼口中的牙刀全竖了起来，眼看着就要咬住马颈。

喇嘛挥动铁棒击出，沉重的铁棒刚好打在狼口中，把最坚硬的狼牙打断了三四根，那狼被打得着地翻滚，摔进了火堆，顿时被火燎着。这时马受了惊，嘶鸣着向我撞来，我急忙一低头，那马从我身后的矮墙上跃了出去，当即就被墙外冲过来的几头巨狼扑倒，拖进了荒草后边。

又有一只黑鬃瘦狼蹿进了防御圈，扑到了重伤不醒的大个子身上，格玛举起步枪将黑狼击毙。同时又有两只狼蹿了进来，我想开枪支援她，却发现弹仓空了，只好挺起三棱刺刀戳了过去。格玛的枪里也没了子弹，扔掉步枪拽出手枪射击。喇嘛也念着六字真言，抡起铁棒砸向不断蹿进围墙

第五十六章 空行静地

的饿狼。一时间呼喝声、狼嗥声、枪声、骨断筋折的人狼搏击声，在破庙的残墙内，混成了一片。

三人原本还相互救应支援，但在这混乱危急的形势下，很快就形成了各自为战的局面。喇嘛的武器发挥出空前的作用，这铁棒看着虽然笨重古旧，但是抡将起来，对准狼头一砸一个准。说来也怪，那些狼似乎看见这铁棒就犯怵，能躲开的往往也会慢上一步，被砸得头骨碎裂。喇嘛独自挡住经石墙，格玛军医退到了大个子身旁，用手枪射杀蹿到近前的饿狼。

我端着步枪乱刺，见格玛的手枪子弹耗尽，正重新装弹，便一刺刀捅进了一头扑向她的大狼腰肋。刺刀好比是带血槽的三棱透甲锥，把那狼着地戳至墙角，疼得它连叫都叫不出来。这时又有只脸上有道长疤的饿狼从墙外跃了进来，张开两排牙刀，朝我猛扑了过来。

我想拔出枪刺，将它捅死在半空，但是刚才用力过猛，刺刀插在那半死的狼身中，一时抽不出来了。我从未参加过打狼运动，在东北也只见过孤狼，并不熟悉狼性，这次被狼群包围，真有几分乱了阵脚，越急枪刺越是拔不出来。

情况紧急下，我只好撒手放开步枪，就地扑倒，躲过那头疤面狼。但还是慢了一点，羊剪绒的皮军帽被那狼扑掉了，狼爪在我耳朵上挂了个口子，流出来的鲜血立刻冻成了冰碴。蹿过了头的疤面狼也不停顿，弃我不顾，直接扑向了对面的喇嘛。喇嘛铁棒横扫，砸中了它的肩胛骨，疼得它呜呜叫着翻在一旁。最早摔进火堆中的那头狼，已经被烧成了焦炭，空气中弥漫着焦煳的臭味。

这些狼都是狼群里最凶悍的核心成员，其余更多的饿狼还徘徊在庙墙外边。虽然狼王发出了命令，但它们大概仍然被刚才猛烈的步枪射击声惊走了魂，在缓过神来之前，还不敢蜂拥而来。否则数百头饿狼同时扑至，我们纵然是有三头六臂，也难以抵挡。

我趴在地上正要爬起来，忽觉背上一沉，有只巨狼将我踩住，狼爪子搭在我肩上。我虽然看不见后边，但凭感觉，这只大得出奇的巨狼八成就是那独眼白毛的狼王。这条几乎成了精的白狼，等枪声稀疏下来之后才蹿

375

进来，它对时机的把握之精准，思之令人胆寒。

我不断提醒自己，千万不要回头，一旦回头被狼王咬住脖子，那就免不了同那狗日的徐干事一般下场。背后那巨狼正耐心地等着我回头，一口饮尽活人的鲜血是世间最美妙的味道。

我脑袋里嗡嗡直响，面孔贴在冰冷的地面上，不敢有丝毫动作，心中想要反抗，但是双手空空，没有任何武器，在这种情况下，我这双无产阶级的铁拳起不了多大作用。

遮住月光的大片黑云被高空的气流吹散，明亮的月光又似水银般洒下来，照得荒烟蒿草中一片银白。

那边的喇嘛处境也艰难起来，他毕竟年老体衰，那沉重的铁棒挥舞速度越来越慢，棒身终于被一头经验老到的饿狼咬住，始终无法甩脱。喇嘛正和那狼争夺铁棒不下，月光中见我被一头巨狼按在地上，想过来解救却苦于无法脱身，抬腿将一包事物踢到我面前："普色大军，快用你们汉人的五雷击妖棍！"

那包东西险些撞到我的肩头，我心中纳闷，什么是我们汉人的五雷击妖棍？但随即用手一摸，已经明白了，这是大个子的子弹带。当时我们每人配发有两枚手榴弹，我的那两枚都扔进水塘里炸臭泥了，而大个子这份却始终没有使用。他受伤后喇嘛帮他解了下来，此刻若非喇嘛提醒，还真就给忘了。

我立刻从中掏出一枚手榴弹，但是被狼按住肩头，无法做出太大的动作，否则一个破绽，就会被狼吻吸住。我急中生智，把子弹带挡在脸侧，猛地回身转头，只见身后好像压着个白发森森的恶鬼，果然是那狼王，眼前白影一晃，它已经咬住了子弹带。

这时我也拉开了导火索，手榴弹立刻哧哧冒出白烟，便想向后甩出去，只要手榴弹一炸，足可以把这些饿狼吓退。那狼王一口咬到了帆布子弹带，正自怒不可遏，忽然见到冒着白烟的手榴弹，还有那催命般不吉祥的哧哧声，抬起狼爪，将我手中的手榴弹扫在一旁。

手榴弹并没有滚出多远，我心中大骂，这只白狼真他妈的成精了。我想它虽然不知道手榴弹是做什么用的，但是凭它在恶劣环境中生存下来的经验，就已察觉到这东西危险，离这不吉祥的短棍越远越好。它虽然用狼爪拨开手榴弹，不过距离还是太近了，一旦爆炸，后果不堪设想，破片的杀伤力会使墙内的人和狼都受到波及。

我仍然被狼王按着，这时候便是想舍身扑到手榴弹上，也难做到。想到所有的人都被炸伤，后续的狼群冲上来撕扯着把四个人吃光的场面，我全身都像掉进冰窖，时间一秒一秒地流逝，估计爆发就在这两秒之内了。

就在这让人神经都快崩溃掉的最后时刻，那只咬住喇嘛铁棒的饿狼，终于用狼口把铁棒夺了下来，但它用力大了，收不住脚，一直退到即将爆炸的手榴弹上。"嘣"的一声爆炸，白烟飞腾，大部分弹片都被这只倒霉的狼赶个正着。狼身像个没有重量的口袋，被冲击波掀起半人多高，随即沉重地摔在地上。

墙内包括狼王在内的三四只饿狼都怔住了，然后纷纷蹿出墙头，头也不回地消失在了夜色中。外边那些老弱狼众，原来就被枪声吓得不轻，听到爆炸声，尤其是空气中那手榴弹爆炸后的硝烟味，更让它们胆寒，当即都四散跑开。这一战，狼群中凶悍的恶狼死了十几头，短时间内狼群难成气候了。

我翻身起来，也顾不得看自己身上有什么伤口，捡起格玛掉落在地上的步枪，用刺刀将墙内受伤的几头狼一一戳死，这才坐倒在地，像丢了魂一样，半天缓不过劲来。这时候狼群要是杀个回马枪，即使都是老弱饿狼，我们也得光荣牺牲了。

正喘息间，忽听喇嘛大叫不好，我急忙强打精神起身，原来是格玛倒在了血泊中。刚才我眼睛都杀蓝了，这时回过神来，赶紧同老喇嘛一起动手，将格玛军医扶起。一看伤势，我和喇嘛全傻眼了，肠子被狼掏出来一截，青乎乎地挂在军装外边，上边都结冰了。

我急得流出泪来，话都不会说了。好在喇嘛在庙里学过医术，为格玛做了紧急处理，一探格玛的呼吸，虽然气若游丝，但毕竟还活着。

我又看了看大个子，他的伤虽重，却没失血，加上体格强壮，暂无大碍。

我问喇嘛："尕红军医能不能坚持到天亮？"现在马匹也死了，在这荒山野岭中，只凭我和喇嘛两人，无论如何也不可能把两名重伤员带出去，只好盼着增援部队尽快到达。好在狼群已经逃进深山里了。

夜空中玉兔已斜，喇嘛看了看那被山峰挡住一半的明月。"天就快亮了，只要保持住两位大军身体的温度，应该还有救。普色大军尽管放心，我会念经求佛祖加护的。"

我抹了抹冻得一塌糊涂的鼻涕眼泪，对念经就能保住伤员性命的方式表示怀疑。喇嘛又说："你只管把火堆看好，烧得越旺越好，火光会吸引吉祥的空行母前来。我即许下大愿，若是佛爷开眼，让伤者平安，我余生都去拉姆拉错[①]转湖，直到生命最后的解脱。"

我见喇嘛说得郑重，心中也不禁感激，便把能盖的衣服都给大个子和格玛盖上，在背风的墙下生旺了火堆，又用喇嘛的秘药抹在自己的伤口上。东方的云层逐渐变成了暗红色，曙光已经出现，我心中百感交集，呆呆地望着喇嘛手中的转经筒，听着他念诵《佛说大白伞盖总持陀罗尼经》，竟然产生了一种聆听天籁的奇异感觉。

当天上午十点左右，我们便被赶来接应的兄弟连队找到。部队封锁了昆仑山垭，我和格玛、大个子都要被紧急后送。分别的时候，我问喇嘛那鬼湖边的什么部多怎么办，是否要像他先前所讲的，找佛爷用大盐埋住它，然后再烧毁。

喇嘛点头称是，还说他马上就要去拉姆拉错湖，为伤者祈福去了，但是他会先回去向佛爷禀告此事，愿大军吉祥，佛祖保佑你们平安如意。

我对胖子和Shirley杨说："然后我就随部队进昆仑山深处施工了。我的战友大个子还活着，只是成了残疾军人；格玛军医却再也没醒来，成了植物人，有空的时候我都会去看望他们。那座破庙和古坟的遗迹，直到今天都还保留着。我现在回想起来，其余的倒也无关紧要，关键是那古坟的

[①] 拉姆拉错，指保佑病患康复的圣湖，意为悬挂在天空的仙女之湖。

尸体，穿戴的那种特殊服饰和表情，与咱们在献王墓所见铜人与墓中壁画都非常相像。当地藏族人都说那是古时魔国鬼母的墓，但这只是基于传说。鬼母是可以转世的，应该不止有一位，魔国那段历史记载只存在于口头传诵的长诗中，谁也没真正见到过鬼母妖妃穿什么衣服。"

Shirley 杨听罢我讲的这段往事，对我说："壁画中描绘的那座城，供奉着巨大的眼球图腾，里面的人物与凤凰寺下古坟中的尸体相同，也许那城就是魔国的祭坛，不知道魔国与无底鬼洞之间，有着什么不为人知的联系。"

看来回到北京之后又有的忙了，首先是打开献王的人头，看看里面的雮尘珠是否是真的；另外还要设法找到《十六字阴阳风水秘术》的后半卷，这样才能解读出龙骨中关于雮尘珠的信息；最后必须搜集一些关于魔国这个神秘王朝的资料，因为一旦拼凑不出十六字，那龙骨天书便无法解读，关于雮尘珠的信息可能全着落在这上边了。届时三管齐下，就看能在哪个环节上有所突破了。不知那位铁棒喇嘛是否仍然健在，也许到悬挂在天空的仙女之湖拉姆拉错湖畔去找他叙叙旧，或多或少可以了解一些我们想知道的事情。

（献王的人头里是否真有雮尘珠，铁棒喇嘛能否提供关于魔国的更多资料，鬼洞、凤鸣岐山、献王墓……这一系列密码的终结真的在茫茫昆仑山吗？敬请期待《鬼吹灯 4 昆仑神宫》。）

图书在版编目（CIP）数据

鬼吹灯.3,云南虫谷/天下霸唱著.—长沙：湖南文艺出版社,2019.7（2025.9重印）
ISBN 978-7-5404-9266-3

Ⅰ.①鬼… Ⅱ.①天… Ⅲ.①长篇小说—中国—当代 Ⅳ.① I247.5

中国版本图书馆 CIP 数据核字（2019）第 096096 号

上架建议：神秘·探险小说

GUI CHUI DENG. 3, YUNNAN CHONGGU
鬼吹灯.3,云南虫谷

作　　者：天下霸唱
出 版 人：陈新文
责任编辑：薛　健　刘诗哲
监　　制：毛闽峰　李　娜
特约策划：代　敏　张园园　杨　祎
特约编辑：孙　鹤
特约营销：吴　思　刘　珣　李　帅
装帧设计：80零·小贾
出版发行：湖南文艺出版社
　　　　　（长沙市雨花区东二环一段 508 号　邮编：410014）
网　　址：www.hnwy.net
印　　刷：天津盛辉印刷有限公司
经　　销：新华书店
代理发行：中南博集天卷文化传媒有限公司
开　　本：710mm×1000mm　1/16
字　　数：345 千字
印　　张：24
版　　次：2019 年 7 月第 1 版
印　　次：2025 年 9 月第 13 次印刷
书　　号：ISBN 978-7-5404-9266-3
定　　价：39.50 元

若有质量问题，请致电质量监督电话：021-62503032
销售电话：17800291165